燕园论诗

中国古代诗歌论集

北京大学中国诗歌研究院 编

北京大学出版社
PEKING UNIVERSITY PRESS

图书在版编目(CIP)数据

燕园论诗——中国古代诗歌论集/北京大学中国诗歌研究院编．—北京:北京大学出版社,2010.9

ISBN 978-7-301-09707-6

Ⅰ．①燕…　Ⅱ．①北…　Ⅲ．①古典诗歌-文学研究-中国-文集
Ⅳ．I207.2－53

中国版本图书馆 CIP 数据核字(2010)第177125号

书　　　名:燕园论诗——中国古代诗歌论集
著作责任者:北京大学中国诗歌研究院编
责 任 编 辑:徐文宁
封 面 设 计:海云书装
标 准 书 号:ISBN 978-7-301-09707-6/I·0760
出 版 发 行:北京大学出版社
地　　　址:北京市海淀区成府路205号　100871
网　　　址:http://www.pup.cn　电子邮箱:pw@pup.pku.edu.cn
电　　　话:邮购部62752015　发行部62750672　出版部62754962
编辑部62750112
印　刷　者:三河市北燕印装有限公司
经　销　者:新华书店
650mm×980mm　16开本　19印张　276千字
2010年9月第1版　2010年9月第1次印刷
定　　　价:38.00元

目　录

中国古典诗歌的多义性

袁行霈

关于文学作品的多义性，刘勰在《文心雕龙》里已经谈到了。《文心雕龙·隐秀篇》说："隐以复意为工。"又说："隐也者，文外之重旨者也。"[①]他所说的"复意"、"重旨"，就是我在这里所说的多义性。然而，刘勰并没有专门论述诗歌的多义性问题，更没有把多义性作为诗歌艺术的一个独立范畴来看待。此后，在中国古代的诗歌批评著作中，也偶尔有涉及多义性的，如皎然《诗式》所谓"两重意"[②]，但都没有从理论上对多义性进行深入的探讨。

在西方，对诗的多义性也有人谈到过。亚里士多德在《诗学》里所讲的"双意复言名词"以及"三义"词、"四义"词[③]，就是一个与多义性有关的问题。但丁在《致斯加拉大亲王书》中曾谈到诗有字面的、寓言的、哲理的、秘奥的四种意义。其《神曲》也"具有多种意义"，"通过文字得到的是一种意义，而通过文字所表示的事物本身所得到的则是另一种意义。头一种意义可以叫做字面的意义，而第二种意义则可称为譬喻的、或者神秘的意义"[④]。这实际上也是一个多义性问题。不过，对多义性的深入研究，却是20世纪以后随着语义学的建立而开展起来的。据美国哲学家查

---

① 《文心雕龙·隐秀》："隐也者，文外之重旨者也；秀也者，篇中之独拔者也。隐以复意为工，秀以卓异为巧，斯乃旧章之懿绩，才情之嘉会也。"见范文澜，《文心雕龙注》卷八，北京：人民文学出版社，1958年，第632页。

② 皎然《诗式》卷一《重意诗例》："评曰：两重意已上，皆文外之旨。若遇高手如康乐公，览而察之，但见情性，不睹文字，盖诗（原作"诣"，据《诗学指南》本改）道之极也。"《十万卷楼丛书》本。

③ 亚里士多德，《诗学》第21章，北京：人民文学出版社，1962年，第72页。

④ 引自伍蠡甫主编，《西方文论选》上卷，上海：上海译文出版社，1979年，第159页。

尔斯·莫里斯(Charies Morris)在1938年出版的《符号理论基础》一书，语义学是符号学的三个分支之一,研究语言符号和它所指的对象之间的关系(其它两个分支是:句法学,研究符号与符号之间的关系;语用学,研究符号与其使用者之间的关系)。符号学认为,许多理论问题都可以通过分析、研究表达这些理论所使用的语言符号,而得到解决或说明。有人用符号学的理论来研究诗歌,把诗歌也看做是一种符号,叫“复符号”。这种“复符号”所投射出来的语意,只是它所包含的意义的一部分。这就涉及诗歌多义性的问题了。英国著名文学批评家、语言学家理查兹(I. A. Richards)的学生燕卜荪(William Empson),在1930年出版了一部书,书名叫《歧义的七种类型》(*Seven Types of Ambiguity*)。它的主旨是说明,为什么对同一首诗的意义会有不同的理解。燕卜荪从作者方面、读者方面以及作者和读者两方面,找出七条原因,归纳为七种类型,举了许多诗例加以具体分析。这部著作曾经产生了较大的影响。朱自清先生写过一篇题为《诗多义举例》的文章[①],就是用燕卜荪的方法分析了四首中国旧诗。这四首诗是《古诗十九首》(行行重行行),陶渊明《饮酒》(结庐在人境),杜甫《秋兴》(昆明池水汉时功),黄庭坚《登快阁》。这是关于中国古典诗歌多义性的一篇专论。可惜朱先生自己对这个问题没有继续深入地研究,学术界对这个问题也没有重视,以致到今天我们在这方面仍无进展。

中国古典诗歌的多义性是值得认真研究的。这项研究是文学史、文艺理论、训诂学、语义学共同的课题。文学既然是语言的艺术,诗歌又是语言最精粹的一种文学体裁,那么,研究诗歌特别是研究诗歌艺术,自然离不开诗歌语言的研究,离不开语义的研究。从语义学的角度研究诗歌艺术,无疑是一条途径。但是,决不能用语义分析代替对于诗歌艺术规律的探讨。燕卜荪从语义学的角度研究诗歌里的暧昧语、含糊语,固然有其价值,但这并不等于诗歌艺术的研究。所谓多义并不是暧昧和含糊,而是丰富和含蓄。这是必须加以说明的。研究中国古典诗歌的多义性,要从

---

① 原载《中学生杂志》,收入《朱自清古典文学论文集》,上海:上海古籍出版社,1981年。

中国古典诗歌的实际出发,把基础建立在对大量作品的具体分析上;要科学地总结古代关于这个问题的论述,借鉴国外的语义学成果,以建立我们民族的诗歌美学语义学理论。

诗歌的多义性与词汇学上所谓词的多义性有相通的地方,诗歌可以借助词的多义性以取得多义的效果,然而它们并不是一回事。

按照词汇学的解释,词义是客观事物或现象在人们意识中的概括的反映,是由使用这种语言的群体在使用过程中约定俗成的。由于语言中词的数量有限,不可能一对一地表示复杂的客观事物和现象,所以不可避免地会出现多义词。然而,不管一个词有多少种意义,这些意义都是确定的,可以在词典里一一注明。而且这些意义都是社会性的,为社会所公认的。诗的多义性与词汇学上所说的词的这种多义性不同。诗人不仅要运用词语本身的各种意义来抒情状物,还要艺术地驱使词语以构成意象和意境,在读者头脑中唤起种种想象和联想,激起种种感情的波澜。诗人写诗的时候往往运用艺术的手法,部分地强调着或改变着词语的意义,赋予它们以诗的情趣,使一个本来具有公认的、确定的意义的词语,带上复杂的意味和诗人主观的色彩。而读者在读诗的时候,他们的想象、联想和情感,以及呈现在他们脑海里的形象,虽然离不开词义所规定的范围,却又因人因时而有所差异。生活经验、思想境界、心理气质和文艺修养互不相同的读者,对同一句诗或一句诗中同一词语的意义,可以有不同的体会。同一个读者在不同的时候读同一首诗,体会也不完全一样。可见,诗歌的多义带有一定程度的主观性和不确定性。一首含义丰富的诗歌,好像一颗多面体的宝石,从不同的角度可以看到光的不同折射和色的不同组合。

另外,在词汇学里讲词的多义性,是把同一个词在不同语言环境中的不同意义加以总结,指出它的本义和引申义。如果孤立地看,一个多义词固然有多种意义,但在具体运用的时候,一般说来,一次却只用其一种意义,歧义是一般情况下使用语言时需要特别避忌的毛病。但是在诗歌里,恰恰要避免词义的单一化,总是尽可能地使词语带上多种意义,以造成广泛的联想,取得多义的效果。中国古典诗歌的耐人寻味,就在于这种复合的作用。“诗无达诂”这句话,如果理解为诗是不能解释的,那么这句话当然是错误的。如果从诗的多义性上理解,这句话倒也不无道理。由于中国古典诗歌具有多义性,读诗的时候仁者见仁,智者见智,人们有不同的体会和理解,这是很自然的。

为了进一步阐明中国古典诗歌的多义性,我在这里提出两个新的概念:宣示义和启示义。宣示义是诗歌借助语言明确传达给读者的意义;启示义是诗歌以它的语言和意象启示给读者的意义。宣示义,一是一,二是二,没有半点含糊;启示义,诗人自己未必十分明确,读者的理解未必完全相同,允许有一定范围的差异。宣示义,是一切日常的口语和书面语言共有的;启示义,在文学作品中特别是诗歌作品中更丰富。所谓诗的多义性,就是说诗歌除了宣示义之外,还具有种种启示义。一首诗艺术上的优劣,在一定程度上取决于启示义的有无。一个读者欣赏水平的高低,在一定程度上也取决于对启示义的体会能力。

关于中国古典诗歌的启示义,我大致分为以下五类:双关义、情韵义、象征义、深层义、言外义。这五类启示义,以它们依赖宣示义的程度,构成一个系列。双关义与宣示义关系最密切,双关义的两个意义之中的一个就属于宣示义。情韵义是附着在宣示义之上的各种诗的感情和韵味,它不能离开宣示义单独存在。象征义,有的附着在词语的宣示义上,有的在整句诗或整首诗之中。深层义可以含蓄在词语之中,但多半含蓄在全句或全篇之中。言外义既不在词语之中,也不在句子之中,而是在字句的空档里,即所谓字里行间的"行间"。它虽然并未诉诸语言,但读者可以运用自己的联想和想象去加以补充。

一、双关义

在一般场合下,使用语言的时候,一个词只传达一种意义,而排斥它的其他意义,以避免发生歧义。而双关却是让两个意义并存,读者无法排斥掉其中任何一个。

双关义可以借助多义词造成。例如,"远"有两种意义:远近的"远",表示空间的距离长;久远的"远",表示时间的距离长。《古诗十九首》中

“相去日已远,衣带日已缓”的“远”字,就可以作这两种不同的解释,或者两方面的意思都有。关于这个“远”字的双关义,朱自清先生在《诗多义举例》里已经讲得很清楚了。又如贺知章的《咏柳》:“碧玉妆成一树高,万条垂下绿丝绦。不知细叶谁裁出,二月春风似剪刀。”前两句用碧玉形容柳树,一树绿柳高高地站在那儿,好像是用碧玉妆饰而成的。碧玉的比喻显出柳树的鲜嫩新翠,那一片片细叶仿佛带着玉石的光泽。这是碧玉的第一个意思。碧玉还有另一个意思,南朝宋代汝南王小妾名叫碧玉,乐府吴声歌曲有《碧玉歌》,歌中有“碧玉小家女”之句,后世遂以“小家碧玉”指小户人家出身的年轻美貌的女子。“碧玉妆成一树高”,可以想象那袅娜多姿的柳树,宛如凝妆而立的碧玉。这是碧玉的第二个意思。碧玉这个词本来就有这两种意思,而在这首诗里两方面的意思似乎都有,这就造成了多义的效果。又如,“虚室”这个词,陶渊明在《归园田居》里两次用到它:“户庭无尘杂,虚室有余闲。”“白日掩荆扉,虚室绝尘想。”前一个“虚室”与“户庭”对举,后一个“虚室”与“荆扉”连用,可以理解为虚空闲静的居室。然而,“虚室”又见于《庄子·人间世》:“瞻彼阕者,虚室生白,吉祥止止。”陆德明《经典释文》引司马彪语:“室比喻心,心能空虚,则纯白独生也。”陶渊明所说的“虚室”又是用《庄子》的典故,指自己的内心而言。在陶诗里这两种意思都有,造成多义性。

双关义还可以借助同音词造成,南朝民歌里有大量这类例子,如以莲花的“莲”双关爱怜的“怜”,以丝绸的“丝”双关思念的“思”。刘禹锡的《竹枝词》:“杨柳青青江水平,闻郎江上唱歌声。东边日出西边雨,道是无晴却有晴。”以阴晴的“晴”双关爱情的“情”,也属于这一类。

双关义在诗的多义性里是最简单的一种,无须赘述了。

二、情韵义

中国古典诗歌的语言,经过无数诗人的提炼、加工和创造,拥有众多的诗意盎然的词语。这些词语除了本身原来的意义之外,还带着使之诗化的各种感情和韵味。这种种感情和韵味,我称之为情韵义。情韵义是对宣示义的修饰。

词语的情韵是由于这些词语在诗中多次运用而附着上去的。凡是熟悉古典诗歌的读者,一见到这类词语,就会联想起一连串有关的诗句。这些诗句连同它们各自的感情和韵味一起浮现出来,使词语的意义变得丰富起来。而这种种丰富的情韵义,往往难以用训诂的方法予以解释,也是一般词典中难以包括的。

例如"白日",除了指太阳以外还带着一种特殊的情韵。曹植说"惊风飘白日"(《箜篌引》);左思说"皓天舒白日"(《咏史》其五);鲍照说"白日正中时,天下共明光"(《学刘公干体》其五);李商隐说"白日当天三月半"(《无题》)。"白日"这个词有一种光芒万丈的气象,用白形容太阳的光亮,给人以灿烂辉煌的联想。盛唐诗人王之涣《登鹳雀楼》:"白日依山尽,黄河入海流。欲穷千里目,更上一层楼。"一开头的"白日"二字和诗里那种乐观向上的精神正相吻合。这首诗所写的景色是日落黄昏时的景色,但丝毫也没有黄昏时分的萧瑟、暗淡和朦胧,而是给人以辉煌灿烂的感觉。诗里激荡着对于光明的留恋和追求,是那一轮当空四照无比辉煌的"白日",渐渐地隐没于山后了,所以要"更上一层楼",追上那将要隐去的白日,追回那光辉壮丽的时光。此中的意味是何等深长!

"绿窗",意思是绿色的纱窗。但是它在诗词中另有一种温暖的家庭气氛、闺阁气氛。如刘方平的《夜月》:"今夜偏知春气暖,虫声新透绿窗纱。"李绅的《莺莺歌》:"绿窗娇女字莺莺,金雀娅鬟年十七。"温庭筠的《菩萨蛮》:"花落子规啼,绿窗残梦迷。"韦庄的《菩萨蛮》:"劝我早归家,绿窗人似花。"苏轼的《昭君怨》:"谁作桓伊三弄,惊破绿窗幽梦。"

"拾翠",意思是拾取翡翠鸟的羽毛,古时以为饰物。如果只从字面上理解,意思很简单。可是在诗词里,"拾翠"却是一个饱含着感情和韵味的词语。这个词最早可能见于曹植的《洛神赋》:"尔乃众灵杂沓,命俦啸侣,或戏清流,或翔神渚,或采明珠,或拾翠羽。"写的是一群女神在水边的活动。她们的美丽,她们的风采,她们那种飘飘然的仪态,通过采珠和拾翠等活动很生动地表现了出来。此后诗词中出现"拾翠"这个词,便常常和年轻美貌的女子联系在一起,和水边绮丽的风景联系在一起,和美好的回忆联系在一起，令人产生怀念和向往之情。如杜甫《秋兴》其八："佳人拾翠春相问，仙侣同舟晚更移。"是对安史之乱以前长安的和平安定生活的美好回忆。孙光宪《八拍蛮》："越女沙头争拾翠，相呼归去背斜阳。"宛如一幅美丽的图画。张先《木兰花》："芳洲拾翠暮忘归，秀野踏青来不定。"李甲《帝台春》："忆得盈盈拾翠侣，共携赏、凤城寒食。"写妇女春日在水边的嬉游，也很有气氛。

又如"南浦"，大水有小水别通叫浦，也就是水流分支的地方，"南浦"无非是南边的一个浦口，它本来的意义很简单。屈原在《九歌·河伯》里说："子交手兮东行，送美人兮南浦。"经他用后，"南浦"便染上了离愁别绪，有了更丰富的情韵。后代诗人再写送别的时候便常常用这个词。而一写到浦口，便总是用"南浦"，似乎东浦、西浦、北浦都不够味了。如江淹《别赋》："春草碧色，春水绿波。送君南浦，伤如之何！"白居易《南浦别》："南浦凄凄别，西风袅袅秋。一看肠一断，好去莫回头。"范成大《横塘》："南浦春来绿一川，石桥朱塔两依然。年年送客横塘路，细雨垂杨系画船。"辛弃疾《祝英台近》："宝钗分，桃叶渡，烟柳暗南浦。"

"凭栏"、"倚栏"，意思是依靠着栏杆，但是诗词中用"凭栏"、"倚栏"，却有多种意味，或表示怀远，或表示吊古，或抑郁愁苦，或悲愤慷慨。杜牧《初春有感寄歙州邢员外》："闻君亦多感，何处倚栏杆？"正说明倚栏或凭栏是一种寄寓感情的方式，而这两个词也随之染上了浓郁的感情和韵味。如李璟《摊破浣溪沙》："细雨梦回鸡塞远，小楼吹彻玉笙寒。多少泪珠无限恨，倚栏杆。"李煜《浪淘沙令》："独自莫凭栏，无限江山，别时容易见时难。"冯延巳《鹊踏枝》："一晌凭栏人不见，鲛绡掩泪思量遍。"姜夔《点绛唇》："今何许，凭栏怀古，残柳参差舞。"岳飞《满江红》："怒发冲冠，凭栏处，潇潇雨歇。"这些诗句中的"凭栏"都是和某种激动的感情联系在一起的。

又如，"板桥"就是木板桥，却比"木桥"更有诗味儿。刘禹锡《杨柳枝》："春江一曲柳千条，二十年前旧板桥。曾与美人桥上别，恨无消息到今朝。"温庭筠《商山早行》："鸡声茅店月，人迹板桥霜。""板桥"这个词也有一种特殊的情韵，换成"木桥"就索然无味了。

由以上的例子可以看出,诗歌语言的情韵义是由于诗人反复使用而逐渐涂上去的。这种情韵在诗里所起的作用,有时甚至比词语原有的意义更重要,它可以给人以多方面的启示和联想,使诗的含义更加丰富饱满。

但是在使用这类富有情韵义的词语时,也需要加以创新,使它们不至于成为陈词滥调;要以充沛的思想感情来驾驭它们。正如章学诚所说:"譬彼禽鸟,志识其身,文辞其羽翼也。有大鹏千里之身,而后可以运垂天之翼;鷃雀假雕鹗之翼,势未举而先踬矣,况鹏翼乎?故修辞不忌夫暂假,而贵有载辞之志识,与己力之能胜而已矣。"[①]例如,"丁香结"喻指心中郁结的忧愁,李商隐《代赠》:"芭蕉不展丁香结,同向春风各自愁。"李珣《河传》:"愁肠岂异丁香结?因离别,故国音书绝。"牛峤《感恩多》:"自从南浦别,愁见丁香结。"李璟《摊破浣溪沙》:"青鸟不传云外信,丁香空结雨中愁。"都是在这个意义上使用"丁香结"的。但也有从另外的角度下笔的,陆龟蒙《丁香》:"江上悠悠人不问,十年云外醉中身。殷勤解却丁香结,纵放繁枝散诞春。""解却丁香结"就是使丁香的花苞开放,丁香花一开,春意才更热闹而浓郁。这首诗运用富有情韵的词语,而用法有所创新,使人觉得十分新鲜。

三、象征义

象征义专指那些用象征的手法派生出来的意义,有的附着在词语的宣示义上,有的并不在词语上,而在整个句子之中或整篇诗歌之中。象征义和宣示义之间的关系是指代与被指代的关系,宣示义在这时往往只起指代作用,象征义才是主旨之所在。

在中国古典诗歌里,象征义是很常见的。在那些题为《咏怀》、《感遇》的作品里,尤其是如此。阮籍的《咏怀》八十二首,庾信的《拟咏怀》二十七首,陈子昂的《感遇》三十八首,张九龄的《感遇》十二首,便是这类作

---

① 《文史通义》内篇四《说林》,见嘉业堂本《章氏遗书》卷四。

品中的名篇。在这些诗里,取作象征的事物相当广泛,而表现的内容多半是政治的感慨,或伤时,或忧生,或言志,或讥刺。如阮籍《咏怀》中"西方有佳人"一首,以不能与佳人交接象征理想不能实现。陈子昂《感遇》中"兰若生春夏"一首,以兰若的摇落象征盛年易逝,壮志难酬。张九龄《感遇》中"江南有丹橘"一首,以丹橘经冬不凋象征自己的坚贞的品格。这些诗都是含蓄深沉、意义丰富的佳作。李白、杜甫的一些诗,虽然不以《感遇》、《咏怀》为题,但是也以象征的手法抒写政治的感慨,实际上也属于这一类。如李白《古风》中的"桃李开东园"、"美人出南国",杜甫的《客从》、《病橘》等。这类作品构成中国古典诗歌优良传统的一个组成部分。

象征义有两个特点:一、用具体的、可感知的事物象征抽象的意义;二、用客观的事物象征主观心理和情绪。例如:以松菊象征高洁,以美人香草象征理想等等。有些词语由于反复使用,已经有了固定的公认的象征义,如:

"东篱",陶渊明《饮酒》:"采菊东篱下,悠然见南山。"这本是写实,陶家庭院东边有一道篱笆,篱下种着菊花。因为陶渊明是一位著名的隐士,他又特别喜欢菊花,在诗里屡次咏菊,菊花几乎成了陶渊明的化身,所以连带着"东篱"这个词便有了一种象征的意义。一提"东篱",就让人想起那种远离尘俗的、洁身自好的品格。因为"东篱"有了这种象征意义,后人写诗的时候写到篱笆,便常常说"东篱",似乎"西篱"、"南篱"、"北篱",都缺乏诗意了。如刘昚虚的《九日送人》:"从来菊花节,早已醉东篱。"苏轼的《戏章质夫寄酒不至》:"漫绕东篱嗅落英。"李清照的《醉花阴·九日》:"东篱把酒黄昏后,有暗香盈袖。"

"新亭",由于《世说新语·言语篇》里记载过一个"新亭对泣"的故事,所以"新亭"这个普通的地名也就有了一种象征义,象征忧国伤时的悲愤之情。辛弃疾的《水龙吟》:"长安父老,新亭风景,可怜依旧。"刘克庄的《贺新郎》:"多少新亭挥泪客,谁梦中原块土?"

除了公认的象征义,还有属于个人的象征义,这是诗人临时创造出来的,带有强烈个性色彩的。如陶渊明诗中屡次出现的"归鸟"象征着他自己的归隐。王士禛的名作《秋柳》组诗,其一以南京白下门的秋柳寄托故国之思,“他日差池春燕影,只今憔悴晚烟痕”的秋柳,遂亦具有象征的意义。这类象征义都是诗人自己的创造,因为个性色彩很浓,所以比较难懂。李商隐的诗因为较多地用了这种个人的象征,所以显得朦胧。例如《初食笋呈座中》:

嫩箨香苞初出林,于陵论价重如金。
皇都陆海应无数,忍剪凌云一寸心!

这首诗是李商隐二十二岁时所写的,当时他在兖州观察使崔戎幕中掌书记。据《竹谱》注,兖州附近出产一种竹笋,味最美,是难得的佳肴。这首诗就以初生的嫩笋为象征,表现了一个壮志凌云的青年对不公正的社会的愤慨,以及对自己前途的忧虑。那初出林的鲜嫩芬芳的竹笋本来有希望成为一棵凌云的大竹,可惜在她还幼小的时候就被采来吃掉了。皇都应有无数水陆的美味,怎么还忍心剪伐这幼小的竹笋呢![①]

李商隐笔下的牡丹也有象征意义,《回中牡丹为雨所败》其二:

浪笑榴花不及春,先期零落更愁人。
玉盘迸泪伤心数,锦瑟惊弦破梦频。
万里重阴非旧圃,一年生意属流尘。
前溪舞罢君回顾,并觉今朝粉态新。

这首诗是李商隐在泾州时写的,用被雨所败的牡丹象征自己。石榴初夏才开花,错过了春天的大好时光,牡丹似乎有资格讥笑她。但是遭受风雨的摧残提前零落的牡丹,她的命运恐怕还不如石榴呢!诗的最后两句又递进一层,牡丹为雨所败而夭折固然可怜,但毕竟还有几分粉态,如

① 冯浩注曰:“《竹谱》云:‘般肠实中,为笋殊味。’注曰:‘般肠竹生东郡缘海诸山中,有笋最美。’正兖海地也。”冯注“陆海”,引《汉书·地理志》:“(秦地)有鄠、杜竹林、南山檀柘,号称陆海。”据冯注,此二句意谓:皇都陆海亦有无数竹林,何须剪伐此兖海之竹?然兖海之竹既不应剪,陆海之竹岂应剪乎?细绎义山诗意,凡竹之笋皆不忍剪。何焯批曰:“陆海,言陆地海中所产之物也”,近是。白居易《轻肥》:“樽罍溢九酝,水陆罗八珍。”“陆海”犹“水陆”。义山意谓:皇都多有水陆所产各种珍肴,岂忍剪此幼笋食之耶?般肠笋既然味最美,必进贡皇都,故有此感慨。

果等她自己凋谢了，那时再回想今天的情形，反而会觉得今天的粉态新鲜了。在这首诗里，牡丹的形象和诗人自己的形象融合在一起，意味很丰富。

个人的象征义如果得到普遍的理解和运用，可以转化为公认的象征义。汉班婕妤《怨歌行》，以被弃的秋扇为象征，抒写了遭人玩弄而终被遗弃的妇女的悲愁。本是班婕妤个人创造的象征，后来成为公认的了。

公认的象征义的建立依赖于民族的历史、文化传统，不同的民族有不同的象征习惯。例如，以鵩鸟象征不祥，以杜鹃象征悲哀，就具有中国的特色。前者源自汉贾谊《鵩鸟赋》，其序曰："谊为长沙王傅三年，有鵩鸟飞入谊舍，止于坐隅。鵩似鸮，不祥鸟也。"《西京杂记》也说："贾谊在长沙，鵩鸟集其承尘而鸣，长沙俗以为鵩至人家，主人当死。"后者源自古蜀帝杜宇化为杜鹃的故事，见汉扬雄《蜀王本纪》、晋左思《蜀都赋》、晋常璩《华阳国志·蜀志》等书。可见鵩鸟、杜鹃的象征意义由来已久，深深地植根于民族的传统文化中。闻一多先生有《说鱼》一文，指出"鱼"在古代是一种隐语，有象征"匹偶"或"情侣"的意义。以此解释《诗经·周南·汝坟》，遂得出不同于前人的胜解。

四、深层义

深层义隐藏在字句的表面意义之下，有时可以一层一层地剖析出来。如欧阳修《蝶恋花》的最后两句："泪眼问花花不语，乱红飞过秋千去。"《古今词论》引毛先舒云："词家意欲层深，语欲浑成。……'泪眼问花花不语，乱红飞过秋千去。'此可谓层深而浑成。何也？因花而有泪，此一层意也；因泪而问花，此一层意也；花竟不语，此一层意也；不但不语，且又乱落，飞过秋千，此一层意也。人愈伤心，花愈恼人，语愈浅而意愈入，又绝无刻画费力之迹。谓非层深而浑成耶？"

又如李白的《早发白帝城》：

朝辞白帝彩云间，千里江陵一日还。
两岸猿声啼不尽，轻舟已过万重山。

从字面上看，这首诗无非是写三峡水流之急，船行之快，是一首咏山水、纪行旅的诗。我们还可以引《水经注》写三峡的那一段文字来印证。但是诗的意思如果仅仅是这些，那不过是把《水经注》改写成为一首诗而已，就不会成为千古绝唱了。这首诗还有更丰富的意思，那就是表现了诗人自己心情的轻松和喜悦。这首诗是李白在流放途中走到三峡，遇赦返回的时候写的。正因为不久之前有逆水而上的艰辛，所以遇赦归来顺流而下才格外感到轻松和喜悦。这种感情，诗里没有直说，而是以轻快的节奏流露出来的。除此之外，我感到诗里还有一种惋惜与遗憾的感情。上三峡的时候，李白大概没有心情欣赏周围的景色。当时他写过一首《上三峡》，诗里说："巫山夹青天，巴水流若兹。巴水忽可尽，青天无到时。三朝上黄牛，三暮行太迟。三朝又三暮，不觉鬓成丝。"可见他当时的心情是多么沉重。如今他遇赦返归，顺着刚刚走过的那条流放路，重又泛舟于三峡之间，他一定想趁这个机会饱览三峡的壮丽风光。可惜他还没有看够，没有听够，没有来得及细细领略三峡的美，船已飞驶而过："两岸猿声啼不尽，轻舟已过万重山。"在喜悦之中又带有几分惋惜和遗憾，似乎嫌船走得太快了。

深层义在以下几类诗里比较丰富：

第一类是感情深沉迂回、含蓄不露的。如杜甫的《江南逢李龟年》：

岐王宅里寻常见，崔九堂前几度闻。
正是江南好风景，落花时节又逢君。

从字面上看，"落花时节"是点明与李龟年相逢的时令，但它还有更深的意思。李龟年当初是红极一时的音乐家，经常出入于王公贵戚之门。如今他流落江南，也许已成为一个流浪街头的艺人，这对于李龟年来说是他的"落花时节"。"落花时节"暗指李龟年不幸的身世，这是第二层意思。杜甫当年在长安虽然不得志，但也曾出入于岐王、崔九之门，在那盛世里无论如何也比他后来四处飘泊的生活要好些。何况那时他才三十几岁，而写这首诗的时候已经是"老病有孤舟"，他自己的境况也大不如前了。所以"落花时节"又暗指自己不幸的身世。这是第三层意思。此外还有更深的意义，对于唐王朝来说，经过一场“安史之乱”，盛世的繁荣已经破坏殆尽，也好像是“落花时节”。我们必须透过字面的表层义，体会出这几层意义才算真正懂得了这句诗。

又如杜牧的《秋夕》：

银烛秋光冷画屏，轻罗小扇扑流萤。
天阶夜色凉如水，坐看牵牛织女星。

这首诗写一个失意宫女的孤独生活和凄凉心情。在一个秋天的晚上，微弱的烛光给屏风上的图画添了几分暗淡而幽冷的色调。这时，一个孤单的宫女正用小扇扑打着飞来飞去的萤火虫。“轻罗小扇扑流萤”这一句有多重的含意：第一，古人说腐草化萤，虽然是不科学的，但萤总是生在草丛冢间那些荒凉的地方。如今，在宫女居住的庭院里竟然有流萤飞动，宫女生活的凄凉也就可想而知了。第二，从宫女扑萤可以想见她的寂寞与无聊。她无事可做，只好以扑萤来消遣她那孤独的岁月。她用小扇扑打着流萤，一下一下地，似乎想驱赶包围着她的阴冷与索寞，但这又有什么用呢？第三，扇子本是夏天用来挥风取凉的，秋天就没有用了，所以诗词里常以秋扇比喻弃妇。从诗题可以看出这是一个秋天的晚上，这宫女手中的小扇便是一把秋扇，从这把秋扇可以联想到持扇宫女被遗弃的命运。三四句“天阶夜色凉如水，坐看牵牛织女星。”也很耐人寻味。“夜色凉如水”暗示夜已深沉，寒意袭人，该进屋去睡了。可是宫女依旧坐在石阶上，仰视着天河两旁的牵牛星和织女星。牵牛织女的故事触动她的心，使她想起自己不幸的身世，也使她向往那种真挚的爱情。满怀心事都在这举首仰望之中了。这首诗没有一句抒情的话，但宫女那种哀怨与期望交织的复杂感情蕴含在深层，很耐人寻味。

第二类是在自然景物的描写中寄寓了深意的。如柳宗元《江雪》：

千山鸟飞绝，万径人踪灭。
孤舟蓑笠翁，独钓寒江雪。

表面看来这不过是一首富有画意的写景诗，在大雪迷漫之中，鸟飞绝，人踪灭，只有一个身披蓑衣、头戴斗笠的渔翁在孤舟上，一竿在手，独钓于江雪之中。但细细想来却不只是写景，而另有深意。在这渔翁身上，诗人寄托了他理想的人格。这渔翁对周围的变化毫不在意，鸟飞绝，人踪灭，大雪铺天盖地，这一切对他没有丝毫的影响，依然钓他的鱼。他那种悠然安然的态度、遗世独立的精神，正是谪居在外的柳宗元所向往的。我们可以用张志和的《渔父歌》作比较："西塞山前白鹭飞，桃花流水鳜鱼肥。青箬笠，绿蓑衣，斜风细雨不须归。"这首诗写的是春天的斜风细雨，再加上白鹭飞、鳜鱼肥，闲适中带着潇洒，是一幅渔家乐的图画。柳宗元诗中的那个渔翁，更多的是孤寂与清高，他仿佛是被社会所遗弃的，又是遗弃了社会的，他不像张志和诗中的那个渔父，心目中有肥肥的鳜鱼。他的垂钓并不在得鱼，而只是想找一个安静的去处，让他忘掉世上的庸俗和纷扰，暂时得到一点休息。所以这首诗与其说是一幅真实景物的素描，不如说是表现了诗人自己对于人生的态度，而后者就是它的深层义。

第三类是富有哲理意味的诗歌。如杜甫的《江亭》：

坦腹江亭暖，长吟野望时。
水流心不竞，云在意俱迟。
寂寂春将晚，欣欣物自私。
故林归未得，排闷强裁诗。

"水流"二句，王嗣奭《杜臆》说："景与心融，神与景会，居然有道之言。盖当闲适时道机自露，非公说不得如此通透。"仇兆鳌说："水流不滞，心亦从此无竞。闲云自在，意亦与之俱迟。二句有淡然物外、优游观化意。"他们都指出了这两句诗的哲理意味。这两句诗不止是一般的情景交融，还包含着深刻的哲理。江水的流动是它自然的本性，并不是要和谁竞争，自己的心也像水流那样不争不竞；闲云悠然地停在那儿，得其自在，自己飞驰的意念也和闲云一样地迟滞了。在杜甫看来，水也好，云也好，都是自在之物，它们的动，它们的静，都是出自本性，并不是有意要怎样，也没有什么功利的目的与追求，只是各行其素而已。杜甫感受到云水的这种性格，并从中悟出了人生的道理，便觉得自己也化成了云水，和它们一样地达到自如自在的境地。

五、言外义

上述四种意义，或是诗歌语言所负荷的，或是诗歌语言所蕴含的，或是诗歌语言所指代的，可以总称之为言内义。然而古典诗歌的多重意义不仅表现在言内，还可以寄托在言外。言外之义是诗人未尝言传，而读者可以意会的。言内义在字里，言外义在行间，诗人虽然没有诉诸言辞，但在行间有一种暗示，引导读者往某一个方向去想，以达到诗人意向的所在。富有言外义的诗歌，状物而不滞于物，引导读者由此及彼地展开联想和想象。它总是让人读后还要思索一下，寻一寻余味。在寻思中有所领悟，有所发现，遂得到艺术欣赏的满足。

大凡事物的发展总有其前因后果，感情的发展也有它的脉络。然而中国古典诗歌通常不是把感情脉络的连续性呈现给读者，而是从感情的发展脉络中截取最有启示性的一段，把其他的略去，留给读者自己去联想补充。同时句子之间有较大的跳跃性，句子之间留下了较大的空白。从感情脉络中略去的部分就隐约地浮现在这无言的行间，并以它们的多姿与多彩丰富着言内之物，构成诗歌的多义效果。

司马光《续诗话》："古人为诗贵于意在言外，使人思而得之，故言之者无罪，闻之者足以戒也。近世诗人惟杜子美最得诗人之体，如'国破山河在，城春草木深。感时花溅泪，恨别鸟惊心。''山河在'，明无余物矣；'草木深'，明无人矣。花鸟，平时可娱之物，见之而泣，闻之而悲，则时可知矣。他皆类此，不可遍举。"①王夫之《夕堂永日绪论·内篇》举崔颢的《长干行》说："墨气所射，四表无穷，无字处皆其意也。"②类似的富有言外义的诗例还可以举出许多，如卢纶的《塞下曲》：

月黑雁飞高，单于夜遁逃。
欲将轻骑逐，大雪满弓刀。

---

① 何文焕辑《历代诗话》本，北京：中华书局，1981 年，第 277 页。

② 王夫之《姜斋诗话》卷二，北京：人民文学出版社，1961 年，第 162 页。

诗写一个大雪之夜，准备集合轻骑兵，去追击溃退的敌人。诗人只写了准备出击的场景，究竟出击没有，追上敌人没有，统统略去了。“欲将轻骑逐，大雪满弓刀”，并不是战斗的结束，可是那种艰苦的自然环境、肃穆的战斗气氛和将士们的英雄气概，都被烘托出来了。神龙见首不见尾，并不是没有尾，尾在云中，若隐若现，更有不尽的意味和无穷的魅力。又如元稹的《行宫》：

寥落古行宫，宫花寂寞红。
白头宫女在，闲坐说玄宗。

红色的宫花和白头的宫女，色调形成鲜明的对比。红的宫花让人联想到宫女们已经逝去的青春，而宫花的寂寞又象征着宫女们当前的境遇。在这样一座古行宫里，几个白头宫女闲坐在一起，谈论着玄宗的往事。诗里用了一个“在”字，说“白头宫女在”，言外昔日行宫的繁华已不复存在，如今只有“白头宫女”还在这里，好像是那段繁华历史的见证人。诗只写到宫女说玄宗就结束了。至于她们的身世如何，诗里没有交代。反正已经把那种凄凉寂寞的气氛和抚今追昔的情调表现出来了，其他也就不言而喻。前人说这首诗“语少意足，有无穷之味”①，是不错的。又如蒋捷的《虞美人》：

少年听雨歌楼上，红烛昏罗帐。壮年听雨客舟中，江阔云低，断雁叫西风。　　而今听雨僧庐下，鬓已星星也。悲欢离合总无情，一任阶前点滴到天明。

这首词以听雨为线索，选取少年、中年、暮年三个不同的时期，歌楼、客舟、僧庐三个不同的地点，串起了作者自己一生的经历。这三个时期作者的生活发生了急剧的变化，然而作者把变化的过程统统略去了，只是跳跃地选了三个点来写，让读者自己在对比中体会其他的一切。作者少年时代的浪漫，中年时代的飘泊，暮年时代的凄苦与灰心，曲折地反映了南宋亡国前后的时代气息，是十分耐人寻味的。

① 《诗人玉屑》卷十引《随笔》，上海：上海古籍出版社，1978 年，第 211 页。

写诗的困难往往不在于取而在于舍。诗中那无言之处也需要认真经营。剪裁得体,才能收到言有尽而意无穷的效果。《竹庄诗话》引《漫斋语录》说:“用意十分,下语三分,可几风雅;下语六分,可追李杜。”[①]可见前人对这一点的重视。然而大诗人也难免赘疣,柳宗元《渔翁》:

渔翁夜傍西岩宿,晓汲清湘燃楚竹。
烟销日出不见人,欸乃一声山水绿。
回看天际下中流,岩上无心云相逐。

《冷斋夜话》引苏轼曰:“诗以奇趣为宗,反常合道为趣。熟味此诗有奇趣,然其尾两句,虽不必亦可。”[②]苏轼的批评是有道理的。诗的前四句,渔翁由显而隐,山水由隐而显,渔翁与大自然和谐地融为一体。渔翁那种悠然自得的生活情趣已经恰到好处地表现了出来。诗写到这里实在是应该结束了。可是柳宗元犹嫌不足,又用两句诗交代渔翁的去向,描写他的那种悠悠然的神情。这两句孤立地看,的确是佳句,但是在这首诗里未免多余。正如傅庚生先生所指出的:“柳河东《渔翁》诗至‘欸乃一声山水绿’收束,颇有含蓄之致,实于不足之中见足。乃必藉云之相逐,点出‘无心’二字,正见其有心于‘无心’,了无余蕴,是求其足乃转不足也。”[③]

以上所讲的双关义、情韵义、象征义、深层义和言外义,构成中国古典诗歌含蓄蕴藉的艺术特色。但这五种意义的区别,只能说是大致的、相对的。在有的诗里,各种意义可能并存着,很难十分严格地划分开来,不必过于拘泥。

(原载于《北京大学学报》1983 年第 2 期)

---

① 见《竹庄诗话》卷一“讲论”。

② 见毛氏汲古阁刊《冷斋夜话》十卷本,卷五。

③ 傅庚生,《剪裁与含蓄》,收入《中国文学欣赏举隅》,西安:陕西人民出版社,1983 年,第 150 页。

早期七言的体式特征和生成原理

——兼论汉魏七言诗发展滞后的原因

葛晓音

关于七言体的起源和成熟时间问题，历来是文学史上一个争讼不决的公案。曾有学者对历代典籍中和20世纪以来海内外学界的各家说法做过较为全面的统计，大约归纳出九种主张：源于《诗经》说；源于楚辞说；源于柏梁台诗说；源于曹丕《燕歌行》说；源于民间歌谣说；源于乐府说；源于字书说；源于镜铭说；源于张衡《四愁诗》说。[①] 随着研究的逐渐深入，争议焦点逐渐集中到源于楚辞和民间歌谣这两种主张，而且大多数都倾向于源于楚辞说。但是源于楚辞说的主张未能有力地驳斥源于民间歌谣的主张，于是又有兼取二说者，或认为母体是楚辞，民间歌谣是助产士[②]，或认为楚辞也是起源于楚地民歌[③]。而主张源于楚辞者，对于七言究竟如何从楚辞中产生的解释也有较大分歧。笔者在拜读各家前贤的论著时注意到，这些争议的产生与思路和视点的高度集中有关：与五言诗起源问题的争论相同，各家论点往往聚焦在寻找五、七言脱胎的母体，力求确认该种诗体成熟的标志，辩论哪一篇诗的句式和篇制完全符合该种体式的规范。由于七言的资料真伪问题比较麻烦，形式也较复杂，加上对“七言”标准的定义也不一致，所以比五言更难确定“起源”的母体和“成熟”的时限。如果继续因循从前的思路，恐怕不易找到突破口。因此本文试图转换思路，从七言的节奏提炼和体式形成过程去考察其产生的路

① 李立信，《七言诗之起源与发展》，台北新文丰出版有限公司，2001年，第5—26页。

② 如袁行霈先生说：“在我看来，与其说七言出于楚辞或单出于民间歌谣，不如说两方面都起了作用，母体是楚辞，民间歌谣是助产士。”《中国文学概论》，香港三联书店，1990年，第157页。

③ 褚斌杰，《中国古代文体概论》，北京大学出版社，1990年，第133页。

径和原理，并进而探讨汉魏七言诗的发展滞后于五言的原因。

一

考察一种诗体的产生，首先应着眼于其基本节奏的形成。在七言产生之前，四言和骚体这两种诗体都是从散文句中提炼出主导的基本节奏音组。四言以二、二节奏为主，统率了许多不能变成四字句的散句，所以杂有三言、五言、六言、七言乃至字数更多的诗句。楚辞也是同样，以三X二、三X三、二X二这三种基本节奏音组为主导，使各种散文句式得以诗化（X指以《离骚》为代表的骚体句中的虚字句腰，这三种节奏和以《九歌》为代表的骚体句的三兮二、三兮三、二兮二节奏相同）①。这两种诗体的各句字数以及意义词组的顿逗和诵读节奏不一定一致，但可以被统一在基本节奏音组之中。而七言、五言与四言和骚体不同，其意义词组的顿逗和诵读节奏基本上是一致的，不一致的情况只是例外。几乎不存在以主导的基本节奏音组统率其他字数不同的散句问题。由于每句字数相同，节奏的形成在于基本句式自身词组的组合，以及句与句之间的连贯。因此，五言体的生成经历了一个艰难的寻找节奏感的过程②。七言也同样有这个过程，但与五言体的生成途径又有所不同。

七言的基本节奏是前四后三，这一点已经毋庸论证。但是这四、三节奏是如何形成的？却罕见学界论及③。在七言体产生之前，七言句已经大量存在于先秦两汉的诗歌和各种韵文中间。因此考察这些七言句如何形成四三节奏，便成为研究七言体生成原理的必要前提。晋人挚虞在《文章流别论》里说：古之诗，“有三言、四言、五言、六言、七言、九言。古诗率以四

---

① 参见拙文《从离骚和九歌的节奏结构看楚辞体的成因》，《学术研究》2004年第12期。

② 参见拙文《早期五言体的生成途径及其对汉诗艺术特征的影响》，《文学遗产》2006年第6期。

③ 只有松浦友久先生曾指出七言和四言节奏的关系，认为七言的盛行必须具有两个前提：一是四言渐减使四拍节奏具有更加明显存在的理由；二是七言的每句韵转为隔句韵，使七言一句和四言两句的同质性减弱。见松浦友久《节奏的美学——日中诗歌论·绪论》，石观海等译，辽宁大学出版社，1996年。

言为体,而时有一句两句,杂在四言之间,后世演之,遂以为篇。……七言者,交交黄鸟止于桑之属是也。”①将七言句的源头追溯到《诗经》。那么不妨先看看《诗经》中的七言句。挚虞所说“交交黄鸟止于桑”,其实从全篇来看应该断成四、三两句的四言体,就像《唐风·采苓》中的“人之为言,胡得焉?”《小雅·鱼丽》中的“君子有酒,旨且多”等例子一样。事实上先秦乃至两汉的不少七言歌谣与此相类。这种四、三句式可以连接成四三节奏的七言,这应是挚虞视之为七言句之祖的原因。但是如果不算这类实属于四言体的“七言”句,《诗经》里的七言句非常少,即使把加“兮”的八字句也算上,只有 10 句左右。其中大部分是没有节奏的散文句,如《豳风·七月》中的“三之日纳于凌阴”,《小雅·鹿鸣》中的“以燕乐嘉宾之心”,《小雅·小旻》中的“如彼筑室于道谋”,《大雅·召旻》中的“今也日蹙国百里”,《周颂·我将》的“仪式刑文王之典”等。但也有几句形成自然的四三节奏,如《魏风·伐檀》中“胡瞻尔庭有县特兮”,《周颂·敬之》“学有缉熙于光明”等,此外如《大雅·召旻》第五章“维昔之富不如时,维今之疚不如兹”②,后世谣谚也有此类七言对句。《诗经》里七言句极少的原因是,七言需要较多的双音节词,《诗经》的时代处于由单音节词向双音节词过渡的阶段,尚不具备这种语言条件。而且在四言体主导下,必然分割成四、三句式。以上不可分割的七言句大多是无法提炼节奏的散文句,只能偶而为之。而极少数四三节奏的七言句则是在这种散文句中偶然出现的。这说明七言源于《诗经》的主张虽不能成立,但是少量七言句像三言、五言、六言等其他句子一样,在《诗经》时代已经以散文句的状态自然出现。七言要变成韵文,同样需要一个自觉提炼节奏的过程。

目前主张七言源于楚辞的意见颇占上风。主要论据是楚辞中已经出现了不少七言句,而且许多带“兮”字的句子去掉“兮”就成七言,汉代有的七言中夹杂“兮”字句,甚至有的七言是由楚辞体改作。这些论者所说

① 欧阳询,《艺文类聚》卷 56,上海古籍出版社,1982 年。

② 文中有关《诗经》的例句均见程俊英《诗经译注》,上海古籍出版社,1985 年。

的“七言”指全篇实字七言句的诗。但也有学者如李立信先生认为汉魏至唐人所谓的“七言”,是包含纯七言及带有“兮”字的七言句在内的。理由是《文选》李善注中引的东方朔《七言》有“折羽翼兮摩苍天”句,《北堂书钞》卷152引繁钦《七言诗》有“阴云起兮白雪飘”句。傅玄《吴楚歌》题下注明“七言”,而六句全为骚体句。因此他提出所谓“七言”包含以下几种:“一、骚体七言:全篇皆带有兮字之七言,如项羽《垓下歌》、班固《宝鼎诗》、东方朔《七言》等。二、纯七言:全篇皆实字之七言,如刘向《七言》、崔骃《七言诗》、李尤《九曲歌》等。三、通篇皆七言,但偶杂有兮字者,如张衡《四愁诗》、《琴操》中《将归操》、《招商歌》等是。四、杂入非七言句者。又可分为:1. 通篇大多为骚体七言,偶而杂入少数非七言。如李翊夫人《碑叹》等是。2. 通篇大多为纯七言,偶杂入部分非七言,而尤以三言为常。如《上郡吏民为冯氏兄弟歌》、《平陵东》及《今有人》等是。”[①]因此他认为“七言为骚体中之一体”[②],“都是从《国殇》和《山鬼》发展出来的”[③]。余冠英先生早在上世纪50年代初就举出《后汉书》中《东平宪王苍传》、《张衡传》等例子,指出汉代单有一种“七言”的称谓,有别于诗、赋、铭、颂等文体。又“推想当日七言不名诗,仅仅乎因为七言不是向来所谓诗的形式”[④],“却没有理由否认它是诗”[⑤]。余先生坚决不同意七言由《国殇》、《山鬼》演化而来的传统说法,认为七言来自谣谚而非楚辞,“当日七言”是有别于骚体正体之外的一种形式。这就关系到讨论七言究竟以什么为标准的问题。毫无疑问,李先生对于汉唐人心目中的“七言”内涵的说明是言之有据的,也在余先生所指出的“当日七言”之外提供了另一种合理的解释。但是从当代文体学的角度来看,骚体七言与纯七言还是有明显差异的。因此更多学者关心的还是探究纯七言体式如何形成。

---

① 李立信,《七言诗之起源与发展》,第47—49页。
② 李立信,《七言诗之起源与发展》,第55页。
③ 李立信,《七言诗之起源与发展》,第56页。
④ 余冠英,《汉魏六朝诗论丛》,棠棣出版社,1952年,第139页。
⑤ 余冠英,《汉魏六朝诗论丛》,第138页。

与以上问题密切关联的是另一个问题：主张七言源于楚辞的论者往往回避对荀子《成相辞》的解释，余冠英先生认为这是七言源自民谣的重要证据。郭建勋先生提出《成相辞》也属于楚文化。其中的四言来自《诗经》，而三言七言句则来自楚骚。《成相辞》和楚辞是楚民歌这个源头分出的两条支流[①]。他所使用的一个较有利的证据是《神女赋》中一节三三七四七的文字，与《成相辞》的基本结构相同。[②] 这也是一种合理的答案，可惜没有具体解释楚辞和《成相辞》的句式构成的关系。

那么，从四、三节奏的形成过程来看，七言句和楚辞及谣谚究竟关系如何呢？

先看楚辞中的七言句：以《离骚》为代表的骚体基本节奏音组中，三X二和三X三这两种节奏，在某几种情况下，可能产生完整的七言句（包括加兮字而成八言的句子）。三X二的典型句式是以单音节词前置，X前面的三音节大多是一、二节奏，但在两种情况下这个三音节会变成四音节，一是开头的单音节变成双音节，如《离骚》中的"皇览揆余于初度兮"、"众皆竞进以贪婪兮"、"朝饮木兰之坠露兮，夕餐秋菊之落英"、"众女嫉余之娥眉兮，谣诼谓余以善淫"等等，这类句子开头的两个音节有的是双音节词，有的是在单音节词前再加一个单音节词。而不断以单音节词前置是楚辞构句的常见方式，所以这类句子在《离骚》和《九章》、《远游》中可以找出50多句。姑且称之为A式。第二种情况是开头的单音节词再加一个虚字。如《离骚》中的"夫惟圣哲以茂行兮"、"孰云察余之善恶"、"唯此党人其独异"、"又况揭车与江蓠"等等，加上《九章》，这类句式可找出近20句。姑称之为B式。三X二节奏中还有一种情况是X所代表的虚字句腰为两个字，如《离骚》中"虽九死其犹未悔"、"驰椒丘且焉止息"，《惜诵》中"固烦言不可结诒兮"、"愿春日以为糗芳"等，这类句式在屈赋中不到10句。实际上是三、四节奏，姑称之为C式。还有一种情况：当A式和B式中的X变成代词或动词等实字而非虚字时，就会产生标准

---

① 郭建勋，《楚辞与中国古代韵文》，湖南师范大学出版社，2001年，第124—125页。

② 郭建勋，《楚辞与中国古代韵文》，第123页。

的四三节奏的纯实字七言句,如《远游》中的"腾告鸾鸟迎宓妃"、"玄螭虫象并出进兮"、"音乐博衍无终极兮"、"谁可与玩斯遗芳兮",《离骚》中的"退将复修吾初服"、"耿吾既得此中正"、"周流乎天余乃下"等。姑且称之为D式,但这类句子只是在楚辞基本节奏主导下产生的少数例外。三X三节奏的句子在屈赋中不多,更多的是三兮三节奏。但是因为三X三中间的句腰是虚字,所以也会产生七言句,如《离骚》中的"恐年岁之不吾与"、"愿俟时乎吾将刈",《哀郢》中的"哀见君而不再得"、"江与夏之不可涉",《远游》中的"造旬始而观清都"等等[①]。这类句子在屈赋中约有20句左右。姑称之为E式。

以上五种句式中,除了C式是三、四节奏外,A、B、D三式都是四三节奏,E式也可以读如四三节奏,但不是真正的四三节奏。这些句式在后代的七言诗中虽然都可以找到类似的句例,却不能断言七言即由此产生。因为在ABD三种句式中,除了D式以外,后半句三言词组都是由一个虚字加一个双音节词组成,没有变化;而且由于虚字的连接,前四字和后三字的语法关系非常紧密,多数句子开头的单音节词或双音节词的语法意义是直贯全句的,这种七言句还是没有脱离典型赋体句的形态。也就是说,从七言句要求前四后三的诵读节奏和意义词组的顿逗基本吻合这一点来说,这类骚体七言还是不完全合格的。而D式的出现是骚体基本节奏主导下的例外,并不说明屈赋已经具备建构四三节奏的自觉意识。

如果我们将这类七言句和《成相辞》中的七言句相比较,可以看出二者之间的明显差异:《成相辞》基本上以三三七四七的句式为一个单元,勾连成长篇。其中的七言句结构,第五字用楚辞式句腰虚字的句子仅两句:"一而不贰为圣人""托于成相以喻意"。其余所有七言句后三字的语法组成,变化之多,非屈赋所能比拟,其中最多的是两种结构:1. 三字词组自成主谓结构,如:"事不治","国必祸","启乃下","殷民怀","百里徙","墨术行","四海平","天下治"……等等,计有40句左右。2. 三字词组为动宾结构,如"堕贤良""尚贤义""爱下民""成为桀""明君臣""逐

① 以上楚辞例句均见朱熹《楚辞集注》,上海古籍出版社,2001年。

共工”“失道途”“鲜无灾” 等等，计有50句左右。其余还有一些形容词或副词构成的谓语，如“何伥伥”、“顺以达”、“诚不祥”等，但较少[1]。《成相辞》七言句的三字词组的两种主要结构都有独立的语法意义，而不像上述各式骚体七言句那样因虚字的连接而紧密地依附于前面的四言词组。由于这些三言词组和前面的四言词组之间必然形成意义的顿逗，与四三的诵读节奏是一致的，可以说这种七言句才是后代纯实字七言诗的标准节奏，因此认为七言出自《成相辞》这类谣谚体的看法是有道理的。

但是《成相辞》的出现本身就是一个需要解释的问题，为什么同在战国后期，会出现骚体七言和《成相辞》这两种句式节奏构成不同的七言呢？由于现存资料太少，再除去伪书中的某些歌谣，目前几乎找不到足以证明《成相辞》来源的战国谣谚。余冠英先生曾举《礼记·檀弓》中的《成人歌》来证明，但这首歌是骚体的三X三节奏，所以不足为凭。湖北云梦睡虎地秦墓竹简中的《为吏之道》中有一部分形式与《成相辞》类似的韵文，从整理出来的八首例子来看，三言、四言句都和《成相辞》一样，是语法意义独立的句子。而七言句中类似楚辞体那样第五字有虚字句腰的有“民将望表以戾真”、“民心将移乃难亲”、“百姓榣(摇)贰乃难请”3句，加上“画局陈(棋)以为耤”(“以为”是双音词句腰)也可算4句。其余均为《成相辞》式的七言结构，如“不敢徒语恐见恶”、“来者有稽莫敢忘”、“掇民之欲政乃立”、“欲令之具下勿议”、“毋发可异史(使)难请”等，计11句，其中“下恒行巧而威故移”是八言，“而”字分割前后语法意义独立的四言和三言词组[2]。这说明在这类韵语形式中，也可以杂有楚辞句式。这几个例子可以支持《成相辞》形式同属于楚文化的论点。不过，从公认可靠的春秋战国文献资料来看，还能找出这样一些痕迹：春秋时代如《左传》成公五年的《莱人歌》：“景公死乎不与埋，三军之士不与谋。”后一句与《成相辞》七言节奏一致，而前一句则是骚体的三X三节奏。此外《左

---

① 《成相辞》引文见《荀子》，诸子百家丛书浙江书局本，上海古籍出版社影印，1989年，第146—149页。

② 《为吏之道》全文见睡虎地秦墓竹简整理小组所著《睡虎地秦墓竹简》，文物出版社，1978年。

传》襄公三十年的《子产诵》："取我衣冠而褚之，取我田畴而伍之"，其实即上述骚体七言句中的A式。《左传》僖公二十八年《舆人诵》："原田每每，舍其旧而新是谋。"[①]四言加七言，与《成相辞》的基本单元近似，但七言是骚体七言中的E式。可见骚体七言句和《成相辞》式七言句在北方的民间歌谣中也存在，而且常常混用，并非截然两体。

那么，以上标准的四、三节奏七言句究竟是怎样产生的呢？我认为关键在于战国后期四言句和三言句节奏和语法意义的独立。战国后期，与《成相辞》式的韵文同时的楚辞和当时歌谣中都出现了一种四兮三或四X三节奏的骚体句式。如《战国策・齐策四》中《弹铗歌》："长铗归来乎食无鱼，长铗归来乎出无车，长铗归来乎无以为家。"为四X三节奏，"乎"字前后的四言和三言是相对独立的，也可以分为两句。《战国策・燕策三》："风萧萧兮易水寒，壮士一去兮不复返。"[②]是三兮三和四兮三相接。《吕氏春秋・乐成篇》中《邺民歌》："邺有贤令兮（一作'时'）为史公，决漳水兮灌邺旁，终古舄（一作'斥'）卤兮生稻粱。"[③]第一三句都是四兮三，第二句是三兮三。而在战国末期的楚辞中，这类四兮三节奏逐渐增多，如宋玉《九辩》中"登山临水兮送将归"、"悲忧穷戚兮独处廓"、"有美一人兮心不怿"、"去乡离家兮徕远客"[④]等。四兮三节奏的出现可能与三兮三有关，因为《山鬼》、《国殇》中的三兮三句，兮字两边的三言词组有相对的独立性。前面的三言词组变成四言，就可以成为四兮三。就像骚体AB式七言句前半句三言词组由单音节词变成双音节词开头，而形成四X二节奏一样。《九辩》中骚体七言的AB式句增多到35句的事实也可以证明这一点。像"草木摇落而变衰"、"贫士失职而志不平"这样的句子，虽然仍有虚字句腰，但句腰前四言的语法独立性有所增强。汉代骚体诗中四兮三和三兮三经常组合在一起，也反映了二者的亲缘关系。

此外，《招魂》的乱辞被很多学者引为七言源于楚辞之例证。这段乱

---

① 《左传》引文见李梦生《左传译注》，上海古籍出版社，1998年。

② 均见《战国策》，上海古籍出版社，1998年。

③ 《吕氏春秋》，诸子百家丛书浙江书局本，上海古籍出版社影印，1989年。

④ 朱熹，《楚辞集注》，第197页。

辞中有12句四兮三节奏，两句四兮四节奏，一句四兮五节奏。而《招魂》全篇是四言加三"些"。"些"相当于"兮"。这与《九章·抽思》的乱辞四言加三言兮的格式相同，四加三兮是从《诗经》传下来的一种四言体节奏句式，但在《抽思》乱辞和《招魂》中，四言句主要由双音实字组成，很少用叠字和虚字凑数，四言和三言之间多为主谓关系、或补语关系。《招魂》四言加三言"些"的这种节奏与乱辞中的四兮三句式和谐共处，说明二者属于同一类型的节奏。《大招》与《招魂》类似，只是把"些"变成"只"而已。四言加三言兮无疑也是很容易变成七言的一种途径，顾炎武《日知录》和梁启超《中国之美文及其历史》甚至认为《招魂》、《大招》去掉每句的"些"和"只"就是七言[①]。逯钦立先生著录《九章·抽思》的乱辞是七言加兮，与《招魂》乱辞相同[②]，但不少楚辞版本中《抽思》乱辞为四三兮，因而问题只在于四言和三言之间是否断句。再看上文所举A式和B式句中因虚字句腰变成实字而产生的D式，其实与《成相辞》式七言句已经没有区别，只是数量很少而已。楚辞中四兮三及四三"些"节奏的出现，改变了屈赋的典型节奏，而与纯七言的四三节奏趋同。所以虽然从形式上看，仍然是带兮字的骚体句，但是节奏结构已经发生重大变化。

由此可见，在战国末期的楚辞和民谣中，句式节奏的变化趋向是相同的。正像《诗经》时代，无论是中原诗歌还是散见于其他文献中的楚地歌谣，都是以二二节奏为主导一样[③]。因此四兮三节奏和四三兮节奏句的增多，乃至四三节奏实字七言句的产生，都说明到战国末期，无论是楚辞还是民间歌谣，都出现了在语法关系上相对独立的四言词组和三言词组以不同方式连缀成句的现象。《成相辞》、《为吏之道》等虽然加工成为一种规则的杂言体七言，但也是四言和三言的各种连缀方式的一种。骚体句中在第五字（或五六）用虚字句腰的某些句式之所以被吸纳到这类谣辞中，也是因为按其意义可以读成四三节奏。

---

① 见余冠英《汉魏六朝诗论丛》第129—130页引顾炎武《日知录》卷20及梁启超《中国之美文及其历史》。

② 逯钦立，《汉魏六朝文学论集》，吴云整理，陕西人民出版社，1984年，第75页。

③ 参见拙文《四言体的形成及其与辞赋的关系》，《中国社会科学》2002年第6期。

四兮三节奏和四三节奏句的增多,与战国后期四言词组的实字化有关,笔者在《汉魏两晋四言诗的新变及其体式的重构》[①]一文中,已经对四言实字化的趋势与四言词组语法意义独立的关系作过论证,此处不赘。从前述《成相辞》式七言的构句以及三三七押韵的特点来看,除了四言词组和三言词组的联系以外,三言词组本身脱离兮字而独立成实字句,也促使七言句找到了和三言合拍的节奏感。由于材料稀缺,战国末年三言兴起的情况不甚明了,只能知道西汉初期三言已广为流行于民间谣谚中,同时从楚辞三兮三节奏中发展出来的三言也已应用于乐府。因此三言的独立成句对于七言句的形成也是至关重要的。关于三言对七言的促成作用,笔者已有另文探讨[②],此处不赘。总的说来,先秦七言句的形成与楚辞和谣谚都有复杂的关系,但楚辞和谣谚并非截然不同的两体,其节奏是随着语言中双音节词的增多而同步发展的。到了战国末年,由于韵文中四言和三言的愈趋实字化,对于四言词组和三言词组之间节奏关系的探索,成为骚诗和民间谣谚的共同现象,这是酝酿七言节奏的主要背景。

二

在四兮三节奏中,"兮"作为强化的停顿,前四与后三都具备了七言要求的意义词组与诵读节奏合拍的条件,去掉"兮"而变成实字七言句是简单易行的。事实上《成相辞》中也出现了大量没有兮字的实字七言句。但从汉代的七言创作来看,骚体的七言和杂言体七言在相当长的时期内,依然呈并行发展之势,而且成篇的七言诗也没有按照四言和三言组合的发展逻辑大量产生,其原因何在呢?

综观汉代现存的骚体七言和含有实字七言句的诗歌,可以发现这样一个现象:即成篇和成段的七言诗不多,更多的是七言与三言、四言相间的杂言,主要见于民间歌谣和乐府;骚体七言也大多是四兮三节奏与三兮

---

① 《汉魏两晋四言诗的新变及其体式的重构》,《北京大学学报》2006 年第 5 期。

② 参见拙文《论汉魏三言体的发展及其与七言的关系》,《上海大学学报》2006 年第 3 期。

三节奏相杂,或少数七言加兮的句式,主要见于有主名的歌诗。这种现象是从战国末年延续下来的,但在汉代呈现出一种相对固定的状态。这就使骚体七言和杂言体七言看起来更不像是同类诗体。这也是七言源于民谣说的重要理由。但笔者认为这种现象正说明两类七言在汉代仍然延续着探索三言和四言节奏关系的同步趋势。七言由四言和三言两组词构成,在节奏上,究竟是服从四言还是三言?这是最先出现的杂言体七言必然遇到的问题。实际上从战国末年到汉代,七言节奏是长期依徊于三言和四言之间的。《为吏之道》中有三言、四言与七言都押韵的例子,如第二首:"凡戾人,表以身,民将望表以戾真。表若不正,民心将移乃难亲。"是真耕合韵。第四首:"邦之急,在(体)级,掇民之欲政乃立。上毋间(按睡虎地秦墓竹简整理小组注释,此字疑为'卻'字之误),下虽善欲独可(何)急?"《成相辞》以三三七四七为基本单元,三言和七言押韵,四言和七言不押韵。在诵读上,四言和七言之间只是相当于一个小顿,所以其节奏服从于三言。但是这并未成为定式。固然,汉代有许多三三七式的民谣服从于三言节奏,像《汉书·冯野王传》引《上郡吏民为冯氏兄弟歌》,《汉书·佞幸传·石显传》引民谣,《后汉书·五行志》引桓帝初天下童谣,桓帝初城上乌童谣等。至于乐府杂言就更多,如鼓吹曲辞中的《思悲翁》,相和歌辞中的《薤露》、《平陵东》,舞曲歌辞中的《淮南王》等。然而当七言与四言相杂时,其节奏也可以服从四言,如《汉书·匈奴传》引《平城歌》为七四四:"平城之下亦诚苦,七日不食,不能彀弩。"①又如《后汉书·周泽传》:"生世不谐,作太常妻。一岁三百六十日,三百五十九日斋。"②又如《太平御览》引谢承《后汉书》:"时岁仓卒,盗贼纵横,大戟强弩不可当,赖遇贤令彭子阳。"③这都是七言和四言节奏相协的例子。但四言即使不和七言押韵,也可以相杂,如《急就篇》第 34 章开头也是两句

① 《汉书·匈奴传》,中华书局,1962 年。

② 《后汉书·周泽传》,中华书局,1964 年。

③ 《太平御览》卷 352,第 1619 页下。同书《吴录》"时岁仓卒,盗贼纵横"两句无"盗"字。中华书局影印本,1960 年。

四言:“山阳过魏,长沙北地。”[①]但不入韵,类似《成相辞》的四七式。更麻烦的是,当杂言中三言四言七言都有时,七言显得无所依从,如《郊祀歌》中的《天地》前八句四言,两句一韵,四句一转韵,接着四句七言:“千童罗舞成八溢,合好效欢虞泰一。九歌毕奏斐然殊,鸣琴竽瑟会轩朱。”[②]前两句押同一韵,后两句押同一韵。显然是遵从前面的四言押韵方式,以一句七言当两句四言。而中间遇到三言句时,七言又随三言押韵:“盛牲实俎进闻膏。神奄留,临须摇。”《远如期》中多句三言和四言穿插相配,最后为一句六言和一句七言,没有押韵规律。至于汉代铜镜铭文中,七言与四言三言乃至八言六言相杂的例子更多[③]。这些都说明当时人把七言句的构成看成是一句四言和一句三言相加,因此三言四言和七言可以任意组合,这是实字七言初起时多为杂言,少见整篇齐言,而且句句押韵的主要原因。两汉杂言体七言中常常出现八言和六言句相杂,也是因为有时会出现两句三言或两句四言相互组合的情况。

与此相应,当时的骚体七言也多为三兮三和四兮三的混杂,乃至逐渐趋向于一种定式。如刘邦《大风歌》是一句三兮三和两句四兮三。刘彻的《瓠子歌》以三兮三为主,杂有三句四兮三,和一句四兮四及一句三兮四。《秋风辞》也是以三兮三为主,杂两句四兮三。《汉书·西域传》中乌孙公主细君所唱歌则以四兮三为主,杂一句三兮三。淮南小山的《招隐士》句式较杂,其中也有多句四兮三:“偃蹇连蜷兮枝相缭,山气巃嵸兮石嵯峨,溪谷崭岩兮水曾波,猿狖群啸兮虎豹嗥,攀援桂枝兮聊淹留”,“丛薄深林兮人上慄”[④],直到东汉民谣中还有四兮三的节奏句,如《后汉书·皇甫嵩传》引百姓歌;“天下大乱兮市为墟,母不保子兮妻失夫,赖得皇甫兮复安居。”可见汉代民歌与战国时期一样,也是兼有骚体和杂言的。这些四兮三的句子中,兮字两边的四言和三言词组的语法意义都是

① 颜师古注,王应麟补注史游《急就篇》,见《玉海》附刻本,江苏古籍出版社、上海书店1987年据光绪九年浙江书局刊本影印。

② 《郊祀歌》引文均见《汉书·礼乐志》,下同。

③ 参见李立信,《七言诗之起源与发展》,第95—98页“表三”。

④ 朱熹,《楚辞集注》,第162页。

独立的，只是借兮字将它们组合起来而已。这种骚体与屈赋的典型句式已经有很大的区别。李立信先生所说的骚体七言都是三兮三节奏的句子。汉人之所以称之为“七言”，当然主要是指其句子为七字组成，但三兮三节奏因为两个三言词组有较大独立性，且容易变成四兮三，也使这种骚体节奏和七言有了亲缘关系。事实上，汉人也看到了这种骚体七言和上文所说三、四、七言相杂的形式之间节奏感的相通之处。例如《汉书·广陵厉王胥传》所载刘胥作的《歌》，就是这两种形式的混合体：“欲久生兮无终，长不乐兮安穷。奉天期兮不得须臾。千里马兮驻待路。黄泉下兮幽深。人生要死，何为苦心。何用为乐心所喜。出入无悰为乐亟。蒿里召兮郭门阅。死不得取代庸，身自逝。”[①]这首歌里三句三兮二，一句三兮四，两句三兮三，同时杂有两句四言，两句七言，一句六言，一句三言。六言基本上是三三顿逗。《汉书·苏武传》里所载李陵《歌》也是四句三兮三和四、七言相杂。可见汉人认为七言的骚体和杂言，都与三言和四言在节奏上可以取得协调。而从现存资料来看，和三言节奏协调的例子更多，而且逐渐形成一种固定的三三七式杂言体。[②] 这应是汉魏人所谓的七言包含实字七言、三言及带有“兮”字的七言句在内的主要原因。所以张衡《四愁歌》以四三节奏的纯七言句为主，但开头则用三兮三句，其节奏与两个三言开头的七言诗是相同的。

由以上分析可见，早期七言句经历过在四言和三言乃至四兮三、三兮三节奏中依徊不定的过程，这应该是汉代杂言体七言远多于整齐的七言诗的原因。但五言诗也有一个摸索节奏的过程，其时段与七言大致相同，而且成段七言诗及成篇七言韵文的出现甚至早于五言，为什么五言的成熟和普及反而早于七言诗呢？这就要从早期七言体的体式特征和表现功能去寻找答案。虽然在张衡《四愁诗》和曹丕《燕歌行》之前，成段和成篇的七言不多，还没有形成严格意义上的“体”，但是从这些有限的资料仍然可以看出早期七言篇制的某些体性。以下使用的资料取自目前还没有

---

① 《汉书·广陵厉王胥传》，中华书局，1964 年。

② 见拙文《论汉魏三言体的发展及其与七言的关系》，《上海大学学报》2006 年第 3 期。

怀疑的文献，有乐府郊庙歌辞中的《郊祀歌》、《汉书·东方朔传》所引“射覆”，《太平御览》卷598所引戴良《失父零丁》，史游《急就篇》，马融《长笛赋》篇末“辞”，张衡《思玄赋》篇末“系”，以及汉代镜铭和某些歌谣等。其余还有《文选》注所引刘向的七言，司马相如的《凡将篇》，《北堂书钞》所引李尤《九曲歌》，《太平御览》所引崔骃七言等，但都是残句，看不出七言篇制，故而不用。

首先，早期七言体最明显的体式特征是句句押韵。余冠英先生认为这与七言谣谚中很多一句成章的特点有关。这一特点“为三四五六言所无，骚体歌诗亦无此例”。“每一篇的句数不论奇偶都可以，不似三四五言的诗绝不能每句押韵，且每篇句数多为偶数。尤其是那个很特别的诗体——七言联句的由来可从此得一解释。七言联句是每人做一句诗，和他体联句不同，原因是七言诗的一句即可算得一章。”①这是对七言体式的基本特点很精要的说明。而七言之所以能够一句成章，还是与其节奏的形成过程有关。由于七言的四三节奏是在四言词组和三言词组的语法意义趋于相对独立的过程中形成的，其押韵方式往往是一句七言与两句三言相押，或者与两句四言相押，后来渐渐更稳定于和两句三言相押的节奏，所以一句七言相当于两句三言或四言。松浦先生认为七言在相当长时间内不能得到发展的原因是，一句七言相当于两句四言的节拍。他用休音的理论解释：一句四言相当于二拍，七言后面的三言也是二拍，只不过比四言少一字，可以视为一个休音。也就是说一个七言句相当于两句四言的四拍。所以他认为当四言尚未退出历史舞台时，就不会产生需要七言的紧迫感。② 这也从另一个角度证明了七言节奏前四后三的相对独立性，既然在节奏上自然形成前后意义词组的顿逗，与两句四言或两句三言之间的顿逗相比，只是时值长短的差异而已，那么七言的句句押韵，也相当于四言或三言的偶句押韵。这就是早期七言体句句押韵的基本原

① 余冠英，《汉魏六朝诗论丛》，第149页。

② ［日］松浦友久著，石观海等译，《节奏的美学——日中诗歌论》，沈阳：辽宁大学出版社，1995年。

理。已有学者注意到汉代某些歌谣往往第四字和第七字押韵。其实荀子《成相辞》中也有一些句子如此押韵，正是因为一句七言相当于一句四言和三言相加。余冠英先生指出的七言歌谣体的另一特征——常以两个三言句起头，其成因也正在此。

其次，七言体句句押韵、可以单句成章的基本特征决定了七言体韵文的篇制是单行散句的连缀。各句之间的意脉往往不连贯，但是每句七言的四言和三言词组的意义却多自相对应或连属，甚至重复。这种单句成行的特点使早期七言体中几乎看不到句与句之间的对偶排比等诗歌中常用的修辞方法，这也是它与三四五言体的重要差别。试看《郊祀歌·天地》中最后八句七言："长丽前掞光耀明。寒暑不忒况皇章。展诗应律鋗玉鸣。函宫吐角激徵清。发梁杨羽申以商。造兹新音永久长。声气远条凤鸟鶂，神夕奄虞盖孔享。"虽然是偶数句，而且四句一转韵，但是句意和句式之间都没有紧凑的呼应，而是一句一意地铺排奏乐场景。又如《郊祀歌·景星》中连续12句七言："空桑琴瑟结信成，四兴迭代八风生。殷殷钟石羽籥鸣。河龙供鲤醇牺牲。百末旨酒布兰生。泰尊柘浆析朝酲。微感心攸通修名。周流常羊思所并。穰穰复正直往宁。冯蠵切和疏写平。上天布施后土成。穰穰丰年四时荣。"以上共12句七言，每句意思都各不连属。但是如果细看这两段七言句，不难发现，每句七言的前四后三两个词组意义却多数是自成对应的。如"函宫吐角激徵清"，"发梁杨羽申以商"，两句虽然都是铺排五音，但被转韵隔开，没有对偶关系。前句自身以宫、角、徵音相对，后句自身以羽、商音相对。又如"殷殷钟石羽籥鸣。河龙供鲤醇牺牲"，前句以乐器自成对应，后句以祭祀鱼牲对应。两句之间既没有意脉的联系，也没有句式的对应。其他句子亦多如此。再看《景星》的前12句四言，则是两句四言意义相对或相属，如"景星显见，信星彪列"，"参侔开阖，爰推本纪"等等。《天地》中的四言意义也是两两相属的。如"爰熙紫坛，思求厥路"、"百官济济，各敬厥事"等。除此以外，《文选》注里所引刘向《七言》的散句，每句之内四三两个词组的意思也都是自相重复或相补的。由此可见，每个七言句不仅在四三节奏上与两句四言相当，就是在意义连属上，也相当于两个四言句。这样每个七言句就自成一个诗行，其篇制就成为各不相属的单行散句的连缀了。

上述特点不仅见于铺排场景的《郊祀歌》，也见于王逸抒情的《琴思楚歌》："盛阴修夜何难晓。思念纠戾肠摧绕。时节晚暮年齿老。冬夏更运去若颓。寒来暑往难逐追。形容改少颜色亏。时忽晻晻若鹜驰。意中私喜试用为。内无所恃失本义。志愿不得心肝沸。忧怀感结重叹噫。岁月已尽去奄忽。亡官失禄去家室。思想君命幸复位。久处无成卒放弃。"罗根泽先生说这首歌见于《诗纪》，因《后汉书·王逸传》、《文选》、《乐府诗集》、《古文苑》都不载，颇有伪托之嫌①。但是因又见于张溥《汉魏六朝百三名家集》之《王叔师集》，一些研究者仍举此诗作为东汉七言诗的证据。笔者以为此诗体制与早期七言完全相同，即使非王逸之作，也可借以观察这类体制用于抒情的效果。此诗每句之内，四言和三言的意义不是重复就是互为补充的。如"思念纠戾"和"肠摧绕"，"形容改少"和"颜色亏"，"忧怀感结"和"重叹噫"等等。但是全诗没有一处对偶句，都是单句自成一意，而且连句式的呼应都没有。这就使全诗的节奏十分滞涩，缺乏流畅的韵味，大大减弱了抒情的表现力。

成段或成篇七言体的以上两个主要特征，使早期七言在其成体之初特别适用于那些不需要句意连贯的韵文体。大致有以下几类：

1. 祝颂类文辞：上引《郊祀歌》中多是对场面的铺排和吉祥的颂词，只需堆砌词汇，不求篇意畅达。汉代镜铭也都是祝福的颂词和铭辞。如东汉角王巨虚镜："角王巨虚辟不祥，食龙白虎神而明。赤鸟玄武之阴阳。国宝受福家富昌，长宜子孙乐未央。"东汉青盖镜："青盖作镜四夷服。多贺国家人民息。胡虏殄灭天下复。风雨时节五谷熟。长保二亲得天力。"②只要把祝颂意思的各方面内容都罗列到就可以，至于每句之间的联系就不必考虑。汉代镜铭中虽然三、四、五、七言体都有，但纯七言和杂言体七言最多，当与七言的这种功能有关。

2. 字书歌诀类韵文：司马相如《凡将篇》和史游《急就篇》，都是七言

---

① 《罗根泽古典文学论文集》，上海古籍出版社，1985 年，第 206 页。

② 罗振玉，《汉两京以来镜铭集录》，《罗雪堂先生全集》初编四，文华出版公司，1968 年。

韵语,但是因为是字书,所以只须把各类文字编排成句,使之押韵易记。如《急就篇》第7、8章大多是按“纟”偏旁分类的字形连缀。第19章全是罗列庄稼蔬菜瓜果名称,第34章片断:“马饮漳邺及清河。云中定襄与朔方。代郡上谷右北平。辽东演西上平冈。酒泉强弩与敦煌。居边手塞备胡羌。远近还集杀胡王。汉土兴隆中国康。”则显然是教人记住边塞的代表性地名。正如《急就篇》自己所说,全篇韵语是“罗列诸物名姓字,分别部居不杂厕。”[①]至于谶纬和道经中的歌诀,道理也相同。据逯钦立先生引汉代道经《太平中经钞》三十八丙部之四的《师策文》:“吾字十一名为士,丙午丁巳为祖始。四口治事万物理,子巾用角治其右。潜龙勿用坎为纪。……”[②]都是数字和卦辞的罗列。字书歌诀都用七言,正是充分利用了早期七言适宜罗列名物的功能。

3. 汉代谣谚中的品评人物之语。汉末尤多七字评,逯钦立先生汇集了数十条。[③] 最见规模的是桓帝时的《群辅录》。《太平御览》引袁山松《后汉书》说:“桓帝时,朝廷日乱。李膺风格秀整,高自标尚,后进之士,升其堂者,以为登龙门。太学士三万余人牓天下士,上称三君,次八俊,次八顾,次八及,次八厨,犹古之八元、八凯也。因为七言谣云云。”[④]由每人一句评语集成的《群辅录》,按八俊、八顾、八及等分组,形成几组七言,但每句开头都是“天下”或“海内”。这些评语虽不能算成体的七言,却可以清楚地见出七言单行散句之间的疏离性。同样,以《汉书》中较长的七言谣谚《上郡歌》来看:“大冯君,小冯君。兄弟继踵相因循。聪明贤知惠吏民。政如鲁卫德化钧。周公康叔犹二君。”[⑤]读起来虽然很上口,但是各句之间也是不相干的。

以上几类七言都是应用性的韵文。余冠英先生指出七言还用于杂

---

① 颜师古注,王应麟补注史游《急就篇》,见《玉海》附刻本,江苏古籍出版社、上海书店1987年据光绪九年浙江书局刊本影印。

② 逯钦立,《汉魏六朝文学论集》,吴云整理,陕西人民出版社,1984年,第73页。

③ 逯钦立,《汉魏六朝文学论集》,第79—82页。

④ 《太平御览》卷465,第2139页。

⑤ 《汉书·冯野王传》引《上郡吏民为冯氏兄弟歌》。

著："王逸所作楚辞注往往用整齐有韵的句子而赘以一个'也'字。如将'也'字删去便成韵文。"[①]但从余先生举出《哀郢》和《怀沙》、《思美人》的三段去掉"也"字的注文来看，大多数句子也是各不连属的，如《思美人》注："草创宪度定众难。楚以炽盛无盗奸。委政忠良而游息。天灾地变始存念。臣有过差赦贯宽。素性敦厚慎语言。遭遇靳尚与上官。上怀忿恚欲刑残。内弗省察其侵冤。专擅君恩握主权。欲罔戏弄若转丸。不审穷覈其端原。放逐徙我不肯还。……"观王逸原注，这本来不是连贯的韵文，而是各句后面的注解，所以连接成整段的韵文后非常生涩，上句不接下句。而且王逸原注在每句后面都有"也"字，连成韵文后如有此"也"字，增强了咏叹语气，就可以忽略各句之间的疏离。由此比较可以见出早期七言体的一个致命弱点：当用于文意复杂、篇制较长的评论和叙述时，单行散句的连缀很难使各句的意脉连贯一气，至于委婉流畅的抒情更是谈不上，前引王逸《琴思楚歌》就是一个例子。笔者以为这就是两汉的骚体七言并没有因七言的广泛应用而被取代的原因。即使这些四兮三句甚至七言加"兮"或"也"的句式完全具备了四三诵读节奏和意义词组一致的条件，人们还是不愿放弃"兮"字，因为"兮"字可以在四三词组间或七言句之间造成一个较长的停顿，从而淡化七言句意之间不相连属的生涩感，并且纾缓句句押韵的急促感。所以两汉的纯七言大多是应用性韵文，而有主名的抒情诗歌则主要使用骚体七言。

早期七言与生俱来的这种弱点，和早期五言体正好形成一个对照。笔者在研究早期五言体的生成途径时，注意到五言虽然和七言一样，也有一个从散文句中逐渐摸索二三节奏的艰难过程，但是五言的二三节奏是伴随着对偶句排比句和重叠复沓等修辞方式逐渐增多的。当五言还在少量歌谣的阶段，就已经找到了通过词组、句行之间的呼应达致句意连贯的方式。有此基础，节奏流畅的五言体雏形首先在排比对偶句式的重复连缀中出现。然后汉代文人又探索了五言句连贯叙述的节奏规律，逐渐摆脱对修辞重叠的依赖，从而使五言的句式节奏组合显示了丰富的变化，展

① 余冠英，《汉魏六朝诗论丛》，第155页。

现了五言发展的极大潜力①。而七言以单行散句连缀的篇制，从一开始就只注意当句之内的自相呼应，却没有找到句与行之间的呼应方式。因此在诗歌最重要的叙述和抒情两大功能方面，相比五言都处于劣势。当东汉的少数作者意识到这一问题，开始寻找突破路径的时候，无论是乐府五言诗还是文人五言诗都已经相当成熟了，这就是汉魏七言诗的发展滞后于五言的根本原因。

东汉七言中只有少数作品显示了突破早期七言体制的努力。观察这些作品，可以更清楚地看出早期七言体式的局限。戴良的《失父零丁》虽是一篇韵文体的寻人启事，还算不上诗，但是它的句子连缀方式显示了七言用于叙述的可能性："敬白诸君行路者，敢告重罪自为祸。积恶致灾天困我，今月七日失阿爹。念此酷毒可痛伤。当以重币用相偿。请为诸君说事状。我父躯体与众异。脊背伛偻卷如蔵，唇吻参差不相值，此其庶形何能备。请复重陈其面目，鸱头鹄颈獦狗啄。眼泪鼻涕相追逐。吻中含纳无齿牙。食不能嚼左右蹉。颇似西域脊骆驼。请复重陈其形骸。为人虽长甚细材，面目芒苍如死灰。眼眶深陷如羹杯。"②这篇韵文形容其父形状，语言直白，类似调笑。虽然还是单行散句，但是以"请为诸君"及两次"请复重陈"，将其父状貌分成三层来说。加上开头，形成了四句、三句或六句一换韵的几个小节。每个小节内的句意相互照应，并且用"敢告"、"念此"、"当以"、"请为"等词语使句意上下连接。而且每个小节末句对本节意思有一个回应。如"此其庶形何能备"是对前三句的一个总结。"颇似西域脊骆驼"是对前述"面目"的比喻。此外，有些句子之间还参有对偶。这些都使全篇读来语气较为顺畅，基本上形成了连贯的句脉。如果联系《汉书·东方朔传》中的"射覆"和某些俗白的短章谣谚来看，这篇韵文每节之内意思的连贯与其俳谐的性质有关，因为通俗的口语无须考虑体式，自然能够形成语意畅达的短篇歌谣。但当多层意思勾连成长篇时，就显得力不从心。这篇启事三层内容的错杂和条理不清，仍与早期

---

① 参见拙文《早期五言体的生成途径及其对汉诗艺术的影响》，《文学遗产》2006年第6期。

② 《太平御览》卷598，第2695页。

七言缺乏篇制建构的意识有关。

马融的《长笛赋》篇末之“辞”是对羌笛制作的一个说明，也可以算是叙述体：“近世双笛从羌起，羌人伐竹未及已。龙鸣水中不见已，截竹吹之声相似。剡其上孔通洞之，裁以当笯便易持。易京君明识音律，故本四孔加以一。君明所加孔后出，是谓商声五音毕。”[①]此篇值得注意的是句意两两相应，已经初步形成了偶句成行的格局。而且一行或隔行之中往往有重复用字，如“羌”、“之”、“孔”等。尤其最后四句说明“君明”对羌笛的改造，分两层出之，使之稍有复沓之意，所以虽然有些句子散文化痕迹较明显，但意脉是连贯的。

张衡《四愁诗》是比较完整的抒情七言诗，只因首二句为骚体，未能被文学史家公认为纯七言。但此诗的意义在于，它是用七言抒情的成功尝试。全诗分四章，每章句法相同，这就首先将《诗经》式的复沓经验用于七言，从篇制上加强了七言的抒情能力。再看一章之内的句式呼应：“我所思兮在太山。欲往从之梁父艰。侧身东望涕沾翰。美人赠我金错刀，何以报之英琼瑶。路远莫致倚逍遥。何为怀忧心烦劳。”[②]通篇虽然是奇句，但是前三句意思围绕欲往太山不能遂愿的悲伤，次三句围绕无法回赠美人的失望，对前三句意思是进一步的补充。最后一句是忧伤之情的复叠。意思连贯，各句用字也互相呼应，如“欲往从之”指上句太山。“何以报之”指上句美人，这两个相同句式不但以自问自答加强了句意之间的联系，而且造成两层意思的复沓。这就使全诗节奏变得舒缓而有起伏，增强了咏叹的韵味，解决了早期七言意象密度过大、语调滞涩的问题。但是张衡的另一篇七言《思玄赋》系诗的首尾半篇仍然存在着意脉不连贯的问题[③]，可见他也未能完全摆脱当时七言体式的局限。

如果说张衡《四愁诗》主要是借鉴了《诗经》和当时新兴五言的抒情手法，那么曹丕《燕歌行》其一则是对早期七言体式的重要突破。这首诗

---

① 费振刚、胡双宝、宗明华辑校，《全汉赋》，北京大学出版社，1993 年，第 498 页。

② 《文选》卷 29，上海古籍出版社，1986 年。

③ 《后汉书 · 张衡传》。

前三句为一节，罗列秋意萧瑟的景色，串成一层意思，作为起兴引出了思妇想念客子的愁情。以下两句一行：“念君客游多思肠，慊慊思归恋故乡”，从揣度对方心意的角度，把两句连成一意。“君何淹留寄他方，贱妾茕茕守空房”上句承前一行“念君”，下句以妾相对，引出妾的忧思。“忧来思君不敢忘，不觉泪下沾衣裳”是进一步说明守空房的感受。“援琴鸣弦发清商，短歌微吟不能长”写妾以弦歌排解忧闷，前半句对偶。最后四句写月夜所见星汉景象，既暗示夜不能寐，又借同情牵牛织女以自况[①]。且不说比兴和抒情角度的新颖，就以篇制来说，不但每行句意直贯上下两句，而且每行之间都能做到承上启下，而承接和转折又富于变化，使全篇抒情更加委婉曲折。所以这首诗虽然是句句押韵，但已经形成以偶句建构诗行的基本体制，同时又成功地处理了奇句诗行与偶句诗行的关系。《燕歌行》不靠字词和章法的复沓，而是从不同角度分层抒发同一种感情，造成层意的复沓。这就超越了张衡的《四愁诗》，奠定了七言抒情的格局。同时也预示了之后的七言体必然会突破单行散句，由偶句成行发展为隔句换韵的趋向。所以曹丕《燕歌行》的艺术表现虽然成功，但并不说明七言体制的最后完成。何况这样成功的七言诗，在曹丕也仅此一首，他的另一首《燕歌行》仍有句意时断时续，层意比较错杂的问题。可见七言诗用于抒情，最困难的是寻找句脉承接的多种方法，使之形成流畅的节奏感。这一问题的解决仅靠以上几首诗的经验是远远不够的。这也是汉魏七言诗滞后于五言的原因。

综上所述，汉魏七言只是七言诗发展的前期阶段。七言节奏的形成以四言词组和三言词组的相对独立和组合为前提，战国后期的楚辞和民间谣谚的节奏随着语言的进化而同步发展，提供了形成七言节奏的条件。但是早期七言篇章由单行散句构成、意脉不能连属的体式特性，使七言只能长期适用于需要罗列名物和堆砌字词的应用韵文，而不适宜需要意脉连贯、节奏流畅的叙述和抒情。而中国的韵文体式倘若不便于抒情，是不

---

① 《文选》卷27。

可能得到发展的。晋人傅玄称七言“体小而俗”,所谓体小,非指篇制的长短,而在于七言到魏晋时在叙述和抒情方面仍然应用不广,少见佳作,更谈不上满足“诗言志”的要求。所谓“俗”,指七言在汉魏更多地应用于各种非诗的押韵文,适宜于俳谐、祝颂、字书、镜铭、谣谚等俗文字的需求。汉魏少数七言作品在突破七言自身局限方面所作的尝试,为七言体朝叙述和抒情的方向发展提供了一些初步的经验,但是与五言的丰富还远不能相比。因此,七言抒情诗体制的最后完成和普及还有待于南朝文人的努力。

论简帛《五行》篇与《诗经》学之关系

常　森

《五行》篇之引《诗》论《诗》，确实已有不少学者关注，并做过一定的研讨，但很少有学者深入探究《五行》和《诗经》学的关系或者《五行》的《诗经》学价值。[①] 由此导致了如下两个弊端：其一，使《五行》的某些重要观念和特性得不到合理、清楚的解释；其二，使早期《诗经》学的某些重要轨迹湮灭不彰。

有鉴于此，本文研究《五行》跟《诗经》学的关系，一是要借此掘发《五行》的某些重要观念和特性，二是要借此考论早期《诗经》学的一些重要发展脉络；文章具体内容，将围绕《五行》与《诗经》学密切关联的一些重要范畴或命题来展开。

一、"德之行"及"德"生成的图式

近数十年出土的文献，其引用或说解《诗经》主要有两种形式：一种以郭店简书《缁衣》为代表（此文也见于传世《礼记》），通篇记孔子说理且引《诗》为证，少数章节同时引用了《尚书》。如第八章云："子曰：下之事上也，不从其所以令，而从其所行。上好此物也，下必有甚焉者矣。故上之所好恶，不可不慎也，民之表也。《诗》云：'赫赫师尹，民具尔瞻。'"[②]此外一种形式，则以楚简《诗论》和简帛《五行》篇为代表，往往以

① 本文所谓"《诗经》学"有两层紧密联系的含义：一是指《诗经》文本建构的学术思想体系，二是指《诗经》在后世阐释、传授和研究中形成的学术思想的累积。

② 李零，《郭店楚简校读记》，北京大学出版社，2002 年，第 62 页。

说《诗》为本来发挥哲理。显然，前一种引《诗》与《诗经》学关涉较浅，后一种引《诗》、说《诗》则与《诗经》学关涉甚深。

《诗经》学作用于《五行》篇，除影响其建构五种"德之行"之"圣"以及作为体系核心的"君子"外①，尚有很多重要内容。《五行》有一些重要观念或图式是建立在《诗经》学背景上的，或者说是以解读《诗经》作品为基础的。

《五行》经第二章云：

> 君子无中[心之]忧，则无中心之知。无中心之知，则无中心之说。无中心之说，则不安。不安，则不乐。不乐，则无德。[君子]无中心之忧，则无中心之圣。无中心之圣，则无中心之说。无中心之说，则不安。不安，则不乐。不乐，则[无]德。②

结合经文第十七章："闻君子道而不知亓君子道也，胃之不圣。见贤人而不知亓有德也，胃之不知"，可知此章包含了两种"德"生成的图式（图式之中复包含"知"、"圣"两种"德之行"的生成），即：

> 忧→知（见贤人而知其有德）→说→安→乐→德
> 忧→圣（闻君子道而知其君子道）→说→安→乐→德

这两种图式的前半化用了《诗经·召南·草虫》。原诗云：

> 喓喓草虫，趯趯阜螽。未见君子，忧心忡忡。亦既见止，亦既觏

① 这一部分内容笔者有另文专论。

② 本文所引《五行》篇文字，主要依据日本学者池田知久《马王堆汉墓帛书五行研究》之帛本（该本较忠实于图版），线装书局、中国社会科学出版社，2005年。并参阅庞朴《帛书五行篇研究》之帛本，齐鲁书社，1988年；李零《郭店楚简校读记》之简本；魏启鹏《简帛文献〈五行〉笺证》之简本与帛本，中华书局，2005年（按：帛本有经有说，简本有经无说）。笔者或有辨析修正。为节省篇幅，此下引文不一一出注。又，此章郭店简书只有前半，当有缺漏。其中的"君子"均系据后来的生成结果而言的，换言之，这两处"君子"不是说主体在践行上述图式之初已具备了君子的德行，而是用践行该图式的结果来称谓主体。此类表达方式在《五行》中多见，比如第六章经把"仁"生成的过程奠基于"仁之思"，把"知"生成的过程奠基于"知之思"，把"圣"生成的过程奠基于"圣之思"，亦为典型例子。

止，我心则降。

陟彼南山，言采其蕨。未见君子，忧心惙惙。亦既见止，亦既觏止，我心则说。

陟彼南山，言采其薇。未见君子，我心伤悲。亦既见止，亦既觏止，我心则夷。

该诗三章所含情感图式相同，即未见君子而忧，既见、既觏君子而心悦、心降或心夷；其中第二章跟《五行》篇的德行生成图式最为密合。实际上，《五行》篇直接将诗中的“君子”转成了五行体系中的最高人格，将诗中“未见君子”之“忧”，转成了“德”生成图式中的“中心之忧”，将诗中“亦既见止，亦既觏止”阶段，转成了“德”生成图式中产生“中心之知”、“中心之圣”的阶段（意味着见贤人而知其有德、闻君子道而知其君子道），将诗中见君子而“我心则说”阶段，转成了“德”生成图式中见而知贤人德、闻而知君子道而产生的“中心之说”；之后由“说”进为“安”，由“安”进为“德”。《五行》化用的主要是《草虫》第二章，然其首末两章实亦辅成之。

《诗经》中支持《五行》这一图式的作品自然还有几篇。比如《秦风·晨风》云：“鴥彼晨风，郁彼北林。未见君子，忧心钦钦。如何如何，忘我实多！”尽管相通的要素相对少一些，却也能提供支持。而《小雅·頍弁》首章云：“未见君子，忧心奕奕；既见君子，庶几说怿。”《小雅·出车》第五章云：“喓喓草虫，趯趯阜螽。未见君子，忧心忡忡。既见君子，我心则降。”两诗所含情感图式，也跟上文《五行》“德”生成图式的前半一致。然而《五行》之作者显然是精心选择了《草虫》，比照其第五章经，这一点断然可知：

不仁，思不能晴；不知，思不能长。不仁不知，未见君子，忧心不能惙惙；既见君子，心不能说。《诗》曰：“未见君子，忧心惙惙。亦既见之，亦既钩之，我心则说。”此之胃也。不仁，思不能晴；不圣，思不能轻。不仁不圣，未见君子，忧心不能忡忡，既见君子，心不能降。①

此章所引诗句出自《草虫》，其"不仁不知，……心不能说"、"不仁不圣，心不能降"等内容，是以《草虫》的情感图式为基础建构的。结合此章，上文归纳的"德"生成的两种图式，尚需在"忧"之前分别加上"仁知"、"仁圣"两个元素，这显示了《五行》篇循环说明之弊，但此处我们要关注的是，《五行》篇之化用《草虫》，与一般引经据典大不相同，它赋诗歌主人公所关涉的对象（即"君子"）以强烈的政教伦理内涵，将主人公的情感结构提炼成了"德"生成的模式。所以，《五行》所建构的德行生成的体系中，蕴含着作者对《草虫》的阅读体验和认知。

依《五行》之意，《草虫》主人公"未见君子"之"中心之忧"，实即未见而知贤人德、未闻而知君子道的忧愁；这是一种有特定政教伦理指向的忧。《五行》以这种忧为基点建构"德之行"乃至"德"生成的基源，颇值得注意。庞朴提出：

> 在谈论得道成德时，无视忧的功用，是不够完整的。忧之为物，在《论语》中还只仅仅是愁苦的意思，所以孔子一再强调"仁者不忧"（《子罕》、《宪问》）、"君子不忧"（《颜渊》），主张乐观的人生态度。到了《孟子》，忧的主要含义变成虑，变成一种带感情的思考，或者叫耽心，所以孟子说：……"舜，人也，我亦人也；舜为法于天下，可传于后世，我犹未免为乡人也：是则可忧也。忧之如何？如舜而已矣！"（《孟子·离娄下》）这样的忧，实际上已经是一种"志"了，是志于圣的忧。这大概便是《五行》篇所谓中心之忧与中心之圣之智的思想来源。②

这种判断恐有本末倒置之弊。《五行》将"忧"纳入"德之行"乃至"德"生成的图式，所承继的并非《孟子》，而是由孔子开辟、在孔子身后获得长足

① 此章帛本残缺较多，池著、庞著于最后二字未补，所补内容则不可据。今据帛书上下文及《草虫》第二章、第一章补正，郭店简本可以证成之。

② 庞朴，《帛书五行篇研究·评述》，第103—104页。

进展的《诗经》学。《说苑·君道》篇载孔子对鲁哀公曰："恶恶道不能甚，则其好善道亦不能甚；好善道不能甚，则百姓之亲之也，亦不能甚。《诗》云：'未见君子，忧心惙惙。亦既见止，亦既觏止，我心则悦。'《诗》之好善道之甚也如此。"《五行》正是按照孔子开辟的这个解读方向将《草虫》纳入其体系中的。它不仅使用《草虫》的情感形式，而且吸纳了它的部分内容。它把诗中"君子"这个要素视为德行的楷模（按：朱熹《诗集传》将《王风·君子于役》的"君子"解释为"妇人目其夫之辞"，就《草虫》而言，此解应该也是正确的），并且把主人公"未见君子"、"既见君子"的不同情感，建构在"德"生成的不同阶段上，由此发展为若干个完整的图式。传世《诗序》云："《草虫》，大夫妻能以礼自防也"，《毛传》、《郑笺》也均以夫妇为说，跟《五行》完全不同；因此《五行》的说法是《诗》学阐释的另外一种可能。不过话说回来，孔子认为《草虫》的旨意是张扬好善道，《五行》认为《草虫》的旨意是张扬好君子道、好贤人德，《诗序》、《毛传》、《郑笺》认为《草虫》的旨意是张扬以礼自防，三者以弘扬儒家价值为基本取向，显然又有一致之处。

此外，《五行》中德之行"圣"的生成图式，也跟《诗经》学有密切关系。其第六章经云："圣之思也玺，玺则形，形则不忘，不忘则悤（聪），悤则闻君子道，闻君子道则（王言）〈玉音〉，玉音则[形]，[形则]圣。"[①]大意是说，指向圣的思很径捷，径捷则所思会见于目前，所思见于目前则不忘，不忘则聪敏，聪敏则能听君子之道，能听君子之道且知其为君子之道，言语就会像玉音一样美妙，言语像玉音一样美妙，圣就形于内了，形于内了就是"德之行"圣。此章之说曰："'形则不忘'，不忘者，不忘其所[思]也，圣之结于心者也。"圣作为五种德之行之一，跟其他德之行一样有一个内化过程，最终成为心志的牢固的持守，即"结于心"。此"结于心"之说显然是化用《诗经·曹风·鸤鸠》之首章："鸤鸠在桑，其子七兮。淑人君子，其仪一兮。其仪一兮，心如结兮。"《韩诗外传》卷二云："凡治气养心之

---

① "玉音"原作"王言"，据帛本中相应之说以及简本改正。

术,莫径由礼,莫优得师,莫慎一好。好一则抟,抟则精,精则神,神则化,是以君子务结心乎一也。《诗》曰:‘淑人君子,其仪一兮。其仪一兮,心如结兮。’”《五行》篇圣“结于心”之说,实际上就是心结于圣。

总而言之,《五行》篇依据《诗经》中一些抒发对“君子”之感情或者赞美“君子”之人格的篇章,来建构“德之行”或者“德”生成的图式,显示了《诗经》学对其体系建构的重要性。这种取向,跟孔子于诗“取可施于礼义”(《史记·孔子世家》),有相同的本质。

二、“慎独”

《五行》以诠释《鸤鸠》等诗为基础,表述了极为独特的慎独思想。其第七章经云:

> 尸叴在桑,其子七氏。叔人君子,其宜一氏。能为一,然后能为君子,君子慎其独也。“婴婴于蜚,差池其羽。之子于归,袁送于野。瞻望弗及,汲沸如雨。”能差池其羽,然后能至哀。君子慎亓独也。

其说云:

> “尸叴在桑”:直之;“其子七也”:尸叴二子耳,曰七也,與〈興〉言也。“叔人君子,其宜一氏”:叔人者,□。宜者,义也。言亓所以行之义之一心也。“能为一,然后能为君子”:能为一者,言能以多为一;以多为一也者,言能以夫五为一也。“君子慎亓蜀也”:慎亓蜀者,言舍夫五而慎亓心之胃,□□然笱一也。一者,夫五(夫)为一心也,然笱德。之一也,乃德已。德犹天也,天乃德已。“婴婴于蜚,差貤亓羽”:婴婴,與〈興〉也,言亓相送海也,方亓化,不在亓羽矣。“‘之子于归,袁送于野。詹忘弗及,汲涕如雨。’能差貤亓羽,然笱能至哀”:言至也。差铞者,言不在嗺绖也。不在嗺绖,然笱能

> 至哀。夫丧,正绖修领而哀杀矣,言至内者之而不在外也,是之胃蜀。蜀者也,舍体也。①

《五行》对《鸤鸠》、《燕燕》等诗做了高度哲理化的发挥,它把"其仪一兮",解释为"亓所以行之义之一心也";此"一心"意味着仁、义、礼、智、圣五者"形于内"且达到"和"的境界,亦即生成了"德"或"天",一如经文第一章所谓:"德之行五,和胃之德;四行和,胃之善。善,人道也。德,天道也。"五行形于内而臻于和是最高境界,唯"君子"才能达到。这种境界也就是"蜀"(独),所谓"言至内者之而不在外也,是之胃蜀"。既然"蜀"是被这样界定的,那么"慎独"就断然不可理解为谨慎戒惧其闲居独处之所为了。上引《五行》之说讲得相当清楚,"慎"应该是遵循随顺之意,"慎独"意味着超越五种分散的德之行,而遵循合五者为一的心或曰德。《五行》第八章经云:"君子之为善也,有与始也,有与终也。君子之为德也,有与始也,无与终也。"其说谓:"'君子之为善也,有与始,有与终':言与亓体始,与亓体终也。'君子之为德也,有与始,无与终':有与始者,言与亓体始,无与终者,言舍亓体而独亓心也。"慎独就是"舍亓体而独亓心",由于此时五种德之行已和合为德且与心为一("夫五为一心"、"舍夫五而慎亓心"等语,说得十分清楚),心对人的主体性其实也就是德的主体性。学界囿于熟知的传统说法,往往将《五行》篇"慎独"之"慎"解为"谨慎"。比如庞朴云:"这个慎独是说谨慎运用心官去透过杂多而悟其为一,是'能为一'的保证。"②此说并不准确,因为君子在"慎独"之前已经实现了"以夫五为一",而非通过"慎独"求得"以夫五为一"。在《五行》的体系中,慎独是最高的境界和要求。

慎独意味着随顺内在的五种"德之行"之和,自然也就意味着遗落外在的形貌了。在《五行》篇中,这层思想主要是通过解读《邶风·燕燕》来阐发的。传世《毛诗·燕燕》云:"燕燕于飞,差池其羽。之子于归,远送

① "與"为"輿"之讹误;括号中的"夫"为衍文;"杀"读 shài,衰减之义。

② 庞朴,《帛书五行篇研究·评述》,第 107 页。

于野。瞻望弗及,泣涕如雨!"《诗序》:"《燕燕》,卫庄姜送归妾也。"《郑笺》:"庄姜无子,陈女戴妫生子名完,庄姜以为己子。庄公薨,完立,而州吁杀之。戴妫于是大归,庄姜远送之于野,作诗见己志。"依这种传统说法,《燕燕》抒发的是卫庄姜送别陈女戴妫之情,而根据上文所引《五行》说第七章,《燕燕》之情则当与丧礼有关。① "嗺绖"亦即衰绖,为古代之丧服;衰为胸前当心处缀有麻布之衣,绖分首绖和腰绖,前者为围在头上的散麻绳,后者则系缠在腰间。《五行》认为,《燕燕》有哀凄达到极致而不在意衰绖之意;尽哀本来是丧礼的本旨,是个体情感和伦理道德要求的合一,因此依从这种情感也就是随顺内在的道德要求,所谓慎独或舍体。可见《五行》篇的慎独说包含了对《燕燕》一诗的一种合理的解释,即感情达到极致则无暇修饰外在的容貌。

《五行》对"慎独"的独特而又清晰的表述,有助于我们重新认识传世文献中的相关内容。限于篇幅,笔者将另文讨论。此处需要思考的是,这种不为后人熟知的慎独思想究竟源自何处呢?显然是源自早期的《诗经》之学。《五行》通过阐释《鸤鸠》和《燕燕》来阐发慎独说,这本身就是明证。此外,《说苑·反质》篇载:"《诗》云:'尸鸠在桑,其子七兮;淑人君子,其仪一兮。'传曰:'尸鸠之所以养七子者,一心也;君子所以理万物者,一仪也。以一仪理物,天心也;五者不离,合而为一,谓之天心。在我能因自深结其意于一,故一心可以事百君,百心不可以事一君,是故诚不远也。夫诚者一也,一者质也;君子虽有外文,必不离内质矣。"文中"传曰"紧承所引《鸤鸠》,当是对《鸤鸠》的一种解释("传"即解说注释之义);其中"五者不离,合而为一,谓之天心",跟《五行》经、说第七章依据《鸤鸠》"叔人君子,其宜一氏"等语,倡言"能以夫[五]为一也,……然笱

---

① 我们不妨做一个大胆的假设。《五行》殆以为《燕燕》非叙生别之送,而是叙死别之送,诗中"之子"指被州吁所杀之完,"归"指入葬。意思相近之"归"字《诗经》有其例。《唐风·葛生》云:"葛生蒙楚,蔹蔓于野。予美亡此,谁与?独处!葛生蒙棘,蔹蔓于域。予美亡此,谁与?独息!……夏之日,冬之夜,百岁之后,归于其居!冬之夜,夏之日,百岁之后,归于其室!"其他文献也有可资参考者,如《礼记·檀弓下》:"延陵季子适齐,于其反也,其长子死,葬于嬴、博之间。……既葬而封,广轮揜坎,其高可隐也。既封,左袒,右还其封且号者三。曰:'骨肉归复于土,命也。若魂气则无不之也,无不之也。'"此"归"字用法相似。

德”、“德犹天也，天乃德已”等道理，较然一致；其中“一者质也；君子虽有外文，必不离内质矣”，跟《五行》同章所说“至内者之不在外也，是之胃蜀。蜀者，舍体也”等，又较然一致。这里自然存在两种可能：（一）《反质》篇所载《诗》传早于《五行》，《五行》对《鸤鸠》的解释发端于这种更早的《诗》说。（二）《反质》篇所载《诗》传受《五行》影响而产生。笔者倾向于第一种可能，原因如下：

其一，《五行》以《鸤鸠》来阐发成德、慎独的思想，延续了上博简书《诗论》的话题：

> 孔子曰：《宛丘》吾善之，《猗嗟》吾喜之，《鸤鸠》吾信之，《文王》吾美之，《清[庙]》[吾敬之]，《[烈文]》[吾悦之]，《[昊天有成命]》[吾]□之。……《鸤鸠》曰：“其仪一兮，心如结也”，吾信之。[①]

《诗论》已经出现了《五行》建构慎独说的要点之一，即《鸤鸠》“其仪一兮”云云，子思及其后学进一步推扬，将其纳入了以慎独、成德、成君子为核心的体系中。《五行》之后，对《鸤鸠》的类似解读成了儒学尤其是《诗经》学的传统。《荀子·劝学》篇云：“……无冥冥之志者，无昭昭之明；无惛惛之事者，无赫赫之功。行衢道者不至，事两君者不容。目不能两视而明，耳不能两听而聪。螣蛇无足而飞，鼫鼠五技而穷。《诗》曰：‘尸鸠在桑，其子七兮。淑人君子，其仪一兮。其仪一兮，心如结兮。’故君子结于一也。”而汉代今古文《诗》学也都发挥过这种意思。比如郑笺云：“善人君子，其执义当如一也。”毛传云：“……执义一则用心固。”上文所引《韩诗外传》卷二谈“治气养心之术”，亦有类似内容。从简书《诗论》经简帛《五行》至战国末的荀子，再至汉代《诗经》学著作中的相关内容，其背后隐然有一个《诗经》学发展的序列。惟《荀子》、《韩诗》之说引申之而较远，毛传、郑笺及《五行》篇所谓“[宜]者，义也；言亓所以行之义之一心也”

---

① 本文所引竹书《诗论》，主要依据姜广辉《古〈诗序〉复原方案》，收入《经学今诠三编》（《中国哲学》第二十四辑），辽宁教育出版社，2002 年；又参阅李零《上博楚简三篇校读记》，北京大学出版社，2007 年。此下不一一注释，以省篇幅。又，称楚简《诗论》为“古《诗序》”并不合适，此不具论。

等，则当与之更为贴近。

其二，上博《诗论》中出现了《五行》慎独说所关涉的核心范畴即“蜀”，并且同样是依《燕燕》立说，所谓：“《燕燕》之情，以其蜀也。”其意旨本来极难理解，现在看来，《五行》第七章说所谓“言至内者之不在外也，是之胃蜀”，堪为此语之注脚，其意殆谓主人公内心之悲达到极致，以至于遗落外形也。

从《诗论》到《五行》，对《鸤鸠》、《燕燕》等诗的诠释有了明显的发展。《诗论》的说法非常简括，点点滴滴，如河川之源，然其对于《五行》篇的重要性，亦如泉源之于河川。荀子批评子思、孟子云：“略法先王而不知其统，然而犹材剧志大，闻见杂博，案往旧造说，谓之五行，甚僻违而无类，幽隐而无说，闭约而无解，案饰其辞而祇敬之，曰：此真先君子之言也。子思唱之，孟轲和之，世俗之沟犹瞀儒，嚾嚾然不知其所非也，遂受而传之，以为仲尼、子游为兹厚于后世：是则子思、孟轲之罪也。”（《荀子·非十二子》）荀子的批评蕴含了子思五行说形成的学术史线索。结合竹书《诗论》、简帛《五行》和荀子的批评，可以断定，“五行”、“慎独”诸说酝酿于孔子和子游的学术体系尤其是其《诗经》学体系中，确立于子思，弘扬于子思后学，复转型于子思再传弟子孟轲。孔门四科，各科著名弟子见载于《论语·先进》，所谓：“德行：颜渊，闵子骞，冉伯牛，仲弓。言语：宰我，子贡。政事：冉有，季路。文学：子游，子夏。”《史记·仲尼弟子列传》云：“言偃，吴人，字子游。少孔子四十五岁。……孔子以为子游习于文学。”在孔子门下，子游于文学（即文章博学或《诗》《书》六艺之学），造就或在子夏之上。子夏之学后世声名卓著，主要是因为《诗序》的缘故，子游之学则默默无闻。子思五行说承子游之学而光大之，因此《五行》篇之重见天日，亦子游之幸也。孟子师子思之门人，其远则承子思、子游之绪，荀子之学出于子夏、子弓（即仲弓），故荀子之排摈子游、思、孟，而极力推尊子弓，亦根于学派之别也。

三、“繇色榆于礼”

由于《五行》与楚简《诗论》有多重极密切的相关性，二者互相阐释的科学性不容置疑；而由《五行》向上联系《诗论》，向下联系《诗序》和《毛传》等传世文献，可以见出《诗经》学发展的一些重要脉络，为考究春秋末至汉初《诗经》学的幸事。

《五行》以《鸤鸠》来阐发成德、慎独的思想，以《燕燕》来阐发慎独、舍体的思想，与上博简书《诗论》均有一定关系，已见上文所论。除此之外，《五行》说文第二十五章谓《关雎》“繇色榆于礼”，更明显是延续《诗论》的话题。《诗论》云：

> 《关雎》之改，《樛木》之时（持），《汉广》之知，《鹊巢》之归，《甘棠》之保，《绿衣》之思，《燕燕》之情，曷？曰：动而皆贤于其初者也。
>
> 《关雎》以色俞（喻）于礼，□□□□□，其三章犹两矣，其四章则俞矣。以琴瑟之悦，拟好色之愿，以钟鼓之乐，成两姓之好，反内于礼，不亦能改乎？《樛木》福斯在君子，不□□□□，□□□□□不亦能持乎？《汉广》不求不可得，不攻不可能，不亦知恒乎？《鹊巢》出以百两，不亦有御乎？《甘棠》…思及其人，敬其树，其保厚矣；甘棠之爱，以邵公。…□□□□□□□□□□□□□□□□□□情爱也。《关雎》之改，则其思賹（益）矣。《樛木》之持，则以其禄也。《汉广》之知，则知不可得也。《鹊巢》之归，则御者百两矣。《甘棠》之保，美邵公也。《绿衣》之忧，思古人也。《燕燕》之情，以其蜀也。

这段文字，大意是说民性推重本原，即“动而皆贤于其初”。“贤”字当为尊崇、器重之义，“贤于其初”的另一种说法即“祗初”。《诗论》载孔子曰：“吾以《葛覃》得祗初之诗，民性固然，见其美，必欲反其本……”“祗初”和“反其本”又是相通的表达。《诗论》还列举了民性祇初重本在《诗经》中的具体表现，如《关雎》歌咏以礼成两姓之好（此为政教伦理之本），《樛木》坚信只有善德君子才能得到福禄（此乃强调修善为获福之本），《汉广》歌咏不求不可得、不攻不可能（此涉及个体行为之本），《鹊巢》歌咏亲迎（此为男女婚姻之本）[①]，《甘棠》表达对召公的回报（此谓不忘本），《绿衣》表达思念古人之情（此亦不忘本之意），《燕燕》歌咏慎独（此为修养善德之本）：凡此皆重本敬初也。重本敬初之意，在传世儒家典籍中多见。《礼记·檀弓》：“君子曰：‘乐，乐其所自生。礼，不忘其本。古之人有言曰狐死正丘首，仁也。’”《礼记·乡饮酒义》：“亨狗于东方，祖阳气之发于东方也。洗之在阼，其水在洗东，祖天地之左海也。尊有玄酒，教民不忘本也。”《礼记·礼器》：“礼也者，反本修古，不忘其初者也。”《荀子·礼论》：“礼有三本：天地者，生之本也；先祖者，类之本也；君师者，治之本也。无天地，恶生？无先祖，恶出？无君师，恶治？三者偏亡，焉无安人。故礼上事天，下事地，尊先祖，而隆君师。是礼之三本也。”这些都跟《诗论》之意相通。

其中《诗论》对《关雎》的解读值得高度重视。此诗朱熹分为三章，依次为：

> 关关雎鸠，在河之洲。窈窕淑女，君子好逑。
>
> 参差荇菜，左右流之。窈窕淑女，寤寐求之。求之不得，寤寐思服。悠哉悠哉，辗转反侧。
>
> 参差荇菜，左右采之。窈窕淑女，琴瑟友之。参差荇菜，左右芼之。窈窕淑女，钟鼓乐之。

按照上文所引《诗论》，“琴瑟友之”在第四章，那么《诗论》应当是分《关雎》全诗为五章，即在上述分章基础上，分“求之不得”至“辗转反侧”为第三章，分“参差荇菜”至“钟鼓乐之”为第五章。这样处理实不如朱熹分三章好。《毛诗》分之为五章，当是顺承传统的《诗》说。《诗论》分析《关

① 参阅拙文《上博战国楚竹书〈诗论〉的〈诗经〉学史价值》注释第46，《中国诗歌研究》第3辑，中华书局，2005年。

雎》颇有难解之处，但其要点较为明晰，今胪列于下：其一，《诗论》认为该诗“琴瑟友之”以上（即前四章）叙好色思色之事，末章“钟鼓乐之”云云，则是叙男女两家以礼成婚。其二，《诗论》认为该诗前四章叙主人公好色、思色，颇有过当之处，然最后一章却能回归礼的规范——“反内于礼”，此即“《关雎》之改”，孔子格外看重，故赞之曰“不亦能改乎”。其三，《诗论》所谓“《关雎》以色俞于礼”，是指《关雎》用好色、思色之事，来说明礼的重要性：主人公好色、思色如此之甚，最终还是回到以礼“成两姓之好”的正道上来，礼之不可背离，亦可知矣。其四，《诗论》所谓“《关雎》之改，则其思賹（益）矣”，李零认为，“‘益’是形容思之过甚，盖指诗文‘寤寐思服’云”[①]，笔者认为“益”当理解为进益、长进，从好色、思色之甚，转而为以礼成两姓之好，此所谓“改”，亦正是思想的长进。

《五行》篇承接《诗论》，复有明显的推进。其经文第二十五章云：“谕而知之，胃之进之。”说文解释曰：

> “榆而知之，胃之进之”：弗榆也，榆则知之矣，知之则进耳。榆之也者，自所小好榆虖（乎）所大好。“茭芍淑女，唔眛（寐）求之”，思色也。“求之弗得，唔眛思伏”，言亓急也。“繇才（哉）繇才，婘槫（辗转）反厕（侧）”，言亓甚急也。急如此亓甚也，交诸父母之厕，为诸？则有死弗为之矣。交诸兄弟之厕，亦弗为也。交诸邦人之厕，亦弗为也。畏父兄，亓杀（其次）畏人，礼也。繇色榆于礼，进耳。

细揆《诗论》和《五行》，两者对《关雎》的诠释整体上相关是显而易见的事实，其相同处有：（一）解释的方向一致，即《孔子世家》所谓“取可施于礼义”。（二）思维的方法一致，即用好色之事来说明礼的重要性。（三）对诗歌内容的理解基本上一致，至少都认为前三章是说“好色”或“思色”，这一点较《毛传》、《郑笺》之说贴近文本。其不同处有：（一）《诗论》把“琴

① 李零，《上博楚简三篇校读记》，第17页。

瑟友之”以上四章解释为“好色”之事，把末章“钟鼓乐之”解释为以礼“成两姓之好”，认为转折发生在第四章，当时主人公已经明晓礼了，惟其如此，才有第五章遵礼成婚之事；《五行》只解释了前三章，认为其意是叙“好色”、“思色”之事（如此之急如此之甚），却止于礼而不为。（二）《诗论》“《关雎》之改，则其思賹矣”，是把思想的进步定位在对礼的回归上；《五行》用《关雎》来说明“谕而知之，胃之进之”，是把主体的进步定位在对礼的认知和持守上（《五行》认为好色为“小好”，好礼为“大好”，用小好说明大好并认同大好，便进步了）。另外，相较而言，《五行》更明显地把对《关雎》的解说纳入了整个体系的建构中。

这里尚有几点需要说明：

首先，《诗论》“以色俞于礼”之“俞”、《五行》“繇色榆于礼”之“榆”均通“喻”，但均非“比喻”之义，其义是“说明”。《五行》并论“目”、“辟”、“谕”、“钒”（见于帛书本第二十三至二十六章经与说，在简本中则连成一片），其称比喻用“辟”字。第二十四章经云：“辟而知之，胃之进之。”其说曰：“‘辟而知之，胃之进之’：弗辟也，辟则知之矣，知之则进耳。辟丘之与山也，丘之所以不如名山者，不责（积）也。舜有仁，我亦有仁，而不如舜之仁，不责也。舜有义，而我亦有义，而不如舜之义，不责也。辟比之而知吾所以不如舜，进耳。”“辟”通“譬”，其间“辟”、“比”连称，使此义更明。饶宗颐引证《五行》“繇色榆于礼”之说，把《诗论》“以色喻于礼”之“喻”解释为譬喻，且发挥道：“孔子重视譬喻之方。《论语·雍也》：‘能近取譬，可谓仁之方也。’又《子张》：‘譬诸草木，区以别矣。’‘君子喻于义，小人喻于利。’凡此足见用喻之重要。‘喻’或写作‘俞’或‘榆’，皆当读为‘喻’。”[1]丁四新也说《五行》之“喻”，“犹今语比喻一词”[2]。这是一个误会。

---

① 饶宗颐，《竹书〈诗序〉小笺》，上海大学古代文明研究中心、清华大学思想文化研究所编《上博馆藏战国楚竹书研究》，上海书店出版社，2002年，第229—230页。饶先生所引“君子喻于义，小人喻于利”一语见《论语·里仁》，而非《子张》，其中“喻”字并非譬喻之义。

② 丁四新，《郭店楚墓竹简思想研究》，东方出版社，2000年，第142页。

其次,《五行》篇的解释看上去有一个根本问题,即"交诸父母之厕,……交诸兄弟之厕,……交诸邦人之厕"等,全为假设之辞,非诗歌本身实际所写的内容。《诗经》中跟这种解说更切合的篇章是《郑风·将仲子》。《将仲子》反复咏叹"仲可怀也",正是《五行》所谓"思色"之事,复依次咏叹"畏我父母"、"畏我诸兄"、"畏人之多言",正是《五行》所谓"畏父兄,亓杀畏人,礼也";而楚简《诗论》明云:"《将仲》之言,不可不韦(畏)也"。《五行》说的作者在解释经意时没有选择《将仲子》,非不熟知此诗,而是有意要申说《诗论》中"《关雎》以色俞于礼"的话题。这有力地凸显了两者在话题上的联系。

再次,稍抽象一点说,《诗论》对《关雎》的解释肯定了"发乎情"而"止乎礼"的观念,《五行》进一步光大之,使之成为诠释、评判《诗经》尤其是《国风》的重要原则。《荀子·大略》篇云:"《国风》之好色也,传曰:盈其欲而不愆其止。"唐杨倞注曰:"好色,谓《关雎》乐得淑女也。盈其欲,谓'好仇'、'寤寐思服'也。止,礼也。欲虽盈满,而不敢过礼求之。此言好色,人所不免,美其不过礼也。"此处"传曰"所引,当是发扬《诗论》和《五行》的早期《诗》说。后来,《诗大序》用"发乎情,止乎礼义"来评判变风之诗,除直接针对变风外,别有一层潜在的意思,即变风尚能如此,更况正风(所以,"发乎情,止乎礼义"的评判不只适用于变风);《诗序》此说,还是发扬《诗论》和《五行》的《诗》学观念。总而言之,《诗论》及《五行》先后解说《关雎》等诗,促成了《诗经》学的一个基本理念。遗憾的是至《诗序》,再至《毛传》和《郑笺》,"止乎礼义"、"不愆其止"的取向得到了大力推扬,"发乎情"、"盈其欲"的实际空间则受到了严重挤压。

作为《诗论》、《五行》各自体系中的重要观念,"以色俞于礼"或"繇色榆于礼"并不局限于说《诗》。《五行》说文第二十二章云:"'耳目鼻口手足六者,心之役也':耳目也者,说声色者也。鼻口者,说犫(臭)味者也。手足者,说勶余者也。心也者,说仁义者也。之数体者皆有说也,而六者为心役,何居?曰:心贵也。有天下美声色于此,不义则不听弗视也。有天下美犫味于此,不义则弗求弗食也。居而不间尊长者,不义则弗为之矣。何居？曰：几不□□□，小不胜大，贱不胜贵也哉？故曰，心之役也。耳目鼻口手足六者，人□□，人体之小者也。心，人□□，人体之大者也，故曰君也。”[①]这段文字说明义和心的重要性，可称为“繇色榆于义”，与“繇色榆于礼”的本质相同。孟子曰：“丈夫生而愿为之有室，女子生而愿为之有家。父母之心，人皆有之。不待父母之命、媒妁之言，钻穴隙相窥，逾墙相从，则父母国人皆贱之。古之人未尝不欲仕也，又恶不由其道。不由其道而往者，与钻穴隙之类也。”（《孟子·滕文公下》）这一章亦堪称“繇色榆于礼”的最佳注脚。

四、“兴”

汉儒说《诗》独标兴体，在《诗经》学史上是一大特色。可是《毛传》之前，《诗序》虽提及“诗有六义焉：一曰风，二曰赋，三曰比，四曰兴，五曰雅，六曰颂”，却只是解释了六义中的风、雅、颂。进一步上推至《诗序》以前，孔子所谓“兴于《诗》”（见《论语·泰伯》）、“《诗》可以兴”（见《论语·阳货》），跟汉儒解《诗》所标兴体是两码事，汉儒所标兴体是《诗》的一种写作方法，而孔子所说的兴主要是对《诗》的读者而言的；《周礼·春官》所谓“大师……教六诗：曰风，曰赋，曰比，曰兴，曰雅，曰颂”等，可能跟“六义”有密切关系，但其本旨恐还是就《诗》的阅读者而言的。《淮南子·泰族》篇云：“《关雎》兴于鸟，而君子美之，为其雌雄之不乖〈乘〉居也；《鹿鸣》兴于兽，君子大之，取其见食而相呼也。”在传世文献中，此文较早涉及诗歌写作方法之兴，但其产生当已受《诗序》等著作的影响，为流而非源也。所以长期以来，作为诗歌写作方法之兴的学术史渊源一直处于蒙昧之中。令人欣喜的是，《五行》篇提供了这一方面最早的思考。

前文所引《五行》说第七章云：“‘尸叴在桑’，直之；‘其子七也’，尸

---

① 池田知久解“孵余”为佚豫之义，可从，参阅池著第426页。

叴二子耳,曰七也,與〈興〉言也。""兴言"之"兴"显然是指诗歌的写作方法。"兴言"与"直言"相对,直言即说什么就是什么,兴言则非如此。根据说的解释,鸤鸠本有二子,但诗歌却说"其子七氏",因此谓之兴言,可见兴言改变了所述的事实。日本学者池田知久认为:"'七'是和'其宜一氏'的'一'相反,以说文的文句来说,是指引出'多'、'五'的,亦即'七'是'多'、'五'的象征。"[①]依此说,《五行》之意是指鸤鸠本有二子,诗歌却说是七子,以指言其多。这种理解文理有些不通,且"直之"和"兴言"当是就《鸤鸠》而言的,跟《五行》下文所说"以多为一也"、"以夫[五]为一"等没有关系,与之相关的只是"叔人君子,其宜一氏"。

《五行》该章经文所引诗语是:"尸叴在桑,其子七氏。叔人君子,其宜一氏。""氏"字为语词,两句之韵脚为"七"和"一"。《五行》之说,殆谓鸤鸠二子耳,曰"七氏"乃是变言协韵、引出下文之兴;何以谓之兴,当非就改变事实本身而言,只有为了诗歌构成而作出的改变才有可能构成兴体。朱熹认为有一种兴主要是为了押韵。如《召南·嘒彼小星》:"嘒彼小星,三五在东。肃肃宵征,夙夜在公。寔命不同。"朱传曰:"兴也。……盖众妾进御于君,不敢当夕,见星而往,见星而还,故因所见以起兴。其于义无所取,特取'在东'、'在公'两字之相应耳。"歌咏"嘒彼小星",必着眼于"在东"者而不及"在西"、"在南"、"在北"者,原因是只有"在东"可以合乎诗歌构成地引出下文的"在公"。《鸤鸠》一诗也是这样,若前面照实说"尸叴在桑,其子二氏",接下来说"叔人君子,其宜一氏",则并非理想的构成。《五行》殆谓《鸤鸠》此处之兴,所取在于"七"、"一"二字之相应。

若《五行》只偶尔一次提及兴体,还不足以让人诧异,恰好其说文同章还有一次跟兴体相关的讨论。为阅读方便,复引之于下:

> "婴婴于蜚,差貤亓羽":婴婴,與〈興〉也,言亓相送海也,方亓

① 参阅池著第202页。又,池田所谓"多"、"五",见《五行》此章下文"能为一者,言能以多[为一],以多为一也者,言能以夫[五]为一也"等等。

> 化，不在亓羽矣。“‘之子于归，袁送于野。詹忘弗及，汲涕如雨。’能差貤亓羽，然笱能至哀”：言至也。差貤者，言不在嗺绖也。不在嗺绖，然笱能至哀。夫丧，正绖修领而哀杀矣，言至内者之而不在外也，是之胃蜀。蜀者也，舍体也。①

这是说，《燕燕》第一章也使用了兴体，叙述一只燕子送另一只老燕子入海。《易林·恒之坤》所谓“燕雀衰老，悲鸣入海。忧在不饰，差池其羽。颉颃上下，在位独处”，似乎就是解释和化用《燕燕》前三章之首句：“燕燕于飞，差池其羽”，“燕燕于飞，颉之颃之”，“燕燕于飞，下上其音”。② 然则《五行》的解释当有其据。《孔子家语》卷六《执辔》篇载，子夏向孔子请教，提及“立冬则燕雀入海化为蛤”③。这也表明燕子入海之说在孔子时代已有流传。《五行》所谓“差貤者，言不在嗺绖也”，意思为：燕燕差池其羽，说的是居丧者尽哀而不在意于丧服。揆度此语，《五行》所谓兴又可具类比之意（即以燕子类比居丧者，以燕子羽毛凌乱比居丧者缞绖之不修正），否则断难理解。而用类比释兴，在《毛传》、《郑笺》那里成为极常见的做法。

总之，《五行》篇关于兴的内容可以过渡到汉代《诗经》学中作为写作法度的兴体，这弥补了此前四顾茫然的那段学术空白，弥足珍贵。

《五行》跟《诗经》之学的关系，尚有很多话题可以讨论，然仅上述内容即足以看出：其一，从《诗经》学背景上来诠释《五行》十分重要，既可以揭示它的某些内涵和特性，又可以复现思想史的一些重要发展脉络，《荀

---

① “與”为“興”之讹误；括号中的“夫”为衍文；“杀”读 shài，衰减之义。

② 池田知久已经注意到这一点，参阅池著第 200 页。

③ “燕雀入海化为蛤”之类说法虽然荒诞，但在战国秦汉时期却是一种普遍的信仰。《吕氏春秋·仲春纪·仲春》：“仲春之月，……始雨水，桃李华，苍庚鸣，鹰化为鸠”，《季春纪·季春》：“季春之月，……桐始华，田鼠化为駕，虹始见，萍始生”；《礼记·王制》：“獭祭鱼，然后虞人入泽梁。豺祭兽，然后田猎。鸠化为鹰，然后设罻罗”，《月令》：“仲春之月，……始雨水，桃始华，仓庚鸣，鹰化为鸠。……季春之月，……桐始华，田鼠化为駕，虹始见，萍始生。”

子·非十二子》篇谓子思“案往旧造说，谓之五行”[①]，亦可得到确切的说明。其二，由《五行》篇可以看出战国时期《诗经》学传播发展的一些重要轨迹，揭示《诗经》学在思想学术界的巨大影响。

（原载《文学遗产》2009年第6期）

常森，1999年毕业于北京大学中文系，获文学博士学位，现为北京大学中文系副教授。曾发表论著《二十世纪先秦散文研究反思》、《先秦文学专题讲义》、《先秦诸子研究》等。

① 刘节，《洪范疏证》以为荀子讥孟子，是因为盛倡于邹衍辈的阴阳五行之说“或与孟氏之学有关”；梁启超《五德终始说下的政治和历史》提出：“《非十二子》中所骂的子思、孟轲即是驺衍的传误，五行说当即驺衍所造……孟子与驺衍因地方的接近和思想的一部分类同，因而在传说中误合为一人，也是很可能的。”（分别见于《古史辨》第五册，海南出版社，2005年，第229、240页）《五行》篇问世后，此类说法不攻自破，子思自有其五行说也。

论《玉台新咏》的编辑体例

傅 刚

关于《玉台新咏》的编辑体例，我在《玉台新咏编纂时间再讨论》[①]（以下简称《讨论》）一文中已经有过讨论，认为此书编例是分为已故和现存作家两部分，卷一至卷六是已故作家，卷七和卷八是现存作家，卷九、卷十则以已故和现存作家合编于一卷。对已故作家，编者采取按卒年先后顺序排列，现存作家则按照爵位排序。根据这个体例，我们得出了《玉台新咏》一书编于中大通四年（532）至大同元年（535）之间。这个结论当然是依据于明崇祯六年（1633）寒山赵均小宛堂复宋陈玉父本而获得，但赵氏本体例与徐学谟刊本、茅元祯刊本等有很大不同，这两种不同系统的版本，哪一种更合于徐陵原貌？由于《讨论》一文的主旨在于探讨《玉台新咏》的编纂时间，不适合于在文中对这个问题作深入讨论，但这又是十分关键的问题，不作出明确判断，不仅将影响《讨论》一文的基本观点，也将影响到全部《玉台新咏》的研究，因此特撰本文就体例问题作进一步探讨。

一

《玉台新咏》一书自徐陵编辑以后，一向被视为宫体诗集，是南朝绮靡文风的代表，因此颇受后人批评。由于这样的原因，此书在后世的流传就不像《文选》那样产生很大的影响。虽自《隋书·经籍志》以来历代著录有绪，但版刻却纷乱不一。现存《玉台新咏》，都是明版，宋版竟无一传世。现在流传据说是最为可信的版本，是明崇祯年间寒山赵均小宛堂复

① 《北京大学学报》2002 年第 3 期。

宋陈玉父本,但据此本所载陈玉父跋文,陈玉父所刻《玉台》,也是由两个不同的版本合成。而陈玉父的刻本,也经过了赵均的校改,因此不要说徐陵本原貌,就是宋本原貌都难以追寻了。版本的混乱带来了研究的困难,尤其是此书的编辑体例,更被学者认为难点。按《玉台新咏》共有十卷,此自《隋志》、新、旧《唐志》及宋晁公武《郡斋读书志》,相沿不误,现存版本虽然各本多有混乱,但十卷之数不讹,在这一点上是保留了徐陵原貌的。此外十卷之中,前八卷收汉魏以迄齐、梁历代有关闺阁题材的五言艳诗,后二卷中的卷九收历代杂歌,卷十收历代五言短歌,各本也都一致,因此清人纪容舒《玉台新咏考异》卷一《李延年歌诗》题下说:"此书体例,前八卷皆收五言,而长短歌词则皆入第九卷。"但《李延年歌》是杂言歌词,所以吴兆宜怀疑是后人窜入。就本书各卷收录的诗歌体裁看,吴兆宜所言不错,这是《玉台新咏》在体裁上编排的一个体例,这一点是没有什么疑义的,问题是《玉台》所收作家作品,是按什么体例编排?真的按照时代顺序吗?讨论这个问题,有必要将现存《玉台新咏》各版本介绍一下,因为各家在编排顺序上并不一致。

现存《玉台新咏》版本大致有以下几种:

一、明崇祯年间寒山赵均小宛堂复宋陈玉父本,此本曾由上海古籍刊印社影印出版,底本为徐乃昌藏本;

二、明五云溪馆活字刊本,此本原为无锡孙氏小绿天藏,《四部丛刊》据以影印行世;

三、明嘉靖年间徐学谟续编,嘉靖间徐氏海曙楼刊本,十卷,卷末附《续玉台新咏》五卷,八册。现藏台湾中央图书馆。

四、明嘉靖己亥间(十九年,1540)郑玄抚续编,万历己卯(七年,1579)吴兴茅元祯刊本。正文十卷,卷末附《续玉台新咏》五卷,八册。现藏北京图书馆及台湾中央图书馆等各地。

五、明嘉靖二十二年(1543)张世美刻本

六、明天启二年(1622)沈逢春刻本

七、明末汲古阁刻本(未见)

八、明华氏活字本(未见)

九、清康熙年间吴兆宜注、程际盛删补，清乾隆三十九年(1774)长洲程氏原刊本，现藏台湾中央图书馆。

十、清纪容舒考异本，旧钞，清道光年间纪树馨手书题记。现藏台湾中央图书馆。

以上诸本可以分为两个系统：一、陈玉父本系统，有赵均小宛堂复宋本和五云溪馆活字本。吴兆宜注本和纪容舒考异本均据此本。二、徐氏本系统，有徐氏海曙楼本和茅元祯刊本。这两个系统有较大的差别，主要表现在三个方面：一、关于萧氏父子收录的卷目。陈玉父本系统以萧氏父子置于卷七，但徐氏本(以下我们称举徐氏海曙楼本作为明通行本例证)置于卷五；二、两种系统各卷所收诗人的起限不同。除卷一两系统均起于《古诗八首》，止于《古诗为焦仲卿妻作》外，以下各卷起限均有很大不同。三、两系统每卷收录作家作品数目不同。这三种不同是给研究者造成《玉台新咏》版本混乱印象的主要原因，以下我们分别讨论。

二

关于萧氏父子作品收录的卷目问题。陈玉父本以萧氏父子置于卷七，徐氏本置于卷五，这不是简单的错卷问题，而是涉及到对《玉台新咏》编辑体例的理解问题。如果说《玉台新咏》是按照时代顺序排列历代作家，这在陈玉父本中就有问题了。陈本以萧氏父子排于第七卷，而从第五卷开始至第八卷都是梁朝作家，萧氏父子身为当代帝王，按照古书编纂的通例，无论如何都应该排在梁代作家之前，而非第七卷，这是令人不解的原因。相比之下，徐氏本以之置于第五卷，则似乎符合编辑的通例。

根据古人编集的基本体例，是将帝王作品排于首卷，这有两种情形，一是编选历代作品，对一个朝代的作家作品按先帝王后诸家的顺序编排，如明人冯惟讷编《古诗纪》，汉魏以后诗人按照“先帝王、次诸家、以世次为序”编例，汉代帝王置于汉代作家之前，魏代帝王置于魏代诸家之前。二是编选一朝作品，如清人编《全唐诗》，可以将唐朝帝王全部置于卷首。以上是按照时代先后顺序编选的体例，但如果是分类编选，体例又有不同。如宋人编《文苑英华》,一依《文选》,以类别区分,类别之中再依据朝代先帝王后诸家的顺序。①

也有例外的,如《六朝诗集》,编者收魏晋南北朝别集从曹植至庾信,共二十四家,首列梁武帝、简文帝、宣帝、元帝及后周明帝、陈后主、隋炀帝等。但据王重民先生《中国善本书提要》说,东方图书馆藏本有谢枋得序,称录帝王八家,以象八节,益以阮籍等十六人,象二十四气,则这种编排与普通的编集宗旨不同,可以不论。但若是历代作品选,这个编例可以不遵守。如清人编《全上古秦汉三国六朝文》,不必将历代帝王都置于卷首,因为这不合于断代的标准,但是在分朝代的基础上,每代的帝王,仍然置于该朝代之首。如《全上古秦汉三国六朝文》,每个朝代之首,都是帝王作品。不管怎么说,编选前代作品,编者把握体例的自由是很大的。以上所举之例都是当代人编选除自己所属朝代之外的历代作品,但若如《玉台新咏》这样,编者兼收前代和当代的作品,那么如何处理当代帝王的置卷问题呢?总的编例无非这样几种:一种是将本朝帝王置于全书之首,一种是置于本朝作家之首。应该说前一种是很难实行的,因为将本朝代帝王置于全书之首,打破了时代界限,不便于阅读,具体编辑时也难以处理。因此遇到这种情况,很可能会采用第二种编例。唐以前流传下来的总集,如《文选》等都不是这样的体例,难以对此作考察,但目录一类书如《隋书经籍志》的集部,都是将每一朝代的帝王别集置于该朝代之首的,或许可以说明当时的通例。按照这样的编例,像《玉台新咏》这样将历代作家作品和当代作家作品合编的总集,是应该采取将萧氏父子排于梁朝作家之前的编例的。根据这个理由,我们看到,徐氏本在卷五排列萧氏父子作品,的确符合这个编例,而陈玉父本排列于卷七,似乎就不符合了。徐氏本前四卷分别是卷一的汉,卷二的魏,卷三的晋,卷四的宋、齐,卷五是萧氏父子,卷六、七、八均是梁朝作家。在这个系统中,全书各卷均

---

① 唐初徐坚编,《初学记》,于诗文兼收初唐,诸臣置于前代作家之后,但太宗却升冠前代之首。如卷四"月晦"条,诗首引唐太宗《月晦诗》,其后才是后魏卢元明和北齐魏收。这种体例似不多见。

配合这个体例安排作家。比如卷九和卷十，由于是汉魏以来历代作家置于一卷，因此萧氏父子虽以帝王之尊，也只能列在本朝代作家之前，但需排在前代作家之后。在卷九中，梁武帝萧衍被排在齐人释宝月之后，卷十中则排在齐人虞炎之后（虞炎之后羼入一邢邵，当是后人增添）。从以上所述看，徐氏本编排体例似乎比较合乎道理，而陈玉父本则未免没有根据。那么徐氏本的体例真的合于徐陵原貌吗？我们的答案是否定的，这里我们先对陈玉父本编辑体例作一探讨，再与徐氏本比较，以证徐氏本的体例纯是后人所为。

在《讨论》一文中，我们根据赵氏复宋本，推证徐陵的编辑体例，是将全书分为两个部分，即已故作家和现存作家，前六卷是已故作家，卷七、卷八是现存作家，已故作家按照卒年先后的顺序排列，现存作家则按爵位排列。萧氏父子是当代帝王，理所当然地排在现存作家之前，但必须排在已故作家之后，这就是为什么编者会将梁武帝他们安排在卷七，排在卷五、卷六所选梁代作家之后的原因。关于这个结论的具体考证，《讨论》一文提供了很多具有说服力的证据，这里不再赘述，但赵氏本与徐氏本这两种都合理的体例，只能有一个合于徐陵的原貌，那么是哪一个呢？我们不妨对徐氏本的体例作一分析。徐氏本以时代先后编排的体例，是贯穿于全书的，不仅以上所引各卷收录作家作品的情况证明了这一点，在每一卷中的作家排序，也都印合了这一点，即此，我们倒真的佩服这一位编者运思的细密。所有各卷中印合这一体例的事例，也都是与赵氏本不同的编排，以下我们胪列这些具体的事例，并与赵氏本作一对比：

1. 徐氏本将陈琳、徐干作品置于卷二，而赵氏本置于卷一。徐氏本安排符合其体例，因为陈琳、徐干文学史上都将其视为建安作家，故徐氏本置于收录魏代作家作品的卷二。赵氏本置于卷一，则合于赵氏本的体例，因为陈琳、徐干均卒于建安二十二年（217），晚于卒于汉献帝初平三年（192）的蔡邕，又早于卒于建安二十三年（218）的繁钦，所以赵氏本将二人置于蔡、繁之间。

2. 徐本卷五收梁武帝、昭明太子、梁简文帝、梁元帝、梁邵陵王萧纶、梁武陵王萧纪诸家。赵本收录于卷七，分别衔名梁武帝、皇太子、邵陵王纶、湘东王绎、武陵王纪。两本的差别是：一、徐本题名均称帝王庙号，赵本除萧衍外，其余均不称庙号；二、徐本收录昭明太子作品，赵本不收；三、徐本以萧绎排列于萧纶之前，赵本则列于萧纶之后。徐本称庙号之事，前人多认为是后人追改。清程琰《玉台新咏注删补》于"梁武帝"名下按语说："此集撰于武帝朝，不应便有庙号，如简文作皇太子，元帝作湘东王可证。太子既称圣制，此为后人加无疑矣，应作皇帝御制一十四首云。"可见庙号应是后人改动之迹。关于此点，跃进教授有不同意见，他说："我颇怀疑这是后人见到唐人记载，说《玉台新咏》成于梁代，故将梁简文帝萧纲改为皇太子，将梁元帝改为湘东王。"刘跃进教授所说的"后人"应该是指唐以后人，如宋人。我以为上说恰好颠倒了事实，即原本作"皇太子"、"湘东王"，后世则改为"梁简文帝"、"梁元帝"。为什么这样说呢？道理很简单，题"梁简文帝"等庙号不会造成误解，但若题"皇太子"就容易引起混淆，如唐、宋人读到"皇太子"，那么这个"皇太子"是指哪一朝哪一代呢？还不仅此，如萧衍，根据当时人编撰的惯例，徐陵只能署"今上"，但这书流传到了唐、宋时，再称"今上"，显然不妥，所以只能改署"梁武帝"。赵氏本所署"梁武帝"当出于这样的情形，但对"皇太子"和"湘东王"就保留了原貌。不过，赵本在卷七"皇太子圣制乐府"题下又题"简文"，恰恰说明这是后人为防止混淆而作的改动。至于徐氏本的祖本，则连正题的"皇太子"、"湘东王"都作了改动。这样的说法能够得到证明，北宋晏殊所撰《类要》录《玉台新咏》多条，其中几处称皇太子和湘东王。如卷二十八"马脑钟"条："（《玉壶》（刚案，当做台）湘东王《栖乌曲》云：掘申（当做"握中"）清酒马脑钟，（裙）边杂佩琥珀龙。""雕胡"条："《玉台》皇太子《紫骝马》云：（雕胡）幸可荐，故心君莫达（当做"违"）。当考。"及卷二十九"挽强用牛蟠"条："《玉台》皇太子诗曰：左把苏合弭（今赵本作'弹'），傍持大屈弓。控弦因鹊血，（挽强用牛蟠）。"[①]以上湘东王诗见赵本卷九，题作《乐府乌栖曲应令》，萧纲诗均见赵本卷七，前题《和湘东王横吹曲三首》，后题《艳歌篇十八韵》。这些足以说明徐陵原本确

① 《四库全书存目丛书》子部 167，齐鲁书社，1995 年。

是题“皇太子”和“湘东王”。《类要》卷三十六“陇上儿”条又录:“《玉台》梁武诗云:既悲征役久,偏伤之(案,‘之’当为衍文)(陇上儿)。”又“寒乡”条:“又云:佳期久不归,持之(案,赵本‘之’作‘此’)北(案,‘北’当为衍文)寄寒乡。”这个署名显然是后人所改,从晏殊《类要》来看,这个改动早在宋初就有了。《类要》卷二十九“江南弄”条还录一条:“《玉台》皇太子《龙笛曲》曰(江南弄),真能下翔凤。”颇引起我们的注意,因为这一首《龙笛曲》不见于赵本,而是见于徐本的卷九,不过题作“昭明太子”。应该说《类要》著录的这一首诗,不利于赵本,因为如果说赵本符合徐陵原貌的话,为什么与《类要》不符呢?我想大概有这样一些原因,第一,《类要》编者抄录有误,把不是《玉台》的诗抄成为《玉台》;第二,赵本的祖本漏录此诗;第三,对《玉台》的增改,在唐代就已经开始了,如《类要》所引梁武帝的诗,题名显然在唐代就改动过了。对比下来,我们以为第三种情形比较合于事实。其实这首诗本身也是有争议的,《类要》题为萧纲所写,徐本却题为昭明太子,尤其错误的是,《类要》所录这几句是诗前所附和词,未录正文,而徐本所录却没有这几句和词,仅有正文:“金门玉堂临水居,一嚬一笑千万余,游子去还愿莫踈。愿莫踈,意何极,双鸳鸯,两相忆。”此诗据逯钦立《先秦汉魏晋南北朝诗》卷二十“江南弄三首”解题说:“诗纪云:《玉台》新本、《乐府》、《英华》并作昭明,今从《艺文》作简文。”刚案,经电子检索,《文苑英华》未录此诗,《艺文类聚》卷四十二引此诗说:“梁简文帝《龙笛曲》曰:江真弄,真态翔凤,阳春台,同去复同来。”①逯钦立先生也认为此诗应是萧纲所作,题作昭明太子是错误的。

《类要》卷二十九“大垂手”条又录:“《玉台》集梁简文赋得(大垂手)云:垂手忽苕苕,飞鸾掌中娇。讵似长沙地,促舞不回腰。”案,此诗出赵本卷七,但却题“梁简文”,当是抄手所题,未必是原书所有。本人细检《类要》,似未发现第二例,故还不足动摇前文所提证据。而且即使有多

① 此用逯钦立标点本,上海古籍出版社,1999年新二版《艺文类聚》;旧点与此不同:“江真弄真态,翔凤阳春台,同去复同来。”刚案,逯氏标点有据,《类要》以“江南弄”为条目名,可见当自成一句,“真态(下)翔凤”当自成一句,《江南弄》其他和词均是三、五字结构可证。“下”字各本均有,当是《类聚》脱漏。又《类聚》“真”字当是“南”字误,《类要》“能”当是繁体“态”字误。

处题了“梁简文帝”，也不能反对原本所题“皇太子”的事实，因为“简文帝”完全可能是后人所为，但后人却不会故意改成“皇太子”，那样导致混淆的地方太多了。

就以上而论，晏殊是北宋初时人，他所见《玉台新咏》当是唐人写本，可见赵本信而有征，是保留了徐陵的原貌的。至于昭明太子的诗，尚需一辩。昭明太子诗，徐本分别在卷五收录《莲舟买荷度》、《照流看落钗》、《长相思》、《名士悦倾城》、《美人晨妆》五首，在卷九中收录《江南曲》、《龙笛曲》、《采莲曲》三首。卷五的五首，除《长相思》外，赵本均题萧纲作，徐本的根据或许来自《艺文类聚》，《类聚》十八将《照流看落钗》、《名士悦倾城》、《美人晨妆》三首署为萧统。《莲舟买荷度》，诸本未见载录，《古诗纪》根据《玉台》旧本作简文帝，陆时雍《古诗镜》亦作简文帝。《长相思》见载于《文苑英华》、《乐府诗集》、《古诗纪》，均作昭明太子。卷九三首，《龙笛曲》如上述，《江南曲》见载于《艺文类聚》、《文苑英华》、《乐府诗集》、《古诗纪》，除《乐府诗集》作昭明太子外，其余均作简文帝诗。按，《类聚》、《文苑英华》均有首二句：“阳春路，时使佳人度”，《乐府诗集》和《古诗纪》缺，后人以简文帝诗入《玉台》，既漏脱首二句，又误以萧纲为昭明太子。《乐府诗集》编书多据《文选》和《玉台新咏》，故此处从《玉台新咏》而署昭明太子。这也见出《玉台新咏》的增改从唐至宋都有发生。《采莲曲》见载于《乐府诗集》和《古诗纪》，《乐府诗集》作昭明太子，《古诗纪》作简文帝。综论这三首诗，根据《乐府诗集》和《古诗纪》所录情形，原本应是组诗，好事者以之入《玉台新咏》，并为《乐府诗集》所本。从以上关于徐本所录昭明太子诗的分析，可以得出两个结论：一，《玉台新咏》一书，后世常被用为编选总集的依据，如《乐府诗集》和《古诗纪》都从《玉台》取材；二，萧统和萧纲由于太子身份有重叠，所以是他们作品被混淆的主要原因。

关于此点，前人也有讨论，清纪容舒《玉台新咏考异》在“皇太子御制乐府三首”题下注说：“按昭明先为太子，故宋刻注简文以别之。又按，昭明艳诗传于今者，除与简文及庾肩吾互见四首外，尚有《相逢狭路间》、《三妇艳》、《饮马长城窟行》、《长相思》等乐府四首，当时篇咏自必更多，而竟无一字登此集，盖昭明薨而简文立，新故之间，意有所避，不欲于武帝、简文之间更置一人，故屏而弗录耳。”纪容舒底本用赵氏本，作此辨证。纪容舒分析赵本不收昭明太子诗的理由有一定道理，后人以传说的昭明太子艳诗增益《玉台》，并不合于徐本体例。据台湾中央图书馆藏叶万校录《玉台新咏》，他曾据所见的宋本将昭明太子四首诗加于赵本卷七中萧纲之后，那四首诗分别是《拟青青河畔草》、《拟相逢狭路间》、《咏同心莲》、《咏弹筝人》，与徐本三首不同，而且这四首在徐本中分明是萧纲作品，因此可见《玉台新咏》本无昭明太子诗，后人妄自增益，各本多有不同。关于此点，冯惟讷解释比较能够说明问题。冯惟讷《古诗纪》卷七十七说：“按《玉台》旧刻称简文为皇太子，后人遂谬以为昭明，故诸诗系名多错互也。”[①]这个解释是合理的，萧统、萧纲都是太子，所以后人有误将萧纲作品归为萧统者。徐本卷五、卷九所录昭明太子诗，大概都是出于这样的情形。这也从另一侧面证明，徐陵原本定是把萧纲署名皇太子，后人才能据此误为昭明太子。

关于萧绎、萧纶兄弟先后顺序的差异，徐本以萧绎置于萧纶之前，符合以帝王优先的体例，但这个事例，必须保证《玉台》编于萧绎即位以后，因为萧绎即位前是湘东王，萧纶是邵陵王，序齿是他的长兄，照理萧绎只能排在萧纶之后。这就带来了徐本体例经过后人改动的破绽，因为假定《玉台》编成于萧绎即位之后，其他卷中许多问题就得不到解释了。此点以下再论。相反，赵本将萧纶置于萧绎之前，则合于体例，理由如上。

3. 徐本卷九与赵本在作家排序上差异甚大，今录如下，以作对比。

徐本：古词、越人歌、司马相如、乌孙公主、苏伯玉妻、汉成帝时童谣、汉桓帝时童谣、张衡、秦嘉、魏文帝、陈思王、晋惠帝时童谣、张载、傅玄、陆机、刘铄、鲍昭、汤惠休、释宝月、梁武帝、昭明太子、梁简文帝、梁元帝、沈约、范靖妻沈氏、吴筠、张率、费泉、萧子显、王筠、刘孝绰、刘孝威、徐君蒨、王叔英、庾信、徐孝穆

---

① 见《古诗纪》卷七十七。逯钦立《先秦汉魏晋南北朝诗》全录此按语，但中华书局版归为逯氏按语，不妥。大概是整理者将冯氏按语误认为逯氏。

赵本：古词、梁武帝、越人歌、司马相如、乌孙公主、汉成帝时童谣、汉桓帝时童谣、张衡、秦嘉、魏文帝、曹植、傅玄、张载、晋惠帝时歌谣、陆机、鲍昭、释宝月、陆厥、沈约、吴筠、张率、费昶、皇太子、湘东王绎、萧子显、王筠、刘孝绰、刘孝威、徐君倩、王叔英妻

两本比较，出入颇多，如徐本多出了许多作家，这点留待《玉台新咏版本考订》再作分析，我们关心的是两本不同的排序。其关键点是徐本将武帝父子置于梁臣沈约、吴均等人之前，而赵本反是。当然，徐本的体例是以帝王置于当代作家之前，赵本按卒年先后顺序，故以武帝父子置于沈约诸人之后。至于赵本将梁武帝《河中之水歌》放在《古词》之后，当是后人误抄。按，《玉台新咏》所载古辞共有两首，一是《东飞伯劳歌》，一是《河中之水歌》，徐本并作古辞，赵本以前一首作古辞，后一首作梁武帝作。这两首诗，《艺文类聚》均作古辞，但《文苑英华》载前一首为梁武帝作，《乐府诗集》载后一首为梁武帝作，对此，纪容舒《玉台新咏考异》说："疑此二诗本署武帝，序在简文之前，后人因《艺文类聚》之文，改为古词，升之卷端，而偶忘越人歌等之尤古耳。观前八卷五言诗及第十卷五言小诗均以梁武列简文之前，独此卷歌词有简文而无梁武，其为改窜移掇痕迹，显然可观也。"这个说法是合理的。

4. 第十卷与第九卷相似，主要差别亦在排序上。今将二本差异胪列于下：

徐本：古绝句、贾充、孙绰、王献之、桃叶、谢灵运、宋孝武、许瑶、鲍令辉、近代西曲歌、近代吴歌、近代杂歌、刘义恭、汤惠休、张融、王融、谢朓、虞炎、邢邵、梁武帝、梁简文帝、梁武陵王纪、范云、沈约、施荣泰、高爽、江洪、范靖妇、何逊、吴均、王僧孺、徐悱妇、王环、萧子显、刘孝绰、庾肩吾、石崇、王台卿、刘孝仪、刘孝威

赵本：古绝句、贾充、孙绰、王献之、桃叶、谢灵运、宋孝武、许瑶之、鲍令辉、近代杂歌、吴歌、杂歌、王元长、谢朓、虞炎、沈约、施荣泰、高爽、江洪、范靖妇、何逊、吴均、王僧孺、徐悱妇、王环、梁武帝、皇太子(萧纲)、萧子显、刘孝绰、庾肩吾、王台卿、刘孝仪、刘孝威、江伯瑶、刘泓、何曼才、萧璘、纪少瑜、王叔英妇、戴暠、刘孝威

同卷九一样,两本差异甚多,如徐本多出的邢邵,是北齐人,显为后人所增。又末附石崇之诗,也是后人增益之作。至于赵本在卷末所附江伯瑶以下之诗,实为《续玉台新咏》卷一中作品,误入正卷。按,《续玉台新咏》见载于徐学谟刊本和茅元祯重刊郑玄抚本,二本均说是徐氏和郑氏所续,但观续本内容基本相同,偶有不合,当为二人所补。又据赵本误入续本的情形,证明续本并非明人所为,可能是宋人所续,徐氏和郑氏又作增益而已。这一点留待以后再论,从卷十所录顺序看,徐本将梁武帝父子移于沈约诸人之前,例同卷九,为的是与全书体例相符,赵本则置于沈约诸人之后,也同样与全书体例相合。

以上是二本在作家排序上的差异,表面上看都有合理的体例作依据,当然这两种体例只能有一种体例是合于徐陵原貌的,如果说某一种体例为后人所改的话,那这改动者的用心真是细密至极了。他不仅将萧氏父子一卷改动了位置,更对各卷都作了相应的调整。那么这两种体例,哪一种更合徐陵原貌呢?我们认为,以帝王居首的体例,是古代编集的通例,因此是非常显明、容易让人辨别的事实,而以作家卒年先后排序的体例,可能是徐陵自己的发明,我们不能想象后人放着显明的体例不用,而挖空心思去想出一个以卒年先后排序的体例来改动原本非常合理的体例,两相比较,只能是徐陵以作家卒年先排序的体例,让后人感到迷惑,误以为其书混乱,所以才根据古今通例对此书作了比较大的改动。这是从常理上所作的推测,事实上,尽管改动了以帝王居首的体例,仍然在许多地方留下马脚,徐本中有许多地方并不合于这个体例。

首先,依据徐本的体例,很显然是以时代先后排列的,其前四卷排列汉、魏、晋、宋、齐历代诗人,卷五至卷八排列梁代诗人,并以萧氏父子列于梁代诗人之首,即本书的第五卷。如果这是全书的体例的话,萧氏父子固然得到了合理的安排,其余的诗人是不是也必须按照这个体例排列?比如说对前代的帝王,是不是也必须排在他所处的时代之首?前四卷中收录的前代帝王有卷二中的魏武帝、魏文帝、魏陈思王曹植、魏明帝,卷四中的宋南平王刘铄,卷九中的汉乌孙公主、魏文帝、魏陈思王曹植、宋南平王刘铄,卷十中的宋孝武帝、宋江夏王刘义恭。我们看到仅有魏武帝、魏文帝列于魏代之先,若魏明帝,于理应列于曹植之前,但徐本却置于其后,明显不合体例。他如卷四的南平王刘铄,列于宋代诗人荀昶、谢惠连之后,卷九中乌孙公主列于司马相如之后,卷十中宋孝武帝列于谢灵运之后,刘义恭列于鲍令晖之后,这都是不合体例的编排。

其次,帝王之外,其余的诗人除了按照所处的时代分卷外,那么在同一卷中的先后又该如何编排呢?无非两种办法,一种是按照年辈长幼的序齿体例,一种是按照爵位的高低体例。我们先以前一种体例验证徐本。前三卷的作家基本符合序齿的体例,这是因为这三卷所选录的汉魏晋作家数量本来就不多,且时代跨度较大,加上有些诗人由于时代久远,无可考知其确切的生年,因此入选作家比较容易符合齿序。此外,齿序的先后原本与我们所说的按卒年先后体例相关,因为年长的人多会先于年幼的人早卒。不过,我们在卷四以后就发现齿序的体例已经被打破了。比如卷四中谢惠连排在颜延年之前,这就不合体例了,因为谢惠连生于晋安帝隆安元年(397),而颜延年生于晋孝武帝太元九年(384),比谢惠连年长十余岁,显然不对。又如谢朓生于宋孝武帝大明八年(464),比王融年长四岁,但却排在王融之后。在第六卷中,沈约生于宋文帝元嘉十八年(441),比范云(451)、江淹(444)、丘迟(464)都年长,却排在这三人之后。这并不是沈约一个人的排序错误,如江淹比范云年长,却也排在范云之后,这说明并非是哪一个人误排,而是与全书的体例相关的。这种不按齿序排例的事例在以后的几卷中都非常多,如第七卷的吴均(469),比王僧孺(465)小四岁,却排在卷首,卷八中萧子显(489)比刘孝绰小十岁,也排在卷首,位于刘孝绰之前,显然这样的排序决非按齿序的体例。再从爵位的高低体例来考察,似乎除了卷八以及卷九、卷十的当代部分外,其余亦多有不合。比如卷三中左思显然没有陆机官品高,却排在陆机之前,卷六中沈约位至太子少傅,却排在以司徒从事中郎卒官的丘迟之后,卷七吴均位为王国侍郎,却排在曾为太子家令、新安太守的张率之前,这些都表明此书并非按爵位高低的体例。

通过以上分析,我们可以看出徐本以萧氏父子列于卷五,并对其余各卷比较明显的相应地方作了调整,试图表现出按时代先后顺序的体例,但事实上却留下许多破绽，清楚地表明这是后人所作的调整。两相比较，我们认为赵氏复宋本在前六卷中对已故作家，按卒年先后排序，在卷八中对当代作家按爵位高低排序，确是徐陵编辑《玉台新咏》的体例。全书各卷调查的结果，极少有例外的情形，这使我们有理由认为这个结论确切无疑。此点我在《讨论》一文里作过详尽的讨论，为了更好地说明这个问题，这里再简要地分别就已故作家和现存作家各举一卷以作说明。对已故作家，其实第一卷是最好的例证，因为这一卷中的陈琳和徐干被明通行本调整到了第二卷。改编者由于不理解徐陵的编例，按照对年代先后编辑通例的理解而作了改动。但据卒年编排的体例，陈琳、徐干均卒于建安二十二年(217)，正排在卒于初平三年(192)的蔡邕和卒于建安二十三年(218)的繁钦之间，完全符合体例。再如卷四，除了鲍令晖、施荣泰卒年不详外，其余作家卒年分别是王僧达(458)、颜延之(456)、鲍照(466)、王素(471)、吴迈远(474)、丘巨源(484)、王元长(494)、谢朓(499)、陆厥(499)。王僧达和颜延之略有不合，当是编者疏略所致。再看现存的作家，我们以卷八为例。卷八共收录21位作家：萧子显、王筠、刘孝绰、刘遵、王训、庾肩吾、刘孝威、徐君蒨、鲍泉、刘缓、邓铿、甄固、庾信、刘邈、纪少瑜、闻人蒨、徐孝穆、吴孜、汤僧济、徐悱妻、王叔英妻。其中除了徐君蒨、邓铿、甄固、闻人蒨、汤僧济、王叔英妻卒年不详外，其余诸人的卒年分别是：萧子显(537)、王筠(548)、刘孝绰(539)、刘遵(535)、王训(535)[①]、庾肩吾(550)、刘孝威(549)、鲍泉(551)、刘缓(540)、庾信(581)、刘邈(太清二年之后[②])、纪少瑜(大同七年之后[③])、徐陵(583)、吴孜(太清二年以后[④])。很明显在赵本中现存作家不是按照卒年先后排列，而是与他

---

① 逯钦立先生《全梁诗》记王训卒于天监十七年(518)，当是误记。按《梁书·王训传》记训年二十六卒，考萧绎《法宝联璧序》载王训时年二十五，其序作于中大通六年(534)，故知王训于第二年即大同元年(535)卒。

② 《梁书》载刘邈在太清二年(548)侯景乱中为景所得，侯景攻台城不克，邈劝侯景乞和全师。

③ 《南史》卷七十二《文学传》载纪少瑜大同七年(541)为东宫学士。

④ 《梁书》卷三十七《何敬容传》载吴孜太清二年(548)为学士。

们的爵位有关[①]，这与前六卷的体例是不同的。

三

关于第二个差别，赵本与徐本两种不同版本系统所收诗人起限不同的问题，除了第一卷以外，第二卷以后均存有差异，两本差异如下表：

版本 异同 卷数	赵本		徐本	
	起	止	起	止
卷一	古诗八首	古诗无人名为焦仲卿妻作	古诗八首	古诗无人名为焦仲卿妻作
卷二	魏文帝《于清河见轮船士新婚与妻别》	左思《娇女诗》	魏武帝《塘上行》	王宋《杂诗》
卷三	陆机《拟古》	刘铄《杂诗》	阮籍《咏怀》	陶潜《拟古》
卷四	王僧达《七夕月下》	施荣泰《杂诗》	荀昶《拟相逢狭路间》	虞羲《自君之出矣》
卷五	江淹《古体》	庾丹《夜梦还家》	梁武帝《捣衣》	梁武陵王纪《晓色》
卷六	吴均《和萧洗马子显古意六首》	徐悱《答唐孃七夕所穿针》	范云《巫山高》	王枢《至乌林见采桑者因有赠》
卷七	梁武帝《捣衣》	武陵王纪《闺妾寄征人》	吴均《采桑》	杨皦《咏舞》
卷八	萧子显乐府二首	王叔英妻《杂诗》	萧子显乐府二首	徐孝穆《为羊衮州家人答饷铜镜》

① 关于此点，参见日本学者兴膳宏教授《玉台新咏成书考》，载《中国古典文学丛考》第一辑，复旦大学出版社，1985 年。

续表

卷数＼版本异同	赵本		徐本	
	起	止	起	止
卷九	歌辞二首	沈约 古题六首	古辞 《东飞伯劳歌》	徐孝穆 《杂曲》
卷十	古绝句四首	刘孝威 《咏佳丽》	古绝句	刘孝威 《古体杂意》

从上表可以看出，两本除卷一、卷十基本相同外，其余均有差异。就徐本看，它的各卷起限基本是以时代为依据，如卷一是汉代，卷二是魏，卷三是晋，卷四是宋和齐，卷五至卷八是梁代。反观赵本，时代界限颇有混淆，如卷二起于魏文帝曹丕，但止于晋代的左思，卷三起于晋人陆机，止于刘宋的刘铄，卷四起于刘宋的王僧达，止于萧齐的施荣泰。这是前四卷中不同时代作家在各卷的起限情况，卷五至卷八虽然都是梁代诗人，但各卷起限的诗人仍有差异。这里要注意的是赵本卷七与徐本的卷五相对应，这两卷基本相合。其余如赵本的卷五、卷八和徐本的卷六、卷八相对应。赵本卷五起于江淹，止于庾丹，与徐本的起于范云止于王枢不同。两本卷八均起于萧子显，但赵本止于王叔英妻，徐本止于徐孝穆。从这些起限看，似乎徐本比较合理，各卷时代特征鲜明。但正是这种表面看似合理的分卷，恰恰是后人的改动。因为徐陵按诗人卒年先后顺序分卷，并不需要依据时代，而后人的改动，只能将表面看来不合理的分卷，改为看似合理的分卷，不会将时代特征鲜明的分卷，改为时代较为混乱的分卷。这样说来，赵氏复宋本应该是保留了徐陵的原貌的。这个说法有材料可以证明。晏殊《类要》卷二十二引傅玄《苦相篇》诗，称在《玉台新咏》卷二，按，赵本正以傅玄置于卷二，而徐本、郑本均置于卷三。晏殊是北宋初年人，所见到的《玉台新咏》当是唐代写本，应该未受到改动，由此可证赵氏复宋本的确保留着徐陵的原貌。

四

徐本和赵本的第三个差异是所收作家作品数目不同。徐、赵两本所录作家作品的数量有较大差异，总的说来，徐本较赵本所收作品多，统计的结果，徐本共收849首，赵本收660首，二者相差189首[①]。这种差别表现为两种情况，一种是相同的作家，徐本增收作品，比如卷九沈约，赵本收四首，即《八咏》中的两首（“望秋月”、“临春风”）和《春日白纻曲》、《秋日白纻曲》，但徐本却全收《八咏》八首，此外还多出《赵瑟曲》、《秦筝曲》、《阳春曲》三首，在徐本卷九中，沈约就多出九首。第二种情况是徐本增多的作家，如卷八，萧子显后多出萧子云、萧子辉、萧子范、萧悫、刘孝仪、庾成师、阴铿、朱超道、裴子野、房篆、陆罩诸家。就一般的情形而论，多出的作家作品，往往是后人所为，如同滚雪球一样，后人只能在原有的基础之上不断增多，不会将原有的作品删除。所以说赵本与徐本相比，应该可以判定赵本保留了原貌。从增多的作家作品看，前三卷差别不大，仅卷三陆机《拟古》，徐本较赵本多出两首，一是《拟行行重行行》，二是《拟明月何皎皎》，但又少了一首《拟西北有高楼》，所以赵本是七首，徐本是八首。此外，这几首《拟古诗》的顺序在赵、徐两本中也有很大不同，其混乱的原因已不得而知。从第四卷起，徐本增多的作家作品渐渐多起来，如卷四增多了鲍照两首：《朗月行》、《东门行》；王融三首：《芳树》、《回文诗》、《萧咨议西上夜禁》；谢朓五首：《铜雀台妓》、《赠故人》、《别江水曹》、《离夜诗》、《咏竹火笼》；陆厥一首：《邯郸行》；虞羲一首《自君之出矣》。卷五[②]增多的有范云四首：《巫山高》、《望织女》、《闺思》、《送别》；江淹四首《征怨》、《咏美人春游》、《西洲曲》、《潘黄门述哀》；沈约二首《塘上行》、《秋夜》；江洪一首：《咏鹤》。卷六增多的有吴均五首：《梅花落》、《闺怨》二

① 《玉台新咏》所载诗篇数目，各家说法不一，如赵均《跋》说是七百六十九篇，世所通行妄增几二百篇，吴兆宜《笺序》说是八百七十章，宋刻不收者一百七十九。

② 赵本与徐本卷五以下顺序错乱，赵本的卷五相当于徐本的卷六，卷六相当于卷七，卷七相当于卷五，故此处所说的卷五，徐本相应的是卷六，以下类推。

首、《妾安所居》、《三妇艳》；王僧孺一首《咏宠姬》；徐悱妻一首：《听百舌》；费昶一首《芳树》；徐勉一首《采菱曲》；杨皦一首《咏舞》。卷七增多的有昭明太子，共五首：《莲舟买荷度》、《照流看落钗》、《长相思》、《名士悦倾城》、《美人晨妆》。不过这五首有四首在赵本中属萧纲，所以多出的作品仅有《长相思》一首。萧纲十八首：《美女篇》、《怨歌行》、《独处怨》、《伤美人》、《鸡鸣高树颠》、《春日》、《秋夜》、《和湘东王阳云檐柳》、《听夜妓》、《咏内人昼眠》、《咏中妇织流黄》、《櫂歌行》、《和人以妾换马》、《咏舞》、《采莲》、《采桑》、《半路溪》、《小垂手》[①]；萧绎增多九首：《伤别离》、《春夜看妓》、《咏风》、《看摘蔷薇》、《洛阳道》、《折杨柳》、《金乐歌》、《古意》、《春日》；萧纶增多一首：《见姬人》。卷八增多的作家作品有萧子云一首：《春思》；萧子晖一首：《春宵》；萧子范一首：《春望古意》；萧悫一首：《秋思》；王筠五首：《闺情》二首、《有所思》、《三妇艳》、《咏灯擎》；刘孝绰五首：《赠美人》、《古意》、《春宵》、《冬晓》、《三妇艳》；刘孝仪一首：《闺怨》；刘孝威三首：《奉和逐凉诗》、《辛苦篇》、《怨》；刘遵一首：《应令咏舞》；王训一首：《应令咏舞》；庾肩吾六首：《有所思行》（“佳人远于隔”）、《陇西行》、《和徐主薄望月》、《爱妾换马》、《咏美人》、《七夕》；庾成师一首：《远期篇》；鲍泉三首：《和湘东王春日》、《咏蔷薇》、《寒闺诗》；邓铿一首：《闺中月夜》；阴铿五首：《侯司空宅咏妓》、《侍宴赋得竹》、《和樊晋侯伤妾》、《南征闺怨》、《班婕妤怨》；朱超道一首：《赋得荡子行未归》；裴子野一首：《咏雪》；房篆一首：《金石乐》；陆罩一首：《闺怨》；庾信六首：《昭君辞》、《明君辞》、《结客少年场行》、《对酒》、《看妓》、《春日题屏风》。卷九增多的作家作品有张衡一首：《定情歌》；刘铄一首：《白纻曲》；鲍照一首：《北风行》；汤惠休四首：《楚明妃曲》、《白纻歌》、《秋风歌》、《歌思引》；梁武帝八首：《河中之水歌》、《江南弄》、《龙笛曲》、《采菱曲》、《游女曲》、《朝云曲》、《白纻辞》二首。按，《河中之水歌》赵本作为

---

① 徐本载萧纲较赵本增多的作品共十八首，吴兆宜笺注本以徐本与赵本校异，将徐本增录的作品附录于卷末，但录完萧纲的作品后，漏去湘东王萧绎之名，故将萧绎作品一并归入萧纲名下。中华书局 1985 年所出点校本亦从吴本漏脱，亦未作说明。

古辞，徐本则归属梁武帝。昭明太子三首：《江南曲》、《龙笛曲》、《采莲曲》；梁简文帝萧纲十二首：《历九秋篇》十首[①]；《东飞伯劳歌》二首；梁元帝萧绎七首：《燕歌行》、《乌栖曲》四首、《别诗》二首；沈约九首：《八咏》六首[②]、《赵瑟曲》、《秦筝曲》、《阳春曲》；范靖妻沈氏一首：《晨风行》；张率三首：《白纻歌辞》三首[③]；萧子显一首：《乌栖曲》[④]；庾信四首：《燕歌行》、《乌夜啼》、《怨诗》、《舞媚娘》；徐陵二首：《乌栖曲》、《杂曲》。卷十增多的作家作品有刘义恭一首：《自君之出矣》；汤惠休一首：《杨花曲》；张融一首：《别诗》；王融二首：《少年子》、《阳翟新声》；谢朓一首：《春游》；邢劭一首：《思公子》；梁武帝萧衍五首：《春歌》[⑤]、《冬歌》四首；梁简文帝萧纲四首：《采菱歌》、《夜夜曲》[⑥]、《金闺思》二首；梁武陵王萧纪一首：《昭君辞》；范云二首：《别诗》、《拟自君之出矣》；范靖妇二首：《登楼曲》、《越城曲》；萧子显五首：《南征曲》、《陌上桑》二首、《桃花曲》、《树中草》；王台卿四首：《陌上桑》四首。案，徐本至刘孝威止，赵本则多出江伯摇、刘泓、何曼才、萧驎、纪少瑜、王叔英妻、戴暠、刘孝威[⑦]八人九首作品。而这几家作品，徐本却全部收录在续卷中，排在徐陵之后，颇疑赵本亦经后人改动。

以上是徐本较赵本增多的作家作品，也偶有赵本有而徐本无的，如卷四徐本较赵本缺施荣泰《杂诗》者是，但总的说来，徐本增多的作品近一百九十首，显见是后人随意增广所致。比如卷十所录邢劭《思公子》，显然是后人所为。邢劭是北朝人，徐陵编《玉台新咏》，除所见的邢劭外，再未见收有北朝作家，可见是后人随意羼入。其他如昭明太子诗，也明显是后人所增。

---

① 吴兆宜笺本无《历九秋篇》十首。又，赵本《杂句春情》，徐本作《春雨》。

② 赵本录沈约《八咏》前二首，题下注称："《八咏》，孝穆止收前二首，此皆后人附录，故在卷末。"故后六首附在卷末。徐本则全录八首于卷中，亦未加注释。

③ 赵本录张率《白纻歌辞》前二首，徐本录五首。

④ 赵本录萧子显《乌栖曲》前二首，徐本三首全录。

⑤ 赵本录梁武帝《春歌》三首，徐本录四首。

⑥ 赵本录萧纲《夜夜曲》一首，徐本录二首。

⑦ 赵本前已有刘孝威，卷末又重出刘孝威，录其《古体杂意》、《咏佳丽》二首，当为后人所附。

通过以上对赵本与徐本的对比，可以见出徐本编例确为后人所改，其原因大概如今人对赵本发生的迷惑一样，即对徐陵将萧氏父子置于卷七不理解，所以有人便按照通行以帝王置于本朝代之首的体例，重新调整了全书。这个调整不仅仅将萧氏父子从卷七改置于卷五，而且对其他各卷也作了相应的改动。虽然改编者运思缜密，但仍然留下了许多破绽，这正为我们的考证辨别提供了线索。

2001 年 5 月于台湾高雄实践大学二稿，
2002 年 7 月 30 日北京大学蔚秀园三稿。
（原载《國學研究》第十一輯，北京大學出版社，2003 年）

傅刚（1956—　），江苏省睢宁县人，现为北京大学中文系教授、博士研究生导师。中国《文选》学会副会长、《文心雕龙》学会理事。主要研究方向为先秦两汉魏晋南北朝文学。著有《魏晋南北朝诗歌史论》、《昭明文选研究》、《文选版本研究》、《萧统评传》。已经完成《玉台新咏与南朝文学研究》书稿，目前正在从事《春秋左传校注》工作。

从群体诗学到个体诗学

——前期诗史发展的一种基本规律

钱志熙

诗歌创作中存在着个体创作与集体创作两种基本形式,已是诗歌研究者们所熟知的事实。我国古代的诗歌史,凡民间歌谣与乐府歌诗,多为集体创作,与之相对的文人诗则主要是个体创作的产物。但这只是我们对诗歌史朴素、直观的把握。从体现于诗歌创作中的诗学形态来看[①],我认为相对于上述个体创作与群体创作两种形式,存在着群体诗学与个体诗学两种形态。它们之间的差别,不仅仅只体现于创作形式不同,而是还体现于从抒情形式到诗歌存在方式及功能等一系列因素的不同,从而构成了一些质的差异。从人类诗歌发展史来看,诗歌发源于群体的抒发与审美,群体诗学的成熟早于个体诗学。这对于考察我国古代从远古到魏晋南北朝的诗歌发展史,有重要的认识价值。从这样一个事实出发,我们可以对《诗经》与汉乐府诗在诗歌史上所处的位置作出恰当的定位,更好地认识它们的艺术性质和经典价值;对于诗歌在两汉与魏晋南北朝两个时期不同的发展态势的原因,作出新的分析,弥补单纯从历史文化背景来解释的不足。当然,群体诗学与个体诗学之区分,同样是相对的,并且是互渗和相互转化的,从根本上说,一切艺术创造及创造品中,都体现着群体与个体两方面的作用,只是侧重与表现的形式是有差异的。从这个意

① 钱志熙,《“诗学”一词的传统涵义、成因及其在历史上的使用情况》,载首都师大中国诗歌研究中心编《中国诗歌研究》第1辑。本文主要讨论从晚唐到近代“诗学”一词的使用情况,并分析传统所讲的“诗学”一词内涵,除了指诗歌理论与批评外,还指构成诗人创作之能力的学理性因素。从这个意义上说,诗学是构成诗歌创作的基础,诗学的主体存在于诗歌创作中,从这个意义上说,诗歌史即诗学史。本文就是在这个意义上使用诗学一词的。

义上说，我们提出这一对范畴，更重要的用意是为了揭示诗学中群体与个体之关系。但是从诗歌史的研究出发，我们仍然区分出群体诗学与个体诗学这一对相对性的范畴，并将我国古代的诗史区分为以群体诗学为主流和以个体诗学为主流这样两个阶段。希望能为进一步认识中国古代诗歌史提供一个新的考察角度。

一

我们知道，《诗经》、汉乐府从上古到两汉的歌谣，多为集体创作之产物，而视屈原为个体创作的形式之确立者。之所以出现上述现象，是因为人类的诗歌艺术是在群体诗学的形态中发生的。我们尝试从下述几个角度来认识：

第一，从发生的角度来看，诗发生于先民的群体抒情行为。原始的成形的诗歌，是与乐、舞结合在一起的一种艺术形式，是一种群体抒情行为。我国传说中的上古歌谣，无论从形式还是内容来看，都是以群体抒情形式为主，最典型的如《葛天氏之歌》“三人持牛尾，投足以歌八阙”①，可为原始诗歌群体抒情形式之标本。近现代艺术史家不止一次地论证过，原始人类最初使用诗歌，是一种自然的抒情行为；并且绝大多数的原始诗歌，都是与集体歌舞联系在一起。作为原始艺术之一种的诗歌，是社会文化与大众意志的产物，进而言之，往往发生于原始的宗教与政治活动中。我国古代的学者将诗歌源头追溯到传说中上古帝王的时代，郑玄《诗谱序》云：“诗之兴，谅不于上皇之世。大庭、轩辕，逮于高辛，其时有亡，载籍亦蔑云焉。《虞书》曰：‘诗言志，歌永言，声依永，律和声。’然则诗之道，放于此乎？”②这是汉儒圣贤制礼作乐说的理论前提下的诗歌起源论。这种说法的实质，在于将诗视为国家政治与圣贤道德的产物。当然，这种国家政治按我们今天对原始社会状态的了解，实际上属于部落联盟政治，所谓

---

① 《吕氏春秋·古乐》。

② 郑玄，《诗谱序》，十三经注疏本《毛诗正义》卷首，中华书局，1980年。

上古帝王或远古圣贤，事实上也都是一些部落联盟的首领或大祭师一流的人物。郑玄所说的“诗之兴”，即是我们刚才说的原始诗歌的成立。诗的发生之机虽在感情，诗之真正形成则在于社会文化。诗歌是原始社会文化发展到一定程度的产物。从这个意义上说，诗歌发生于群体。宗教与政治之诗，显然为群体之诗的高级形态，在相当长的诗歌发展历史中，它们代表着诗歌之主体。风诗与俗乐兴起后，它们的地位有所下降，但无论是《诗经》的大雅、三颂，还是汉代的《郊祀歌》，在其各自时期的诗歌史中仍然占有重要位置。这种宗教与政治教化之诗，一直延续到后来的整个封建社会时期。但只有到魏晋以降文人的个体诗学兴起之后，单纯的雅颂之乐、教化之诗，才越来越失去其诗歌史中的位置，最后群体抒情成了一种空廓的、僵化的形式。

其实我国最早的诗学理论，对于早期诗歌的群体抒情行为即有所揭示。《尚书·尧典》所说的“诗言志，歌永言，声依永，律和声，八声克谐，无相夺伦”，向来被视为中国诗学之开山纲领，大约产生于汉代的《毛诗大序》继此而更加畅发其旨：

> 诗者，志之所之也，在心为志，发言为诗。情动于中而形于言，言之不足故嗟叹之，嗟叹之不足故永歌之，永歌之不足，不知手之舞之，足之蹈之。

依据现代人的诗歌经验，所谓“诗言志”、“情动于中而形于言”，很容易被理解为单纯的个人的抒情行为。其实无论是《尚书·尧典》还是《毛诗大序》，都不是简单地阐述一种个体抒情的创作原则，而是对原始的歌、乐、舞合一的诗歌创作形式的一种生动的描述。所以，其所说的“诗言志”的“志”，“情动于中而形于言”的“情”，不仅是指个体之情，更多的是指群体之情，通过与音乐、舞蹈的结合而得到有效的抒发。这与后来文人个体写作的“吟咏情性”，是有着很大的差别的。因此，我们发现，上述《尚书·尧典》及《毛诗大序》的言志抒情理论，主要是对早期诗歌创作中群体抒情行为的概括。只是在后世长期的个体诗学的接受语境中，早期诗学理论中的这一层内涵被遮蔽了。

第二、与群体抒情相联系，原始诗歌所表现的思想感情，也是以群体性的思想感情为主。我们从诗歌发展的历史可以看到，人类诗歌的发展，是与个体性格、个体感情的发展相一致的。原始人类则因生产力低下、物质生活贫乏，个体感情并不发达，使用艺术表现个体感情的机会更是缺乏。真正被认为有价值的、需要用诗歌来表达的思想、感情与事件，都是关系于部落、社群之整体的重大内容，如讲述历史、战争与祭祀。所以早期所说的“诗言志”，其主要性质是言群体之志，而非后来人理解的那样一种个人之志。曾守正先生的《战国时期“诗言志”的双重观念》一文，认为在荀子作“佹诗”及屈原“发愤以抒情”之前，所谓“诗言志”的“志”，是一种经典化的东西，其具体内涵是礼义、道德、政治及外交意图等①。这些当然是群体之志的发展与抽象。可见，诗言志的“志”并非纯粹个体性的东西，而是群体意志的表达。它虽然存在于各个个体的心中，却非个体所独有，而通于群体而言。这其中“圣人”自然是这种“志”最完整的拥有者。所以儒家诗学理论中有“圣人制礼作乐”之说。当然，我们不能说在原始诗歌中，就完全没有个体抒情之事实。但当时纵有此类个人抒情的偶然发生，也很快就被群体遗忘。或者有某一些始倡于某人，但在形成的过程中，自然而然地转化为群体性的抒情行为，一人倡而千百人和之、诵之，这正是早期群体诗学的一种真相。所以原始诗歌，非个人之诗歌，而为一族群、一部落乃至一国家之共同的感情之表达，虽有一人作之，实无与于个体之事。《毛诗序》：“言天下之事，形四方之风，谓之雅。”实为对这种古老的群体诗学的一个高度概括。

俄国诗歌理论家维谢洛夫斯基在《历史诗学》这一论著中，采用大量的各民族的原始诗歌的材料，来研究早期诗学的发展规律。他虽然没有明确地提出群体诗学这一类的概念，但对原始诗歌的群体性质多所揭示。

> 集体的“我”投影于鲜明的事件，投影于人类生活的个别人物身上。个性还没有从群体中分化出来，本身还没成为客体，也未引起自我观察。而它的激情性还是集体的：合唱的呼喊，欢呼和哀鸣，在仪

① 韩国慕山学术财团资助东亚人文学会《东亚人文学》第2辑。

> 式演出或春季轮舞中性欲激奋时的呼喊。它们是典型的，在编定歌词的时期也保持着稳定，这时它已脱离了呼喊的时期，而其他一些不开化民族的合唱歌谣则仍然滞留于这一时期。形成了副歌，简短的格式，用以表达共同的、最简朴的情感的最简洁的模式，其中往往采用对比法的结构，其情感活动则是通过同外部世界的某种类似行为进行不自觉的对比来显示的。在这里"我"本身也是通过同样的途径来显示的，即通过贴近他的外在的客观世界而得到显示。[①]

维氏指出，原始诗歌创作是在"个体还没有从群体中分化出来，本身还没有成为客体，也未引起自我观察"的情况下发生的，所以其激情还是群体性的。另一方面，他还指出原始时代虽然存在歌手，但一则他表现的是群体的内容，二则他视创作为个人所有的意识还未自觉。这里指出了原始诗学作为群体诗学的一些重要特征。

第三，原始诗学的群体诗学性质还突出地表现于它在创作、发表与传播的过程中，多以集体状态存在。原始与民间的诗歌创作中存在着群体(或称集体)创作的现象，这对于文学史家与批评家来说是熟悉的，尤其是研究早期诗史与民间歌谣的学者。前述俄国文学史理论家维谢洛夫斯基在他的《历史诗学》中，着重研究早期合唱队时期的诗歌创作，也是指出早期诗歌创作是一种群体创作行为。关于我国先秦诗歌的群体创作与个体创作问题，学者们也时有论及。如赵敏俐先生在他的《论诗经在中国文学史上的创作论意义》一文中，就从"个体诗人"的出现这一角度，来分析《诗经》在诗歌发展史上的意义[②]。其基本理论前提也是认为原始诗歌是一种群体创作，后来发展为个体创作。曾守正先生的《战国时期"诗言志"的双重观念》一文也涉及这个问题，其中主要观点是认为《诗经》基本上还是"集体创造"，到荀子作"佹诗"，初步体现了个人作诗的意识，屈原的"发愤以抒情"，是"个别创作主体的自觉与强调"[③]。

---

① [俄]维谢洛夫斯基著，刘宁译，《历史诗学》，天津：百花文艺出版社，2003年，第257页。

② 原载《东方论坛》1996年第2期，后收入赵敏俐《周汉诗歌综论》，学苑出版社，2002年。

③ 韩国慕山学术财团资助东亚人文学会《东亚人文学》第2辑。

第四,从诗歌创作的技术层面来看,原始诗学也带有群体性的特点。原始诗歌发展到较高的形态,也有它们一种相对固定的艺术形式,其中也有一定的声调、韵律乃至修辞格,尽管与高度发展的后世诗学相比,是极其简单、极其原始的,但却不能不视之为诗学之开端。艺术史家不止一次地论证过,原始人类最初使用诗歌,是在一定的感情的驱使下,对于日常语言的变化使用,亦在某种场合,语言越出了正常的交际功能,以一种模糊的形态来表达感情,并且在语气、节奏与修辞上都出现了一些通常的语言运用中所没有的变化。这些变化,用格罗塞的话来说,就是"有效的审美形式",他给诗歌下了这样一个定义:"诗歌是为达到一种审美目的,而用有效的审美形式,来表示内心或外界现象的语言表现。""要将感情的言辞表现转为抒情诗,只须采用一种审美的有效形式;如节奏、反复等","原始民族用以咏叹他们的悲伤和喜悦的歌谣,通常也不过是用节奏的规律和重复等等最简单的审美形式作这种简单的表现而已。"[①]可见,原始的创作虽然是自然的抒情,但还是具有一种审美的形式。这就是原始诗学得以成立的依据。但是,正如原始社会一切财富都是公共所有一样,诗及诗学也是集体的精神财富。早期诗学或民间诗学的诗歌艺术形式与技巧等公共化,也是因为一些形式,从根本上讲也是群体的共同创造,如像举重、拉纤等所形成的号子,就是众人一起创作的。在战斗、狩猎、祭祀等活动中产生的一些诗歌艺术形式与技巧,也有这种情况。诚然,某一句式、韵律、体调原本或曾是某一个人的创造,但正如原始诗歌本身一样,它们并没有被打上"个人专利"的标志。当然在后世的以个体诗学为主流的时代来讲,诗歌的艺术形式,在很大程度上也是公共性的。但是在个体诗学中,这种公共性的艺术形式的运用,被打上鲜明的个性的标志,它是与个人风格结合在一起的。至于那些在形式与技巧上作出突出的创造的诗人,他们的成果虽则也会被他人所运用,但在一个相当长的时期,作为个人的成果而获得承认,例如永明诗人和后来的沈宋等人在格律诗艺术形式上的创造,沈、宋在完成近体诗体制中所作贡献,在诗歌史中就一直

---

① [德]格罗塞著,蔡慕晖译,《艺术的起源》,商务出版社,1984年,第209—210页。

被作为他们个人性的来叙述。这在原始诗学时代是不可能的。与原始诗学一样,民间诗学,也存在着类似的情况。它是作为一种群体的、公共的东西而存在,个人性不太突出。

公有化的另一涵义,是指群体诗学中诗歌创作技能的原始性质的普及化。这时的诗学从技术层面来讲还是属于比较低级的阶段,不像后来的诗学那样复杂得需要长期的学习与训练才能获得。所以,在原始社会,诗歌不仅是公共的,而且也是普及的,每一个人,只要具有适当的情感状态,都可以自由地进入诗歌创作领域。虽然在民间诗歌的创作中有民间歌手,原始时代也有可能存在在创作的量与质两方面都超过一般人的原始诗人,但在群体诗学时代,诗人与一般人在诗歌创作能力方面的差距是比较少的。这一方面是由于诗歌的形式简单,语言距离日常语言很近。另一方面也是由于,一个原始人的个体,其感情、愿望与思想,与文明时代的人相比,是十分简单的,并且共性远强于个性,原始的诗人在这方面也不例外。"原始的诗人,能超过他的听众的水平线(指思想与文化的水平线:引者注)以上的,是极其例外。这决不是造物者没有在这些民族之间造出优秀品质的个人;不过是因为狩猎民族的低级文化,对全体分子一律地作着顽强的苛求,牵制着特殊的个人留于同一的低级发展的水平线上而已。我们可以看到澳洲的每一个土人,都制备他自己'一家的歌',正如他们各自为自己制作所需要的工具与武器一样。所以这个人的诗歌和其他人的诗歌,其价值或多或少是完全相同的。斯托克斯自夸其伴随土人中有一个名叫妙哥的说,只要有一个题目触动了他的诗的想象,他就非常容易并且迅速地作出歌来。但是这种吟咏的天才,并不是某个人的特殊秉赋,却是所有澳洲人共有的才能。"① 总之,诗歌艺术不具备专门性技能性质、或者说专门性程度很低,是群体诗学的一个重要标志。其实,自春秋至两汉时期人们的"作歌"、"赋诗",仍然带有非专门化的特点,最典型的就是汉代的楚歌体,其作者并非专门的诗人,但因事所激、触景生情,就使用他们很熟悉的楚歌曲调,发为歌咏。这与魏晋以后的专家之

---

① [德]格罗塞著,蔡慕晖译,《艺术的起源》,商务出版社,1984年,第209—210页。

诗,是性质不同的两种创作。诗学愈发展,一般人与专擅者在创作能力上的差距也就越大,于是便出现“诗人”这一特殊人群。

群体诗学与个体诗学之间的区别,并非只是创作形式上的个人创作与集体创作的不同,个人很难拥有独立的创作,并且不拥有著作权。国风与乐府相和歌辞,绝大部分采自民间歌谣土风,属于民间诗学范畴,从创作上讲,完全是群体性质的。在还未被采入官方音乐机构之前,这些诗歌就在民间有着不同程度的流传,并且在流传的过程中因时地、歌者的不同发生着变化,形成不同的“版本”①。在这样的传播、改造过程中,诗人不可能拥有属于自己的著作权。所以,作为一种民间诗学产物的《诗经》和乐府,在民间的生产过程中,也许存在“民间诗人”这样的人物,并在一定的地域与时间的范围内具有知名度,在最初的传播阶段和小范围内某些作品的创作者是为人所知的。但在传播过程中,作者逐渐失去他对作品的拥有,他所创作的诗沦为公共财富。无论是周代的采诗机构还是汉代的乐府,在采集诗歌的过程中,只保留原本地域的生产权,而丝毫也没有反映出“个体创作”的印迹。只有某地的诗的意识,没有某人的诗的意识。并且,这些从民间采集的诗,相对最后确定的乐诗来说,只是一种“原材料”,乐工文士在使其配乐的过程中进行了一种再创作,但他们也同样不拥有对这些诗歌的个人的著作权。所以在这一意义上,《诗经》与乐府,其整体性质,是一种群体创作的成果。个体创作的一些因素也完全被整合于群体创作的过程中。

总之,人类诗歌发生于群体的抒情与审美行为的机制中,个体的创造力完全融于群体之中,通过群体的抒情、审美机制来实现。诗歌的这种原生性质,对于我们正确地理解诗的精神与创造本质是重要的。

---

① 刘操南先生在《孔子删诗的探索》(《文学遗产》增刊第十八辑)一文中,认为《史记·孔子世家》所说的“古者诗三千余篇,及至孔子去其重,取可施于礼义”,实质是周室所收集的这三千篇中,有不少是大同小异的。他并引自己收集《红楼弹词开篇》,从一千九百余篇删其复重,定为二百余篇,这样一件亲身经历的事情作为旁证。我觉得他的说法很有道理。

二

群体诗学的另一个重要表现是诗与乐舞结合在一起，与成熟的、高度发展的王朝音乐体制结合的诗，代表着群体诗歌的最高发展形式。我国古代从先秦到两汉，经常使用“乐”这一概念来指称这个歌乐舞三位一体的综合性艺术体系。但是我们应该知道，这个“乐”的综合性艺术体系，从原始状态发展到文明社会的状态，经历很漫长的历史。在这个过程中，群体诗学也逐渐从原始状态走向文明状态。“乐”对于诗歌艺术的影响，可以说是两方面的。从整个诗歌史来说，诗歌艺术只有在脱离了音乐歌舞之后，才获得了充分的发展，所以与音乐结合时期的诗学，是属于诗学的初级阶段，而且缺乏独立形态。宋人郑樵在论《诗经》、乐府诗时倡“诗在声不在辞”之说，也就是说在它们的艺术功能中，音乐性占据第一位，文学性占据第二位①。这也意味着与音乐的结合，限制了诗歌艺术的独立发展。但是，另一方面我们也应该看到，在群体诗学的发展过程中，音乐是诗歌的共同发展的同伴，高度发展的音乐艺术也是促进诗歌艺术发展的重要机制，使它摆脱原始诗歌的简陋状态，促进其语言艺术发展。这一点，我们试比较先秦时代未配乐的古歌谣与《诗经》作品，汉代杂歌谣辞与汉乐府歌诗，就很清楚。这两组诗歌各自的产生时代、体式都是接近的，但文质之别却也很明显。

我国古代诗歌之所以在《诗经》与汉乐府两个体系中发展到群体诗学的最高阶段，与周汉礼乐文化的发展是分不开的。《诗经》所依托的是一个很完善的周王朝音乐体制，这个体系以教育、宗教、政治、娱乐为基本功能，人员众多，分工明确，其中与诗歌关系最密切的有大师、小师、瞽矇等职：

> 大师掌六律、六同，以合阴阳之声。阳声：黄钟、大蔟、姑洗、蕤宾、夷则、无射。阴声：大吕、应钟、南吕、函钟、小吕、夹钟。皆文之以五

---

① 郑樵，《通志·乐略·乐府总序》。关于这个问题，拙著《汉魏乐府的音乐与诗》（大象出版社，2000年）及拙文《乐府古辞与文人拟作》（《文学评论》1998年第2期）有详细论述。

> 声，官、商、角、徵、羽；皆播之以八音，金、石、土、革、丝、木、匏、竹。教六诗：曰风，曰赋，曰比，曰兴，曰雅，曰颂，以六德为本，以六律为音。
>
> 小师掌教鼓鼗、柷、敔、埙、箫、管、弦、歌。
>
> 瞽矇掌播鼗、柷、敔、箫、管、弦、歌。[①]

《左传·昭公二十年》载晏子论"和"与"同"的问题时，也谈到音乐的和谐之理：

> 先王之济五味，和五声也，以平其心，以成其政也。声亦如味，一气、二体、三类、四物、五声、六律、七音、八风、九歌，以相成也。清浊、小大、短长、疾徐、哀乐、刚柔、迟速、高下、出入、周疏，以相济也。君子听之，以平其心，心平德和。

上面说的不一定就是《诗经》的音乐系统，但也是接近的。这个音乐系统，与原始的自然朴陋的歌乐舞，在艺术发展程度上是不可同日而语的。试想，当以这样一个完善、复杂、整体性很强的音乐系统来处理从各地采集来的民间歌谣以及上古流传下来的神话性史诗时，不可能消极地用先进的音乐体制屈就自然、质朴的歌谣，而是用音乐积极地加工这些歌谣，使之成为歌诗。歌诗不仅要积极配合"八音"、"六律"这种音乐体制，还要体现"六德"这一伦理规范。同时在诗学本身，也已初步形成自身的一个创作体系，那就是称之为"六诗"的风、赋、比、兴、雅、颂。所谓六诗，就是诗在艺术上的六个要素。在这样一种复杂的配乐过程中，诗学从比较原始、自然的群体诗学状态，跃升到高度发展的、体现先进的礼乐文明之精神的周诗的群体诗学，从某种程度可以说，奠定了封建社会群体诗学的基础。

与《诗经》一样，汉乐府艺术系统也对民间的原始性的群体诗学起了改造、提高的作用：

> 至武帝定郊祀之礼，祀太一于甘泉，就乾位也；祭后土于汾阴，泽中方丘也。乃立乐府，采诗夜诵，有赵、代、秦、楚之讴，以李延年为协

---

① 《周礼·春官》。

> 律都尉，多举司马相如等数十人造为诗赋，略论律吕，以合八音之调，作十九章之歌。以正月上辛用事甘泉圜丘，使童男女七十人俱歌，昏祠至明。夜常有神光如流星止集于祠坛，天子自竹宫而望拜，百官侍祠者数百人皆肃然动心焉。

这一段记载，十分生动地反映出汉乐府作为以朝廷的宗教、政治、娱乐为基本功能的高度发展的群体诗学的特征。它的作品，或为采集民间，或为御用文人之作，是两种不同形式的群体创作。它的发表，由组织完备、分工明确、规模宏大的朝廷乐府机构承担。其中，房中歌、郊祀歌、相和歌各部分，性质与功能都不同，表演的形式也不一样。但即使是其中最轻型的、后来广泛流行民间街陌的相和歌，也是“丝竹更相和，执节者歌”，是一种小团体的演奏方式。[①] 乐府这一机构及其音乐上的功能，是使诗学从较低级的民间状态发展到成熟的群体诗学的决定性因素。

从中国古代诗歌史的发展情况来看，《诗经》与汉乐府正代表了从上古至周汉的群体诗学发展的高峰。群体诗学的原始发展阶段是漫长的，这时候的诗学处于纯粹自然的形态中，发展十分缓慢。只有在获得了某种较高的文化系统之后，才能比较迅速地摆脱原始的自然的发展阶段，进入民族诗学发展的第一个黄金时期。

当然，诗学发展的基本趋势，是个体因素的增加。原始诗歌完全是群体歌咏、群体抒情的，这种形式，到周汉时代，只保存在祭祀、宴会、军旅之乐的场合。至于国风、小雅和乐府的相和歌辞，不仅在创作上个人的作用明显增加，而且有相当一部分是表现个人生活与思想感情的，与原始诗歌的群体抒情有别。但是在传播、配乐与表演阶段，它们都失去了个人性，最终变为群体的一种叙述、抒情行为。并且，它们所表现的生活与思想感情，带有明显的类型化与典型化特点，其真正关注的还是大众的伦理观念与审美趣味，在那里面，原本属于某一独特个人的生活与思想感情，成了大众的生活与感情的代表，大众向其中充注属于群体的伦理与审美观念。这正是原始社会以来群体抒情方式的演进。

---

① 参看《汉魏乐府的音乐与诗》的有关章节。

三

从诗歌发展史的情况来看,汉代的诗歌史,整体上体现出的仍然是群体诗学的特征。尽管在此之前已经出现楚辞作家群的个人创作,在一定程度上奠定了后世文人诗个体诗学的基础,但从整个诗史发展的环节来看,汉代无疑仍属于群体诗学的发展时期,可以说是从原始社会以来漫长的群体诗学发展的最后、也是最高的一个阶段。构成汉代诗歌主体的乐府诗的群体创作、群体传播乃至群体抒情的性质,我们在上节中已经做过分析。乐府以表现群体性的思想感情为其基本特征。《房中歌》、《郊祀歌》,虽多才人文士的创作,但其内容表达的完全是大一统王朝的政治与宗教意识,属于群体诗学中的政治、教化与宗教这样几类,亦即《毛诗序》所说的"言天下之事,形四方之风"。相和歌辞中,除了个别作品大曲《满歌行》是表现个体的意识外,绝大多数作品所表达的都是社会的客观事象,反映社会大众的审美情趣与伦理观念,如《陌上桑》、《孤儿行》等,实为撷取社会事件、充注大众之爱恶是非之观念的诗歌,即《毛诗序》所说的"以一国之事,系一人之本"。所以,汉乐府诗歌,从表现内容来看,体现的是群体诗学特征。

乐府之外的汉代杂歌谣辞,比起配乐的诗歌,更多体现的是群体诗学时期诗歌的原始状态。所谓杂歌谣辞,是指汉代入乐的乐府歌辞之外的那些歌谣及韵文体的谚语。通常很容易将杂歌谣辞与乐府歌辞的区别简单地理解为入乐与未入乐之别,甚至将它们看做是乐府歌辞的候补。其实就现在被编为"杂歌谣辞"的作品来看,谚语与乐府邈不相干不待言,即是体制与乐府歌辞比较接近的杂歌辞与谣辞,也是性质很不相同的两类诗歌,两者在创作状况与目的、传播的形态与功能等方面都是不相同的。它们在诗学上与乐府歌辞属于不同的系统,一为歌谣系统,一为乐歌系统。逯钦立《先秦汉魏晋南北朝诗》中"汉诗"立"杂歌谣辞"一类,在文献上厘清了杂歌谣辞与乐府歌辞、琴曲歌辞等入乐歌辞的界限,大大有助于其真相之呈现。《先秦汉魏晋南北朝诗》中"汉诗"卷八的杂歌谣辞分为歌辞、谣辞、谚语三类。歌辞有《渔阳民为张堪歌》、《临淮吏人为宋晖歌》等二十一首，主要反映的是汉代的吏治情况，以某一特定的良吏为歌讴对象，内容全为褒美。另有《通博南歌》一首，歌唱汉明帝通西南夷之事，可以说是一首反映重大时事的杂歌。谣辞有《后汉时蜀中童谣》、《会稽童谣》等三十九首，也是以褒贬吏治、刺美人物、预言或讽评时事为主，体制绝大部分比较短小，只有少数几首像《桓帝初天下童谣·大麦青青小麦枯》、《桓帝初城上乌童谣》等篇幅较长。

《诗经·魏风·园有桃》云："心之忧矣，我歌且谣。"《毛氏传》注曰："曲合乐曰歌，徒歌曰谣。"吴同瑞等所著《中国俗文学概论》中解释徒歌之义云："什么是徒歌，有人理解为无伴奏的歌唱，这并不符合歌谣的实际。其实，徒歌应为无曲调的——只说不唱的韵文作品，正如《韩诗章句》所述：'有章曲曰歌，徒歌曰谣。'[①]用是否有曲调来区别歌谣是比较科学的。历史上有曲调的可唱的是歌，无曲调的只说不唱的，就是谣。古代常常谣、谚并称，民谣与谚语都是只说不唱的。"所谓乐府的入乐，包括可歌即有曲调、与器乐演奏甚至舞蹈相配合这两方面，而有曲调可歌，尤其是乐府歌辞的基本标志。而杂歌谣辞中，杂歌虽然也可能以唱的形式出现，但并无固定的曲调，多为信口而歌，甚至只是一般的念诵，上面所引的那些杂歌体式彼此都不太一样，并且看不出有什么固定的曲调，谣则是只说不唱的。总之，从音乐的角度来看，杂歌谣辞处于很原始的一种讴咏状态，而乐府歌辞则与高度发达的音乐系统相结合。这正是一般的歌谣与乐府歌辞的根本区别。

杂歌谣辞的主要功能，是反映社会的全部或某一部分人的意志、起褒贬是非及干预时事政治、品评人物良窳的作用。与乐府的以通过娱乐功能产生伦理功能不同，杂歌谣辞是直接以讽喻美刺为功能，不仅娱乐功能几乎不存在，就是修辞饰事的艺术功能也是很其次的。从现存的典籍中可以看到，至迟在春秋战国时期，以政治与风俗为主题的歌谣就已经很流行，并且对政治、时事及政治人物的行为直接起到干预的作用。因为这些

---

① 《初学记》十五引《韩诗章句》作："有章句曰歌，无章曲曰谣"。

歌谣多出于替国君贵族驾车的车夫之口，所以多名之为舆人诵，如《国语·晋语》讽喻晋惠公的“舆人诵”，《春秋左传》僖公二十八年的“舆人诵”。盖春秋战国时期，我国尚存在一种城邦国家的民主政治[①]，各阶层的人物都有一定的言论的自由，国君等统治者有听取的义务，《国语·周语》载邵公谏周厉王弥谤所云：“故天子听政，使公卿至于列士献诗，瞽献曲，史献书，师箴，瞍赋，矇诵，百工谏，庶人传语，近臣尽规，亲戚补察，瞽史教诲，耆艾修之，而后王斟酌焉。”虽然这里所说的不免有所理想化，不能完全相信，但是也可见当时的人们对政治是有讨论的权利，为了达到婉辞谲谏的目的，一些像舆人这样的常得接近统治者的人物，经常采取歌谣的形式。这在当时是合法的。汉代的歌谣，可以说是直接接续着春秋战国的舆诵之风，但在大一统的政治中，春秋战国的民主政治消沉，统治者周围的那些人物，逐渐失去舆诵谲谏的职能，舆诵的创作与流传更为民间化，也因此而更具民间讽喻的性质。当然，不排除一些政治上有势力的人物对歌谣议政的操纵。

与汉乐府比较，杂歌谣辞是一种更为古老的诗歌形态，更多地体现群体诗学的原始风貌。后世文人诗歌中提倡讽谕美刺这一派，其真正渊源是杂歌谣辞这一类，而非乐府。所以白居易的新乐府，如按汉代标准来看，应该称“新歌谣”，或说文人拟歌谣。

如上所论，无论是汉乐府、还是汉歌谣，都是属于群体诗学的范畴。此外，代表汉诗艺术之最高发展的汉末无名氏诗，据今人多方面研究，其主体仍属于音乐歌词范畴。无名氏现象的造成，正是群体诗学状态中缺乏著作权意识的表现，不能简单地看做是文献的失载。古诗作品所表现的游子思妇之情、坎壈失志之叹，初一看好像是十分个人化的，并且它们所写的好像也都是一些个人的生活。但实际上古诗中表现的对象，其实是社会中的典型事例及特定社会阶层的生活矛盾与流行情绪。比如《行

---

① 此处采用日知《中西古典文明千年史》一书中看法，此书着重阐述在中国古代专制帝国形成之前的春秋战国时期，存在着一种与古希腊城邦国家相似的古代文明世界的民主政治，吉林文史出版社，1997 年。

行重行行》这样一首诗，虽然其中所写的好像是某一具体的思妇的生活与感情，其实是一般性地表现“思妇”这一群体形象。它们的表现本质，如用《毛诗序》的话来说，仍然是“以一国之事，系一人之本”。

就中国古代诗学的主体文人诗学而言，汉代只是萌芽阶段，但这并不等于说汉代诗歌在中国诗歌发展史上的地位不重要。恰恰相反，作为渊源久远的群体诗学发展最高状态的汉代诗学，对中国古典诗学性格的影响是巨大的。一、通过汉代学者对《诗经》、乐府、楚辞的阐述，为中国诗学奠定了基本的理论体系。这个理论体系恰恰是对渊源久远的群体诗学的一个总结，所确定的是群体诗学的原则。这一群体诗学原则，在此后的个体诗学发展时代，仍然起着规范作用，不时地提揭着个体诗学向群体诗学的回归。二、将汉代的歌谣谚、乐府歌词等所有歌诗写作综合起来考察，则诗歌的创作与传播，以及它所发生的社会效用，比之后来时代恐怕都是有过之而无不及，形象一点说，在汉代，诗歌还是紧紧依附于社会土壤中而生长，有着遍地开花的、一种群体诗学繁荣的景象。汉代的群体诗学实为后世群体诗学之最高典范，即就诗学的其他一些重要组成部分如诗歌的体式与句式来看，汉代诗学也是后世诗学之渊薮。所以我们要改变前此以个体诗学为主要考察角度的汉代诗学的研究方式。

四

与群体诗学相对的个体诗学，代表了诗学发展的更高阶段。所谓个体诗学，即建立在独立个体基础上的一种个人化的抒情与审美行为。在这种创作活动中，诗歌被深深地打上个体的印痕，它不仅是完整意义上的自我抒发，而且是个体的创造意识、传播愿望都十分突出的一种行为，即通过诗而获得个人在艺术上的声誉包括诗歌史上的地位。应该说，从上古歌谣到汉诗，在群体诗学的时代，也有少部分作品，留下作者的名字，如《诗经》中传为周公、许穆夫人所写诗。但这不等于其时已具备个人著作权意识，这些诗歌之所以留下了作者的名字，多由于其作者为特殊人物，其本事为特殊事件所致。明确的著作权意识，是在个体诗学时代才具有的。我们所熟悉的"诗人"一词,也许是个体诗学内涵的比较完整的表达,换言之,在群体诗学时代,并没有明确的"诗人"概念。虽然诗人所抒发的思想感情与人们相通,并引起共鸣,但这些思想感情始终被视为他的个人所有,与他的个性紧密地联系着,同样他的风格与诗艺上的种种表现,虽然也与一般的风格与诗艺相通,并且被后人所借鉴,但作为他个人的独立创造这一性质,是永远也不会改变的。我们所说的个体诗学,就是在上述意义上说的。总之,个体诗学是指个人的思想感情、个性化的艺术风格,以及通过诗歌艺术的创造与传播来实现个体的生命价值这些内涵,从这个意义上说,个体诗学的成熟,代表着诗歌史的高度发展。

应该说,在诗歌创作中,个体因素始终占据重要地位。我们强调群体诗学时代群体性的创造活动的特点,也丝毫没有忽略个体的作用。任何创造,不管其在后来过程中发生何种变化,加入何种机制,最初的一刻,无疑都是发生于个体的心灵中,但在群体时代,诗歌表现的内容与创作的过程,最终转化为群体的创作活动,变为群体共同拥有。当然,从上古到两汉,都留存完全属于个人的作品。在群体诗学为主流的时代,即使纯粹表现个体感情的个体诗歌,也是一种形式比较简单、语言技巧不太高的诗歌,诗人作为一种角色并不明显。汉代的楚歌体创作,就有这个特点。楚歌多为有名氏作者所作,且所表现的多是属于个体的情事。所以,可以说楚歌是汉代个体诗的代表,也是后世个体诗学的萌芽。但楚歌体与其同源楚辞及汉代辞赋相比,基本上还是一种民间流行的歌唱形式,对于出于楚文化的汉代上层社会来讲,是一种普及化的、简单的歌唱形式,并不需要特殊的训练,在汉宗室中特别流行。所以从汉高祖刘邦到汉少帝刘协,都能随意作歌。这种情况表明,汉代的楚歌系统虽为个体诗学之初建,但还受着群体诗学发展规律的制约。其艺术上没有太大的发展,也是由于这种性质所决定的。

比较典型的个体诗学的发生,准确地讲,是诗歌创作中个体作用的因素增加并上升为主流。我们前面说到过,我国古代诗史,在魏晋之前,基本上还属于群体诗学的时代。但这只是就阶段性特征而言,并不是说此前就完全不存在个体诗学的形态。就《诗经》而言,"三颂"与"大雅"是典型的群体诗学形态。“风诗”则是民间群体诗学的一种提高，这在前面已经讨论过。比较而言，“小雅”中的作品，个体抒情的因素明显增强，个体诗人的社会及文化的各种身份特征也较多地反映在诗里，可以说是初步表现出个体诗学的特点来。作为儒家群体诗学最高理论总结的《毛诗序》也注意到了这一现象，从而同样地为后世的文人诗人提供了个体诗学的基本原则：

> 至于王道衰，礼义废，政教失，国异政，家殊俗，而变风变雅作矣。国史明乎得失之迹，伤人伦之废，哀刑政之苛，吟咏情性，以风其上，达于事变而怀其旧俗者也。故变风发乎情，止乎礼义。发乎情，民之性也；止乎礼义，先王之泽也。是以一国之事，系一人之本，谓之风；言天下之事，形四方之风，谓之雅。

从本文的思考角度看来，诗序的这段话，正是对发生于《诗经》内部的群体诗学向个体诗学的初次倾歒的历史真相的一个高度理论概括，而“吟咏情性”无疑奠定了后世个体诗学的抒情原则。无疑，这种宏观的概括，舍弃了历史中复杂的因素，部分地以逻辑代替了历史，但它抓住了历史中最主要的东西。我们前面已经分析过，商周礼乐文明中发展出来的群体诗学，是群体诗学的高级形态，它促进了诗学的发展，同时也成了个体诗学发生的一种温床。因为在这个群体诗学中，知识阶层已经成了主要的创作者，他们就是《毛诗序》所说的“国史”。他们的个体精神已经形成，只是在王道政治还景气、礼乐制度还健全的情况下，他们所承担的还是表现群体思想感情的功能。但到了政治变化、礼乐不行的时候，他们就很自然地转变为个体抒情者，即“吟咏情性”。当然，他们的个体抒情，体现的仍是政教诗学的伦理价值观，这就是“发乎情，止乎礼义”。这一原则自汉儒奠定，遂成为中国后世诗学的基本原则。这也反映了中国古代文人诗的个体诗学发源于群体诗学，并始终受群体诗学制约，早期群体诗学时代确立的言志、教化为最高原则。

个体诗学的进一步发展，则是在“周道寖坏”的战国时代，其最大成果就是屈原、宋玉等辞赋家的创作：

古者诸侯卿大夫交接邻国,以微言相感,当揖让之时,必称诗以喻其志,盖以别贤不肖而观盛衰焉。故孔子曰"不学诗,无以言"也。春秋之后,周道寖坏,聘问歌咏不行于列国,学诗之士逸在布衣,而贤人失志之赋作矣。大儒孙卿及楚臣屈原离谗忧国,皆作赋以风,咸有恻隐古诗之义。其后宋玉、唐勒,汉兴枚乘、司马相如,下及扬子云,竞为侈丽闳衍之词,没其风谕之义。是以扬子悔之,曰:"诗人之赋丽以则,辞人之赋丽以淫。如孔氏之门用赋也,则贾谊登堂,相如入室矣,如其不用何?"①

虽然这里所说的"周道寖坏,聘问歌咏不行于列国"并不是群体诗学衰落的全部理由,但"学诗之士逸在布衣,而贤人失志之赋作矣",确是个体诗学发生的两个最重要的原因:一是一批具备较高诗学修养的布衣即"学诗之士"的出现,二是贤人失职而生不平之感。个体诗学的两个条件,一是个体抒情的自觉,二是个体独具的专门化程度较高的创作能力,至此已经具备。屈原的辞赋,渊源于楚地的祭祀歌曲,其《九歌》仍然属于群体抒情的范畴,只是因其强烈的个人感情与自我形象的投入,以及在艺术上对楚地诗歌的大幅改造与提高,使其诗歌从群体创作迅速质变为个体创作。可以说,这是诗歌发展史中的一个特殊现象。而汉代诗学的主流,仍然回归到发生于民间,经礼乐制度而提高的群体诗学中来,与周诗的群体诗学前后辉映。

五

魏晋南北朝时代是我国古代个体诗学确立并发展为诗史之主流的时期。关于这一段诗歌史中所体现的人的个体性自觉及艺术本身的自觉,学术上已经有很充分的讨论。但是以往我们只是从这一个时期的社会思潮出发来解释上述诗歌现象。其实,通过前面的探讨我们发现,魏晋南北朝诗歌史不同于前面诗歌史的这些重要表现,同样也是诗歌

① 《汉书·艺文志·诗赋略》。

史从群体诗学时代发展到个体诗学时代这一规律在起作用，从某种意义上说，这是更内在的、更带有必然性的，而具体的时代文化精神则是外在的、带有偶然性的。也就是说，诗史发生从群体诗学到个体诗学的转化，是一种必然趋势，但其实现则有赖于文化史与精神发展史方面的气候。

魏晋文人诗的个体诗学，是从汉乐府诗的群体诗学中发展出来的。东汉时期，随着乐府新声在社会各阶层的广泛流行，文人逐渐成为其中重要的参与者，并且由此而产生文人创作五言诗的新风气。这其中《古诗十九首》和传为李陵、苏武所作一批赠别诗仍然是按照群体诗学的模式而产生的，虽然其在语言艺术上表现出超越群体诗学水准的新因素。与此不同，有名氏的五言诗，往往以个人的亲历为素材，其个人抒情的性质开始凸现，个体写作的意识加强，成为魏晋个体抒情诗学之奠基。汉末的郦炎、侯瑾、秦嘉、赵壹、蔡邕等人，其表现个体思想感情的倾向已经很明显，摆脱官方乐府与民间新声丽曲的群体诗学表现模式，使五言诗史向个体诗学迈出了第一步。

新兴的五言诗从无名氏创作向有名氏的诗人的转化，正是个体诗学成立的一个标志。到了建安时期，不仅“五言勃兴”（《文心雕龙·明诗》），而且出现了一批写作五言诗与乐府诗的诗人，形成了一个诗人群体。这个群体，不仅对于一般的社会来说具有一种独特性，即使对于较高文化与文学素养的知识阶层来说，也是具有独特性的。诗歌创作虽然不能说是他们的职业，但却是只有他们擅长而一般人、甚至一般的学者文士都不具备的专门性的创作活动。他们的写诗，已经不像汉代皇室贵戚之作楚歌体、儒学者之作四言体那样，只是因事感发，偶一为之，而是大量的、经常性的写作活动。随着诗歌创作水平的提高，对于诗艺的批评活动也开始出现，曹丕《典论·论文》说刘桢五言诗“妙绝时人”，可见当时人对于诗人们的艺术上的高低是有评论的。曹植《与杨德祖书》中说“世人著述不能无病，仆尝好人讥弹其文，有不善者，应时改定。”又说“刘季绪才不能逮作者，而好诋文章，掎摭利病”，其所说的“著述”、“文章”，自然也是包括诗歌在内的。可见建安诗人的创作，经常是伴随着一种批评活动的。诗歌批评的出现,也是诗歌艺术开始脱离音乐母体、诗在政教、娱乐等外在功能之外艺术的功能开始明确的标志,这正是个体诗学的内涵所具备的。这种诗歌批评活动,与诗歌史的发展同步行进,只是没有像创作的成果那样,随时以文本的形式记载下,但我们从齐梁之际钟嵘的《诗品》中可以发现,批评活动已经发展为蔚为大国的形势,这个历程,也是诗歌艺术发展的历程,个体诗学发展的历程。

个体诗学的一个重要标志是诗歌为个人所有,诗人通过创作来显示自己的才华,杰出的诗人更是致力于艺术上的卓越建树,以使自己的作品垂之久远,从而通过艺术创造实现人生价值。在魏晋南北朝时代,由于玄学自然观及门阀政治等方面的原因,"才性说"极为流行,士人阶层普遍崇尚天才,对于各种艺术及技艺如书法、绘画、音乐、棋艺的热衷,均与此有关。而"博学善属文",尤为最能显示才能的一种专业性能力。再加上朝野常以文艺论定身价,以为仕途进取之资。这样就扇炽起前所未有的诗歌创作与诗歌批评风气,钟嵘《诗品序》云:

> 若乃春风春鸟,秋月秋蝉,夏云暑雨,冬月祁寒,斯四候之感诸诗者也……凡斯种种,感荡心灵,非陈诗何以展其义?非长歌何以骋其情?故曰:"诗可以群,可以怨。"使穷贱易安,幽居靡闷,莫尚于诗矣。故词人作者,罔不爱好。今之士俗,斯风炽矣。才能胜衣,甫就小学,必甘心而驰骛焉。于是庸音杂体,人各为容。至使膏腴子弟,耻文不逮,终朝点缀,分夜呻吟,独观谓为警策,众睹终沦平钝。次有轻薄之徒,笑曹刘为古拙,谓鲍照羲皇上人,谢朓今古独步。而师鲍照,终不及"日中市朝满",学谢朓,劣得"黄鸟度青枝",徒自弃于高明,无涉于文流矣。观王公缙绅之士,每博论之余,何尝不以诗为口实,随其嗜欲,商榷不同。淄渑并泛,朱紫相夺,喧议竞起,准的无依。近彭城刘士章,俊赏之士,疾其淆乱,欲为当世诗品,口陈标榜,其文未遂,感而作焉。

钟嵘这一段话,有好几个层次的意义。先是讲诗的发生的原理及其存在的依据,后来又讲到在他的当代诗的繁荣。比起《尧典》及《毛诗序》、《乐记》等家，钟嵘的诗歌发生说，更重视个体的抒情原则，是建立于个体诗学立场上的一种诗歌发生说。应该说，抒情需要之说，只解释了诗的发生的原因。诗的发展与繁荣，是诗作为一种艺术价值得到普遍的承认后才能取得的。自然阶段的诗人创作，以抒情为主要动机，自觉阶段的诗人的创作，则以艺术价值的实现为主要动机。而重视艺术价值的原因，除了审美方面，就是显示才华，诗人对于妙绝时人的诗艺，有一种梦寐以求的热情。而社会对于诗艺的批评与鉴赏，眼光也主要是投注于品评各个诗人、各种风格的美丑高下。这时候还出现了以诗歌批评自职的批评，希望为纷纭无准的社会评论，定出一些艺术批评的标准来，希望充当诗歌批评中"镜子"那样的角色。如此，则不仅创作成为专擅的能力，批评也成为专擅的能力，具备这样能力的人，即钟嵘所说的"俊赏之士"。可见诗歌批评的发展，也是个体诗学发展的产物。

与之相应，我国古代诗歌理论体系也在魏晋南朝时期形成，"一种原创性诗学的产生不是在某一特定文化体系发轫之初就出现的，而是出现于紧随其后的某个时期，在诗人由无名氏变成公认的作者、诗被赋予独立性存在之后。"①我国古代的诗学是典型的原创性诗歌理论与批评体系，它的出现，既是诗史发展的产物，又是以儒学为主流的中国传统文化发展的产物。从发生的历史时期来看，它的确出现于儒家文化体系之后，汉代儒家诗学是其初具规模时期。但从先秦到两汉的诗歌理论，还是依附音乐理论的大背景中，就如此期的诗依附于乐一样。诗歌理论的完全独立并形成一个完整的体系，是在魏晋南北朝时期，而这时确实是诗人由无名氏变成公认的作者、诗被赋予独立性的时期。从《毛诗序》"吟咏情性"到陆机《文赋》的"诗缘情"（《文赋》）说，再到萧子绎的"情灵摇荡"（《金楼子·立言》）之论，个体诗学的抒情原则的发生与发展理路清晰可见。

① 【美】厄尔·迈纳著，王宇根、宋伟杰译，《比较诗学》，中央编译出版社，1988年，第32—33页。

结语

我国的诗歌发展史，经历了两种不同性质的诗学的成熟，即群体诗学的成熟与个体诗学的成熟。整个诗歌史也可以划分群体诗学的时代与个体诗学的时代。就我国诗史来讲，从上古到两汉，是群体诗学为主流的发展时代，而从魏晋以下，则是个体诗学为主流的发展时代。相对于人类诗学的总体进程来说，我国古代诗歌史发展的特点，不仅是群体诗学因礼乐制度为核心的周汉文化之促进而造成第一次诗学成熟，其群体诗学之成熟程度高于大多数民族；更重要的是我国古代诗学很早就进入个体诗学的发展阶段，并且其延续过程十分长久。另外，中国古代诗人将《诗经》与汉乐府作为诗的经典，但习惯看法又认为唐宋时代是古典诗歌的成熟期。这里其实包含着逻辑上的矛盾。现在我们知道诗学从其发展形态上看存在着群体与个体两种，就可以解释这个问题。较之后世文人诗这一个体诗学的成熟形态，《诗经》、汉乐府在艺术的形态上是简单、朴素的，但这并不影响其艺术精神的实现与艺术规律的体现，也就是后世文人常常追慕的"风雅之道"、"乐府诗的现实精神"。可见《诗经》之所以成为后世诗人的经典，不是由于其原始之朴陋，而是由于其群体诗学的高度成熟。同样，汉乐府诗之所以成为艺术经典，也是由于这个原理，它们代表着群体诗学发展的最高形态。

但是，个体诗学发生后，群体诗学仍然存在，并与个体诗学共同发展，两者之间构成了一种矛盾统一的关系。魏晋以后的南北朝乐府民歌及词曲的早期发展阶段，都经历了群体诗学的形态。至于反映民间风俗、刺美人事、政治的歌谣，则从古至今都存在于群体诗学的状态中。另一方面，我国古代文人诗的个体诗学，渊源于群体诗学，深受其影响，有时甚至还奉群体诗学的群体抒情为最高创作原则，《诗经》与汉乐府作为诗歌艺术典范的地位，常常要超过《楚辞》。而当个体诗人奉行群体诗学原则，以政教为诗歌最重要的功能时，他的诗学也就成了群体诗学。再次，即使在个体创作的时代，仍然保留了某些群体创作的形式，如中唐以后极为流行的文人唱酬、次韵等写作方式,实际上是对早期群体诗学的一种回应。

最后我要强调的是,提出这一对范畴,不仅是为了揭示诗歌史发展的两个不同阶段,更好地解释诗歌史的许多现象,同时也是为了把握诗歌史发展中群体诗学与个体诗学的关系,亦即一切诗学中都存在着个体性与群体性两种不同因素。而从魏晋至近代的文人诗,则是一种个体诗学的发展历史,个体精神、个人风格、个体化的写作等因素,一直在发展着。对于这些问题,有待进一步的研究。

从地域文化之整合论盛唐诗歌文化精神之形成

杜晓勤

很久以来，人们在论述初盛唐诗歌艺术发展时，多注意到南北文化冲突、融合对盛唐诗歌艺术精神之影响，且认为盛唐诗歌正是兼采南北诗风之长融汇而成的。这些看法大致不差，但一直未见有人对此论题作进一步的探究，故结论虽失之肤浅、简略却沿用至今。为此，本文将从地域文化与诗歌艺术精神之关系入手，对南北朝后期至盛唐各地域文化冲撞、交汇、融合的线索进行梳理，试图较细致、深入地揭示地域文化之整合对初盛唐诗歌嬗变之影响，进而从一个侧面探讨盛唐诗歌中所蕴含的文化精神之渊源。

一、南北朝后期三大地域文化的并存与交互影响

现在人们在论及南北朝诗歌艺术时多习惯于言南朝诗歌和北朝诗歌，在描述南北朝文化体系时也多说江左文化与北方文化。其实，在南北朝中后期存在着三大地域文化体系，也即江左文化、山东文化和关陇文化，而且受地域文化因素影响，三地之诗歌风格和审美趣尚也不相同，各具特色。

首先，三地士子的人生追求、仕进方式有别。大致说来，江左士子因多为士族，门阀意识较强，具有较高的艺术修养，故他们较注重文学艺术才华，多依凭门资进身，进而以文学游处，安流止足。山东士子则因多为礼乐、经术传家之旧士族，故他们多以经术进身，经世致用。关陇一带则多胡汉杂糅之军事贵族，重军功，尚侠义，轻死生。三地士子各不相同的人生追求、仕进方式使得三地诗歌所吟咏之题材也各有侧重，如江左诗歌

多表现“吏隐合一”的闲雅情调，大凡山水诗、艳情诗、宴饮诗、咏物诗、游戏诗都无不是他们为政之暇以文学游处、风流相尚之产物。山东诗歌则多渗透着功名意识和济世热情，述怀言志诗、刺世讽谏诗甚至伦理说教诗，都是他们深厚的儒学功底、强烈的干进心理的反映。关陇人士所写之诗则多与边塞征战有关，如征战诗、侠客诗、思妇诗等。

其次，三地士子的性格也各不相同。相对而言，江左士子多清俊、秀逸，山东士子多儒雅、敦厚，关陇人士则较刚直、豪侠。受其性格影响，三地诗歌艺术审美观也互异。江左诗人较崇尚清新、俊逸、秀丽之诗风，山东诗人则以典则、雅正为美，关陇诗风则较慷慨、劲健。

尽管三大地域文化体系中的艺术审美观趣尚各异，但它们对诗歌艺术皆有正面及负面影响。换言之，三地诗风都各有其优缺点。如江左士子多喜观赏自然山水，描述风花雪月乃至日常生活中细碎物象，其优点是审美细腻，表现精巧，缺点则是因安逸止足而风力不振，且形式上也由于过分雕琢而矫揉失真。山东士子受儒家思想、经世观念影响，诗中多呈现出强烈的功名心、进取意识，诗风素朴、浑厚，然所失在格调重浊、古拙。关陇士子则因尚武豪雄，诗风遒劲、质直，然由于诗艺不精，亦不免有浅露、板滞之弊。

可见，南北朝后期并存三大地域文化影响下的诗风各有其优缺点，都不是诗歌创作的理想形态，故三地诗人为了发挥各自的诗歌艺术也都自觉不自觉地吸取其他地域文化体系中的文化艺术精髓，借鉴另两地诗人的艺术长处。

在南北朝中后期，南北文化艺术的流向多是南风北渐，以江左文化输入、影响山东文化、关陇文化为主，山东文化、关陇文化之间的相互渗透以及它们对江左文化之影响则不太明显。

南北朝中前期南方书籍的北流和使者的互聘，对北方诗歌尤其是东魏、高齐诗风之影响是比较有限的、表面的，北人主要是从使事用典、音韵声律、繁文缛藻等方面仿效、学习江左诗风。

但梁朝末年南人庾信、王褒之入北周和徐陵、萧悫、颜之推等人之入北齐，对北方本土诗人创作风格之影响较明显。首先，在梁末使北之庾信、徐陵，及被虏入北之王褒、颜之推等人都是受永明以来新体诗风熏染而成长起来的诗坛大家，他们的诗作更得江左文化艺术之精髓。其次，庾信等人入北之时，西魏、北周开国有时，周室统治者汉化程度明显增加，关陇军事贵族子弟如宇文毓、宇文招辈对汉文化尤其是齐梁诗歌艺术也非常景慕，急于仿效。东魏、高齐政权中大部分汉族士子也产生了强烈的崇尚南朝文化艺术的心理。所以，此时无论是关右还是邺下，都掀起了学南之风。

尽管北人此次学南之举亦开始于对辞藻、声律之仿效，但他们对南人之艺术感觉、审美观也渐渐认同。如《周书》卷四十一《庾信传》云，"（周）世宗、高祖并雅好文学，信特蒙恩礼。至于赵、滕诸王，周旋款至，有若布衣之交。"在庾信、王褒等人影响下，"朝廷之人，闾阎之士，莫不忘味于遗韵，眩精于末光。"其中周明帝宇文毓、李昶、滕王宇文逌、赵王宇文招尤热衷于学习"庾信体"。宇文毓的《和王褒咏摘花》诗是典型的"齐梁体"，诗思流转，笔触轻灵，诗境清空，饶有情韵，充分表现了他学习齐梁诗风后所具有的细腻、空灵的艺术审美感觉。其《贻韦居士诗》、《过旧宫诗》均作于庾信入北之后，在声律、辞藻、意境上颇类"老成"之"庾信体"。李昶《陪驾幸终南山诗》与庾信《陪驾幸终南山和宇文内史》系唱和之作，遣辞、用韵、声律皆与庾诗相仿佛，以致徐陵见后不由称叹道："获殷公所借《陪驾终南》、《入重阳阁》诗及《荆州大乘寺》、《宜阳石像碑》四首，铿锵并奏，能惊赵鞅之魂；辉焕相华，时瞬安丰之眼。"（徐陵《与李那（即昶）书》，《全陈文》卷十）另外，滕、赵二王亦多效庾信体。《周书》卷十三《赵王招传》："学庾信体，词多轻艳。"滕王逌更是经常与庾信诗文唱和，且为《庾子山集》作序，对庾信诗文推崇备至。

再如，在颜之推、萧悫、萧放等人入北之前及入北之初，北齐诗人尚停留在对南朝诗歌简单模仿的水平上。如邢劭、魏收是北齐最引以为自豪的两大才子，然两人彼此挖苦对方剽窃齐梁诗文，且"他们的诗大多为应酬赠答，无甚可观，写景也只是从南朝诗中窃来几句浮词丽语，再点缀一点颂祝之词"。邢、魏两人尚如此，其他的"邺下文人学习齐梁诗，纯从辞采华艳着眼。对于南朝的好诗并不能欣赏。”[①]颜之推《颜氏家训》卷第四《文章第九》云:“王籍《入若耶溪诗》云:‘蝉噪林逾静,鸟鸣山更幽。’江南以为文外断绝,物无异议。简文吟咏,不能忘之,孝元讽味,以为不可复得,至《怀旧志》载于《籍传》。范阳卢询祖,邺下才俊,乃言‘此不成语,何事于能?’魏收亦然其论。”同书又载:“兰陵萧悫,梁室上黄侯之子,工于篇什。尝有《秋诗》云:‘芙蓉露下落,杨柳月中疏。’……吾爱其萧散,宛然在目。颍川荀仲举、琅琊诸葛汉,亦以为尔。而卢思道之徒,雅所不惬。”[②]然而,由于与颜之推、萧悫等人的长期相处、诗文唱和,卢思道等北土诗人对齐梁诗歌的表现技巧、意境也渐能理解、认同,并创作了一些酷似南人的作品。如卢思道的《櫂歌行》、《采莲曲》颇得南诗清艳、绮越之韵致,其《赋得珠簾诗》也不是事典、辞藻的堆砌,而是理新意惬,有清怨之气。其《听鸣蝉篇》系与颜之推、阳休之等人唱和之作,然“思道所为,词意清切,为时人所重。新野庾信遍览诸同作者,而深叹美之。”(《隋书》卷五十六《卢思道传》)当然北齐诗人、北周诗人对齐梁诗风也非毫无选择地全盘接受。因其自然山川与江南水乡景色迥异,故齐梁诗歌中清新、秀美的山水诗在北朝诗中就不多见。[③] 又因北地士子无论是山东高门大族还是关陇军事贵族对妇女之态度皆与江左士族不同,北地诗歌中的艳情之作也较少,那种带有猥狎眼光的色情诗北人几乎没有。

相比较而言,北齐与北周无论在文化交流还是在诗风影响方面都较少,北周平齐时,曾从邺下虏得一批文学之士,他们在入周后所作之诗在诗思、意境上均较关陇诗人更胜一筹,但由于北周本土诗人诗作留存甚少,尚不能看出北齐诗人之影响。另外,在北齐、北周末年,入北南人有一部分被放归江左,如沈炯,江陵陷,入西魏;绍泰中,归国;陈受禅,又仕陈。他在西魏时也曾写过一些表现乡关之思、萧瑟之感的诗作,如《独酌谣》、《长安还至方山怆然自伤诗》、《建除诗》、《赋得边马有归心诗》等,皆与

---

① 葛晓音,《八代诗史》,陕西人民出版社,1989年,第288页。

② 王利器,《颜氏家训集解》,中华书局,1993年,第295—296页。

③ 南人入北后山水诗作甚少,且景色总弥漫着一种萧瑟、幽险、奇峭的气氛,当亦与北土山川风貌、自然景色有关。

庾信心境类似、风格相同。而且他在长安受关陇军事贵族尚武任侠性格之影响，作《长安少年行》诗，在歌咏长安少年侠客勇武豪雄的同时也融入自己的沧桑之感、亡国之悲，刚健中含悲怆之气。然他在归梁陈后，在诗坛影响却不大，也未见江左士子向其学习的迹象。又如徐陵、周弘正在邺下和长安时，都曾受北地劲健、悲慨诗风影响，写出了《陇头水》、《出自蓟北门行》、《骢马驱》、《刘生》（此前徐陵作）、《陇头送征客诗》、《于长安咏雁诗》（此两首周弘正作）等或咏北人任侠尚武之精神、或诉乡关之思的作品。但他们在归南后，心境变了，诗风又回到齐梁老路去了。至于陈时其他诗人，更因无入北或屈节仕北之经历，也就不可能写出具有北地真实感受，表现北人性格精神的刚健、悲慨之作了。

总之，在南北朝中后期，由于南人大量入北，无论是邺下诗人还是关陇诗人都争相仿效、学习齐梁诗风，有选择地吸收江左诗歌缤纷、缛丽之辞藻，精工细密之声律，细腻的艺术感觉，清怨、空灵之意境，以发展自身的诗歌艺术，故北地诗歌尤其山东诗歌发展较快。与此同时，江左则因诗人们素来轻视北地诗人之水平，又多无入北、使北之经历，故几乎未受北地文化艺术精神之影响，诗风亦沿袭齐梁余风而渐走渐衰，乃至发展到陈末淫靡、纤弱的境地。

二、隋代三大地域文化的交汇与诗风之变

平陈以后，杨隋很快就实现了地理、政治双重意义上的南北一统，但文化意义上的南北统一甚至连关陇文化与山东文化之融合也未能在短时期内完成，而是经历了一个较长的交汇、冲突、部分融合的过程。相应地，三地诗风也在不同程度上受到其他两地诗风之影响而变化着。

隋文帝杨坚推行的是关陇文化本位政策，他在即位后对山东文化和江左文化都采取了遏制、排斥之态度，加上他“不敦诗书”（《隋书》卷三十八《循吏传序论》），对江左诗风之轻艳、绮艳尤为不满。与隋高祖相似，隋初关陇重臣如高颎、李谔等人斥南朝诗乐为“亡国之音”，对齐梁诗风“遗理存异，寻虚逐微，竞一韵之奇，争一字之巧。连篇累牍，不出月露之

形；积案盈箱，唯是风云之状”（《隋书》卷六十六《李谔传》）的创作风尚深恶痛绝。受轻文艺、忽文词的文化观的制约，隋初关陇军事贵族的诗文创作水平不但没有提高，甚至连西周宇文毓、宇文招、李昶等人都不如。隋高祖杨坚，现存诗一首《宴秦孝王于并州作诗》，用朴质的语言，四言的句式，表达了青春已逝、生死无常的迟暮之感，疑是有意追慕曹操而作，未见一点受齐梁诗风影响的迹象。其他关陇重臣如高颎、李谔、苏绰等人则无一首存诗，亦可见隋初关陇诗人诗艺发展之缓慢。

由齐入周、又由周入隋的山东旧族诗人，由于受到关陇豪族尚武任侠性格之影响，也创作了一批表现征战、行役、思妇等题材的作品。如李德林，博陵安平人，仕北齐，官至仪同三司。入周，授内史上士。隋初任内史令。其家世本以儒学、经术为擅长，但他在入周、入隋后受关陇地域文化影响，也创作了《相逢狭路间》等颇具豪爽、放旷情怀的作品，在隋高祖巡幸途中，创作了《从驾巡游诗》、《从驾还京诗》等耀扬文治武功、气势豪雄的诗作。再如辛德源，本陇西狄道人，仕北齐历散骑侍郎、郎中，齐灭仕周。隋受禅，隐于林虑山中，谪从军讨南宁，还，牛弘荐修国史。转咨议参军卒。其所作《短歌行》、《白马行》等诗尚武任侠、豪气纵横，有放旷、俊爽之气；当为入周、隋后之作。在隋初的山东诗人中，薛道衡最得关陇地域文化之精髓，他不但在入周之后创作了豪迈、乐观、志在封侯的《渡河北诗》。入隋之后又与杨素唱和，创作了《出塞二首》等表现征战生活的边塞诗。其《昔昔盐》以艳丽的笔触，表达了思妇的清怨、惆怅，是齐梁诗风、关陇诗风融通后的艺术结晶。

南北文化的统一，是在隋炀帝杨广手中开始的。杨广早在任淮南道行台尚书令，驻寿春时，就已在为平陈做文化上的准备。平陈之后，他搜罗、保存了大量江左图书经籍。任扬州总管期间，他又对江左人士进行文化笼络、统一工作。首先，他利用智顗等佛教高僧拉拢江左士族，其次，他还尊崇道教，以笼络江左下层民众，另外，他聚集了一百多位江左士族中善诗能文者，到扬州讲授和撰述。

在即位以后，隋炀帝着手改变高祖排斥江左文化、鄙薄齐梁诗风之传统，致力于南北文化的融合，关陇诗风与江左诗风的交融。在礼仪方面，隋炀帝一改高祖时参订朝仪者多关陇、山东儒生之格局，吸收许善心、褚亮、柳䛒等南方儒士以定仪制。在作乐方面，他首先将宋齐以来旧乐引入太常署、清商署，又用许善心、柳顾言、虞世基、蔡征等南士创制雅乐歌辞。大业中，他更是兼采南北雅俗音乐，"以所征周、齐、梁、陈散乐，悉配太常，皆置博士弟子以相传授，乐工至三万余人。"(《资治通鉴》卷一八一《隋纪五》,"炀帝大业六年")在诗风融汇方面，他不但擢引、召集了众多江南诗人，还虚心向他们学习诗文创作艺术。如庾自直、诸葛颖等人在高祖朝皆郁郁不得志，是杨广闻其诗名，引为学士的；虞绰、王胄、王眘等江左文士都是陈亡之后就被杨广召至，以尽文学之用的。

由于隋炀帝虚心学习、与南士经常诗文唱和，他对江左诗歌艺术在表现技巧、意境、声律等方面的真昧也体悟颇深，不但创作了《江都宫乐歌》、《江陵女歌》、《泛龙舟》等颇具江都民歌情调的乐府作品，还创作了《四时白纻歌》、《春江花月夜》等深得齐梁陈艺术真精神的婉丽之作。更可贵的是，隋炀帝的一些写景诗如《月夜观星诗》、《悲秋诗》、《春江花月夜》(其一)等，能将关陇诗人的慷慨意气与江左文士细腻、婉转的情思融为一体，创造出深沉、蕴藉的诗境来，预示了初盛唐诗歌的发展方向。[①]

在隋炀帝重南、学南风气的熏染下，一些由周入隋的关陇军事贵族也纷纷效仿江左诗风。如崔仲方，在周以军功授平东将军、银青光禄大夫，授仪同，进爵范阳县侯。隋受禅后，进位上开府；炀帝即位后，迁代州总管。其《小山诗》、《夜作巫山诗》，萧散、疏野，深得南人之清致。于仲文，倜傥有大志，气调英拔，在周起家赵王属、东郡太守；隋高祖受禅后，以军功拜太子右卫率；炀帝时，迁大将军；其《侍宴东宫应令诗》是入隋后宴饮应制之作，辞藻富丽繁缛，明显受到江左诗风之影响。杨素之所以在当时诗人中，能够逸出一般文士之上、声名盛极一时，也主要是因为他已稍离齐梁纤秾、缛丽之境，能用清俊、婉丽的笔触，表现其尚武任侠、建立功名的豪雄意气，以及仕途遭挫后的郁闷、激愤之情，形成"词气宏拔，风韵秀

---

① 拙作《试论隋炀帝在南北文化艺术交融过程中的作用》(《北京大学学报》1999 年第 4 期)对于隋炀帝在当时南北文化艺术(包括诗歌)交融过程中的作用有较为细入的阐述和评价。

上”，浑厚、蕴藉的艺术风格。

同时，由于炀帝之召引、接纳，江左有一大批文士来到长安。他们在关陇、山东文化的影响下，面对北国山川风物，写出的诗作也多少融入了关陇、山东文化的因子。首先，入隋南人由于受到北方独特的妇女观的制约，极少创作艳情诗，诸人竟无一首色情诗传世。其次，入隋南人受北人经世致用、建立功名意识之影响，也创作了一些感叹人生、仕途蹉跎的慷慨之作。如柳庄《刘生》诗通过歌颂豪侠、勇武的刘生抒发了自己慷慨的人生意气。何妥的《入塞》诗也坦露了他急于建功立业的心迹。再如王胄的《白马篇》、《纪辽东二首》皆流露出他志在立功封侯的阔大襟抱。柳䛒《阳春歌》、王胄《酬陆常侍诗》、《答贺属诗》、《卧疾闽越述净名意诗》、虞绰《于婺州被囚诗》等，则对仕途沉浮、人生祸福进行较深刻的反思，笔调沉痛，皆非齐、梁、陈士族诗人所能写出，标志着江左诗人入隋后的诗风之变。

综上，随着隋初三地地理、政治的统一，更因为隋炀帝一系列统一南北文化政策的推行，山东文化、关陇文化与江左文化已初步开始融合，三地诗人由于得聚京师、切磋诗艺，各自的诗歌也在不同程度上受其他两地诗风影响，渐朝健康、理想的方向发展，为初盛唐时期文化、诗风的进一步整合做了较好的铺垫。

三、因隋之旧的唐初文化格局与诗坛风尚

无论是文化格局还是诗坛风尚，唐初武德、贞观中都沿袭隋朝之旧，而小有变化。唐高祖李渊在代隋建唐过程中，军事上主要依靠关陇军事贵族以及一直依附关陇军事贵族的萧氏、虞氏等为数不多的江左士族，故在高祖朝十二名宰相中，有九人出自关陇集团，萧瑀、陈叔达等梁、陈皇室，皆因依附关陇集团而得居高位。而且，与隋文帝类似，唐高祖对山东旧族文化和江左士族文化尤其是诗歌艺术也采取了排斥、批判之态度。如《旧唐书》卷六十四《太子建成传》载：“高祖呼太宗小名谓裴寂等：‘此儿典兵既久，在外专制，为读书汉所教，非复我昔日子。’”《资治通鉴》卷

一九〇系此事于高祖武德五年(623)。由高诅称秦王所引之江南文士为“读书汉”可知,高祖身上尚残留着相化浓重的胡化特征,在政治、文化方面均实行着较严格的“关中本位政策”,对江左文化及亲近江左文化的秦王不喜欢,对山东人士无论是士族还是微族,高祖皆实行着压抑、打击之政策。所以唐初武德中,高祖及其关陇集团出身之重臣皆无诗歌创作之兴趣,全无诗作传世,遑论诗艺之发展了。

相形之下,唐太宗的文化建设意识就强烈得多,而且他对江左文化及山东文化之态度也与高祖大异。

早在为秦王时,李世民就延揽了一些江左文士,扩大了自己的势力,与太子建成争权夺位。到武德四年,他开“文学馆”时,“十八学士”中出自江左的就有虞世南等七人。在这些江左文士的熏染下,“少尚威武,不精学业”的李世民就喜欢上了江左文化艺术。即位之后,唐太宗经常与江左文士在为政之暇“高谈典籍,杂以文咏,间以玄言”(《旧唐书》卷七十二《李百药传》),并虚心学习江左文化艺术。对于齐梁诗风,他也未像周隋以来的一些关陇贵族那样持批评、责斥之态度,而是与隋炀帝杨广一样,表现出一份回护与欣赏。不但在朝廷上当面批驳了御史大夫杜淹等人提出的陈之乐府系“亡国之音”的观点,而且对东晋陆机、陆云兄弟的诗文作出了极高的艺术评价;在创作实践中,他虚心向虞世南等江左诗人请教,对魏征、令狐德棻等人抨击的“庾信体”心慕手追,创作了不少具有“徐庾风气”的作品。可能是个人气质及艺术感悟力等方面的原因,唐太宗对江左文化艺术尤其南朝诗歌艺术精神的把捉,远没有隋炀帝准确。他所作的齐梁体、徐庾体诗只是在辞藻、声律、句法等方面颇似,意境则不类。而且,唐太宗还创作了一些艳情诗,识见亦弗如隋炀帝。

在唐太宗大倡南风的影响下,贞观中一些关陇军事贵族也纷起效尤。如长孙无忌,系关陇集团八大柱国后代,“雅有武略”,对江左绮艳、秾丽的诗风却极感兴趣。如其《新曲二首》学南朝吴歌,以轻艳出之,字面冶荡,情思淫靡。郑世翼《看新婚诗》系一首庸俗色情诗,格调低下,其《看佳人负钱》诗有调情之意,无聊至极。萧德言《咏舞》诗亦轻艳、丽靡,酷似南朝宫体之作。在作宴饮游赏诗时,关陇集团出身的贞观勋贵们,多着眼于辞饰。杨师道，系隋宗室，入唐尚桂阳公主，封安德郡公，他于退朝后“必引当时英俊，宴集园池”，“文会之盛，当时莫比”（《旧唐书》卷六十二《杨师道传》）。于志宁，亦为西魏八大柱国后代，在贞观中颇附庸风雅，史称其“雅爱宾客，接引忘倦，后进文笔之士，无不影附”（《旧唐书》卷七十八《于志宁传》）。贞观中他也曾在私宅举行过一次大型诗文酒会。从现存诗作看，当时的诸多宴饮诗正如封行高《冬日宴于庶子宅各赋一字得色》诗中云“雅引发清音，丽藻穷雕饰”，均以齐梁诗风为尚，多铺排缛辞丽藻，吟咏声色歌舞、园池之美。至此我们可以看出，唐太宗等关陇诗人主要是学习齐梁诗歌中辞藻、句法、声律等形成因素，以及宴饮、艳情、咏物等题材，对意境、情韵及细腻的审美感觉，则领会不深，所以其诗歌创作成就反而不如隋时之关陇诗人。

贞观中，唐太宗一方面压制山东旧族，另一方面又大量擢拔山东微族士人。魏征、王珪、房玄龄、杜如晦等人皆非山东高门，他们的诗歌艺术修养远不如齐周隋之际的卢思道、薛道衡等破落士族子弟，但经世致用的精神、建功立业的意识、儒家政治伦理观念却丝毫不减卢、薛等人，所以他们在隋末战乱和建唐过程中也创作了一些质朴无文、直抒胸臆的述怀言志诗，如魏征《述怀》，李百药《途中述怀》、《鄂城怀古》、《谒汉高庙》、《春眺》，杜淹《召拜御史大夫赠袁天纲》、《寄赠齐公》等诗。在诗歌创作观念上，由于山东微族人士对关陇集团政治上的高度依附，以及其自身浑厚的儒家政治教化观念，使得他们在评价江左诗歌时，严格执行“关中文化本位政策”，对齐梁绮靡、轻艳的诗风大加抨击，斥之为“亡国之音”，对西魏、北周、隋初关陇文化保守派的“复古明道”观称颂不已。但是由于唐太宗本人已不恪守“关中文化本位政策”，加上唐太宗在贞观中后期对山东微族的大臣也渐疏远，所以魏征等人对南朝诗风之批评，对当时的创作风尚的影响就不十分明显。当然，魏征在《隋书·文学传序》中对江左、河朔诗风之评价及兼采南北之长的设想，是符合初盛唐诗歌发展方向的，惜当时未有人身体力行之。

由陈、隋入唐的江左士人由于受到唐太宗的重用，心境未有大变，他们除了创作了一些歌功颂德、富丽堂皇的颂体诗外，大多依然参加公私诗酒文会,写着宴饮诗、游赏诗、咏物诗、应令诗、应制诗,诗境未有大的拓展,稍有变化的是,他们在入唐后更重藻饰,字面由原来的清丽、艳丽渐向缛丽、富丽转化。江左文士中只有虞世南在入长安后,能将关陇刚健、豪侠的文化气息融入诗中,其《从军行二首》、《拟饮马长城窟》、《出塞》、《结客少年场行》等诗,由于有随秦王出征的亲身感受,故颇真切、感人,显示出其采南北诗风之长后所达到的艺术新境。另外,与隋代江左诗人相比,唐初江左文士很少具有功名意识和慷慨意气,隋时南人尚作有一些渴求建功立业和感叹仕途不遇的作品,唐初江左文士则绝少此类诗作。其原因可能是:第一,残余的江左士族在隋初曾遭摒弃、压制,故多怨愤;唐初则多受高祖、太宗赏识,境遇变了。第二,隋朝关陇军事贵族还多保留着较浓重的胡化特征,故其任侠尚武之性格也易感染入长安的江左文士;而到唐初,尤其是太宗朝,关陇军事贵族多附庸风雅、仿效江左士族生活方式,江左文士自然也乐于沿陈隋余绪而不思改弦易辙了。另外,唐初江左士族较之隋初更加衰微了,而江左寒士又未及崛起,南人诗中少功名意识、济世观念也是情理中事。

总之,与隋朝相比,三大地域文化合而未融的格局至唐初未有大变,三地诗风融合之进程亦较缓慢。虽然魏征在仔细考察南北朝文化艺术进程后提出的融合南北诗风的设想颇为合理,但宫廷诗歌的创作实绩却与之相左,甚至逊于隋时。只有在野诗人王绩创作了一些兼南北诗风之长而又浑融一体、自成风格的作品。这从一个侧面说明,南北文化的融合需从上而下推行,而诗风的整合却在朝廷之外比较容易成功。

四、武后之擢拔微族与各地域寒士之并进

自显庆、龙朔年间,武后就对关陇贵族和江左士族进行打击,大力擢拔微族人士:武后这种用人政策,使隋及唐初以来一直少有变化的三大地域文化并存,且以关陇、江左人士为主体的政治文化格局,发生了明显的变化。为了较准确、细致地考察江左、关陇、山东这三大文化地域内人士,在唐初及武后时社会、政治、文化地位之变迁,笔者据《全唐诗》作者小

传、《旧唐书》卷六十一至卷九十四诸重臣列传、《旧唐书·儒学传》、《旧唐书·文苑传》等资料，分析、归类、统计，制成了《唐初、武后时各地域人士社会、政治、文化地位对比表》：

		武德、贞观中			高宗、武后时期		
		总数	本地人数	所占比例	总数	本地人数	所占比例
江左	诗人	38	14	36.84%	123	17	13.82%
	重臣	191	13	6.80	88	14	15.90%
	儒士	20	12	60.00%	19	4	21.05%
	文士	14	12	85.71%	55	12	21.88%
山东	诗人	38	15	39.47%	123	82	66.66%
	重臣	191	111	58.11%	88	45	51.13%
	儒士	20	7	35.00%	19	13	68.42%
	文士	14			55	35	63.63%
关陇	诗人	38	9	23.68%	123	24	19.51%
	重臣	191	67	35.07%	88	29	32.95%
	儒士	20	1	5.00%	19	2	10.52%
	文士	14	2	14.28%	55	8	12.30%

从上表我们可以看出，武后时期，江左人士的社会、文化地位较唐初明显下降。其中江左诗人在唐初武德、贞观中占 36.84%，到武后柄政时降至 13.82%，下降 23 个百分点；江左儒士在唐初占 60.00%，到武后时降至 21.05%，下降近 39 个百分点；江左文士在唐初占 85.71%，到武后时降至 21.88%，下降近 64 个百分点；江左人士只有政治地位稍有上升，唐初重臣中，出身江左的占 6.8%，到武后时升至 15.90%，上升了 9 个百分点。

我认为，促使江左人士社会、文化地位明显下降的原因主要有以下几个：

第一，唐初来自江左的诗人主要是由陈隋入唐的士族残余，这批诗人是唐初诗坛的中坚和主体，故当时诗风皆以学南为尚。但是武后从显庆中就将江左士族视同关陇贵族（因为他们此时已组成一个政治利益集团）一齐打击了；这样以文学、礼乐等经学擅长的江左士族，到高宗、武周朝就微乎其微了。《全唐诗》中，武后时期出自江左的诗人无一人系士族；《旧唐书·儒学传》中，武后时出自江左的儒士也无士族子弟；《旧唐书·文学传》中，武后时江左文士，更无一人出自士族。这充分说明，经过南北朝中后期几次冲击以及隋末战乱，加上武后在显庆中的进一步打击，江左士族几乎从武后时期的社会文化生活中消失了，遑论进行文化艺术创造活动。江左士族中，充其量只有苏州陆氏一门在武后朝后期尚活跃在政坛和文坛，但陆元方是通过举明经、应八科举入仕的，其子陆象先也是应制举入仕，且在入仕后，“清净寡欲，不以细务介意”（《旧唐书》卷八十八《陆元方传附陆象先传》），在政坛并不十分活跃。陆元方从叔陆余庆，少与知名之士陈子昂、宋之问、卢藏用、道士司马承祯、道人法成等交游，虽才学不逮子昂等，而风流强辩过之。累迁中书舍人。则天尝引入草诏，余庆惶恐，至晚不能措一辞，责授太子中允。可见，到武后朝，江左士族参政能力、文化艺术创造能力皆已衰萎了。

第二，武后虽然在显庆以后一直擢拔微族人士，但江左地区的庶族寒士因不具备参加科举所必需的文学、政理之才，加上江左士子在高宗、武后朝担任要职者本就不多，互相援引、彼此举荐的机会就更少了。我们下面来看看武后时江左重臣的入仕情况，安州安陆人郝处俊系唐初归国功臣之后，在贞观中，本州举为进士，山东高门士族高士廉大为赏识，后又袭爵甑山县公（《旧唐书》卷八十四《郝处俊传》），可见其非一般寒士。常州晋陵人刘祎之，虽非高门士族亦为隋唐之际江左名门之后，且系文学世家，故尚得以文藻知名，而为武后赏识，召入禁中（《旧唐书》卷八十六《刘祎之传》），亦非一般微族。武后时宰相姚崇，系唐初名臣、江左士族姚思廉之孙，有深厚的家学渊源，博涉经史，故能于永徽中明经擢第（《旧唐书》卷八十九《姚崇传》）。润州曲阿人桓彦范为武周朝、中宗朝名臣，其祖桓法嗣系唐初雍王府咨议参军弘文馆学士，故他能少以门荫入仕（《旧唐书》卷九十一《桓彦范传》），也非一般寒士。武后、中宗朝重臣张柬之，襄州襄阳人。少补太学生，说明他非一般微族出身，后又为关陇贵族令狐德棻所重，更证明他与关陇集团有关系。加上他涉猎经史，尤好《三礼》，遂能进士擢第，后又高中贤良策试，累迁高位（《旧唐书》卷九十一《张柬之传》）。以上诸人加上陆元方父子，或为士族子弟，或为名臣之后，且多有家学渊源，故能在武后时期通过科举入仕，致身通显。与此同时众多的江南微族寒士则多因尚未具备较高的文化艺术修养，又无人援引，便很难应科举、进入仕途了。以诗才著名于时的董思恭、骆宾王等吴越寒士虽曾入仕，但仕途皆不如意。高宗、武后朝江左诗人、儒士所占比例甚低，也就不奇怪了。

至于江左人士在武后重臣中比例略有上升的原因，上文已经述及，即他们多系士族，或唐初名臣之后，且有一定的文学才能，故能通过科举、经人荐引入仕。但其在武后重臣中的比例较之同时山东、关陇人士仍有相当大的差距，政治地位更远逊于后两者。

从《对比表》中看，武后时期关陇人士的社会政治、文学地位均有所下降。在武德、贞观中，关陇出身的重臣占 35.07%，到武后时降至 32.95%；唐初诗人中，关陇人士占 23.68%，到武后时期降至 19.51%；在《旧唐书·文学传》中，关陇文士在唐初占 14.28%，到武后时期降至 12.30%。四项指数中，关陇人士只有“儒士”一项有所上升。但最能反映关陇文化在武后时地位变化的主要表现，不是《对比表》中的这些数据，而是隐藏在数据背后的文化创造主体社会结构的变化，即由唐初以关陇贵族占绝对多数，到武后时变成以关陇一般庶族为主。在唐初关陇“诗人”中，百分之百出自关陇贵族集团，到武后时只有杨思玄、苏环、韦安石、窦希玠等七人，占 29.16%，庶族寒士已占 70.84%；在唐初关陇“重臣”中，百分之百为关陇军事贵族或关中大族，到武后朝“重臣”中，庶族出身者已占关陇人士的 31.81%；在唐初“文士”中，无一人出自关陇文化地域，到武后时，关陇“文士”中，百分之百为庶族寒士；在唐初关陇“儒士”中，百分之百为关陇贵族集团中人，到武后“儒士”中，庶族已占 50%。造成上述变化最重要的原因，当然是武后对关陇贵族、尤其是贞观朝核心领导层中的关陇勋贵及其后代的严厉打击。对于关陇一般庶族以及非核心领导集团中的一些关中大族，如京兆武功苏氏、京兆万年韦氏等，则通过科举制度擢拔其入仕。因此，在武后期，“重臣”、“诗人”、“儒士”中虽然仍有关陇大族出身者，但比例已明显减少，而且其入仕已不再是门荫、世袭，而是多凭才学，由科举跻身朝士之列的；相比较而言，关陇一般庶族寒士的社会文化地位则比唐初有了大幅度提高。

三大地域文化中，山东文化的地位在武后时上升幅度最大。在唐初“诗人”中，山东人士占39.47%，到武后时则占66.66%；唐初“儒士”中，山东人占35%，到武后时占68.42%；唐初“文士”中，无一人出自山东，到武后时，则占63.63%；四项指数中，山东人士只有“重臣”一项略有下降。

我认为，山东人士的社会文化地位之所以在武后时期普遍上升，主要是因为武后柄政后，一方面对关陇贵族和江左士族残余进行打击，使得此两地域人士社会文化地位明显降低；另一方面又因其出身山东，一反唐太宗压抑、鄙视山东人士的做法，大量擢引山东人士入朝。又因为山东旧族社会政治特权在周、隋、唐初一直遭到漠视，他们的入仕途径、入仕手段皆与一般微族区别不大，故武后对山东士族并不像对关陇勋贵、江左士族那样憎恨、反感，反而视同庶族或优于庶族，加以援引入朝，以尽其用。正因为武后朝山东人士中旧族子弟所占比例甚大，整个山东人士的文化创造能力也就远远超过了以庶族为主的关陇人士和江左人士，武后朝“诗人”、“文士”、“儒士”中皆多出自山东，且多系山东旧族子弟，也就不奇怪了。

以上我们仔细分析了三大地域文化在武后朝地位之变化，下面再看看此种变化对当时诗歌创作、诗风嬗变之影响。

首先，此时诗坛创作主体由唐初以江左士族诗人、关陇贵族诗人和山东微族诗人为主，变成以山东旧族子弟、微族寒士为主，诗歌作品中山东文化的色彩越发明显。武后朝诗人多积极干进、希求进用，诗歌中功名意识普遍增强，都是其具体表现。当然，山东士子因受江左、关陇人士的长期影响，部分诗人在求仕时亦愿立功边塞、以军功入仕，在入仕后也喜欢仿效江左士族摆出安享富贵、风流闲雅的样子，只不过因为武后以女主专制，诗歌中就多为宴饮诗、咏物诗、山水诗、游戏诗，而不敢作艳情诗。在诗歌形式方面也对南朝诗歌的精致化、纤巧化加以发展，但终因缺乏南朝士族那种细腻、敏锐的艺术感悟力，而很少注重细部刻划、一瞬间审美感受的捕捉，多从大的场面、气势，以及声律、辞藻、句法等方面加以拓展。由于山东人士成分复杂、心态各异，立志较雅正者，就能用较精巧的艺术形式表现高远的志趣，如卢照邻、王勃、卢藏用、郭震、张说等人；但大部分诗人都依附武后及其宠臣，失却了山东人士原有的高标独立的人格风范，故诗歌也多风力不振，如崔湜兄弟、李峤、苏味道、阎朝隐、沈佺期、岑羲等人。

其次，关陇诗人在诗坛所占比例虽有所下降，但由于其主体已由原来的勋贵变成庶族，而且关中大族的政治特权也正日趋消失，故关陇诗人的贵族气也普遍减弱，代之而起的是济世热情、功名意识、干进心理。而且由于关陇人士不像山东人士那样紧紧依附武氏，而是主要凭自己的真才实学入仕、为官，所以武后朝关陇诗人的作品就较多骨鲠之气，苏环、杨炯、苏颋、姚崇、乔知之、富嘉谟、赵彦昭等人都因气节贞刚，诗风也较雅正。当然，上官仪、宋之问等人骨气纤弱一些，但艺术上又十分精致，这可以说是唐初关陇人士学南之举的进一步发展。

再次，江左士族诗人到武后朝几乎销声匿迹，吴越一带庶族寒土又没有兴起，故武后朝诗人中很少有诗风清新、秀美者。骆宾王虽生于吴越，但深受齐鲁之学影响，诗歌中山东文化因子多，吴越文化因子少。武后朝南方文化区域内倒是岭南、巴蜀两地各出现了一名庶族寒士诗人，这两地受士族文化影响较小，故天生就具备庶族寒士积极进取的济世热忱，写诗时也较少玩味艺术形式，而多直抒胸臆，慷慨言志，诗风质朴、刚健；但缺点又是因受士族文化艺术影响甚小，而显得艺术性稍差些。

总之，在武后朝，山东诗人虽普遍具备强烈的功名意识、干进心理，但因武后之不重儒，山东人士之政治依附性人格尚有缺陷，诗风不尽刚健、雅正；关陇诗人多骨鲠之气，也需在艺术上更精美些；真正意义上的江左诗人武后朝极少，使得武后朝诗歌乏空灵之态、清新之气。武后诗坛的这些问题，要到开元、天宝中随着三大地域文化的重新整合，才逐渐得以解决。

五、开元天宝中各地域文化之整合与盛唐文化精神

经过武后半个世纪的擢拔微族，到武后朝中后期及中宗、睿宗年间，三大地域的文化创造主体皆已由士族、贵族残余，转变成微族、庶族寒士；又由于入仕方式已由唐初以门荫、功勋为主，转变成以科举进身为主；各地域人士的心态也不再徒以门望相高，而是以文章之才，尤其是进士科注重的诗文之才、济世之策为尚。但是，由于武后时崇法抑儒，君臣关系较为紧张，再加上武后选人之途径仍局限于制举、投匦、进士等，就使得武后中宗朝文士虽有文学之才却少骨鲠之气，而且其入仕理想亦仅限于侍从待诏，而鲜有立功边塞、出将入相之志向。

到玄宗即位以后，尤其是开元中后期张说、张九龄相继为相，随着"良好君臣关系的重建"、"文人政治格局的出现"、"对儒学经世精神之重视"，朝野上下不但普遍具有强烈的功名意识、干进之心，而且心态也更为雅正，志趣也更为高远。[①] 又由于玄宗广开仕途，庶族寒士不再竞趋科举一途，而是或以隐逸求仕，或立功边塞，或献赋投策、耸动人主，各地域人士可以真正凭藉其所擅长，乘龙跃麟，各显神通。在这种比较自由和谐、劲健向上的文化气氛中，三大地域文化又勃发出各自的文化创造活力。

到开元前期，最先崛起的是江左文士。江左文士尤其是庶族寒士，在唐初及武后朝影响一直很小。其中主要原因是江左士族沦替殆尽，寒士又未具一定的文化修养，故通过科举入仕者寥寥无几。但到武后朝中后期，由于州县学的普及，寒士的文化教育程度也普遍得到提高，加上江左素有重文学艺术之传统，江左文士遂得于中宗、睿宗朝重新崛起。《旧唐书》卷一九〇《文苑中·贺知章传》中云："先是神龙中，知章与越州贺朝、万齐融，扬州张若虚、邢巨，湖州包融，俱以吴、越之士，文词俊秀，名扬上京。"再据《新唐书·艺文志》四《包融诗》下注，可知开元中前期活跃诗坛

---

① 参拙作《唐开元中前期士风之变》，《中国史研究》1997 年第 1 期。

的吴越文士尚有十数人:"融与储光羲皆延陵人;曲阿有余杭尉丁仙芝、缑氏主簿蔡隐丘、监察御史蔡希周、渭南尉蔡希寂、处士张彦雄、张潮、校书郎张晕、吏部常选周瑀、长洲尉谈戭,句容有忠王府仓曹参军殷瑶、硖石主簿樊光、横阳主簿沈如筠,江宁有右拾遗孙处玄、处士徐延寿,丹徒有江都主簿马挺、武进尉申堂构,十八人皆有诗名。殷璠汇次其诗,为《丹阳集》者。"从《全唐诗》卷一一二所载《贺知章诗》、卷一一四所载《包融、丁仙芝、蔡隐丘、蔡希周、蔡希寂、张潮、张翚(一作晕)、周瑀、谈戭、殷瑶、沈如筠、孙处玄、徐延寿、樊晃诗》,以及陈尚君先生新近辑出的《丹阳集》残卷①,可知吴越诗人之所以能在开元前期"名扬上京",实得益于吴越秀美、清丽的山川,以及清新、俊秀的南朝文化艺术遗产。

首先,他们继承了南朝诗人喜观赏山水、吟咏自然的审美方式,创作了大量清新、媚美的山水诗。如包融《赋得岸花临水发》、《武陵桃源送人》,丁仙芝《渡扬子江》、《剡溪馆闻笛》,张潮《江南行》,张翚《游栖霞寺》,周瑀《潘司马别业》,谈戭《清溪馆作》,殷遥《友人山亭》、《春晚山行》,张旭《清溪泛舟》、《桃花溪》、《春游值雨》,贺知章《咏柳》诗等。这些诗作给唐初以来宫廷日趋富丽、缛彩、整栗、板滞的诗歌创作风尚注入了鲜活的艺术因子,使得开元中期的宫廷诗、都城诗中也增添了一份清丽明美,从而促进了盛唐写景诗"兴象玲珑"、自然清真美学风格的形成。

其次,他们多学习吴越民歌,创作了一些流转、婉媚的乐府诗歌,如贺知章《采莲曲》、丁仙芝《江南曲五首》,张潮《采莲词》、《江南行》,徐延寿《南州行》等。殷璠在《丹阳集》中评诸人诗时,也着重指出他们学习南朝乐府民歌后所形成的清丽、媚美、声调流转的艺术特点,如他赞蔡希周诗"词彩明媚",蔡希寂诗"词句清迥",周瑀诗"窈窕鲜洁,务用奇巧",殷遥诗"闲雅,善用声",余(一作徐)延寿诗"婉娈艳美"等。盛唐时诸五绝、七绝诗之所以音调流转、意境空灵,当与吴越民歌在开元中前期的再次兴起有关,而吴越民歌的复兴又离不开吴越诗人的仿作、入京等传播途径。

再次,吴越诗人对魏晋南朝玄学的继承和发展,使得他们的诗歌"情

---

① 此书已收入傅璇琮主编《唐人选唐诗新编》,陕西人民教育出版社,1996年。

理兼得”,具有较深厚的意蕴。初盛唐之际兴起的吴越文士多对魏晋玄学、嵇阮等“正始名士”追慕不已。如包融在《阮公啸台》诗中云:“逝者昔已远,升攀想遗趣。静然荒榛间,久之若有悟。灵光未歇灭,千载知仰慕。”《酬忠公林亭》诗则云:“为道岂庐霍,会静由吾心”,“一谈入理窟,再索破幽襟”。丁仙芝则倾心于佛、玄交融的庐山道法:“上人久弃世,中道自忘筌。寂照出群有,了心清众缘。所以于此地,筑馆开青莲。……禅远目无事,体清宵不眠。枳闻庐山法,松入汉阳禅。一枕西山外,虚舟常浩然。”(《和荐福寺英公新构禅堂》)

另外,由于江左系道教茅山宗的发源地,吴越文士多受其影响,于闲雅、玄远的处世态度中,复添一份清俊、飘逸之气。储光羲家润州延陵,近茅山,故其诗中甚多对茅山道观、风物及茅山道法之吟咏,如其《献八舅东归》诗即云其家是:“素业作仙居,子孙当自传。门多松柏树,箧有《逍遥篇》。独往不可群,沧海成桑黄。”可见吴越之人受茅山道教影响之深。储光羲还作有《泛茅山东溪》、《游茅山五首》等直接描写茅山景色之诗。周瑀作有《潘司马别业》诗,称赞了潘司马隐逸之清思高情:“门对青山近,汀牵绿草长。寒深包晚桔,风紧落垂杨。湖畔闻渔唱,天边数雁行。萧然有高士,清思满书堂。”沈如筠亦有《寄天台司马道士》诗,表达了对司马承祯高逸之情的希慕:“河洲花艳烁,庭树光彩菁。白云天台山,可思不可见。”茅山道教之影响不仅使得吴越诗人自小就产生了对自然山川风物之喜爱,喜走隐逸求仕之路,而且还使得他们在入仕后亦保持一份散淡,失意时则多归隐山林,啸傲江湖,而不汲汲于功名利禄,蝇营狗苟。由于吴越文士多具有佛、玄、道融汇的人生态度,所以他们的诗歌就在清丽的写景中复饶高逸、玄远之理趣,如殷璠在《丹阳集》中赞包融诗“情幽语奇”,谓蔡希周诗“情理绵密”,称处士张彦雄诗“但责(疑作贵)潇洒,不尚绮密。至如‘云壑凝寒阴,岩泉激幽响’,亦非凡俗所能至也。”又如钟惺《唐诗归》卷十三中评张旭《清溪泛舟》、《桃花溪》诗“境深,语不须深”,也是从其诗“理趣”着眼的。储光羲诗被殷璠评为“格高调逸,趣远情深”(《河岳英灵集》评语),钟惺《唐诗归》评语云:“清骨灵心,不减王、孟,一片深淳之气,装裹不觉,人不得直以清灵之品目之。”

尤其值得注意的是，吴越诗人在魏晋玄学、“正始名士”风流以及佛、道的影响下，形成“狂逸”、萧散、放旷的人生态度，直接促成了盛唐名士风流的产生。如包融曾在《阮公啸台》诗中仰慕嵇阮的啸傲、放旷，其所作诗亦多逸趣。又如丁仙芝，则多“戏题”、“醉歌”之作，其《赠朱中书》诗嘲己不营利、不求名：“东邻转谷五之利，西邻贩缯日已贵。而我守道不迁业，谁能肯敢效此事”，诙谐中见放旷之情；其《戏赠姚侍御》诗则拿姚侍御打趣；其《余杭醉歌赠吴山人》更见任真、纵逸之趣：“晓幕红襟燕，春城白项乌。只来梁上语，不向府中趋。城头坎坎鼓声曙，满庭新种樱桃树。桃花昨夜撩乱开，当轩发色映楼台。十千兑得余杭酒，二月春城长命杯。酒后留君待明月，还将明月送君回。”蔡希寂《洛阳客舍逢祖咏留宴》诗亦放旷、散诞：“逢君贯酒因成醉，醉后焉知世上情”；其《赠张敬微》诗也诙谐、活脱：“大河东北望桃林，杂树冥冥结翠阴。不知君作神仙尉，特讶行来云雾深。”因吴越文士普遍放旷、散诞、纵逸，贺知章、张旭等人入京后就在朝士中兴起了一股狂放之风。《旧唐书·贺知章传》云“知章性放旷，善谈笑，当时贤达皆倾慕之”。陆象先常谓人曰：“贺兄言论倜傥，真可谓风流之士。吾与子弟离阔，都不思之，一日不见贺兄，则鄙吝生矣。”可见贺知章之风流、傲诞对当时朝士影响甚大。同书又云，知章晚年尤加纵诞，无复规检，自号“四明狂客”，又称“秘书外监”，遨游里巷。醉后属词，动成卷轴，文不加点，咸有可观。与贺知章齐名京师的张旭亦以疏狂著称，《旧唐书·贺知章传》云：“旭善草书，而好酒，每醉后号呼狂走，索笔挥洒，变化无穷，若有神助，时人号为张颠。”在贺知章、张旭等人影响下，盛唐文士也喜以清狂、放逸相尚。如李白《对酒忆贺监二首序》云：“太子宾客贺公，于长安紫极宫一见余，呼余为‘谪仙人’，因解金龟，换酒为乐。”忆其与贺公相得甚欢之状。孟浩然《宴包二融宅》诗也云其与包融开怀畅饮、潇洒任真之状：“是时方盛夏，风物自潇洒。五月休沐归，相携竹林下。开襟成欢趣，对酌不能罢。”高适《醉后赠张九旭》诗云：“世上谩相识，此翁殊不然。兴来书自圣，醉后语尤颠。白发老闲事，青云在目前。床头一壶酒，能更几回眠？”李颀《赠张旭》诗更将张旭醉后狂书之“颠”态描写得活灵活现，亦可见李颀本人对疏狂、清放性格之喜爱。

在贺、张等吴越狂士之影响下，开元、天宝之际，京中出现了一批狂放之士，为此，杜甫曾作过《饮中八仙歌》以称颂之。可见，吴越之士对魏晋名士风流的学习，实是盛唐文士多疏狂、纵逸、放旷之态的一个重要因素。

开元、天宝中，山东文士也形成了新的人格精神。武后、中宗朝，山东士子虽然一直是政坛、文坛的主体，但除了狄仁杰、魏元忠、郭元振等骨鲠之士，其余多无雅正之理想、刚直之秉性。但随着开元前期儒学之复兴、君臣关系之重建，山东士子多以"致君尧舜"为人生目的，以儒家所强调的"直道"求诸己，希以"致治之术"、济世之策进身，于是在开元之际，诗坛上崛起了一大批山东士子。据《全唐诗》卷一〇七至二三五所载诸盛唐诗人小传，在籍贯可考的101位诗人中，出自山东文化地域的诗人就有43人之多，而且杜甫、元结、高适、岑参、王维、崔颢、祖咏、王湾、李颀、刘长卿、李华、王翰等一流诗人都出自山东。另外，天宝三载(744)，高适、杜甫与李白在梁宋及鲁郡长达数月之游从、唱和，发思古之情，抒胸中之愤，亦是山东文化在盛唐诗歌中的一次复兴。盛唐诗歌在刚健、清新之外，又不乏雅正之思，实与山东士子以经术政治、"致君尧舜"之政治理想有关。

关陇士子在开元、天宝间，也非常活跃，但其尚武、任侠的性格特点已不十分明显，而是多从科举入仕。如京兆万年人王昌龄早年在故乡躬耕读书，约于开元十一年(723)前后，盘桓于潞州和并州。后数年间，又漫游西北边塞，到过泾州、萧关、临洮、玉门关一带[①]，意在立功边塞、封侯受赏，然严峻的现实使他醒悟，文士从军入幕，未必能建奇勋："虽投定远笔，未坐将军树。早知行路难，悔不理章句。"(《从军行》其一)遂从塞上，又回乡重操旧业。开元十五年(727)，王昌龄进士及第，授秘书省校书郎。二十二年(734)，又应博学宏词科，改授汜水尉，王昌龄投笔从戎、又复理翰墨之经过，颇能代表当时诸多关陇文士的入仕心态。然因其多有从军入幕之经历，使得盛唐诗歌也充满了刚健、豪侠之气。

当然，盛唐时期三大地域文化之间的融汇也是极明显的。由于玄宗广开仕途，各地士子不但可以凭藉其各自的文化优势、奋其志业，而且随

---

① 李云逸注，《王昌龄诗注·前言》，上海古籍出版社，1984年。

着盛唐漫游之风之盛行，各地士子之间交往非常频繁[1]，盛唐诗人无论在士风还是在诗风上都能博采各地域文化之优长，形成了以刚健、壮大、积极、乐观为共同特征的盛唐文化精神。

所以，从地域文化整合的角度看，盛唐文化实际上是各地域文化在开元前期再生后的大繁荣、大融合的产物。其所以能在此时勃发出各自文化活力、艺术活力，又是由于其文化创作主体心灵的大自由、大开放。因盛唐文化是兼收并蓄，吸取了各地域文化中最健康、最鲜活的文化因子，方融合成雄厚壮大的文化精神，唯其所包容的地域文化因子多、广，盛唐文化方显得深厚；唯其所吸纳的文化因子健康、鲜活，盛唐文化方显得雄健。在这种文化整合状态中产生的盛唐诗歌，虽然是风格多样，异彩纷呈，但也不乏共通的艺术精神——“秀丽雄浑”。

① 陈贻焮，《杜甫评传》上卷第三章第二节“盛唐漫游之风盛行”，上海古籍出版社，1982 年。

宋诗活法论与理学的关系初探

张　鸣

宋代诗论在我国文艺思想发展史上占有重要地位，其发展与宋代理学有着或明或暗、或深或浅的一些联系。如宋代的“活法论”就是一个突出的例子。

“活法论”是宋代诗论中一个十分著名的论题，它与严羽的“妙悟说”、“兴趣说”一样，丰富了古代诗歌的理论宝库。“妙悟说”、“兴趣说”借鉴了宋代禅学；“活法论”亦与禅学有关，但更直接渊源于宋代理学。对于前者，学术界有较多的研究，但后者却很少有人注意，本文拟从“活法论”与理学的联系上对其内容、实质和演变作一粗浅探讨，以就教于方家。

“活法”本是宋代理学受禅学影响而形成的一套治学明理的方法、原则。禅宗提倡即心即佛、即事即真，在心与境的关系上强调以心统摄万境，外界消融在心中：“一切万法尽在自身中。”（《坛经校释》）禅家讲悟，就是要达到心、境的契合，“于自心顿现真如本性”（同上），一旦悟入，便豁然贯通，见性成佛。因为佛性存在于自心，不落迹象，故禅道不立文字，不借言筌，最重视活泼生机。传道者须“活处藏机”（《五灯会元》卷二十《澧州灵岩仲安禅师》），以锐利活泛的机锋启人思悟、断人尘根。而参禅者则须“应机而用，脱略窠臼，使不滞影迹”（《林间录》卷下录临济禅师语），“参他活意，不参死意”（同上，夹山禅师语）。活捉生擒，“直是弄得来活鲅鲅地”（宗杲《大慧普觉禅师书·答黄门司》），方算显好身手，得大自在，直契本心，悟出“活的祖师意”（同上，《答富枢密季申》）。禅家特别强调心的圆活流转，不滞于一隅，如宋代高僧宗杲说，参禅悟道，必须“解心执著，于执着处使心转动……如珠走盘，不拨而自转”（《大慧普觉禅师书·答汤丞相进之》）。禅家的这种活法妙用，最令宋儒佩服，宋末元初方回甚至说:“释氏虽枯槁其形,寂灭其情,活泼泼处,一口吸尽四大海水可也。”(《桐江集》卷二《景疏庵记》)宋儒之学,“其入门皆由于禅”(黄绾《明道编》卷一),受禅学影响很深,后人甚至有外儒内佛之说。而理学家援佛入儒,一个重要内容就是吸取了禅学的活法。

活法对理学具有重要意义,朱熹曾说:圣人之学,“常谈之中自有妙理,死法之中自有活法”(《朱文公文集》卷十一《戊申封事》)。方回也说:“吾儒之学,上穷性理,下缀诗文,必得活法”(同前方回文)。宋代许多理学家都把活法奉为治学明理的根本原则。在理学家们看来,天理——圣人之道是活泼泼无所不在的。他们多通过阐释《中庸》的“诗云‘鸢飞戾天,鱼跃于渊’,言其上下察也”一段话来说明这个道理。如程颐曾说:“鸢飞戾天,须知天上更有天;鱼跃于渊,须知渊中更有地,会得这个道理,便活泼泼地。”(俞成《萤雪丛说》卷一引)既然天理是活泼无碍的,那么穷理悟道就不能拘泥教条,执著形迹,而要通脱活泛,不认死理。在这一点上,理学家们倒不是一般所想象的那样死板、僵化。他们讲格物,须是看事物活的精神。如朱熹所说:“须是看得那物事有精神方好,若是看得有精神,自是活动有意思,跳踯叫唤,自然不知手之舞,足之蹈。”(《朱子语类》卷一百十四)讲穷理,亦要从活处着眼。如张轼说:“要识圣贤端的意,须于动处见天机。”(《南轩文集》卷五《庐陵李直卿以复名其斋求予诗》其一)罗大经说:“古人观理,每于活处看。”(《鹤林玉露》乙编卷三)至于传道讲学,也必须“诱之循循然,活处泼泼地”(刘子翚《屏山集》卷十四)。而学道者看圣贤书,更要活络而不拘泥。张九成说:“读古人书不可作死法看。”(《横浦心传录》卷中)要活络就不能拘泥文字。杨时说:“学《诗》者不在语言文字。”(《龟山先生语录》卷一)杨万里也说:“读书必知味外之味。”(《诚斋集》卷七十七《习斋论语讲义序》)总之,读书求圣人之意不能“于卖花担上看桃李,须树头枝底见活精神”(魏了翁《鹤山大全文集》卷三十六《答周监酒》),这样才能“超然默会于言意之表”(杨时《杨龟山集》卷四《与陈传道序》)。不仅穷理悟道是如此,就是平时的行为处事,作诗作文,也要得“活法妙用”,才算身手不凡。朱熹能以活法读诗,自己作诗也被时人称为“触景会趣”,有“生意活法”(阳枋《晦庵诗赞序》)。以上可见,理学家们格物穷理、讲学论道、读书作文、行为处事,与他们治学有关的许多方面都离不开活法。虽然他们的活法是侧重于主观方面的涵泳、参究,但它显然比死板僵化的教条主义更有益于学术思想的发展。宋儒于思辨义理之学多有发明建树,可以说活法起了重要的作用。

值得注意的是,理学家们提倡活法,又特别强调"胸中万理洞然,通透活络"(《朱文公文集》卷四十六《答黄直卿书》),把心活作为重要的修养功夫。如程颐说:"心活则周流无穷,而不滞于一隅。"(《程氏粹言》)谢良佐说:"学者须是胸怀摆脱得开,始得有见。"(《上蔡语录》卷上)朱熹则发挥程颐的观点说:"人心活则周流,无偏系即活。"(《朱子语类》卷一百四十)要达到心活的修养境界,有待于悟入。所以理学的活法又是讲悟的。程颐曾论及"张旭学草书,见担夫与公主争道及公孙大娘舞剑,而后悟笔法"这件事说:"须是思,方有感悟处。若不思,怎生得如此?然可惜张旭留心于书,若移此心于道,何所不至?"(《河南程氏遗书》)这是以张旭学书之悟比喻学道之语,同时可见悟的前提是"心常思念",具备格物穷理的积学功夫。在理学家们看来,一旦悟入,就达到自心与天理的契合,达到天人合一的境界,自然就心胸通透活络,无入而不自得。宋儒常用"心胸透脱"、"洒落"、"洒脱"等来形容得道者的气象。如黄庭坚曾说周敦颐"人品甚高,胸中洒落,如光风霁月"(《濂溪诗序》)。达到这样的境界,自然就左右纵横,无不合道,也不受法度规矩的拘束了。所以理学家认为治学的最高境界是自出心得而自然合道,反对死守陈言旧说。如张九成说:"窃以为闻见所得,不如践履之深,禅家谓勿吃别人痰唾,须一一自己胸襟流出。"(《与陈开祖书》)朱熹论及读《诗》之法,也说:"不要被旧说粘定,看得不活。"(《朱子语类》卷一百十七)这样才能破除陈规陈言的篱障,而在学问上自出心得,有所建树。

从以上分析可见理学的活法有以下一些特点:第一,活法的运用很广泛,几乎涉及理学家们立身处世、治学明理的各个方面。第二,活法强调读书、观物不能拘泥形迹,而须看活精神、求味外味。第三,活法最高的修养境界是心活、心胸透脱。达到这一境界有待于悟入。第四,悟入必须靠平时的积学涵养功夫。第五,一旦悟入,就能摆脱规矩的束缚,自出心得,随心所欲而不逾矩,达到规矩与自由的统一。正是在这几个方面,宋诗的活法与理学的活法有十分明显的联系。

宋代最早以活法言诗,提出一套系统理论的人是吕本中,而以创作实践发展了活法论的则是杨万里。吕、杨均是宋代理学中人,清全祖望认为二人都是“以学人而入诗派”的诗人(《宝甈集序》),有较深的理学修养,对理学家广泛运用的活法有深入的了解,所以他们以活法论诗,以活法作诗也自然是情理中事了。

吕本中提出活法论,最初大约在北宋大观、政和年间。作于大观三年(1109)的《晚春即事》诗说:“论诗得奇味,当使阿戎知。”这“奇味”到底指什么,诗中没有明说,但透露出他已找到了论诗的新方法,所以同年所作的《外弟赵才仲数以书来论诗因作此答之》诗说:“胸中尘埃去,渐喜诗语活。……初如弹丸转,忽若秋兔脱。”这是他以活法论诗的端倪。到政和四年(1114),吕本中在《别后寄舍弟三十韵》诗中就提出了活法的具体内容:“笔头传活法,胸次即圆成。孔剑犹宵炼,随珠有夜明。……因观剑器舞,复悟担夫争。物固藏妙理,世谁能独亨。”可见吕本中的活法首先是强调去除胸中“尘埃”,达到胸次圆成、活泛流转的境界,这正是理学家们所追求的“心胸透脱”。其次,吕本中又用张旭的故事说明活法有待悟入:“因观剑器舞,忽悟担夫争。”此即程颐借以比喻学道之悟的故事。吕本中在给曾几讨论诗法的一封信中又一次用到这个比喻:“此事须令有所悟入,……如张长史见公孙大娘舞剑,顿悟笔法。如张者专意此事,未尝少忘胸中,故能遇事有得,遂造神妙。”(《与曾吉甫论诗第一帖》)这与程颐的说法就更相近了。可以说,“悟入”是吕本中活法论的一个中心观点,所以曾经向吕本中学习诗法的曾几说:“居仁说活法,大意欲人悟。”(《读吕居仁旧诗有怀其人作诗寄之》)一旦悟入,就能达到心胸圆活透脱的境界,“纵横无不可,乃在欢喜处。”(同上)除了讲心活和悟入,吕本中在以上诗中还提到了认识事物“妙理”的问题,即要透过事物的形迹去把握“妙理”,这正与理学家们看事物求活精神、求味外味是一个道理。以上都可看出吕本中的活法论确实与理学的活法有直接的渊源关系。另外还可指出一点,吕本中的这些言论是对他的"外弟"、"舍弟"讲的,这都是与吕氏家学有所濡染的人,对他们以活法论诗,当然就"莫此亲切"了。

到绍兴三年(1133),吕本中为江西诗派中人夏倪的诗集作序,提出了诗歌创作中法度规矩和变化出新的关系问题,进一步完善了活法的理论。序中说:"学诗当识活法。所谓活法者,规矩备具,而能出于规矩之外;变化不测,而亦不背于规矩也。是道也,盖有定法而无定法,无定法而有定法。知是者,则可与语活法矣。……必精尽知左规右矩,庶几至于变化不测。"[①]也就是说,活法的精神就在于知法知变,规矩备具,而又能出于规矩之外变化不测。这一段言论有两点值得注意。第一,变化出新的基础在于掌握诗歌创作的"左规右矩",也就是要经过长期刻苦的学习功夫,这可进一步解释他的"悟入"的观点。吕本中多次谈到悟与积学功夫的关系,如《与曾吉甫论诗第一帖》说:"悟入之理,正在工夫勤惰间耳。"《童蒙诗训》也说:"悟入必自工夫中来,非侥幸可得也。"在他看来,只有经过长期的学习,"博考精取",掌握了前人创作的法度技巧,才谈得上"悟入",才谈得上变化出新。这其实也是理学家们讲悟入的观点。从学习的基础上讲悟,就使吕本中的活法论更显得切实而不玄妙。第二,吕本中之所以强调这种知法知变、规矩与变化辩证统一的观点,是有现实针对性的。它可以说是在新的历史背景下对江西诗派的创作理论所作的总结和发展,而目的却是为了纠正江西诗论的流弊。江西诗派之所以形成流派,在于他们具有共同的作诗方法,杨万里在《江西宗派诗序》中认为,诗派中各人的诗有各人的特点,互不相似,但有共同遵守的原则,即所谓"二其味,一其法"的"法",杨万里用"酸咸异和,山海异珍,而调胹之妙,出乎一手"来比喻这个共同的"法"。这其实就是由黄庭坚倡导、为江西派诸人依循的"点铁成金"、"夺胎换骨"的作诗方法,它的基础是从师法前人入手、掌握创作的规矩法度,目的则是要追求新意,见出变化。所以,

---

① 《后村先生大全集》卷九十五《江西诗派·吕紫微》引。吴曾《能改斋漫录》卷十载:"蕲州人夏均父,名倪,能诗,与吕居仁相善。既殁六年,当绍兴癸丑二月一日,其子见居仁岭南,出均父所为诗,属居仁序之。序言其本末尤详。"据此,知此序作于绍兴三年。

山谷论诗一方面主张广泛取法,从前人的创作中掌握作诗法度,《答洪驹父书》要求合于"古人绳墨",《跋书柳子厚诗》要求"从容中玉珮之音,左准绳,右规矩"。但另一方面,黄庭坚又反对死守规矩而不知变化,要求有所创新而自立一家。他说:"不可守绳墨,令俭陋。"(《答洪驹父书》)又说:"不守近世师儒绳尺。"(《王定国文集序》)并主张"领略古法生新奇"(《次韵子瞻和子由观韩干马因论伯时画天马》),"自成一家始逼真"(《以右军书数种赠丘十四》)。江西诗派中其他一些诗人也有类似的言论,如徐俯说:"作诗自立意,不可蹈袭前人。"(吕本中《童蒙诗训》引)韩驹则说:"学诗当如初学禅,未悟且遍参诸方。一朝悟罢正法眼,信手拈出皆成章。"(《赠赵伯鱼》)黄庭坚的这套知规矩、求变化的创作理论,有很大的局限性,它不讲诗歌的内容,避开现实生活而专门讨论诗歌的法度技巧。因此它虽然力求变化、创新,最终还是不离古人,不离书本。山谷诗还能有所创新、自立一家。而后来一些专门模仿江西体的诗人,则完全忘掉了山谷诗论的后一方面,死守陈规,刻意蹈袭,发展了黄庭坚写作方法的弊病。吕本中在南宋初就注意到了这一现象。他在《与曾吉甫论诗第二帖》中说:"近世江西之学者,虽左规右矩,不遗余力,而往往不知出此,故百尺竿头,不能更进一步,亦失山谷之旨也。"此书作于绍兴元年(1131),可见此时江西诗之流弊已经很明显。吕本中认为这些模仿江西诗体的诗人死守规矩,不知变化,是违背了"山谷之旨"的。所以他在绍兴三年(1133)为江西派诗人夏倪诗集作序就特别强调了知法知变,"规矩备具,而能出乎规矩之外,变化不测,而亦不背于规矩",做到规矩与变化、守法与出新的辩证统一。这些观点,借鉴了理学家们关于"法固不可无,然亦不可执,当得法外意可也";"学书不可无法,而执法亦必死"(张九成《横浦心传录》)等言论,目的是提醒后学注意遵循"山谷之旨",从而纠正山谷诗论本身的缺陷带来的创作流弊。他又在《童蒙诗训》中告诫后学:"读《庄子》令人意宽思大敢作;读《左传》便使人入法度,不敢容易。二书不可偏废也。"这也是说有法与无法二者必须统一。他认为黄庭坚的诗,好处在于"极风雅之变,尽比兴之体,包括众作,本以新意"(《童蒙诗训》)。认为学习黄诗,就应该学习这一点,而不能亦步亦趋,死守规矩。这些言论与

《夏均父集序》的目的也是一致的。但是,吕本中没有从根本上认识到山谷诗论逃避现实的弊病,也没有突破师法古人的框框,因而也就不可能提出解决问题的根本办法,只能是在学古的前提下求变化,出新意。而他自己的创作,虽然能以流转自然的风格自立,但也没有彻底冲出江西诗风的束缚。并且由于他越来越脱离时代的现实生活,晚年的诗歌更加意兴颓唐,少有佳作①,自然也不可能从创作实践方面扭转诗坛风气。

不过,吕本中的这套活法理论却在南宋诗坛产生了较大的影响。南渡初著名诗人曾几从吕本中学习诗法,得到吕本中活法的真传,诗也写得较为流转自然,尤其是一些写景的小诗,轻快活泼,方回认为"落笔无活法则不能"(《瀛奎律髓》卷四十四)。曾几又是大诗人陆游的老师,把作诗方法传给了陆游。陆游有诗说:"忆在茶山听说诗,亲从夜半得玄机。"(《追怀曾文清公呈赵教授,赵近尝示诗》)这玄机的内容就是:"文章切忌参死句。"(《赠应秀才》)这其实就是吕本中的活法论。当然,陆游是在后来从军南郑的战斗生活中真正体会到了作诗的诀窍:"诗家三昧忽见前,屈贾在眼元历历。天机云锦用在我,剪裁妙处非刀尺。"(《九月一日夜读诗稿有感走笔作歌》)转而取材于现实生活,反映抗战爱国的时代精神、表现爱国主义英雄气概,冲出了江西诗风的圈子。这些虽非活法所能范围,但吕本中活法论中反对死守规矩的一面对他确也有一些启发。而且,陆游一些诗如"小楼一夜听春雨,深巷明朝卖杏花";"山重水复疑无路,柳暗花明又一村"等,清新自然,句律流转圆润,对仗工整而无雕琢痕迹,也还可以看出以活法作诗的某种积极影响。所以陆游晚年为吕本中的诗集作序,就特别提到曾几说陆游诗"渊源殆自吕紫微"这件事(《吕居仁集序》),并在《感知录》中说曾几"见余诗大叹赏,以为不减吕居仁"(见《说郛》卷四十三)。这都说明陆游诗与吕本中诗法存在着微妙的关系。可见,吕本中的诗歌虽然还未能扭转江西诗风笼罩诗坛的局面,但他的活法

① 吕本中卒于绍兴十五年(1145),晚年生活狭窄,对现实人生兴趣淡漠,诗多写闲居心情。尝自言:"学诗渐老转销声。"(《东莱先生诗集》卷十八《无题》)"我诗老益退,久为人所嗤。"(同上卷二十《送范子仪将漕湖北》)刘克庄《江西诗派序·吕紫微》引朱熹语:"紫微论诗,字字欲响,其晚年诗多哑了。"

论却为南宋前期突破江西派诗风的重大转变起了一种先导的作用。

南宋在诗歌理论与创作上突破江西诗派的转变，除了陆游之外，更集中地体现在杨万里身上。在南宋中兴四大诗人中，杨万里在创新诗体、扭转诗坛风气这一点上贡献最大，故当时声名极高[①]，连陆游也推服道："人言诚斋诗，浩然与俱东。字字若长城，梯冲何由攻?""我不如诚斋，此评天下同。"(《谢王子林判院惠诗编》)由于杨万里诗风格独特，所以被称为"新体诗"[②]，严羽名之为"诚斋体"，这是《沧浪诗话》所列以人命名的诗体中除"陈简斋体"之外南宋诗歌唯一的一体。诚斋体在当时就以活法著称，杨万里的门人张镃曾称赞说："目前言句知多少，罕有先生活法诗。"(《携杨秘监诗一编登舟因成二绝》)刘克庄也说："诚斋出，真得所谓活法。"(《江西诗派·总序》)需要指出的是，杨万里早年学习过江西诗体，但与吕本中并无直接的师承关系。当然，在杨万里驰骋诗坛之前，吕本中的活法论已很流行，他以活法作诗可能受到吕本中以活法论诗的启发。杨万里的活法与吕本中的活法有共同的理论背景，但在具体内容上又有重要区别。大体上看，吕本中还是在师法古人的前提下讲活法，而杨万里则是侧重于在师法自然的前提下讲活法。所以杨比吕具有更浓厚的创新色彩，这是诚斋体能成为一种新体诗的一个重要原因。

杨万里的活法主要体现在创作实践中，他很少有明确标榜"活法"的言论。这里就结合他的创作加以分析。

杨万里在早年的学道过程中，接受了张浚、张栻父子的影响，认识到江西诗风的弊病，于绍兴三十二年(1162)焚弃江西体旧作，迈出了诗风转变的第一步。四年之后(乾道二年)提出了"学诗须透脱，信手自孤高"的重要观点。同年所作的《闲居初夏午睡起二绝句》(其二)："梅子留酸软齿牙，芭蕉分绿上窗纱。日长睡起无情思，闲看儿童捉柳花。"也被当

① 参见姜特立，《梅山续稿》卷一《谢杨诚斋惠长句》："今日诗坛谁是主，诚斋诗律正施行。"袁说友《东塘集》卷五《和杨诚斋韵谢惠南海集诗》："四海声名今大手，万人辟易几降旗。"项安世《平庵悔稿》卷五《题刘都监所藏杨秘监诗卷》："雄吞诗界前无古，新创文机独有今。"

② 欧阳玄，《圭斋文集》卷八《罗舜美诗序》："南渡后，杨廷秀好为新体诗，学者亦宗之。"

时人称为“胸襟透脱”[①]。这正是理学家们所追求的心胸通透活络、无入而不自得的悟道境界。杨万里又在《正月三日宿范氏庄四首》（其二）中说：“无心本无滞。”可看做“胸襟透脱”的注脚。他的同乡好友周必大曾说：“诚斋万事悟活法。”（《次韵杨廷秀待制寄题朱氏涣然书院》）这是指他的理学修养而言，非仅指作诗，但心胸的通透活络却无疑是他的诗歌活法的基础。只有心活，才有可能摆脱前人和书本的束缚，以机敏的眼光观察生活，观察自然，并以活泼的语言和随物宛转的诗法表现所见、所闻、所感，即所谓“信手自孤高”。这是创新诗体的前提，所以杨万里特别强调说：“不是胸中别，何缘句子新？”（《蜀士甘彦和寓张魏公门馆用予见张钦夫诗韵作二诗见赠和以谢之》）

经过较长时间的努力，到淳熙五年（1178），杨万里的诗风发生了重大转变。《荆溪集序》说这一年三朝时节，作诗“忽若有寤，于是辞谢唐人及王、陈、江西诸君子皆不敢学，而后欣如也”。“自此，每过午，吏散庭空，即携一便面，步后园、登古城，采撷杞菊，攀翻花竹，万象毕来，献予诗材，盖麾之不去，前者未雠而后者已迫，涣然未觉作诗之难也。”这段话有几点值得注意，一是“寤（悟）”；二是“辞谢”前人，转向生动活泼的大自然汲取诗材，这是“悟”的内容，也是最重要的部分；三是由于从师法古人中摆脱出来，而转向师法自然，所以“涣然未觉作诗之难”。

周必大《跋杨廷秀石人峰长篇》说杨万里作诗“由志学至从心”，经历了刻苦的学习功夫，“岁锻月炼，朝思夕维，然后大悟大徹”，“真积力久，乃入悟门”。这正是理学家讲悟时强调的积学涵养功夫。可见杨万里的

---

① 罗大经，《鹤林玉露》甲编卷四谓：“杨诚斋丞零陵日，有春日绝句云：‘梅子留酸软齿牙……’张紫岩（浚）见之曰：‘廷秀胸襟透脱矣。’”按此条有几处疑点，一、诗题不同于本集。二、本集编此诗于乾道二年（1166），是年诚斋已不在零陵。三、张浚卒于隆兴二年（1164），诚斋作此诗时，浚去世已三年，必不能见此诗，故“胸襟透脱”定非张浚语。考《诚斋集》卷四《见张钦夫二首》，卷七十二《怡斋记》等，知诚斋于乾道二年秋末专程自庐陵赴长沙访张栻研讨理学，大约张栻因此得见此诗，“胸襟透脱”盖张栻所言而为罗大经误记亦未可知。然罗大经为诚斋同乡，曾侍其父谒见诚斋，故此语亦可看做时人一般看法。参朱熹《朱文公文集》卷三十八《答杨廷季》称杨为“不以尘垢秕糠累其胸次之超然者”。又刘过《龙洲集》卷八《投诚斋》称杨为“达人胸次元无翳”。

悟入经过了长期刻苦追求，非一朝一夕之功。

杨万里“悟入”之后，走上了师法自然的创作道路，从大自然汲取诗材，启发灵感，所以他一再说：“江山岂无意，邀我觅新诗”。“不是风烟好，何缘句子新？”（见《丰山小憩》及《过池阳舟中望九华山》）大自然对他的创作确有极为重要的意义。张镃称赞杨万里诗的活法时曾说：“造化精神无尽期，跳腾踔厉及时追。目前言句知多少，罕有先生活法诗。”（《携杨秘监诗一编登舟因成二绝》）认为诚斋体的精神就在于追踪造化，师法自然，确实看出了诚斋体活法的奥秘。在杨万里之前，曾几作诗已开始有师法自然的倾向，《赠空上人》诗说：“松风漱齿颊，梦月入肺肝。政使不学诗，已见诗一斑。……今晨出数篇，秀色若可餐。清妍梅著雪，圆美珠走盘。乃知心境中，万象纷往还。皆吾所现物，摹写初不难。”（《茶山集》卷一）把诗歌看做自然“万象”的“摹写”。他的一些取材自然的诗歌，方回也认为近似杨万里。[①] 这说明活法与师法自然确有一定的关系。杨万里走师法自然的创作道路比曾几更为彻底，也可以说是对活法作诗的进一步发展，犹如陆游通过曾几接受了吕本中诗法最终却冲出了江西派师法古人的圈子一样。从活法论的发展来看，吕本中的理论强调广泛取法前代诗人，尽知前人规矩，然后方能变化不测，基本特征还是师法古人。但他反对死守规矩，要求出新，却也为后来诗坛风气的转变打开了缺口。到杨万里时，就彻底转向了师法自然的道路。这是杨万里活法与吕本中活法最根本的不同。杨万里之所以以自然为师，还出于探求自然造化之工的动机，他的《芗林五十咏 · 文杏坞》诗说：“道白非真白，言红不若红。请君红白外，别眼看天工。”就是要别具眼光，从事物的迹象之外探求天工，发现“妙理”。《观化》诗也说：“须把乖张眼，偷窥造化工。”这与理学家所要求的于活处观理，看事物的“活精神”，又是同出一脉的。

杨万里讲悟，还有一个重要内容，就是辞谢前人，弃绝陈规，“不听陈言只听天”（《读张文潜诗》），听任自然的感发，信手抒写真实感受。《晚寒题水仙花并湖山》诗说：“老夫不是寻诗句，诗句自来寻老夫。”这样作

① 《瀛奎律髓》卷二十七评曾几《蛱蝶》诗：“自然轻快，近杨诚斋。”

诗,当然就“涣然未觉作诗之难”了。在这一点上,杨万里也与吕本中不同。吕本中是追求规矩与变化的统一;杨万里则是要弃绝规矩,纵横妙用,出乎一心。所以杨万里的活法亦即无法,正如他自己所说:“问侬佳句如何法,无法无盂也没衣。”(《酬合皂山碧崖道士甘叔怀赠美名人不及佳句法如何十古风》其二)这样的活法,是重在自立一家,独辟蹊径的。他的《跋徐恭仲省干近诗》就表示:“传宗传派我替羞,作家各自一风流。黄陈篱下休安脚,陶谢行前更出头。”不仅江西派的黄(庭坚)、陈(师道)不能模拟,就是陶(渊明)、谢(灵运)这样的大诗人也不能蹈袭,受其限制,而要超越他们,树立自己的一家风流。杨万里对江西诗派的态度很有一点微妙。他反对模拟江西诗体,但对黄庭坚却很推崇,《灯下读山谷诗》说:“天下无双双井黄,遗编犹作旧时香。”晚年作《江西宗派诗序》对江西诗派的评价也很高。这主要是因为他认为山谷诗能自立一家,是“有待而未尝有待”的“圣于诗者”(《江西宗派诗序》),而江西诗派则像南宗禅那样能够独立门户(参见《诚斋集》卷三十八《送分宁主簿罗宏材秩满入京》:“要知诗客参江西,政似禅客参曹溪。”)。对这种自立精神,杨万里持肯定态度。但是另一方面他又认为对江西诗派的成就,如果盲目崇拜,一味模仿,就会造成“陈陈相因,累累随行”(《眉山任公小丑集序》)的局面,是诗坛之大忌。所以他又明确反对传宗传派的做法,创作上也不取法江西诗体。杨万里的这种态度,可以从一些理学家的言论中找到印证。如《横浦心传录》卷中记载,张九成的学生曾以霍去病用兵不学古兵法,韩干画马以厩马为师之事请教张九成:“用兵画马,二子皆无所取法而自得妙胜,然则学者读书亦当如此否?”张九成回答说:“古人妙处,古人自不知,如何却又按古之陈迹去索?去病胸中有活法,韩干胸中有全马。学者当置活古人在胸中。”就是说,即使古人的“妙胜”、“活法”,也不可模仿效法,如果“按古之陈迹去索”,则古人的活法也就成了死法。杨万里对黄庭坚等前辈诗人的态度,正是“置活古人在胸中”,但绝不模仿效法。

以上可见,诚斋体的活法确实是杨万里妙用理学活法并发展了的一个表现。活法使诚斋体从内容到艺术都表现出许多不同于前人的特点,而让人耳目一新。周必大称之为“笔端有口,句中有眼”,“皆扫千军、倒三峡、穿天心、透月窟之语”(《跋杨廷秀石人峰长篇》)。方回称之为“飞动驰掷”(《读张功父南湖集》)。李之纯(屏山)更认为“活泼刺底人难及”(《归潜志》引)。诚斋体诗歌的活法,首先就表现在师法自然的创作态度和自立一家的创新精神上。其次是别具观察领略事物的心胸眼光,并忠实于自己的真切感受,不受前人已有的看法局限,所以往往能从习见的事情上发现新意,在任何事物上看出“活精神”。特别突出的是擅长于发现、捕捉自然界的生机、动态,写转瞬即逝、变化无穷的景象。他的后学从他的诗中体会到的是:“参禅学诗无两法,死蛇解弄活泼泼。……生机熟语总不排,今代独有杨诚斋。”(葛天民《寄杨诚斋》)把死蛇弄活,以熟语写生机,正是诚斋体的一大特色。诗人在发现、捕捉自然界的生机、动态方面确实独具眼光。他称赞他的朋友胡季亨“漏泄春光有阿亨,一双诗眼太乖生”(《题胡季亨观生亭》),其实“须把乖张眼,偷窥造化工”,也正是他自己的追求。如《夜宿东渚放歌三首》(其三):

天公要饱诗人眼,生愁秋山太枯淡。
旋裁蜀锦展吴霞,低低抹在秋山半。
须臾红锦作翠纱,机头织出暮归鸦。
暮鸦翠纱忽不见,只见澄江净如练。

晚霞犹如红锦装扮秋山,转瞬之间红锦又变成了翠纱;暮鸦归来,仿佛与翠纱一起从机头织出;忽而暮鸦飞去,晚霞飘散,一切又归于平静。诗人于变态多姿的景象做足了文章。这可与谢朓的“余霞散成绮,澄江净如练”比较。末句用了谢诗原句,前面则似乎是“余霞散成绮”的展开。但谢诗是概括地写,显得凝炼;杨诗则写亲眼所见的整个变化过程,真切仔细,生动活泼。《诚斋集》中这样的作品多不胜举。如《初晓明朗忽然雾起已而日出光景奇怪》五古长诗,从题目就可以想见其内容,确是日光云影,变幻无穷,景象奇特。《羲娥谣》写早行所见“晓星已上,日欲出而月未落”时的瞬间景象,也是“光景万变”,殊为“天下奇观”。又如《暮热游荷池上》(其五)、《春阴》、《湖天暮景》(其二)、《雨后晓登碧落堂》、《雨后晚步郡圃》、《舟中晚望》(其二)等等,也都以描写各种转瞬即逝和变化无穷的景象见长。即使写一些细小的动物，诗人也注意捕捉它们的动作、神态。如写鸟："一双百舌花梢语，四顾无人忽下来。"（《积雨小霁》）"百千寒雀下空庭，小集梅梢话晚晴。特地作团喧杀我，忽然惊散寂无声。"（《寒雀》）再如写青虫："树上青虫宁许劣，垂丝到地却回身。"（《过招贤渡》）这就比秦观"青虫相对吐秋丝"（《秋日》）的描写更注意刻划动作过程。钱钟书先生在《谈艺录》中总结诚斋体的这种特点是"擅写生"，"如摄影之快镜，兔起鹘落，鸢飞鱼跃，稍纵即逝而及其未逝，转瞬即改而当其未改，眼明手捷，踪矢蹑风。此诚斋之所独也。"非常确当。诚斋体所达到的这种境界，杨万里之前的许多诗人都曾努力追求而又深感力不从心。王安石《和平甫舟中望九华山》第一首描写了变化不定的自然景象，可是诗人说："变态生倏忽，虽神讵能占？"感叹倏忽变化的动态奇景无从窥测，难以捕捉。同时此诗第二首又说："变态不可穷，诗者徒呫呫。"认为在自然的生机动态面前诗歌只是徒然絮絮叨叨而已。被杨万里称为"诗宗已上少陵坛"（《跋陈简斋奏章》）的陈与义，面对生机勃勃的自然景色也感叹说："忽有好诗生眼底，安排句法已难寻。"（《春日二首》）同样有力不从心之感。又如南宋初史尧弼《湖上》诗："浪汹涛翻忽渺漫，须臾风定见平宽。此间有句无人得，赤手长蛇试捕看。"（《莲峰集》卷二）表示要捕捉、表现前人未写过的须臾变化的奇景，决心不小，但似乎只是夸口，并无实绩。在这方面，杨万里之前只有大诗人苏轼才显得身手不凡。苏轼曾说："作诗火急追亡逋，清景一失后难摹。"（《腊日游孤山访惠勤惠思二僧》）表示努力捕捉、表现瞬息变化的奇景。他的《百步洪》、《江上看山》、《望湖楼醉书》、《望湖楼晚景》等诗也以描写迅疾变化、稍纵即逝的奇景著称。不过，苏轼在这方面似乎还不如杨万里那样活泛，那样措置裕如。诚斋体确实是做到了"万象从君听指麾"（《和段季康左藏惠四绝句》），驱遣自由，在前人不到之处独擅胜场。所以清人潘定桂称赞诚斋诗说："每于人巧俱穷处，直把天工掇拾来。"（《读杨诚斋诗集九首》）这一特长不可不归功于他所发展了的活法。

此外，诚斋体观察事物的角度变化多端；结构曲折，随物赋形，纵横如意；句法多样，灵活而无格律拘束之苦；语言生动活泼，俗言熟语在所不避。凡此种种,都与活法有关,限于篇幅,这里不能一一展开分析。需要指出的是,杨万里诗的一些弊病,也与活法有关。他过多地着眼于自然景色,一有所感,便即兴作诗,不假思索,不经提炼,随手记录瞬间印象。这样,一方面给人以感受真切、同所写事物略无隔碍的感觉,另一方面有的作品也就显得内容琐屑,意思随便,语言滑快粗疏。

在创新诗体、变革诗风这一点上,杨万里的活法确实是有独到的贡献的。当时的诗人项安世称赞杨万里"雄吞诗界前无古,新创文机独有今。"(《题刘都监所藏杨秘监诗卷》)今天看来这个评价有过誉之嫌,但如果从杨万里使笼罩在江西末流"死声活气语"之下的诗坛风气为之一新的特定背景上看,这个评语是一点也不过分的。

从以上分析可见,宋诗的活法论与理学有直接的渊源关系。从吕本中在理论上提出活法,到杨万里在创作实践上加以发展,都借鉴了理学的活法论。他们在诗人的主观修养(悟;胸襟透脱、胸次圆成)、诗歌应达到的艺术标准(流转圆美、活泼跳脱)以及达到这个标准的具体途径(吕:师法前人,尽知规矩而变化不测;杨:师法自然,弃绝规矩)等方面提出了一些新的主张。尤其是诚斋体诗歌在表现方法上有许多创新,向后人显示了作诗的别一途径,在南宋诗坛上产生了广泛的影响。这都与宋代理学的深刻影响是分不开的。

一九八五年三月二十五日改毕

(原载《中国文艺思想史论丛》第三辑,北京大学出版社,1988 年 6 月)

张鸣,北京大学中文系教授。曾任北京大学中文系古代文学教研室主任、中文系副主任等职。著有《宋诗选》。有《诚斋体与理学》、《从"白体"到"西昆体"》、《即物即理,即境即心》、《王安石与释氏的因缘及有关诗歌臆解》、《唐宋"踏歌"考释》(上、下)、《宋代"转踏"歌舞与歌词》、《"宋金十大曲"笺说》、《宋代词的演唱形式考述》等论文。

汪藻文集与诗作杂考

王　岚

汪藻(1079—1154),字彦章,饶州德兴(今属江西)人。徽宗崇宁二年(1103)进士。钦宗即位,召为起居舍人。高宗即位,试中书舍人。后擢给事中、兵部侍郎。绍兴元年(1131)兼侍讲,拜翰林学士。八年(1138),除显谟阁学士知徽州。历知泉州、宣州,夺职居永州。二十四年(1154)卒,年七十六。《宋史》卷四四五有传。

汪藻通显三十年,博极群书,工骈偶,擅辞章,当时诏令多出其手,为宋室南渡后词臣冠冕。其著述颇丰,文集系手自编订,集名"浮溪"亦其自定,并曾请孙觌作序。孙觌《浮溪集序》[①]谓汪藻"仕朝廷三十年,专以文学议论居儒官从臣之列。所为诗文若干首,传天下号浮溪集,凡若干卷。公以书属故人孙觌为之序。"后孙觌在其所撰《汪公墓志铭》(同上书卷三四)中又明确提到汪藻"有《浮溪集》六十卷行于世,后集若干卷"。说明《浮溪集》在汪藻生前已在社会上广为流传,很可能已有雕刻之本,而且除前集六十卷外,还有所谓"后集"。

宋赵希弁《昭德先生郡斋读书志·附志》[②]卷下载:"《浮溪先生文集》六十卷、《猥稿外集》一卷、《龙溪先生文集》六十卷……《读书志》止载《汪彦章集》十卷,希弁所藏《浮溪》、《龙溪》两本,卷帙皆六十卷……藻工于俪语,所为制词人多传诵。集乃孙觌序。"赵希弁为南宋理宗时人,可见当时流传的汪藻文集有不同的名称、不同的编卷;《猥稿外集》可

① 影印文渊阁,《四库全书》本《浮溪集》卷首,又见《鸿庆居士集》卷三〇,稍有异文。

② 《昭德先生郡斋读书志》四卷、后志二卷、考异一卷、附志二卷,现代出版社,1987 年,《中国历代书目丛刊》第一辑。

能即是孙觌《序》中所称的"后集";《浮溪集》、《龙溪集》皆六十卷,但应是两种不同的编集。

《宋史》卷二〇八《艺文七》著录《汪藻集》六十卷,应当即是当时通行的《浮溪集》。

可惜宋代流行的这些汪藻集抄本或刻本,统统已经散逸不传,今天我们能见到的本子俱出自后人重辑重编。

《浮溪文粹》编者考

明朝永乐年间曾采汪藻诗文入《永乐大典》。检视今残存本,所引各条分别题作"浮溪集"或"汪彦章诗",说明其时《浮溪集》尚有存本。

早在洪武初年,《浮溪集》在社会上流传已不广,当时有人汇辑诸书所引汪藻诗文,重新编集流传,即今天尚传的《浮溪文粹》十五卷。此书编者显然没能找见任何一个《浮溪集》的刊本或抄本。不过此书虽然仅录存汪藻诗文 85 篇,但其作品精粹已具其中。

关于《浮溪文粹》的编纂者,一直以来众说纷纭。先有明正德元年(1506)马金在庐江郡(今安徽合肥)署刊刻《浮溪文粹》时作题记谓"洪武初同郡赵子常跋《罗鄂州小集》,固已叹息浮溪之文再更变故,失传者多,况今去之百十余年,岂易致哉?《文粹》疑子常所未见,不知诠释者氏名,批点亦甚精当,盖就其全集诸体中观之可谓粹也已……鄂州于浮溪为乡晚进,意者《文粹》乃所编定……"

罗愿(1136—1184),字端良,号存斋,歙县(今属安徽)人。孝宗乾道二年(1166)进士,淳熙六年(1179)知鄂州,十一年卒于官,年四十九。《宋史》卷三八〇有传。有《罗鄂州小集》六卷,今存。

赵子常(1319—1369),名汸,休宁(今属安徽)人,师事九江黄泽,从临川虞集游,究心《春秋》之学,筑东山精舍,学者称东山先生。洪武初召修《元史》,著《东山存稿》。《明史》卷二八二有传。

马金虽然赞赏并将《浮溪文粹》付梓,但他认为此书似出于罗愿之手,而为罗愿《鄂州小集》作题跋的赵汸则很可能没有见到过《浮溪文粹》。

马金的这种观点还被后人袭用。永州(今湖南零陵)曾是汪藻贬谪之所,在明嘉靖三十四年(1555),胡尧臣、钱芹于府署据正德本重新刊刻了《浮溪文粹》,该本保留了马金的刊刻题记。

胡尧臣所刻之《浮溪文粹》,清乾隆时收入《四库全书》,其《浮溪文粹提要》云:"《浮溪集》本六十卷,岁久散佚,世无传本者几数百年……此不知何人所辑,而尧臣为之授梓以行者。盖是时原集已佚,谨从诸书所引掇拾而成,故其目只八十五篇。"其《浮溪集提要》亦提到:"赵汸跋《罗愿小集》谓浮溪之文再更变故,失传颇多,则明初已非完帙,其后遂亡佚不存。嘉靖中有胡尧臣以旧传浮溪文六十五篇、诗二十七首、词三首合为十五卷,名曰《浮溪文粹》,刊行于世。"显然,四库馆臣沿袭了马金题记的说法,它虽然提到了赵汸曾感叹汪藻诗文的散亡,但仍认为《浮溪文粹》的编者"不知何人"。

《浮溪文粹》早在成化年间曾经有刻本,但不详何人所刊。正德时又有汪氏裔孙汪琼玑重加雠刊,而版片却于万历年间遭逢火灾而化为灰烬。

清康熙七年(1668)汪藻裔孙汪士汉辑补《浮溪文粹》,于居仁堂刊刻了《浮溪遗集》十五卷。在该本卷末附录了《浮溪遗集述事》二则,其一为明正德四年(1509)汪氏裔孙琼玑所题,详细叙述了《浮溪文粹》编辑始末,其言曰:

> "洪武初广征献籍,而公集之存者十不得五,子常赵先生访公遗裔,搜求家乘,得文若干,择其有裨国是者约为一十五卷,题曰'文粹'……成化间版久蒙蚀,族人欲镌而未逮……弘治中,见公之《文粹》时已盛行,捧诵马氏序文言'《文粹》疑子常所未见',不知《文粹》一书乃子常先生搜全集于断简之余,躬自校阅,存什一于百耳。此玑考之家乘,征之藏弆而知其所以然也……"

另一则题记为康熙七年(1668)汪氏裔孙士汉所撰,亦谓:

> "洪武间同郡赵子常先生来访家乘,约为一十五卷……更为搜辑,梓以公世,先生又不及竣事而辄已升遐……"

由此可见,洪武时赵汸没能见到《浮溪集》的任何一个传本,而且即便在汪氏后人那里也没能找到完整的家集,于是他将汪氏家乘以及他书所载的零散篇章,整理辑编成十五卷的《浮溪文粹》,但是还没来得及付梓刻行就去世了。

这样一来,正德年间马金认为在《罗鄂州小集跋》中慨叹汪藻诗文散佚不全的赵汸子常未曾见过《浮溪文粹》,以及怀疑《浮溪文粹》为罗愿所编全属臆测;《四库全书总目》承马氏旧说,仍将编者付诸阙如,显然未见康熙刻本,有失详察。我们今天则可以根据汪藻后裔汪琼玑、汪士汉之考订,将《浮溪文粹》的编辑之功最终归于明洪武年间的赵汸子常其人。

《浮溪文粹》众传本

十五卷《浮溪文粹》,明洪武初年由赵汸编成,但未及付刻而人已亡故。最早有成化刊本,久已失传,无法考知其刊者以及版本情况。此后又历经数次刊刻,具体如下:

① 明正德元年(1506)马金庐江刻本。今见国家图书馆藏本封面有清咸丰十年(1860)韩应陛题记,卷前有"祁阳陈澄中藏书印"等印记,十五卷目录分作:卷一诏、敕,卷二制,卷三表,卷四、五奏议,卷六、七记,卷八序跋,卷九碑、祭文、传、书、铭,卷十、十一神道碑,卷十二、十三墓志铭,卷十四行状,卷十五诗、词。正文半页 10 行行 22 字,字迹已经模糊。卷末附录有孙觌所撰《墓志铭》、《宋史·文苑传》以及罗鄂州(愿)遗文《显谟阁学士程迈传》和《司业胡业传》。最后是作于正德元年(1506)的马金跋:"岁在丙寅重五日,是为正德纪元,西充马金汝砺父书于庐江郡廨"以及清嘉庆五年(1800)十月二日黄丕烈跋。

② 明正德四年(1509)汪琼玑刻本。此本已佚,从清康熙七年(1668)汪士汉居仁堂刻本《浮溪遗集》所附汪琼玑《浮溪遗集述事》可知,"弘治中,见公之《文粹》时已盛行,捧诵马氏序文……玑复取原集一十五卷,载加仇校并汇前后序文于右,亟付剞劂"。汪琼玑所见有马氏序文的《浮溪文粹》,当即马金正德元年(1506)庐江刻本,弘治(1488—1505)

年号恰与正德相接,可能是汪琼玑一时误记。则此乃据马金本重刊,并增加了若干序文。

③ 明嘉靖三十四年(1555)钱芹重刊正德马金本。此即清乾隆时修《四库全书》所据以收录的"嘉靖中胡尧臣刻本"。北京大学图书馆有藏本,封面有"茶微"(即李盛铎)题记"重刻浮溪文粹,明嘉靖乙卯重刻正德本"。卷首重刻序,署曰"嘉靖乙卯春三月之吉,守上湖南西蜀胡尧臣顿首书于永之紫微分署";又有校刻题名"永州府知府钱芹重刊,同知戴维师校正"。正文十五卷,半页9行行20字。卷末附录《墓志铭》、《宋史·文苑传》及《罗鄂州遗文》两篇,又有"嘉靖三十四年岁在乙卯宗后学汪大受"所撰祭文一篇(按:即清康熙《浮溪遗集》本之《祀永州祠堂文》),最后保留了正德元年(1506)马金跋文。此旧版后于万历四十三年(1615)又经王景勋重修。

④ 清康熙七年(1668)汪士汉刻本《浮溪遗集》十五卷。国家图书馆藏本有傅增湘据绣谷亭抄本校跋。卷前有陈定宇、孙仲益(觌)等序,胡澄肃题辞,目录分卷全同《浮溪文粹》,正文半页10行行22字。其中卷十五为诗,录29首,较《浮溪文粹》逸出《过靖安镇》、《过五岭》二首,亦不见今本《浮溪集》。卷末附录基本同《浮溪文粹》,但多出《新安府志》的材料,并补录了嘉靖三十四年(1555)汪大受所撰《祀永州祠堂文》。最后为汪琼玑、汪士汉所撰《浮溪遗集述事》各一则,汪士汉文曰:"正德间五世祖太学公复加绣梓。万历间又遭西溪回禄之变,板已成烬……余小子谨承先志,遍搜家乘,葺其残缺,勉捐己力,锓以成书。"这里所称"正德间五世祖太学公复加绣梓"之本,当指汪琼玑正德四年(1509)重刻的《浮溪文粹》。可见《浮溪遗集》本自《浮溪文粹》,但经过汪氏两代后人校勘补遗,文字较前整饬,内容亦有少量增益。

重辑《浮溪集》

汪藻《浮溪集》原本有六十卷,明人所辑《浮溪文粹》十五卷虽称精腴,但仅得原书十之三四。清乾隆年间纂修《四库全书》,馆臣据《永乐大典》各韵所载汪藻诗文，又以《浮溪文粹》参校补正，重新分体编排，汇为三十二卷[①]，其中末四卷为诗集。此虽非旧貌，但汪藻《浮溪集》内容十之六七盖已可得。

这个《永乐大典》辑本《浮溪集》，后又收入《武英殿聚珍版丛书》。除最早的武英殿木活字印本外，清光绪二十一年（1895）福建布政使署刊本还附有孙星华所辑《拾遗》三卷，分别是卷一表，卷二启，卷三祝文、致语、祭文、疏、诗，共计100篇诗文，皆注明出处，其中补遗诗有17首。孙星华在卷三末有题识："近人归安陆氏心源《仪顾堂集》有是书《跋》，谓宋人所选总集及地志、说部、诗话，尚载有彦章所作可据以补此本之缺者，备列其目不下一百六七十首。兹因即陆氏所举诸书内逐种采掇，详加校对，知陆氏所举亦有与此本复出者……尽数删削不复采取外，计尚得文壹百篇，分类编次，厘为三卷，刻附于后。"即孙星华的补辑成果本自清陆心源，陆氏在其《仪顾堂集》卷一五《浮溪集跋》中，已经指明了《五百家播芳大全文粹》各卷以及《庚溪诗话》等书引有汪藻诗文数量甚巨，孙星华则据以为线索，一一搜辑删重，分类编次而成此《拾遗》三卷。

后广雅书局本《武英殿聚珍版丛书》、《丛书集成初编》本皆附收了孙星华《拾遗》，而《四部丛刊》本径据武英殿聚珍版影印，故无此三卷。

《浮溪集》之重出诗

自宋以来历代递相流传的旧本《浮溪集》早已亡佚，清四库馆丞据《永乐大典》重编而成的三十二卷辑本《浮溪集》就成了收集汪藻诗文最全的本子。1998年北京大学古文献研究所编纂整理的《全宋诗 · 汪藻诗》以及四川大学古籍整理研究所编纂的《全宋文 · 汪藻文》就都以清人所辑《浮溪集》为底本。不过辑本毕竟不同于原本，这个三十二卷本所收录的诗作有不少重出于其他宋人集中，其归属颇有争议。

《浮溪集》卷二九《尤袤大暑留召伯埭》（《全宋诗》册二五卷一四三

---

① 《四库全书总目》作三十六卷，实际所收则为三十二卷。1983年中华书局影印本。

三页一六五〇六)，从诗题看就显得不伦不类。我们知道，《浮溪集》中的每一首诗，都是从《永乐大典》各韵条目下摘录出来的，如果原文是“尤袤大暑留召伯埭”，那么它的准确含义当表达为“尤袤《大暑留召伯埭》”，所以此当为尤袤诗，四库馆臣误辑入汪藻《浮溪集》中。《全宋诗》已在尤袤名下补录，并有按驳正(《全宋诗》册四三卷二三三六页二六八六一)。可惜今本《永乐大典》已佚去含有此条的卷目，无法核实原文，我们只能作如上推断。

《浮溪集》卷三一《晚发吴城山》(《全宋诗》册二五卷一四三五页一六五三三)，又见于欧阳澈《飘然集》(《全宋诗》册三二卷一八五〇页二〇六八九)，题作《晓发吴城山》，出旧题宋陈思、元陈世隆《两宋名贤小集》卷一二九(《全宋诗》作卷一四二，误)。按说《两宋名贤小集》的编者可能出于赝托，但所编之诗却是宋人遗稿，似比《永乐大典》辑本《浮溪集》可靠，但此诗亦见于明人所辑《浮溪文粹》卷一五。《浮溪文粹》与《浮溪集》完全是两个来源，起码说明在明代，人们从不同的记载中，都看到此诗归于汪藻名下，所以不能轻易地否定这个事实。后来明清人也多认可此诗乃汪藻作，如明曹学佺《石仓历代诗选》卷一七三、清陈焯《宋元诗会》卷三五、清吴之振《宋诗钞》卷五一、清康熙《御选宋金元明四朝诗·御选宋诗》卷五〇等。故我们倾向于将此诗作者断为汪藻，可暂重收互注。

《浮溪集》卷三一有两首诗《送杜文(当做丈)仲微赴山阳倅》、《送廷藻兼呈楚州通守杜丈》(《全宋诗》册二五卷一四三五页一六五三五、一六五四二)，与周孚诗重(《全宋诗》册四六卷二四八七页二八七七八、卷二四八六页二八七七一)，前一首题作《送杜丈仲微赴山阳倅》，分别见于其文集《蠹斋铅刀编》卷九、卷八。诗中的“杜丈”当指同一个人，字仲微，“山阳倅”与“楚州通守”也指的是同一官职。可惜据现有的材料无法查实“杜丈”及“廷藻”的本名及生平，但是《蠹斋铅刀编》卷八另有《次前韵呈杜丈》、《谢杜丈见过》、《有怀杜丈仲微》，卷一〇有《寄仲微杜丈》，《蠹斋拾遗诗》有《有怀容州杜丈》诸诗，说明周孚与“杜丈”交往相当密切。故此二诗当为周孚作，汪藻名下当删归存目。

《浮溪集》卷三二有《杂诗》二首(《全宋诗》册二五卷一四三六页一六五五四),与黄庭坚诗重出(《全宋诗》册一七卷一〇二一页一一六六七《杂诗》其六、其七),出《山谷诗外集补》卷四。另见于《山谷外集》卷一四。黄庭坚的文集分内集、外集、别集,俱成于宋人之手。内集三十卷又名《豫章集》,南宋高宗建炎初黄庭坚外甥洪炎所编。外集十四卷乃孝宗时黄庭坚舅氏李常之子李彤所编,前七卷为诗,中间为文,卷一一至一四乃山谷晚年自删之诗四百余首,比内集之诗年代要早,而且保留了黄庭坚早年手编《焦尾》、《敝帚》二集的很多诗文,故宋人谓"山谷生平得意之诗及尝手写者,多在《外集》"[①],可见《外集》的重要性丝毫不亚于《内集》。《别集》二十卷则为淳熙九年(1182)其诸孙黄䓨搜求内外集未载之作编成。此二诗既然见收《山谷外集》,原又系七首组诗,而《浮溪集》乃《永乐大典》辑本,并非宋本之旧,故当断为黄庭坚之作,《浮溪集》误收,汪藻名下应删归存目。

《龙溪集》与《橘林文》、《东溪集》相犯

汪藻诗与他人诗相重,这种情况其实早在南宋高宗绍兴时人们就已经发现了。胡仔《苕溪渔隐丛话》[②]前集卷五三载"苕溪渔隐曰:石敏若《橘林文》、汪彦章《龙溪集》今并行于世。二集之诗相犯甚众,不可概举,如'鸟声应为故人好,梨雪欲将春事空。''山色总兼溪色好,松声长作雨声寒。''负郭生涯千亩竹,长年心事四愁诗。''千里江山渔笛晚,十年灯火客毡寒。''日边人去雁行断,江上秋高枫叶寒。''天阔双鸟下,山寒人独归。'及《阻风余干渡》、《咏水晶数珠》、《次苏养直韵寄黄元功》、《阻风雨辟邪渡寄王仲诚》、《客至》、《夏夜示友人》等诗,皆全篇见于两集,未知果谁作邪?设或此诸诗皆彦章作,则《橘林文》中好诗本来无多子,倘去此,遂空冀北之群矣!"石敏若即石懋,号橘林,芜湖(今属安徽)人,哲宗

① 明弘治刻、嘉靖重修本《山谷全书》卷末《山谷先生年谱》卷一嘉祐六年条

② 1993年人民文学出版社点校本,下同。

元符三年(1100)进士,徽宗崇宁时再举博学宏词科,宣和间因斥宦官梁师成而遭排挤,著《橘林集》,已佚。前面已经提到,汪藻有《浮溪集》、《龙溪集》各六十卷,《龙溪集》久佚不传,它究竟为何人所编?与《浮溪集》有何异同?等等,今天已无法确知,我们现在只能看到清人重辑的《浮溪集》三十二卷。前面《苕溪渔隐丛话》提到的诸多断句,大多还能从今本《浮溪集》中找见:

“鸟声”联,见于《浮溪集》卷三一《喜汪发之见访并简婺源江明府》(《全宋诗》册二五卷一四三五页一六五三六)。

“山色”联,见于《浮溪集》卷三一《傅冲益久不得书》(《全宋诗》册二五卷一四三五页一六五三八),“长作”作“长学”。

“负郭”联,见于《浮溪集》卷三一《次韵李元亮》(《全宋诗》册二五卷一四三五页一六五三一)。

“千里”联、“日边”联,见于《浮溪集》卷三一《次韵向君受感秋二首》其一、其二(《全宋诗》册二五卷一四三五页一六五三三)。

“天阔”联,见于《浮溪集》卷三〇《过临平二首》其一(《全宋诗》册二五卷一四三四页一六五二七),“双鸟”作“鸟双”。

至于《苕溪渔隐丛话》提到的“全篇见于两集”的诗题,除《阻风余干渡》、《客至》、《夏夜示友人》三首外,《咏水晶数珠》见于《浮溪集》卷三〇《水晶数珠诗》(《全宋诗》册二五卷一四三四页一六五二七);《次苏养直韵寄黄元功》见于《浮溪集》卷三〇《次韵苏养直寄黄元功》(《全宋诗》册二五卷一四三四页一六五二一);《阻风雨辟邪渡寄王仲诚》见于《浮溪集》卷三〇同题诗(《全宋诗》册二五卷一四三四页一六五二〇)。

如果上述这些诗篇全系汪藻作品,则诚如胡仔所叹,石懋《橘林文》存世之诗就越发稀少了。《全宋诗》在石懋名下录诗十二首、残句若干,但并未收录上述诸断句,且有按语曰:“《丛话》前集卷五三‘汪彦章’条,收有石懋《橘林文》断句六联,并指出与汪藻《浮溪集》相犯。今这六联已入汪藻诗,故不再收入。”(《全宋诗》册二五卷一四七八页一六八八五)

同样是胡仔《苕溪渔隐丛话》,在其后集卷三七又道:“苕溪渔隐曰:汪彦章《龙溪集》有《霜余溪上四绝》,癞可《东溪集》亦有《霜余溪上五绝》,内四绝即《龙溪集》中诗,但一绝不是,所谓“故人江北江南岸”者,余皆同之,不知竟谁作邪?四绝中其一云‘水似秋蛇巧作蟠,山如浓翠拥高鬟。清风明月元无主,乞我烟萝茅数间。’殊清驶可爱。”此段文字亦被宋阮阅《诗话总龟》后集卷四三引用。

癞可即释祖可,字正平,俗名苏序,丹阳(今属江苏)人,少以病癞,人目为“癞可”。自为僧,居庐山之下,诗入江西诗派,有《东溪集》,久佚,后世亦无辑本。查今本《浮溪集》与《浮溪文粹》,均不见《霜余溪上》诗题以及“水似秋蛇巧作蟠”绝句诗。如果此系汪藻作品,则为其集外佚诗;但同题诗在癞可《东溪集》中是一组五首,较《龙溪集》多一首,那么如果是癞可诗作,则《龙溪集》误收他人之诗。

《全宋诗》将“水似秋蛇巧作蟠”绝句诗收录在汪藻补遗卷当中,题作《霜余溪上绝句》(册二五卷一四三七页一六五五六);又见释祖可名下,题作《霜余溪上》(册二二卷一二八八页一四六一〇),另录残句“故人江北江南岸”(同上页一四六一四),俱出《苕溪渔隐丛话》后集卷三七。既然宋人已经辨别不清真实作者,又无其他旁证,故暂重收互注。

从上面的情况来看,《龙溪集》与《浮溪集》并非内容完全不同的两个集子,《浮溪集》乃汪藻自编,《龙溪集》似出自他人之手,它们所收的诗文有很大部分是重复的,但《龙溪集》中有不少作品的归属尚存在疑问。那么,《龙溪集》或许根本就是坊间牟利者取《浮溪集》改头换面,甚至羼入他人作品,假借新集之名刻印行世以惑视听之作,所以它远不如《浮溪集》可靠。

汪藻与洪刍佚句考

汪藻诗文散失严重,但经过明清人的重辑,汇《浮溪文粹》十五卷、《浮溪集》三十二卷以及孙星华《拾遗》三卷所得,汪藻作品数量已经蔚为大观,但辑佚工作仍有可为。如《全宋诗》又据《苕溪渔隐丛话》诸书,新辑得汪藻集外诗 46 首、句 9 则。《全宋文》亦搜集了更为全备的汪藻各体佚文。可以说这些今人整理本已较明清人辑本有了很大的突破,但个别地方仍有疏漏。

在考辨汪藻佚诗的过程中，曾遇到诸书记载异辞的情况，需要审慎判别，兹举一例：

“霜后木奴香噀手，秋来云子滑流匙”，木奴即柑橘，云子为传说中神仙服食之物，后用来比喻米饭晶莹洁白。此脍炙人口之诗句，究竟出自何人手笔？

陈景沂，南宋理宗时人，在其所编类书《全芳备祖》[1]后集卷一二“菰”条下，摘录七言散句两联，首为“溪毛入馔光浮椀，云子新炊滑溜匙”，次即“霜后”联。“菰”即茭白，开花结实成“雕胡米”可以作饭；“溪毛”是溪中水藻的代称。

此两联的作者，影印文渊阁《四库全书》本将它们分别署作“汪彦章”、“洪驹父”，汪彦章即汪藻，洪驹父则是和汪藻同时的诗人洪刍。不过全本五十八卷的《全芳备祖》（又名《花果卉木全芳备祖》）尚有南宋晚期刻本残卷四十一卷存世，现藏日本宫内厅书陵部，先是农业出版社于1982年用抄本补配影印出版；后中国线装书局于2001年12月又单独影印了该宋本。检视两种影印本，其后集卷一二幸而为宋本原刻，核其署名，正好与《四库全书》本倒置，“溪毛”联乃洪驹父作，“椀”作“挟”（“挟”通“梜”，箸也，即筷子，与“匙”正好相配，都是常用餐具）；“霜后”联乃汪彦章作。宋刻本为后世传本之祖，而四库全书本系晚出之抄本，其异文的可靠程度自不可同日而语。故可以明确地断定《四库全书》本署名之歧，或本底本之误，或为抄手误植。

《锦绣万花谷》亦系宋人所编类书，编者佚名，有孝宗淳熙十五年（1188）自序，时代较《全芳备祖》为早。同样检《四库全书》本，其前集卷三“秋”条下也摘录了“霜后”一联（未录“溪毛”联），正署作“汪藻”，与宋刻本《全芳备祖》一致。另宋袁文《瓮牖闲评》卷六亦载“汪彦章诗云‘秋来云子滑流匙’”。此皆可作旁证。

洪刍，字驹父，南昌（今属江西）人，是北宋末、南宋初的著名文人，与

---

① 影印文渊阁，《四库全书》本。

兄朋、弟炎、羽并称"四洪",著有《老圃集》,已佚。今传本二卷,与汪藻《浮溪集》类似,亦是清乾隆修《四库全书》时从《永乐大典》引文中汇辑成编的。《老圃集》中尚存《次师川韵喜雨呈彦章》(卷上)、《呈彦章》、《饮汪彦章池阁见龙挂》(以上卷下)诸诗,足见洪刍与汪藻平日往返唱和交游颇勤。这可能也是二人作品易生混淆的一个原因。

据以上分析,我们基本可定"霜后"联出自汪藻,而"溪毛"联为洪刍所作,此二联均不见今本《浮溪集》与《老圃集》,乃集外佚句。

《全宋诗》册二五卷一四三七页一六五六三汪藻名下已据《锦绣万花谷》收录"霜后"联,但在册二二卷一二八二页一四五〇五洪刍名下重出,出处为宋陈景沂《全芳备祖》后集卷一二。显然后者所据《全芳备祖》乃《四库全书》本,而非宋刻本,从而导致误收汪藻句、失收洪刍"溪毛"联。今当于《〈全宋诗〉补正》中予以订正。

(原载《北京大学中国古文献研究中心集刊第六辑》,北京大学出版社,2007年,第20—29页)

王岚(1965—),北京大学中文系教授。研究方向为古文献学、古籍版本学、宋诗整理。参与整理编纂《全宋诗》(1998),参与《二十四史全译·宋史》(2004),有《陈子昂诗文选译》(1994)、《经籍会通》外四种点校(1999)、《宋人文集编刻流传丛考》(2003)、《古典文献学基础》(合著,2008)等。

古典审美理想的解体与中唐文学发展动向

廖可斌

日本学者内藤虎次郎第一个明确将宋代定位为中国近世社会之开始，这一命题已逐渐成为学术界的共识。与此相应，唐代文学与宋代文学属于两种不同的文学形态，从内在精神气质与外在样貌都存在根本不同，也越来越为文学史研究界所认同①。而宋代文学的种种新的特性，实际上从中唐时期就开始萌生了，这一点也越来越为人们所接受。因此，要了解唐以上文学与宋以后文学各有怎样的特征，这些特征是如何演化的，为什么会发生这种演化，必须特别注重对中唐时期文学发展动向进行考察，中唐时期也因此成为观察整个中国古代文学演进轨迹的一个重要窗口区。

考察中唐时期文学领域的变化，有微观、中观、宏观等不同视域，各有其必要性。其中宏观研究往往不讨好，容易招致大而无当之讥。但人们在深入微观世界以求洞悉毫芒并见微知著的同时，总是按捺不住出乎其外达到整体把握的冲动。现代科学研究也越来越充分地证明了宏观研究和微观研究可以并行不悖，相互汇通。因此本文作者不揣浅陋，尝试从考察中唐时期中国古典审美理想出现解体的情形入手，探讨中唐时期文学领域发生种种变化的内在原因，为观察中唐时期文学发展动向提供一个可能的视角。

一、中唐时期社会生活的变化与古典审美理想的解体

文学艺术是对生活的审美反映。不同时代的人们，都有特定的关于

---

① 见王水照，《重提"内藤命题"》，《文学遗产》2006年第2期。

主体与客观世界、理性与感性、意与象的审美关系的理想,这就构成了不同时代的审美理想。特定时代的文学艺术,就是当时特定的审美理想的表现。它对现实生活中审美关系的反映,是通过审美理想这一中介而实现的。因此,整个人类文学艺术发展史,便可以看成是各种审美理想不断嬗替的历史。就某一特定时代的特定的审美理想而言,它又有一个从萌芽、发展到相对完美实现,然后又逐步解体以至消亡的发展过程。与它相适应的特定的文学艺术形态,便相应也有一个从萌芽、发展到繁荣兴盛然后又趋于衰落以至消亡的发展过程。在这二而一的发展过程中,主体与整个人类社会和自然界的关系、主体的感性与理性的关系、意与象的关系,由分渐趋于合,又由合渐趋于分,呈现为一种有规律性的展开运行。这可被看做是对所谓文学艺术发展根本规律的一种描述。

审美理想乃是文学艺术的内在灵魂。从社会经济政治以至思想方面来考察文学的发展,或从文学的体裁、题材、技法、风格特征等方面来考察文学的发展,都很必要,而从考察审美理想的发展变迁入手,即运用美学的方法研究文学史,则有可能使我们在前两种研究所取得的成果的基础上,更接近于对文学发展根本规律的深入揭示。

纵观中华民族审美理想的发展,大致可划分为三个阶段,即原始时代、古典时代和近现代。所谓中国古典审美理想,即指在漫长的中国封建时期占主导地位的审美理想①。它与封建时代中华民族特定的生产生活方式、社会结构、思维模式等密切相关,是一个相对稳定、封闭的体系,具有一系列特定的美学范畴和质的规定性。这大致包括下列内容:人与自然界的和谐统一(神人以和、物我两忘、与天地参等);个人与社会的和谐统一(尽善尽美等);情与理的和谐统一(乐而不淫,哀而不伤。发乎情,止乎礼义等);意与象的统一(文质彬彬等)。很明显,在中国古典审美理想的上述特征中,贯穿着一个根本特征,那就是和谐。

---

① 许多学者已经指出,用"封建社会"这个概念来指中国自秦到清漫长历史时期的社会形态,是不合适的。中国这一漫长历史时期的社会形态,比较准确的说法应该是"大一统的中央集权的君权专制社会"。因本文系旧稿,涉及这一概念之处较多,改动比较麻烦,故姑仍其旧。

唐代,特别是盛唐时期,是中国封建社会发展的高峰。这时经济繁荣,国力强盛,整个社会呈现一派兴盛景象。反映在文学艺术上,就表现为,即便是歌颂现实,那也是出于一种真诚的信仰,而不是出于什么外在的要求或功利的考虑。他们也批判现实中不合理的现象,但根本出发点仍是为了维护社会的正面理想,因此对一切都持一种宽宏态度。在当时人的眼里,生活中虽然还有许多令人失望的地方,但它仍然显得那样美好可爱,决不使人绝望。为这种生活理想作出牺牲也是值得的。例如,即使时常吟叹"当路谁相假,知音世所稀。只应守寂寞,还掩故园扉"(《留别王维》)的孟浩然,我们在他的《过故人庄》、《春晓》、《宿建德江》等清新优美的诗作中,也分明能感受到诗人热爱生活、眷恋真挚友谊和美好大自然的炽热情怀。就在高适描写了"战士军前半死生,美人帐下犹歌舞","少妇城南欲断肠,征人蓟北空回首"等景象的《燕歌行》中,回荡着的仍然是"男儿本自重横行,天子非常赐颜色","杀气三时作阵云,寒声一夜传刁斗。相看白刃血纷纷,死节从来岂顾勋"的雄迈高亢的主旋律。总之,这时候整个民族心胸开阔,言行自然,性格乐观,充满蓬勃向上的热情。个人与社会、情与理,都处在一种前所未有的和谐中。

在这种现实背景下,文学艺术创作高度繁荣。人们感觉不到主观与客观、理想与实现的尖锐对立,因此不必脱离现实生活,脱离自己在现实生活中的真实感受,去苦苦地寻求某种特殊的理想,或孤独地品味某些内心的情绪,然后又费力地去捕捉挑选剪裁外在物象来表达它。理想就在现实中,两者已经合一,表现现实也就展示了理想。既然要吟唱的就是生活本身,那么只就生活本身加以描绘即可。于是我们看到,大量盛唐诗歌所描绘的,都不过是诗人耳目所及的身边眼前的真实景象,许多还属于日常生活的平凡画面。它们的形象是那样的亲切、自然、明白晓畅,但它们又都蕴含着一种饱满活泼的内在精神,洋溢着高尚清新的理想光辉。在这些作品里,我们很难指说哪是"彼物",哪是"此物";哪是"他物",哪是"所咏之辞";哪是意,哪是象。因为一切物象都浸透着主观情志,主观情志就通过形象本身自然流露出来。我们也用不着像读此前或此后的诗歌那样去猜测、比附、考据,只要接触到诗歌的表象,诗歌的意蕴就已经扑面而来，沁入我们的身心。总之，现实生活中个人与社会的统一、理想与现实的统一、情与理的统一决定了诗歌艺术中意与象的完美统一。因为诗人的主体精神是舒畅圆满的，这种主体精神的表现过程也是轻松自然的，所以在他们的诗作中，便蕴含着一种宁静清穆、高旷雍容的音乐美，能把读者带进一种深永的和谐境界。

还在中唐之世，诗僧皎然就试图以他出世人所特有的冷静超脱的眼光，对盛唐诗歌进行观照和分析。然而，除了对某些具体技法做点零散不系统的剥离评说外，他实在对这个浑然一体的存在无可奈何，至多只能从总体上摹写一下它的外貌，或描述一下对它的主观感受和印象，如所谓"萦回盘礴、千变万态"；"修江耿耿，万里无波"（《诗式》）等等。出于同样的原因，晚唐诗论家司空图更大规模地采用了这种方法。他在《诗品》中用生动形象的语言，对雄浑、冲淡、纤秾等多种诗歌风格进行了描摹。皎然通过对古典诗歌（主要是唐代诗歌）的仔细玩味，提出了"意中之静"、"意中之远"的概念；司空图在此基础上又提出了"韵外之致"、"味外之旨"的概念。后人把这些说法归纳成"意境说"。意境说的实质，就是强调诗歌除本身的意与象达到完美统一（合一为"韵"、"味"）外，还应该有"不尽之意"，留给读者想象回味的余地。这表明，中国古典诗歌在处理意与象的关系问题上，经过"比兴"、"情景"、"滋味"等发展阶段，终于达到了两者的完美统一，并进入到一个更高的审美层次。与此相应，诗歌理论也对诗歌创作提出了更高的要求，而不再以意与象的统一作为核心问题。唐诗特别是盛唐诗歌这种可感受可摹写但很难加以分析的特性，皎然、司空图意境说的诞生，都是唐诗特别是盛唐诗歌的意象达到完美统一的反映。

个人与社会、情与理、意与象的完美统一，就是唐诗特别是盛唐诗歌的灵魂，也是它的艺术魅力的根本所在。盛唐诗歌记录了中华民族历史上一段美好的岁月，这一岁月将永远令后代人怀念、神往，因此唐诗特别是盛唐诗歌将具有永恒的生命力。

不过，这种统一还是一种有限的统一。它是在人类社会历史发展到一个特定阶段、人们的情感与理性、个人的主体精神与社会伦理道德要求、主观情志和客观物象的丰富性达到一定水平时所形成的一种统一。在它形成的同时,它也就暴露出封闭性的特征。主体与客观世界、情与理、意与象相互渗透,同时也就相互束缚。主体与客观世界统一在一起,主体精神毕竟还没有获得完全的独立自足性。意与象结合在一起,思维基本上还停留在知性直观的水平,还缺乏准确深刻性。主体精神必然愈来愈不满于这种状况,终将突破这种统一,向自我发展的更高层次迈进,这就势必造成古典审美理想的解体。

然而,古典审美理想解体的根本原因,还不在于思维本身的内部运动,而在社会现实的变化。社会现实的发展不以人们的主观意志为转移,它不会在某一阶段上长期停步,势必向新的里程运行。作为主体的人的种种特性也不会凝固,在社会现实种种变化的影响下,从内在思想感情到外在行为都会发生种种变化,因此主体与社会之间已经达到的统一就不可避免地被撕裂。安史之乱后,各种社会矛盾逐渐加剧,中国封建社会从此开始走下坡路,封建主义作为一种社会制度逐步变得越来越不合理,种种社会弊端越来越令人难以忍受。于是,人们从和谐统一的梦幻中清醒过来,对现实产生不满,主体与社会之间遂形成对立。宋代以后,农业和手工业技术水平的提高,带来了商品经济突飞猛进的发展。坊市制被打破,市镇经济繁荣,市民阶层扩大,市民生活成为社会生活中的一个重要方面,对全社会的生活方式和生活观念产生了深刻影响。生产技术的进步,使物质越来越丰富,也刺激了人们的感官欲望。而与此同时,统治集团为了维护自己的统治,加强对人心世风的控制,又强行倡导一系列脱离违背人的自然生活要求的伦理道德规范。这样,主体自由与社会伦理道德规范之间,主体的感性与理性之间,距离越拉越大,矛盾冲突越来越严重,再也无法保持平衡与和谐。作为社会主体的人的欲望、感情、思想等与客观社会制度及官方倡导的伦理道德规范之间,形成一种越来越严重的紧张。

人们要摆脱这种矛盾,只有两种选择:一是克制压抑自己的感情欲望,牺牲个人现实生活中的自由,自觉遵循一种理性原则,追求道德上的高尚,获得精神上的安宁与自我满足,力图在物巧日繁、人欲日炽的现实面前,保持主体精神的独立。唐中叶初露端倪、至两宋而大盛的理学,就是人们这种心理趋向的产物。

另一种选择就是抛弃主观与客观社会相统一的理想,放弃对高尚的社会伦理道德目的的追求,退回到个体本身,退回到个人的感性世界中。在这里,个人的生活、感情以至买卖、艳遇等,才是惟一真实有意义的东西。个人的心理、志趣、性格、经历、命运等等,成为人们最关心的问题。对是非、真假、善恶、美丑等一系列社会公认的评判标准和价值观念,人们往往开始采取怀疑、嘲弄的态度。对整个现实社会,人们往往采取逃避的态度,将自己孤立起来,给自己制造一个特定的小天地,陶醉于自己所钟爱的彩釉玉钟、梅妻鹤子、篱边菊、霜时蟹、炼丹炉、青楼梦等等。

总之,社会现实的变化造成了主体与客观世界的对立,从而引起了主体的感性与理性的分裂及其分头发展。绝大多数的人,都是把自己分成两面,一面理性地去应付外部世界,一面感性地保存自我。这就造就了封建社会后期越来越严重的双重人格化。有时这两个侧面还同时得到表现,并奇妙地结合在一起。如在许多元明清戏曲小说作品中,作者往往一方面道貌岸然地进行陈腐的说教,一方面又对那些展示感官欲望得到发泄和满足的刻露描写津津乐道。因为这种奇特的结合符合两重人格化的作者既要自我掩饰又要自我满足的双重心理,也适应了整个社会广大欣赏者同样的心理,所以它竟成为当时文学艺术中一种普遍存在的现象。总之,人的精神领域和整个现实生活都弥漫着一层浓厚的虚伪的迷雾,其下隐藏着的则是无数的污浊。特定的现实生活,是古典审美理想的土壤;特定的心灵境界,是古典审美理想的源泉。土壤变质,源泉污染,古典审美理想又怎么能不破灭,它所孕育的古典文学艺术之花又怎么能不凋谢呢?

二、古典审美理想的解体与语言的发展变化

文学是语言的艺术,而语言乃是人们的整个思维活动(包括审美思维)的物质外壳。因此,如果说审美理想是社会现实生活与文学艺术之

间的中介,那么语言就是审美理想与文学之间的中介。审美理想的变化,必然引起文学语言的变化。审美理想对文学发展的制约作用,在很大程度上是通过文学语言这一中介来实现的。

中国古代思维模式具有天人合一、知行合一、直观把握等特点,它们决定了中国古代语言的一系列特征。例如,汉语的文字一直在一定程度上保持象形的特征。汉语的词汇中,大量抽象的概念都是由某种具体的物象表达的,它们既有表层意义,又有不完全确定的深层隐喻义,可以留给人以想象引申的余地。又如上古至中古的汉语中,主动与被动一直没有很明确的语法形态标志。主语和宾语的主动与被动关系,主要由上下文即语境决定,这样,句式的变换就非常灵活,人们造句时选择和调整句式也就非常自由,可以根据押韵、对仗、选词等方面的需要随意安排。有时这种主语宾语谁主动谁被动关系不确定的情况,也能给读者留下自由发挥的余地,造成一种特殊效果。再如,古汉语中许多词汇的词性不确定,既可以是名词,也可以是动词。因此,人们往往把基本上属于名词的词当动词用,把基本上属于动词的词当名词用。形容词与动词、名词之间也存在这种情况。这样往往可以丰富表现技巧,如化动为静、化静为动等等。其他民族的语言及现代汉语中也都存在着这种情况,但都不如古代汉语那样突出。很明显,古代汉语的这些特征对中国古典文学特别是古典诗歌及其审美特征的构成具有重要影响。

中国封建社会形态在盛唐臻于成熟。与此相应,中国古代思维模式,在此前感性与理性长期发展的基础上,此时也达到一种相对圆满,古代汉语也随之达到一种相对完善,同时也就产生了盛唐诗歌。中唐特别是宋代以后,这种圆满和完善又被打破、超越。社会生活的发展变化,引起了人们的思维活动和语言的重大变化。例如,市镇经济的繁荣、市民生活的发展,就给语言增添了许多新因素。在文字方面,为了记账、写商品招牌和传抄通俗文艺作品等,人们创造了许多新的俗字。汉语史的研究证明,中唐至两宋是汉语俗字滋生最繁盛的时期。在词汇方面,首先是词汇量大大增加。表示新事物的名词、表示新活动的动词、描写新现象的形容词,以及对旧事物、原有的活动和现象作更具体、更生动、更细腻描写的词大量产生，同时还出现了许多新的语气词、谚语、成语、切口等。这个时期也是汉语史上新俗词产生最多的时代之一，这一点同样已为近年来取得很大进展的近代汉语俗语词研究所证明。其次是词式的演变。表现为词缀增多；词的双音节化继续发展；三音节和四音节词不断产生等。又次是词性的发展。由于词汇量丰富了，为每个词的分工专门化与词性的确定提供了条件。名词与动词逐步分工。原本属于实词的"子、儿、头"等逐步虚化为固定的名词词尾，使名词的词性有了明确的形态标志。"着、了"本来也是实词，魏晋时期实词性还很强，到唐代就基本上虚化为动词词尾，成了动词词性的形态标志。副词词尾"地"起源于南北朝，盛行于中唐以后。形容词词尾"底"在唐代禅师语录中已常常出现。同时，表复数的名词和代词词尾"们"及表动作次数的动量词也产生并被普遍运用起来。在语法方面，主要起语法作用的虚词增多。判断句由过去的一般不使用系词到普遍使用系词，使主语谓语的关系更牢固。被动式进一步完善，除了继续沿用原有的"为……所"等句式外，"被"字句成为表被动的主要形式，主语与宾语的主动被动关系更加明确。处置式产生于三国时代，至此时也臻于完善。宾语特别是较长的宾语，可以用介词"把、将"等把它们提到谓语前面，使谓语与宾语的关系变丰富了。语法上的这些变化，都使句子变得更完整，句式更加定型化。

佛教的传播，理学的兴起，也引起了语言的变化。在文字方面，人们在翻译和抄写佛经的过程中，也创造了不少新俗字。在词汇方面，佛教和理学也都创造贡献了许多新词。有些词原就存在，但是靠了佛教和理学的传播才广泛被运用，成为汉语中的常用词汇。前者如"菩萨、佛、和尚、罗汉、世界、刹那"等，后者如"道、理、性、气、良心"等。如果说市民生活主要刺激了人们感性的丰富发展，对汉语词汇的影响最明显，那么佛学、理学则主要是促进了人们理性思维能力的提高，对汉语语法的影响最大。佛教、理学使我们民族的抽象思维能力大大提高，也使我们民族语言的逻辑性大大增强。

总之，随着社会现实生活的变化，古典审美理想的解体及人们的感性与理性的分别发展，语言也呈现出感性化与理性化两种发展倾向。语言领域里的这种变化,马上对文学领域产生了影响。首先是古典诗歌受到冲击。那些新创造出来的俗字,大多是旧体字的简写,另一些则是根据形声规则造出来的。简体字笔画减少,线条更抽象化,象形的特征进一步丧失。形声字的形旁也只有表示类别的抽象意义。因此它们都不具备刺激人们想象的功能。新的词汇不是太尖巧、太浅露、太俗气,便是太抽象、太枯燥。它们都不宜于入诗。不是有过"诗人不敢题糕字"(宋祁《九日食糕》)的传说吗?诗歌理论家不是反复强调不能用过分尖新浅露的字眼,否则就将"入于词曲";"理语"、"学究语"、"头巾语"也决不可入诗吗?词性的确定、量词的运用,使人们无法再产生动与静、一与多之类的联想。语法进步了,句子完整了、定型了,但对诗歌创作来说,它们却变得呆板了,不再适宜于进行跳跃式的散点透视和意象的自由组合。词体加长,在长短固定而且字数有限的诗句中,调配的余地就很小了,因此变得很难处理。总之,古代汉语与古典诗歌正相适应的时代已经过去。新的语言已经不太适宜进入古典诗歌中。一旦进入,就会导致古典诗歌的本来面目变形,原有审美特征丧失。想用这种语言再写出那种浑朴圆融的古典诗歌,已经不可能了。虽然中国古代诗文作家们一直都基本上坚持用上古、中古汉语、即典雅的语言写作,但是,既然新的语言已经成为人们日常的生活和思维活动所用的语言,它们就总不免会渗入人们的艺术思维活动,融入其作品。杜甫、白居易等人的诗作中出现了许多新词汇和新的语法现象,即是明证。而且,当某种文学艺术形式与人们现实生活中的思维活动和语言表达已有了相当大的距离,人们觉得用它来表达自己的思想感情已经感到困难时,这种文学艺术形式显然就已面临着危机,开始不可逆转地走向衰落。

语言的变化也发出了对新的文学形式的呼唤,这是它对文坛冲击的另一个方面。首先,它要求有一类新的文学形式——灵活自由,不避鄙俗,能大量容纳新的俗字、俗词、俗语,从而生动展示出这个时代千姿百态的生活画面,充分表达人们细腻曲折的心理活动和情感体验。其次,它还要求出现另一类文学形式,能充分容纳种种新的概念,运用新的语法,从而充分反映人们逻辑思维能力的提高,把这个时代理性思考的丰硕成果准确地表述出来。总之,语言的发展变化,代表这个时代的社会现实,代表这个时代审美理想的特定形态,对文学的内容、形式和风格情调等提出了变革的强烈要求,同时也为这种变革准备了材料。

三、中唐时期文学发展的动向

主体精神向理性化方向发展所遵循的一系列理性原则,脱离活生生的感性世界,属于纯知解性的东西,因此本质上不是诗的材料,只适宜由散文表达。而思维与语言的理性化方向的发展,又为这种表达提供了条件。因此,几乎是与理学的萌芽同步,散文(古文)的创作在中唐兴盛起来。入宋以后,随着理学的发展,古文的创作更趋繁荣。自此理学便与古文结下了不解之缘。从唐宋八大家到元代的姚燧、虞集(他们两人被黄宗羲推为元代古文家之冠),再到元末明初的浙东派、明中叶的唐宋派,以至清代的桐城派、湘乡派等,著名古文家几乎都与理学有牵连,其中大多数人就是正宗的理学家。他们的散文大多用词简练准确,句子长短伸缩自如,句法严密。句与句之间,段与段之间,逻辑性都很强。与过去带有一定诗的性质的赋、骈文相比,理性思辨水平确实大为提高。同时,几乎每个作者都摆出一副得道者的道貌岸然的姿态,每篇文章都在高谈神圣的道义和事理。有的声色俱厉,盛气凌人;有的则表现出循循善诱的样子,娓娓道来。这些作品一般都文气充沛,说理透辟,确实能够在一定程度上征服读者。但个人细腻曲折的感情体验、丰富多彩的生活画面等,一般在这里没有位置。

应主体精神的感性化方向发展的要求,在思维与语言感性化方向发展的基础上产生的文学形式,是同样兴起于中唐、至宋而大盛的词、小说,及滥觞于两宋、至金元而大盛的散曲与戏剧。"歌筵舞席,浅斟低唱"是典型的词境。虽经部分词人加以开拓,但词的意境、题材始终比诗狭窄得多,基本上限制在个人生活特别是言情的范围里。"咏绣鞋"、"咏指甲",甚至"咏喷嚏"、"咏秃头"、"咏胡须"等,算是散曲创造的独有的题目。而"闲适"、"隐逸"、"道情"、"赠妓"等,则是散曲最常用的几类题材。大量的俗字、俗词、俗语，以及俗物、俗情、俗态等，都进入了词曲中。审美境界由诗的浑朴圆融变为词的精工密丽，再变为曲的尖新刻露。审美趣味也由雅变俗。在这里我们可以看到，日常生活确实得到了绘声绘色的摹写，人的内心世界确实得到了更加细腻生动的刻画，种种主观情绪确实得到了淋漓痛快的发泄，这些都使读者感到词曲比诗更显得亲切自然，贴合人情。沈雄《古今词话》引王岱语云：

> 诗以温厚含蕴，怨不怒，哀不伤，乐不淫为旨；词则欲其极怒极伤极淫而后已，元气于此尽矣。观唐以后诗之芜涩，反不如词之清新，使人怡然适性，不惟不欲少留元气，若以不留元气为妙者。是时代升降，学力短长各殊。气运至此，不容不变动；人心之巧，不容不剖露，即作者当亦不自知其何故。

钱允治《国朝诗余序》也说：

> 诗降而词，筋骨尽露，去汉乐府千里矣。词降而曲，略无蕴藉，即欧、苏所不屑为，而情至之语，令人一唱三叹。此无他，世变江河，不可复挽者也。

他们对由诗到词再到曲的发展变化的描述是准确的，但对这种发展变化的内在原因并不清楚，于是只好笼统地归于所谓“气运”。

魏晋南北朝时期出现的《搜神记》等志怪小说，尚带有上古初民神话传说的性质。同一时代出现的《世说新语》等轶事小说，描写的基本上是上层贵族按照某种被认为是高雅脱俗的生活理想而做的言行举止，因此本质上属于雅文学的范畴。中唐兴起的传奇小说则是在民间说话艺术的基础上产生的，反映的大都是市井生活。市民、妓女、普通士子等成为小说中的主人公，人物的性格、心理、感情、命运成为描写的主要内容。因此，无论是在内容、形式还是在审美情趣上，唐代传奇小说都与魏晋南北朝的志怪、轶事小说有着本质的不同，而开启了宋代以后话本小说及由话本小说蜕变出来的各种体裁的小说的先河。

总之，古典审美理想瓦解了，个人与社会、情与理、意与象分裂了。于是，从整个文坛来看，散文与词、小说等应运而生，分头蓬勃发展。而诗歌则好似被抽走了灵魂与血肉，生命日趋枯萎。诗歌家族虽子孙繁衍，支庶日众，作家作品越来越多，但它真正兴盛的时代已经一去不复返了。其次，就诗歌家族内部而言，从中唐开始，实际上也分化出两种倾向。一是理性化，散文化，以诗言理叙事。以诗代论，特别是以诗为史成为最高目标。在语言方面，按照散文的思辨的方式改造诗句，多用抽象词、虚词，使之变得枯涩散缓。另一种倾向是感性化、俗化、技巧化。诗人或自适，或自伤，或颓然自放，倾诉个人的情绪，描写琐碎的日常小事，把曾经被古典审美理想视为粗俗而拒于门外的种种题材、物象、意念、词汇等都拉进诗歌中，使诗歌的格调变浅变俗。有的诗人说："诗在灞桥风雪中，驴子上"，尚犹自可；有的则说："寻常言语口头话，便是诗家绝妙词"；有的更说："诗从乱道得"；"我平生作诗，得猫儿狗子力"。另外一些诗人则刻意讲究诗歌的字法句法，单纯追求形式美，使诗风变巧、变奇、变怪，于是也有了"两句三年得，一吟双泪流"；"吟安一个字，捻断数行须"之类的说法。为诗歌领域里的这些变化进行辩护的人，自然可以把它们视为古典诗歌的"新发展"。但不可否认的是，不管这些"新发展"带来了多少近距离看让人感到新鲜的景象，它的根本趋向却是导致古典诗歌的分化和衰微。

被称为中国古典诗歌发展史上的里程碑的伟大诗人杜甫，正生活在盛中唐之交。他既是盛唐以前中国古典诗歌发展的集大成者，又是中唐以后中国古典诗歌发展变化的开路人。古典诗歌由于古典审美理想的解体而出现的分化，即从他的创作开始。惟其处于将分而未分的阶段，所以几种倾向都在他的诗作里有了萌芽。他的作品中有说理而近腐的，有过于琐碎而俗的，也有过分讲究字法句法声律而巧的。对这一点，后来许多诗论家都注意到了。如明代李东阳在《麓堂诗话》中指出：

> 汉魏以前，诗格简古。世间一切细事长语皆着不得，其必久而渐穷。赖杜诗一出，乃稍为开扩，庶几可尽天下之情事。韩一衍之，苏再衍之，于是情与事无不可尽，而其为格，亦渐粗矣。

胡应麟在《诗薮》中更对此作过详尽论述：

盛唐一味秀丽雄浑。杜则精粗、巨细、巧拙、新陈、险易、浅深、浓淡、肥瘦靡不毕具。参其格调,实与盛唐大别。其能荟萃前人在此,滥觞后世亦在此。且言理近经,叙事兼史,尤诗家绝睹。其集不可不读,亦殊不易读。

"力侔分社稷,志屈掩经纶",欧、苏得之而为论宗;"江山如有待,花柳更无私",程、邵得之而为理窟;"鲁、卫弥尊重,徐、陈略丧亡",鲁直得之而为沉深;"白屋留孤树,青天失万艘",无己得之而为劲瘦;"烟花山际重,舟楫浪前轻",圣俞得之而为闲澹;"江城孤照日,山谷近含风",去非得之而为浑雄。凡唐末、宋、元人,不皆学杜,其体则杜集咸备。

杜七言律,通篇太拙者,"闻道云安曲米春"之类;太粗者,"堂前扑枣任西邻"之类;太易者,"清江一曲抱村流"之类;太险者,"城尖径仄旌旆愁"之类。杜则可,学杜则不可。

杜甫之外,当时还有部分诗人的部分作品保留了盛唐诗歌的格调意象,但分化已成为主流。韩愈是理性化的代表,后人对他的诗作有一个简明扼要的批评,那就是"以文为诗"。准确地说,韩愈的诗是理性化而兼技巧化。元稹、白居易、张籍、王建等是俗化的代表,故有"元轻白俗"之说。李商隐、温庭筠、韩偓等人的诗歌专写个人的哀怨情思。李贺诗兼感性化与技巧化两种特征,孟郊、贾岛、姚合、马戴、曹邺等人则是技巧化的代表。

如果说中晚唐诗歌还以感性化、俗化、技巧化为主流,那么入宋以后则是理性化、技巧化为主流,因为这时候词兴盛了,它分担了描写个人情思的任务。苏轼在某种意义上可以说是杜甫第二,他的诗作也是利钝杂陈,精粗毕具,理性化、感性化、俗化、技巧化的特征都有。以黄庭坚为代表的"江西诗派"受理学影响很深,有些诗人本来就是理学家,其诗作内容上多谈理,艺术技巧上则求生避熟。北宋还有理学家邵雍等人的理学诗,更是赤裸裸地以诗谈理学,且不讲究诗之技法,随意而出,满口理学话头,把诗歌的理性化、散文化推到了极端。此后古典诗歌即大致沿着理性化与感性化两个方向继续滑落。只不过早期的分化,如韩愈、元稹、白居易、李商隐、李贺等人的创作,还同时具有开拓题材、丰富表现技巧、别开生面的意义。后来则言理的愈来愈肤浅烂熟,写日常生活的越来越庸俗卑陋,艺术技巧方面也黔驴技穷,于是中国古典诗歌终于彻底衰竭了。

从中唐开始,伴随古典审美理想的解体,文学理论讨论的中心也转移到所谓“文”与“道”的关系问题上来,提出了“文以明道”的概念。

这一命题有两层含义。在第一层含义中,“文”指文学作品的形象、文采、表现技巧等形式因素,即象;“道”指文学作品的思想内容,即意。人们开始集中讨论“文”(象)与“道”(意)的关系,即表明在艺术思维活动中,意与象已相互脱离,作者必须将它们分别考虑。意味着象对意的表达已经不是水乳交融自然而然,而是它在被迫地执行一项强加的使命。

在第二层含义中,“文”指整个文学,“道”指孔孟至程朱所代表的正统儒家思想。在这里,整个文学已经失去了自己的独立性,成为抽象理性观念的附庸。

中唐时代韩愈在《答李翊书》、《答尉迟生书》等文中,已将“根”与“实”、“气”与“言”、“本”与“末”并提,并有“仁义之人,其言蔼如也”的说法,这是意象分裂的征兆和“文以明道”说的萌芽。第一个明确提出“文以明道”口号的是与韩愈同时的柳宗元。他在《答韦中立论师道书》中说:“始吾幼且少,为文章以辞为工。及长,乃知文者以明道,是固不苟为炳炳烺烺,务采色,夸声音,而以为能也。”韩愈虽然将两个方面并提,还只是讲根茂才能实遂,气充才能言宜。柳宗元则将文与道对立起来,明显地重道轻文,认为文采之美往往妨碍“明道”。在此同时及稍后,裴度、李翱、李汉等人也纷纷发表了相似的意见。

不过,终唐之世,“道”基本上还是指文学作品的思想内容,含义还比较宽泛,如柳宗元说自己在“文”中所要“明”的“道”,乃是“辅时及物之道”。《老子》、《庄子》、《离骚》、《史记》也还在他“旁推交通”的范围之内。当时“文以明道”的要求,也基本上限于针对古文提出,尚未延及诗歌领域。入宋以后,自柳开、石介而下,“文以明道”已成为寻常话头。从梅尧臣开始,对诗也提出了这种要求。到周敦颐的《通书》中,“道”便专指理学家们的性命义理之学,文学(其实只能说是文章)被看做是阐述这种思想的手段。自此以后,“文道”问题成了整个文学理论围绕旋转的中心,几乎每个文学理论家都要在这个问题上喋喋不休一番,而其观点则千篇一律。直到明中晚期,代表新的审美理想的文学观念“情趣”说兴起,才一度被冷落。然而不久它便卷土重来,以其本相和种种变相,一直在整个文学理论体系中占有显赫位置。

这里有两点必须说明,第一,指出中唐时期的诗歌以至当时所有文学样式都开始发生深刻变化,并不意味着当时的诗歌及其他文学样式一下子就实现了彻底转变,蕴含于其中的古典审美理想及其各种审美特征就荡然无存。这种蜕变是一个极其缓慢的渐变过程。不仅中唐,就是到宋元以至明清时期,古典诗歌及其他文学样式也还保留着相当丰富的古典审美理想和审美特征的质素,因而还具有相当重要的古典审美价值。只是这种古典审美理想和审美特征质素的流失,已经成为一种不可逆挽的趋势。第二,从中唐时期开始文学领域发生的这些变化,对古典诗歌、古典散文(含赋、骈文等)来说,是一种灾难。但对新的文学形态来说,这是新的希望。那些按照古典审美理想来看显得浅陋以至俗不可耐的东西,恰恰是具有近代色彩的新的文学形态的萌芽。因此,对待中唐时期文学领域发生的变化,我们必须辩证看待。

综上所述,中唐时期,中国古典文学和文学理论发生了一系列重大变化:诗歌的分化与衰落;古文的复兴;词、传奇小说的诞生;“文以明道”说的提出等等。这一系列重大变化同时发生,并不是巧合,而是必然的;不是互不相干的,而是有着共同的根本原因,这就是中国古典审美理想的解体。往后看,词与曲及戏剧有直接联系,传奇小说与话本小说及后来的长、短篇小说一脉相牵;因此,中唐时期,整个中国封建社会后期的文学格局——诗 + 古文 + 词(曲、戏剧) + 小说——已基本形成。然而,这个时期古典文学发生的最重要的变革,还不在这些外部形式上的发展,而在于蕴藏在整个文学创作内部的人生态度、思维方式、审美情趣的根本变化。由此我们可以得出这样的结论:中唐时期文学发生的变化,不仅在唐代文学发展史上具有重要意义,而且在整个中国古典文学发展史上具有重要意义;中唐不仅是中国封建社会由兴盛走向衰落的转折点,也是整个中国古典文学发生重大变化的转折点。

（原载《浙江大学学报（哲学社会科学版）》1990年第2期）

廖可斌（1961— ），湖南安乡人。1989年在杭州大学获博士学位，留校任教，1994年晋升教授。1998年杭州大学与浙江大学等校合并为浙江大学，任中文系教授。2009年调任北京大学中文系、中国古文献研究中心教授。

“三言”署名诗词述考

刘勇强

“韵散结合”是中国古代小说、尤其是白话小说在叙事上的一个重要特点。对此，前修时贤，多有论及，足资借鉴。然而，依笔者浅见，所谓韵散结合只是一个总体表征，什么样的韵、散以及如何结合，尚应仔细区分。由于“三言”作品创作时间长，题材甚广，在短篇白话小说的发展中具有一定的代表性，姑以其中署名诗词的运用为例，说明韵散结合其实涵盖着一个复杂的现象群，唯有逐一剖析，方能揭示其全部意义。

一、“三言”诗词的分类与署名诗词的界定

“三言”中韵文并非只有诗词，间或还有骈赋、铭、赞、曲之类。它们见诸“三言”，亦各有特。如以功能论，骈赋主要用于背景烘托、形貌场面描写，比较单一；而以作品题材及创作先后论，与宋代有关的作品，颇多词作；曲则主要见于若干明代作品；诗却没有明显的时代特征，甚至让五、七言诗尚未成形的先秦时代的人物出口成章，动辄吟诵近体诗，也不足为奇，如《警世通言》之《俞伯牙摔琴谢知音》、《庄子休鼓盆成大道》等（后来，毛宗岗在《三国志凡例》中批评“俗本”捏造汉人七律，“悉依古本削去，以存其真“，表明了另一种态度。“三言”中的小说家似无此顾虑）。通观“三言”中的韵文，诗词蔚为大观，所以本文以诗词为重点，当不失韵散结合之概貌。

对“三言”中诗词作综合研究的专文似不多见，最近的成果当推胜山稔氏《中國短篇白話小說の插入句につぃて》（中央大学大学院论究第27号，1995年3月25日发行）。这篇论文非常细致地考察了《清平山堂话

本》和“三言”文人创作诸篇“插入句”的形态与内容，很有参考价值。但是，如前所述，韵散结合涵盖了一个复杂的现象群，所谓“插入句”也是一个总体的、模糊的概念，即是说还有进一步区分研究的必要。

在我看来，如果把话本小说作为一种叙述文体来分析，其中的诗词实际上可以分为体制内的和插入的两种情形。

体制内的是指诗词与散体叙述相伴而生，互为补充，构成了一个不可分割的有机体。这又可从形式和内容两方面来分析。从形式上说，有些诗词其实是话本小说整体叙述方式的一部分，如加以删削，必损害文体的完整性。如《警世通言》之《蒋淑真刎颈鸳鸯会》有这样的叙述：

> ……因成商调《醋葫芦》小令十篇，系于事后，少述斯女始末之情。奉劳歌伴，先听格律，后听芜词……

在这里，贯穿全篇的十首[醋葫芦]就不可删削。它们之于整个故事情节与人物描写，不是外在的、可有可无的点缀，而是说书人叙述方式的一部分。另外，在有些作品中，人物采用韵文道白的形式，与散体叙述相辅相成，这也是体制上的需要，如欲删削或更改，必然在文体上造成混乱，甚至面目全非。宋人话本《快嘴李翠莲记》最为明显。“三言”中虽然没有这样典型的作品，但人物韵白仍随处可见。如《警世通言》之《玉堂春落难逢夫》中玉堂春忽用诗体语言痛斥亡八鸨子，略显突兀：

> 玉姐说：“列位，你既劝我不要到官，也得我骂他几句，出这口气。”众人说：“凭你骂罢！”玉姐骂道：
>
> 你这亡八是喂不饱的狗，鸨子是填不满的坑。不肯思量做生理，只是排局骗别人。奉承尽是天罗网，说话皆是陷人坑。只图你家长兴旺，那管他人贫不贫。八百好钱买了我，与你挣了多少银。我父叫做周彦亨，大同城里有名人。买良为贱该甚罪？兴贩人口问充军。哄诱良家子弟犹自可，图财杀命罪非轻！你一家万分无天理，我且说你两三分。
>
> 众人说：“玉姐，骂得勾了。”

这一段痛斥采用韵文形式，效果极强，而在文体上，也与篇中其他“有诗为证"之类的韵文不同,后者删削,对文意无大碍,而此段韵白,如加删削,上下文叙述就无法联贯了,人物的性格表现也会受到一些影响。

因此,从内容上看,作品中人物诗词也应视为体制内的作品,它们是故事本体的一部分。如《古今小说》之《沈小霞相会出师表》中有几首主人公沈炼的诗,其中《塞下吟》之一被奸臣杨顺改窜,致使沈炼更遭严世蕃忌恨陷害。显而易见,此诗不同于篇首、篇尾及"有诗为证"等插入诗,它与沈炼的命运即故事本体完全是不可分割的。又如《警世通言》之《玉娇鸾百年长恨》,人物诗多达 24 首,且有一百余句的《长恨歌》。作者用心于此,当不下于杜撰情节。若删去这些诗歌,则此篇只能算粗陈梗概而已,观赏性将大大降低。还有些人物诗词虽与其命运联系不那么紧密,如《警世通言》之《白娘子永镇雷峰塔》中许仙两次作诗,即不甚符合其身份、修养、性格,纯系作者游戏之笔。但无论如何,只要系于人物名下,就与外在于故事本体的纯叙述层面的诗词不同。它们之于人物,一如其嬉笑怒骂,是其一种语言表现行为,而不是作者或叙述者的叙述行为,所以不能混为一谈。

真正的插入诗词应当指那些与故事本体只有松散联系的诗词,它们固然也程度不同地与作品构成一个整体,但并非完全不可分割的部分。比如一些篇首、篇尾诗词,一些作为评论、烘托性的"有诗为证"诗词等,当然也有着各自特殊的意义与功能,然而对它们进行增删改易,并不会从总体上影响该话本小说的情节,一般也不会影响其主题。例如,《古今小说》之《陈从善梅岭失浑家》应是承袭《清平山堂话本》之《陈巡检梅岭失妻记》而来,但其编者却对后者诗词大加改动,后者开篇诗原为七律,《古今小说》仅节取其后四句。类似的节取在全篇还有多首。另外,后者"天高寂没声"、"世路山河险"等诗则被完全删去,而结尾又增加了一首七绝"三年辛苦在申阳"。《古今小说》之所以能对这些诗词加以改动而无损基本情节,原因就在于这些诗词与故事本体缺乏直接的、内在的联系,纯属插入之作。这样的插入诗词可能是就故事情境发挥而来,也可能与之毫无关系,或者带有一定的偶然性。如《警世通言》之《苏知县罗衫再合》开篇诗用白居易咏钱塘江潮七绝"早潮才罢晚潮来"(见《白氏文集》卷五十三),同书《乐小舍拼生觅偶》开篇诗也是咏钱塘江潮的“怒气雄声出海门”,这两首诗互换位置,恐怕没有什么不可以的。《乐小舍拼生觅偶》中又引用了一首苏轼的看潮诗“吴儿生长押(狎)涛渊”(见《东坡集》卷五),与内容有关,倒是不宜调换的。但此诗即使不用,也无大碍,因为仍属插入之作。

把话本小说中诗词分为体制内与插入的两大类并非没有意义。因为两类诗词的艺术功能不同,在创作上就必然存在不同的要求。如果笼统地评论它们形式和内容上的特点,势必掩盖上述不同。而这个问题在有关研究中带有一定的普遍性,不可忽视。

以上是就叙述层面作的划分。实际上,一般话本小说的诗词来源也不一样,“三言”正是如此。所谓来源,主要指的是创作与引用的区别。这同样是分析小说中诗词形式和内容特点应首先考虑到的。

创作诗词指的是小说作者依据作品情境同步写作的诗词,如《古今小说》之《蒋兴哥重会珍珠衫》中有一首诗曰:

> 天理昭昭不可欺,两妻交易孰便宜?
> 分明欠债偿他利,百岁姻缘暂换时。

此诗完全是对人物关系变化的阐发,无疑是作者特意为小说情节创作的。

又如《醒世恒言》之《薛录事鱼服证仙》,开篇词有“借问白龙缘底事?蒙他鱼服区区”,“庄周曾作蝶,薛伟亦为鱼”等句,皆关合下文故事,当然也是小说作者的创作。

不仅此类议论性的诗词,许多人物,尤其虚构人物的题咏,也多为作者代笔。如《醒世恒言》之《杜子春三入长安》,以唐传奇《续玄怪录》中《杜子春》为本事,其中有这样一段描写:

> 杜子春到明日绝早,就去买了一匹骏马,一付鞍鞲,又做了几件时新衣服,便去夸耀众亲眷,说道:“据着你们待我,我已饿死多时了。谁想天无绝人之路,却又有做方便的送我好几万银子。我如今依旧往扬州去做盐商,特来相别。有一首《感怀诗》在此,请政。诗云:
>
> 九叩高门十不应,耐他凌辱耐他憎。

如今骑鹤扬州去，莫问腰缠有几星。”

那些亲眷们一向讪笑杜子春这个败子，岂知还有发迹之日，这些时见了那首感怀诗，老大的好没颜色。

杜子春虽历史上实有其人，但未见有诗流传，这里的《感怀诗》不见于本事材料中，应是话本小说作者据人物处境创作的。篇中杜子春的“骤兴骤败人皆笑”和小曲“我生来是富家”，也是如此。

不言而喻，由于作者水平不一，创作诗词在受制于特定情境和人物个性外，仍可看出其高下优劣。一般来说，小说中创作诗词与小说文体一道常遭旧时论者歧视。其实，在有些作品中，实不乏情辞俱佳之作，如《古今小说》之《杨思温燕山逢故人》，其中的［御街行］诸词，词艺极高，颇堪玩味。

创作诗词之外的诗词，就都属于引用诗词了。但引用的诗词也有不同性质。一种属于说书人常用的陈词滥调，或可称为俗套诗，如《古今小说》之《新桥市韩五卖春情》引诗曰：

二八佳人体似酥，腰司仗剑斩愚夫。
虽然不见人头落，暗里教君骨髓枯。

《全唐诗》卷八五八将此诗列在吕岩（吕洞宾）名下，恐不足为凭。因其屡见于其他小说中，当系俗套。又如《警世通言》之《万秀娘仇报山亭儿》篇首诗：

春浓花艳佳人胆，月黑风高壮士心。
讲论只凭三寸舌，秤评天下浅和深。

此诗出自《醉翁谈录·舌耕叙引·小说引子》，也是宋元以来就流传的说书艺人的套语。与此类似的还有《警世通言》之《范鳅儿双镜重圆》所引“吴歌”“月子弯弯照几州”，是广为流传的民歌。

有一些诗词虽未演成俗套，却见于不同作品中。这可能有两种情况，一是它们共同引用了同一篇作品；二是其中之一属于创作，另一则加以套用。例如《古今小说》之《赵伯升茶肆遇仁宗》有一首词曰：

足蹑云梯，手攀仙桂，姓名已在登科内。马前喝道状元来，金鞍玉勒成行队。　　宴罢归来，醉游街市，此时方显男儿志。修书急报凤楼人，这回好个风流婿。

按本篇内容，并未涉及赵旭妻子，所谓“凤楼人”、“风流婿”，都不着边际。而此词又见同书《简贴僧巧骗皇甫妻》中(文字小有差异)。在这一作品中，此词的作者宇文绶是有妻室的，且词的意境颇与其心情及故事吻合。所以，很有可能是《简贴僧巧骗皇甫妻》(即《清平山堂话本》之《简贴和尚》)首创或首用此词，因其能表现士子中试常态，遂为《赵伯升茶肆遇仁宗》套用，只是它有些“泥古不化”罢了。

《赵伯升茶肆遇仁宗》中还有一首[鹧鸪天]“黄草遮寒最不宜”，也列在赵旭名下，倒是与其经历正相符。但此词又见《警世通言》之《万秀娘仇报山亭儿》中(文字亦小有差异)，后者称此词为“建康府申二官人”作。可见，这两篇小说是引用前人之作。不过，《万秀娘仇报山亭儿》可能是直接引用，而《赵伯升茶肆遇仁宗》也许是从《万秀娘仇报山亭儿》间接引用，辗转相依，几成套词。

更多的引用诗词属于与小说情节有关或虽无关、却有助于提高小说整体接受效果的前人题咏。与情节有关的通常见于话本所依据的本事资料中。由于“三言”作品多有出处，其诗词亦自然如此。如《警世通言》之《拗相公饮恨半山堂》中“五叶明良致太平”、“初知鄞邑未升时”、“文章谩说自天成”、“祖宗制度至详明”、“富韩司马总孤忠”、“高谈道德口悬河”等诗，俱见于《效颦集》中卷《钟离叟妪传》。作者据事敷演，连带引用而已。类似的情形十分普遍。《醒世恒言》之《隋炀帝逸游召谴》托名隋炀帝的许多诗词虽为虚构，却也不是话本小说作者的编造，其中多见于《隋遗录》、《海山记》等传奇小说。有的作品本事散见群籍各处，作者广泛采撷，引用诗词亦一一可考。如《古今小说》之《木棉庵郑虎臣报冤》中，陆景思[八声甘州]词见于《齐东野语》卷十二《贾相寿词》；“收拾乾坤一担担”、“三分天下二亡”、“昨夜江头长碧波”、[沁园春]“道过江南”等词，汇集在《西湖游览志余》卷五《佞倖盘荒》中；篇尾二律“深院无人草已荒”、“事到穷时计亦穷”则见于《山房随笔》。

除了这些与情节有关的诗词以处，还有不少引用诗词是话本小说作者兴之所至地选择,或阐发义理,或烘托气氛,或仅供欣赏,本文例证,多有此类,兹不一一列举。

话本小说在引用前人诗词时,又有署名与未署名之分。未署名的多写作“前人有诗云”、“后人有诗云”、“古人有诗赞道”、“前朝史官”、“故宋一个学士”之类,无可查证。其中想必有很多是小说作者的伪托。如《古今小说》之《范巨卿鸡黍死生交》篇尾称:“至今山阳古迹犹存,题咏极多。惟有无名氏[踏莎行]一词最好。”这首[踏莎行]处处关合小说情节,显然是作者的借题发挥,所谓“无名氏”,纯属乌有。

但未署名的也不一定都是伪托。《古今小说》之《单符郎全州佳偶》、《警世通言》之《白娘子永镇雷峰塔》、《醒世恒言》之《陆五汉硬留合色鞋》引林升“山外青山楼外楼”;《白娘子永镇雷峰塔》又引杜牧“清明时节雨纷纷”以及《警世通言》之《宋小官团圆破毡笠》引张继“月落乌啼霜满天”、《醒世恒言》之《黄秀才徼灵玉马坠》引王安石“爆竹声中一岁除”等等,都未署名,但因皆系名诗,作者为一般读者所熟悉。即使非名作,若有所本,便不当以创作视之,唯材料缺乏,原作者往往佚名,如前揭《木棉庵郑虎臣报冤》中屡称“太学生有诗云”,此“太学生”或即篇中提到的“郑隆”,或别有其人,惜不可考,而不可考不等于没有此人。

同样,署名诗词也不单纯,其中有许多确凿无疑,如《醒世恒言》之《钱秀才错占凤凰俦》引范成大诗“白雾漫空白浪深”,经查原诗题为《十一月大雾中自胥口渡太湖》,载《范石湖集》诗集卷二十。即使是一些并不太著名的诗作,有时也有案可查,如《醒世恒言》之《陈多寿生死夫妻》头回引明曾棨应制咏棋诗“两君相敌立双营”和洪熙皇帝御制诗“二国争强各用兵”就非伪托。陈田《明诗纪事》甲籤卷一引尹直《謇斋琐缀录》即提到了这两首诗,可见非小说家编造。又如《李玉英狱中讼冤》中描写的李玉英,虽然只是一个普通女子,但作品中她的《别燕》、《送春》二诗,却见诸《名媛诗归》、《国色天香》、《静志居诗话》等记载,亦非小说家凭空杜撰。

但伪托的署名诗也不在少数,如前揭《赵伯升茶肆遇仁宗》,故事既为虚构,所引仁宗诗自然查无实据。作伪作到君王身上,则何人不可伪托?有时,同一作品中,真诗伪作并陈,不可不辨。如《警世通言》之《李谪仙醉草吓蛮书》中引李白诗《清平调》三章、《还山别金门知己诗》等，确出自李白手笔。但“供状锦州人”一诗，明显是话本小说的伪托之作。

比较麻烦的是，有一些署名诗词所署为前人别号，考察起来十分困难。如《古今小说》之《闹阴司司马貌断狱》篇首引晦庵和尚[满江红]词一首，因朱熹号晦庵，或传此词为朱熹所作。但朱熹本人否定此说（见《鹤林玉露》卷四），现在我们只知晦庵和尚是南宋僧人，真实姓名及生平皆不得而知。类似的情况在“三言”中还有不少，如《古今小说》卷十五之“骆解元”、《警世通言》卷十六之“戴花刘使君”、卷三十“陶谷学士”、卷四十之“东明子”、《醒世恒言》卷十五之“性如子”等等，究属何人，皆无从查考，要亦有真伪两种可能。

至此，我们可以得出“三言”诗词的总体印象了，以下就是它的分类示意图：

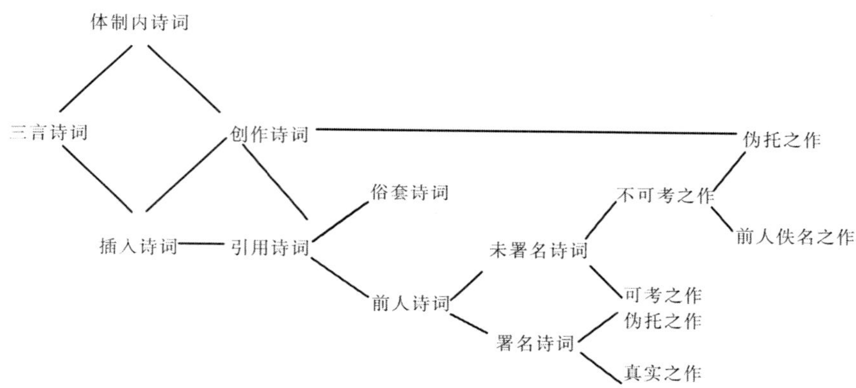

通过这份示意图，可以一目了然地看到，一般所说的韵散结合中，就诗词而言，确实包括了一个复杂的系统，如果不分青红皂白地讨论其形式、功能等，是不科学的。我们应该一个一个子系统去分析，才能在此基础上整合出总的规律。

以下即以署名诗词为中心作进一步的探讨。如上所述，每一子系统都有模糊不清的地方，因此，本文对一些尚不可考的署名诗词，暂不论列。相反，对可考的未署名诗词，因其作者人所共知，也纳入论述范围。

二、署名诗词的呈现方式、特点及艺术功能

署名诗词在小说中有不同的呈现方式，最常见的是单独引用，如《醒世恒言》之《佛印师四调琴娘》篇首引刘克庄诗"文章荣誉称，号处天须泣"、同书《金海陵纵欲亡身》篇首引用司空图诗"昨日流莺今日蝉"等，都与下文故事无涉。也有呈系列出现的，如《警世通言》之《崔待诏生死冤家》、《一窟鬼癞道人除怪》各连引与春天有关的诗词十余首作为入话。

前面说过，"三言"作品多有本事出处，所以，不少引用诗词的呈现又是与本身情节联系在一起的。如《古今小说》之《明悟禅师赶五戒》入话据《甘泽谣·圆观》展开，其中"三生石上旧精魂"、"身前身后事茫茫"二诗，原文即有，话本小说连带引用，极其自然。又如《警世通言》之《金明池吴清逢爱爱》引用了崔护的诗"去年今日此门中"，而此诗也非孤立引用，它是作为崔护与城南村女爱情故事一部分呈现给读者的。还有的虽本事无考，但诗词的引用却明显与故事连成一体，如《乐小舍拼生觅偶》中间有一段叙述金国使臣高景山和翰林范学士观潮填词，游离于小说情节主干之外，自成格局。指出这一点是为了说明，这些诗词既不具有独立于故事的特性，也往往不单属于文言小说或话本小说某一文体，有关它们的艺术功能只能在其赖以呈现的故事中去讨论，而这有时为一些研究者所忽视。

署名诗词多半以完整的形式呈现，但间或也有的是节选的。如《拗相公饮恨半山堂》开篇引唐诗四句：

> 周公恐惧流言日，王莽谦恭下士时。
> 假使当年身便死，一生真伪有谁知！

这原是白居易《放言》五首之一的后四句(文字小有差异)。又如《李谪仙醉草吓蛮书》中引杜甫诗"昔年有狂客"八句，原诗题《寄李十二白二十韵》，话本小说仅截取了前八句。

只截取二句的更为常见，如《警世通言》之《唐解元一笑姻缘》提到唐

寅做秀才时,曾效连珠体,做《花月吟》十余首,如"长空影动花迎月,深院人归月伴花"、"云破月窥花好处,夜深花睡月明中"等句,按,《唐伯虎全集》(大道书局 1925 年排印本)卷二有《花月吟效连珠体》十一首,"长空"二句取自第三首颈联,"云破"二句取自第九首颈联。通常,这样的截句是作为叙述套句使用的。如《新桥市韩五卖春情》中有"渔阳鼙鼓动地来,惊破霓裳羽衣曲"(白居易《长恨歌》)、《醒世恒言》之《卖油郎独占花魁》中有"曾经沧海难为水,除却巫山不是云"(元稹《离思》之三)、同书《勘皮靴单证二郎神》中有"蛽阶碧草自春色,隔叶黄鹂空好音"(杜甫《蜀相》)等。但是,与一般常套句不同,这些名诗截句往往切合小说情节,在使用上又具有特殊性,如上面提到的"渔阳"二句,正是叙述唐明皇宠倖杨贵妃,招致安禄山反叛时插入的,自然贴切,不可替换。而常套句则具有相当的普遍性,可以插入任何有一定相关性的情节叙述中(有关常套句,可参阅荒木猛氏《話本中の"常套句"につぃて》,《函馆大学论究第 16 辑)

无论哪一种呈现方式,署名诗词在话本小说中的出现都不是单纯的诗体语言形式的运用。因为它们本身已是早已完成的、独立的文学文本,所以,它们的被引用必然唤起读者对原诗词背景的记忆,从而拓展文学创作与接受的思维空间,丰富小说作品的文学内涵。如《警世通言》之《钱舍人题诗燕子楼》是一篇结构极为特殊的作品,它的情节虽简单,时间跨度却达数百年。篇中先叙白居易与妓女关盼盼唱和事,各引诗多首。此事见诸《白氏长庆集》,当非小说伪造。接下来,又叙钱希白与盼盼鬼魂会晤事,这当然是虚构,其诗词也属创作而非引用。然而引用与创作在本篇上带下联,一脉相承,于真伪莫辨中,使一位沦落风尘的才女幽怨的灵魂获得了富于诗意和历史感的展现。

把"三言"署名诗词作为一个整体来考察,并与其他白话小说相比较,我们可以发现几个有趣的现象。

首先,"三言"引用诗词中,以唐以后作品为主,尤以宋代为多,明人作品也有所征引。这与话本题材的时代特征吻合。唐以前的作品如不算伪托的,只有诸葛亮《梁甫吟》(见《古今小说》之《晏平仲二桃杀三士》)

等数首。《诗经》、《楚辞》则几乎没有。其实，如"琴瑟"、"摽梅"之类出自《诗经》的词语典故，"三言"中是随处可见的。《醒世恒言》之《李玉英狱中诉冤》结尾处，李玉英辨冤奏章中，提到"《凯风》有诗，臣当自责"，这指的是《诗经·凯风》。此诗毛传解作赞美孝子之作，用在这里，恰如其分。这至少说明有的话本小说作者对《诗经》还是熟悉的。虽然如此，唐以前诗作却不多见于话本小说，除了情境不易相合外，先秦两汉诗歌比唐以后诗词语言上较难懂可能也是一个原因吧？换言之，署名诗词更多地引用唐以后的作品，与话本小说本身的通俗性密切相关。与此相对应，清代文人创作话本小说，这方面的考虑就少些，李渔《十二楼》中引用其他署名诗词甚少，然而却三处用了《诗经》截句。

"三言"中署名诗词的较晚出的有嘉靖年间唐寅、卢柟等人的诗，且多为实有。如《醒世恒言》之《卢太学诗酒傲王侯》开篇引卢柟七律"卫河东岸浮后高"即见其《蠛蠓集》卷五，原题《浮丘精舍》。篇中又引五古"逸翮奋霄汉"也见此集卷四。此外，明代诗人高启、瞿佑、张以宁等的作品，也曾被引用，似乎话本小说作者并不鄙薄明诗。清代话本小说中署名诗词少了，明代诗词更罕见，是否也反映出诗学观念的转变？

其次，在"三言"中，被认定为宋元话本的作品，署名诗词的引用方面，比明代话本小说（即所谓"拟话本"）的引用要多，进而言之，"三言"从总体上，又比稍后，特别是清代话本小说中署名诗词更明显下降。《初刻拍案惊奇·凡例》中有这样一段话：

> 小说中诗词等类，谓之蒜酪。强半出自新构，间有采用旧者，取一时切景而及之，亦小说家旧例，勿嫌剽窃。

这显然是文人小说家创作心态。其中提到"强半出自新构，间有采用旧者"颇符合"二拍"实际。"二拍"引用署名诗词的数量无暇统计，但较"三言"少却是显而易见的。在为数不多的署名诗词中，也表现出与清代话本相似的特点，如多集中于篇首等。

清代话本小说中署名诗词更呈下降趋势。我随手翻阅了几部清初话本小说集，李渔的《十二楼》只引元明人诗三首，且未署名，另有《诗经》、唐诗截句若干。其《连城璧》无一署名诗词;东鲁古狂生《醉醒石》十五回,只第一回引了一首王安石的《金陵怀古》词,其余全无署名诗词;酌元亭主人《照世杯》四卷无一署名诗词;笔炼阁主人《五色石》诗词所在多有,也没有署名诗词;五色石主人《八洞天》八卷,仅各篇篇首引前人诗(其中有署名的,也有无名氏的);艾衲居士《豆棚闲话》开篇引徐菊潭诗一首,第五则引陶渊明诗一首,第七则引曹植诗一首,亦屈指可数;草亭老人《娱目醒心编》唯卷六引米元章诗一首。由此可见,随着文人创作话本小说的普遍化,署名诗词的引用递减趋势,几近于无。

再次,与长篇小说相比,"三言"等话本小说署名诗词的引用也明显多于前者。在长篇小说中,历史演义类是用署名诗词较多的一类,但也有一定的特点,那就是采诗相对集中。如《三国演义》、《东周列国志》用胡曾、周静轩诗很多(前揭《新桥市韩五卖春情》、《晏平仲二桃杀三士》讲述历史故事时,也引用了胡曾咏史诗,表现出它们的一致性)。而其他题材的小说,署名诗词的引用就比较少见了。《西游记》中诗词甚多,却几乎没有署名诗词。袁无涯刊《忠义水浒传全书·发凡》有一条说明:

> 旧本去诗词之烦芜,一虑事绪之断,一虑眼路之迷,颇直截清明……

所谓"虑事绪之断"、"虑眼路之迷",是长篇小说韵散结合必当考虑的问题,一些作者因此严于用诗,实属自然。清代长篇小说中署名诗词更为少见,最极端的例子是《荡寇志》,几乎没有任何诗词。

造成上述现象的原因是多方面的,与小说体制、题材性质、作者文化水平与旨趣等有关,从诗词本身的艺术功能上,我们也可以找到答案。关于话本小说中诗词的功能,胜山稔氏在前揭论文中作了详细的概括,包括登场人物的题咏、韵白,故事前景的暗示,情景的描写,程度的表现,状况的说明,心理的刻画,评论的增加及其他。应当说这是相当全面的。但是,由于署名诗词不同于一般诗词,所以具体考察其功能,则略有不同。也就是说,署名诗词在上述功能中,有的可能比较突出,有的则几乎没有,而相同的也有细微差别。当然,可能还有一些一般诗词不具备的功能。例如,作为人物的题咏,署名诗词是较常见的,而用于表现程度、说明状况、暗示前景等的，则很少见到署名诗词。至于同样作为评论，署名诗词与一般创作诗词在效果上显然不同。出自前人，特别是名人的评论，当然比一般评论更具权威性。毛宗岗《三国志演义·凡例》就说过：

> 叙事之中，夹带诗词，本是文章极妙处。而俗本每至“后人有诗叹曰”，便处处是周静轩先生，而其诗又甚俚鄙可笑。今此编悉取唐、宋名人作以实之，与俗本大不相同。

其实，无论是“唐宋名人”也好，“周静轩”也好，引用的目的都是相同的。不但如此，如果我们把一篇小说作为一个叙述整体，署名诗词显然代表了一种外来话语，与小说基本叙述话语即说书人的话语相呼应，形成更广泛、更深刻的叙述背景，拓展艺术思维的空间。由于一般的诗词也属于说书人话语系统，就无法取得这样的效果。

诗词的运用在小说中还有显扬才学的一面。清代以后小说多出于有一定文化修养的作家之手，他们宁可自制诗词，也不愿轻易引用前人作品，因为这正是他们表现自己才学的机会。如前面提到的李渔《十二楼》中很少署名诗词，却多有他自做的诗词，而且往往特意点明，其中《夏宜楼》开篇有六首绝句，作者称“乃不肖儿时所作”，《萃雅楼》篇首诗“乃觉世稗官二十年前所作”（《十二楼》题署“觉世稗官编次”），《闻过楼》开篇更引其自写诗十余首，虽无炫耀之意，却难免搭售之嫌。更突出的例子就是《红楼梦》开篇借“石兄”之口对才子佳人小说的批评：

> 不过作者要写出自己的那两首情诗艳赋来，故假拟出男女二人名姓，又必旁出一小人其间拨乱……

虽然这种批评未必符合小说创作的规律，但由于在一些才子佳人小说中，诗词运用得过于突出，确实无法排除作者的炫才心理，而以此种心理创作小说，当然无须借光前人。

相反，早期民间艺人的文化水平有限，自制诗词也许不如引用前人现成作品来得方便。不过，他们也不是消极引用而已，因为这对他们来说，同样也是显扬才学的一个手段，只不过他们要显扬的不是自己的诗才，而是广博的学识。《醉翁谈录》卷一《小说开辟》即称：

> 夫小说者,虽为末学,尤务多闻。非庸常浅识之流,有博览赅通之理。

而引用前人诗词正是“博览赅通”的一个表现。所以,说书人又宣称:

> 论才词有欧、苏、黄、陈佳句;说古诗是李、杜、韩、柳篇章。吐谈万卷曲和诗。

这段话不仅说明了署名诗词的特殊作用,也可为前面提到的署名诗词多唐人以后作品的旁证。可以想见,当小说家提到春天时,一连举出十余首名家名作(如前揭《崔待诏生死冤家》、《一窟鬼癞道人除怪》,姑不论其真伪);提到雪,也是诗、词、曲一起引用(如《古今小说》之《张古老种瓜娶文女》);提到太湖,有名无名的诗人同时出现(《醒世恒言》之《钱秀才错占凤凰俦》),如此等等,那些普通市民会以怎样羡慕的心情去聆听。既赞叹前代诗人的才情,又钦佩说书人的广博。难怪明代人会说:“此等闲话是宋元人胜过今人处。”(见明金陵兼善堂本《警世通言》之《崔待诏生死冤家》篇评点。)

与此相关的是,署名诗词的引用还具有赏玩的性质。也就是说不单是诗词作为叙述的一部分或人物的抒情言志来看待,同时也把它们当做、有时甚至仅仅当做名诗佳句来欣赏。如《古今小说》之《史弘肇龙虎君臣会》先引用了一首刘季孙的七律,又引了一首熊元素的回文诗,都是与小说内容无关的赏玩性作品。接下来的洪迈的[虞美人]词(此词《全宋词》视为伪作),众人方夸羡不已,有位孔通判却又说出此词八句偷了古人作杂诗词各一句,并一一引证(宋人确有作集句词的雅好,如朱希真有类似作品传世),使众人更加称叹,之后,孔通判乃作《龙笛》词一首。这十余首署名诗词构成一个以诗词赏玩为中心的、相对独立的《八难龙笛词》单元,而赏玩功能可以说是署名诗词所特有的。固然,一般诗词也可供赏玩,但是,第一,它们的制作往往不如署名诗词精美;第二,往往不能脱离故事与人物而单独欣赏。

三、古代诗词传播中的特殊版本

“三言”中的署名诗词与通行的诗词集中的同一作品或多或少都有文字上的差异,间或还有作者归属上的不同。按照传统文献学的观点,小说,尤其是通俗小说,多出于文化水平较低的民间艺人,没有版本上的价值。

确实,“三言”署名诗词中有不少错误,如《古今小说》之《众名姬春风吊柳七》篇首引孟浩然《岁暮归南山》诗曰:“北阙休上诗,南山归敝庐。”按,孟浩然原诗作“北阙休上书”,意为不求作官。北阙,本指古代宫殿北面的门楼,是臣子等候朝见或上书奏事的地方,后用作帝王宫禁和朝廷的别称。“上书”改作“上诗”,虽一字之异,亦有失本意。又如同书《杨思温燕山逢故人》中有韩师厚[御街行]词,其中“无言倚定小门儿”一句,《花草粹编》卷八录此词“小门”作“马门”。“马门”为船舱之门,正与上一句“料只在、船儿上”相呼应,可知《古今小说》改作“小门”是不恰当的。作者的张冠李戴也时有发生,如前揭《崔待诏生死冤家》引了一首七绝“雨前初见花间蕊”,列在苏东坡名下。按,此诗是晚唐诗人王驾的作品,文字略有不同,诗见《全唐诗》卷六九〇。如果把鲁鱼亥豕式的手民之误也算在内,错讹更不胜枚举。如《史弘肇龙虎君臣会》篇首诗中“赪尾”一词原作“颖尾”,同书《木棉庵郑虎臣报冤》篇首诗题“张志远”作,实际上却是“张志道”的作品,这都可能是形近而产生的讹误(参见曦钟《喻世明言校注札记》,《國學研究》第二卷,北京大學出版社,1994 年)。

而且,小说毕竟是小说,为了特定的情境改篡署名诗词及相关史实也是情理中事。如《简贴僧巧骗皇甫妻》中,有“良人得意负奇才”、“长安此去无多地”二诗。据《太平广记》卷二七一引《玉泉子》、《唐诗纪事》卷七八《刘氏》等记载,原系杜羔妻刘氏所作,《简贴僧巧骗皇甫妻》移植到宇文绶妻王氏身上,也可谓巧于编排。又如《警世通言》之《王安石三难苏学士》描写王安石有《咏菊》诗,苏轼以为不合事理,续诗二句以嘲讽。据一些笔记记载,续诗者为欧阳修,与苏轼无涉(参见谭正璧,《三言两拍资料》上册,上海古籍出版社,1981 年,第 239—240 页)。不过,小说却将此事放在苏轼名下(元杂剧《东坡梦》也是如此),并进而与苏轼贬官黄州相联,加强了矛盾的情趣性,似不必苛责其失实。《一窟鬼癞道人除怪》则引欧阳修[蝶恋花]词,称篇首词“而今无奈,寸肠千恨堆积”乃是由欧词中“而今无奈寸肠思,堆积千愁空懊恼”脱化而来。今查吴昌绶双照楼影宋本《欧阳忠公近体乐府》,欧词原作无此二句,原作同处作“红蜡枝头双燕小,金刀剪彩吴纤巧。”其他不同尚多。这有两种可能,一是欧词别有传本,二是话本小说迁就所谓集句而篡改欧词。两相比较,后者可能性更大。《警世通言》之《俞仲举题诗遇上后》改鲜于枢[鹊桥仙]为俞良作,也有类似的变动。

尽管如此,我们也并不能把“三言”与通行本在署名诗词上的差异都归结于说书人的文化水平低下或随意编造。例如“三言”中有一些词的作者与现今流行的看法有出入,就不一定是由于说书人的无知造成的。宋词互见现象本来就极为普遍(参见唐圭璋《宋词互见考》),说书人采用一说,无可非议。如《古今小说》之《张舜美元宵得丽女》引[生查子]“去年元夜时”,说是秦观所作,多以为误。但历史上此词作者原有四说:1. 欧阳修(影宋本《欧阳忠公近体乐府》,曾慥《乐府雅词》等);2. 朱淑真(《断肠词》、杨升庵《词品》卷二等);3. 李清照(方回《瀛奎律髓》卷十六等);4. 秦观(熊龙峰刊《张生彩鸾灯传》)。实际上,此词作者至今未达成共识,《古今小说》所写亦是当时一家之言,并不足诟病。类似的还有《杨思温燕山逢故人》篇胡浩然[传言玉女]词的归属问题。

就词的真伪而言,似与它们见用于小的不同情况有关。一般来说,与故事联系密切的署名诗词往往掺杂伪作,而纯粹的插入之作,伪托的情况就少一些。如《警世通言》之《唐解元一笑姻缘》引用唐寅诗词六首,其中与“一笑姻缘”有关的三首查无实据。因为这个故事本来就与唐寅无涉。但是,另外三首插入之作,却非话本小说捏造。开篇诗“三通鼓角四更鸡”,见《唐伯虎全集》卷二;篇尾诗《焚香默坐歌》见此集卷一;而《言志诗》“不炼金丹不坐禅”,虽不见于集中,但集中卷二有《感怀》诗,首句与此相同。又,《唐伯虎全集》附《唐伯虎轶事》卷二引《尧山堂外纪》,提到唐寅有《言志诗》,与话本小说略同,可见这也不是话本小说作者的杜撰。(又按,《全唐诗》卷八五八引吕岩诗"不事王侯不种田",尾句"不使人间作业钱",与唐寅《言志诗》一致,不知是何人化用?)值得注意的是,这种情况并非偶然。《古今小说》之《张道陵七试赵升》开篇所引唐寅诗"但闻白日升天去"也不见于其集,而《唐伯虎轶事》引《风流逸响》却有记载。甚至一些明显为人附会的诗,也不尽出自"三言"伪托。如《醒世恒言》之《赫大卿遗恨鸳鸯绦》、《吕洞宾飞剑斩黄龙》、《一文钱小隙造奇冤》都引用了吕洞宾的诗。众所周知,吕洞宾的诗多出于后世枉拟,但"三言"却未必是这些诗的始作俑者,因为它们又多见于《全唐诗》中(卷八五七、八五八吕岩),而《全唐诗》一定还别有所本。这一事实提醒我们,不能简单排斥"三言"中的署名诗词。

实际上,"三言"刊于明末,其中一些作品的创作更早在宋元,仅以时间论,并不比现存诗词集版本晚多少,有的可能还更早些。至少,当时的话本小说作者看到古本的可能性比今人要大。例如宋人话本引用的宋人诗词,必然是宋本,这当然是很古老的。仅仅因为通俗小说,就加以轻视、否定,无疑是一种偏见。依笔者拙见,通俗小说中的署名诗词,不妨当做古代诗词传播中的一个特殊版本来看待。而只要我们持一种较为开放的态度,"三言"署名诗词在文献上也确有参考价值。

首先,"三言"署名诗词可能保存了一些不为人所熟知的诗人。"三言"中有不少引用诗词的作者声誉不隆,这有两种可能,一是出于小说家虚构,一是实有其人。从署名诗词的全部情况看,张冠李戴或名字有误,间或有之;完全虚构的并不十分多。因此,名不见经传,未必就是子虚乌有。如《俞仲举题诗遇上皇》引张舆诗"朵朵峰峦拥翠华"四句,查《中国人名大词典》、《中国文学家大辞典》等书,均未见张舆其人。因此诗纯属插入诗,而张舆既非作品中人物,又非著名诗人,作者似无捏造的必要。今见田汝成《西湖游览志》中引元代张舆诗数首,其中卷十中便有这首诗(唯首字作"小")。表明《俞仲举题诗遇上皇》的引用并非没有根据。

其次,"三言"署名诗词中可能保存了一些前人的散佚作品,如《古今小说》之《陈希夷四辞朝命》引陈抟诗数首,这些诗有若干首见于今人所编《全宋诗》。不过,《全宋诗》是据《青琐高议》采录的(奇怪的是,有一首"雪为肌肤玉为腮",既见于《古今小说》,又见于《青琐高议》,却未被《全宋诗》采录)。其实,《青琐高议》也是小说,设使此书无存,不知今人肯信从《古今小说》否?我很赞赏唐圭璋编《全宋词》的态度和处理办法,他在此书后单列三类:《宋话本小说中人物词》、《宋人依托神仙鬼怪词》、《元明小说话本中依托宋人词》,不阙不滥,足资考证。另外,《全宋词》还据《西山一窟鬼》(即前揭《一窟鬼癞道人除怪》)著录了黄庭坚的一首[捣练子]"梅凋粉"。此词又见陈耀文编《花草粹编》卷一。《花草粹编》颇重考证,编次不苟(参见《四库总目提要》四十集部词典类二此书提要中的评价),但唐圭璋不以小说废言,先取话本,参以《花草粹编》,眼光宏通,令人钦佩(唐圭璋把《张古老种瓜娶文女》中黄庭坚词断为伪托,又表明其精审严谨)。

《警世通言》之《计押番金鳗产祸》也是早期话本小说(或谓宋人话本,但我怀疑经元人修改),其中插入了两首与情节完全无关的诗,均未署名。但其中"终日错错醉梦间"实系唐李涉《题鹤林寺僧》,脍炙人口,毋庸深辨。另一首诗曰:

> 安乐窝中好使乖,中堂有客寄书来。
> 多应只是名和利,撇在床头不拆开。

按,"安乐窝"是宋代诗人邵尧夫的斋名。查《伊川击壤集》,卷九有《安乐窝中好打乖吟》,又有《自和好打乖吟》,首句皆与本诗同,而且本诗思想情调也与邵尧夫观念一致。宋以来小说家特重其人,前揭《崔待诏生死冤家》中即有署名邵尧夫的诗,《水浒传》、《西游记》开篇也是邵尧夫的诗或学说。那么,本诗是否就是邵尧夫的佚诗呢?笔者孤陋寡闻,不敢确认。不过,大致可以肯定的是,这是一首引用诗,而非话本小说家的创作诗,则其作为前人佚诗诗的价值还是存在的,甚至不妨编入《全宋诗》或《全元诗》。

再次,"三言"署名诗词对一些诗词的文字考订也许有参考作用。如前所述,署名诗词与通行本大多有文字上的差异,有的差异还很大,如苏轼《洗儿》诗,《古今小说》之《明悟禅师赶五戒》所引用的,与通行的《东坡集》中的此诗,相差十余字,几占这首七绝的一半。这种差异当然可能有流传之误或话本小说家的改动。但是,话本小说也绝非一无是处。如前揭《陈希夷四辞朝命》引陈抟诗"草泽吾皇诏",《全宋诗》据王阚之《渑水燕谈录》采录了此诗。《五代史补》中也有此诗,唯后二句作"超然居物外,何必使为臣"似嫌简慢。而《明悟禅师赶五戒》和《渑水燕谈录》都作"乞全獐鹿性,何处不称臣",颇为婉转,更符合呈诗辞去之意。这至少可以说明话本小说家也能择善而从。

事实上,有不少诗词本身就存在各种版本的区别。如《古今小说》之《临安里钱婆留发迹》引晚唐贯休"贵逼身来不自由"七律一首,与《全唐诗》中所收此诗有很大的差异。但这种差异并不仅仅见于《古今小说》与《全唐诗》之间,《全唐诗话》、《七修类稿》等亦互有异同。这表明此诗流传过程中,确有不同版本,且多有与《古今小说》一致之处。《古今小说》不当轻视,应在情理之中。又如《醒世恒言》之《金海陵纵欲亡身》开篇引司空图"昨日流莺今日蝉"七绝,据《全唐诗》,此诗末句作"更忍乘危自著鞭"或"何忍临歧更著鞭",《金海陵纵欲亡身》却作"何忍乘危更著鞭",在两者之间,兼而有之,当别是一种版本。又如前揭《唐解元一笑姻缘》篇首诗曰:

> 三通鼓角四更鸡,日色高升月色低。
> 时序秋冬又春夏,舟车南北复东西。
> 镜中次第人颜老,世上参差事不齐。
> 若向其间寻稳便,一壶浊酒一餐齑。

这首诗在《唐伯虎全集》中作:

> 三通鼓角四更鸡,天渐黎明月渐低。
> 时序秋冬复孟夏,舟车南北与东西。
> 眼前次第人都老,世上参差事不齐。
> 若要自家求稳便,一壶浊酒一餐齑。

我无缘遍查唐寅诗集,据《唐伯虎全集》者按,此诗确有如《唐解元一笑姻缘》的传本。换言之，上述差异并非《警世通言》编作者枉改所致。一般说来，“三言”引明人作品可信性相对较高，如前面提到的卢柟诗，《醒世恒言》与《蠛蠓集》就无一字之异。而就唐寅此诗而言，平仄大体一致，诗律上无甚区别。但在诗意上，却互有高下。《唐伯虎全集》本中“孟夏”便不如《唐解元一笑姻缘》中的“春夏”，因为对句言南北东西，上联作秋冬春夏才好成对。若作“孟夏”，声调虽切，意思却不完整了。另外，《唐伯虎全集》本“眼前”二句，都着眼于外界，自然也说得通。但《唐解元一笑姻缘》中“镜中”二句，先言自己，再推及社会，由小而大，堪称佳对。

即使暂时没有其他版本参证，“三言”署名诗词与通行版本的差异也不应简单排斥，如《醒世恒言》之《苏小妹三难新郎》引朱淑真诗曰：

> 哭损双眸断尽肠，怕黄昏到又昏黄。
> 那堪细雨新秋夜，一点残灯伴夜长。

按，《朱淑真集》（上海古籍出版社 1986 年校点本）第二句作“怕黄昏后到昏黄”，第三句“那堪”作“更堪”，差异虽不甚大，但恐怕也不是手民之误。而此诗算不上名诗，话本小说作者未必能记诵，想来还是依据某一《断肠集》版本过录的吧？

另外，“三言”中还有一些署名诗词，可能确实有违原作，但自有其合理处，不妨也看做古代诗词传播中的一个特殊版本。如《警世通言》之《杜十娘怒沉百宝箱》有一首诗曰：

> 千山云树灭，万径人踪绝。
> 扁舟蓑笠翁，独钓寒江雪。

这很容易使人联想到柳宗元的《江雪》，有的注本就说它是柳诗的改作。问题是，作者为什么要对此名诗作改动？引用署名诗词在“三言”中习以为常，根本不必行此掩耳盗铃之术。如果作者不是别有所据，一定是认为这样的改动有其好处。细按原诗，确有合理的地方。原诗“千山鸟飞绝，万径人踪灭”中“鸟飞绝”当然没有问题，“人踪灭”就多少有点别扭。相反，改为“人踪绝”倒更平常些。所以，唐汝洵《唐诗解》卷二三评此诗说：“人绝、鸟稀，而披蓑之翁傲然独钓，非奇士耶？”言“人绝”而不言“人灭”

就很自然。返观“云树灭”,其实也不下于“鸟飞绝”,且“云树”连用,南朝梁刘孝威《和皇太子春林晚雨》曰:

云树交为密,雨日共成虹。

王维《送崔兴宗》曰:

塞迥山河净,天长云树微。

可见,“云树”已结成一个传统的诗歌意象。雪压山林,云树不见,诗意雄浑,与“鸟飞绝”的凄清略有不同。至于“孤舟和”之“孤”,实与“独钓”之“独”在意思上有重复,在二十字的小诗中还是避免为好。改为“扁舟”,却另有深意。《史记》卷一二九《货殖传》中说:“范蠡既雪会稽之耻……乃乘扁舟浮于江湖”,确立了“扁舟”有隐逸之意,遂成为诗歌中屡见不鲜的意象,如李白的名句“明朝散发弄扁舟”之类。《警世通言》之《李谪仙草醉吓蛮书》引李白诗也有“扁舟寻钓翁”。如此看来,《杜十娘怒沉百宝箱》中此诗所据未必是柳宗元原作,但变动也有可圈可点的佳处,殊非枉改。

又比如《苏小妹三难新郎》引李清照名词[声声慢],文字上也有多处与通行本不同。最值得注意的是,通行本“乍暖还寒时候”,《苏小妹三难新郎》中作“乍暖乍寒时候”。按,“乍”与“还”对举,此“乍”当做刚、初解,如柳永[满朝欢]“巷陌乍晴,香尘染惹,垂杨芳草”之“乍”。所谓“乍暖还寒”则是初春气候的特征,如张先[青门引]“乍暖还轻冷“就是写清明的。而李词原是悲秋之作,这就有点矛盾了,因为秋天是更宜说成“乍寒还暖”的。而“乍暖乍寒”之“乍”却可作忽然解,《鬼谷子·飞箝》中即有“其说辞也,乍同乍异”的说法。在词中则有冯延巳[谒金门]的“风乍起,吹皱一池春水”、沈端节[如梦令]“乍报一番秋,晚簟秋凉如水”等,其中的“乍”都是忽然的意思,“乍暖乍寒”即忽冷忽热,这正好扣合秋景。唯依词谱,此句应为“仄仄平平平仄“,也许李清照是为迁就词律而不惜造成歧义?另外,通行本“如今有谁堪摘”在《苏小妹三难新郎》中作“有谁忺摘”,此“忺”字有高兴、适意的意思,较“堪”字更鲜明。所以,明叶敬池刊《醒世恒言》于此处有一条眉批说:“忺摘词意好”,看来也不是无根之言。

与一般诗词集版本相比,话本小说中的署名诗词接受对象更广泛,而且还有阶层性的特点,多集中在普通市民中。从古代诗词的实际流传来说,这一特殊版本至少有着文化史上的意义,这倒是话本小说作者引用署名诗词时始料未及的吧?

(原载日本《中国古典小说研究》第二号,1996 年 7 月)

(附记:本文 1996 年 5 月 20 日完稿于日本东京秀和公寓。当时尚无现今这样方便丰富的电子文献可以利用,材料全凭翻阅书籍得来,故有不少局限,如我原来就没有查到张舆其人,如今却轻而易举地在多种文献中证实了此人及其诗作的存在。惜因本书组稿时间仅数天,勉强录入,难以作更多的核查、复检,敬请谅察。)

刘勇强,北京大学中文系教授,著有《西游记论要》、《奇特的精神漫游——西游记新说》、《幻想的魅力》、《中国神话与小说》、《中国古代小说史叙论》等,并发表相关论文数十篇。主编普通高校中文学科基础教材《古代文化经典选读》及人民教育出版社版新课标高中语文必修课教材第四册及选修课教材《中国文化经典研读》。

明代通俗小说家邓志谟诗文集初探

潘建国

邓志谟是晚明较为多产的小说家，今知作品有明万历萃庆堂刊本《新镌晋代许旌阳得道擒蛟铁树记》十五回、《镌唐代吕纯阳得道飞剑记》十三回、《镌五代萨真人得道咒枣记》十四回，明萃庆堂刊本争奇小说《山水争奇》、《花鸟争奇》、《风月争奇》等①。然而，由于文献史料的匮乏，邓志谟研究长期停滞不前，这其实也是古代通俗小说作家研究共同面临的学术难题。

20 世纪 80 年代，台湾天一出版社影印出版了邓志谟诗文集《得愚集》与《续得愚集》，学者吴圣昔曾利用两书所载史料，撰写了《邓志谟乡里、名号、生年探考》(1992)及《邓志谟经历、家境、卒年探考》(1993)两文②，勾勒出了邓氏生平的大致轮廓。但令人遗憾的是，《得愚集》与《续得愚集》似并未因此引起小说研究者的重视③，其文献价值也没有得到充分的发掘利用。近来笔者在国内图书馆又发现了邓志谟的第三部诗文集《鸡肋集》，合此三集，实不啻打开了一座小型的资料库，举凡邓志谟之生平事迹、交游经历、生活境遇、著述编印以及诗文创作诸方面，均可藉此而

① 关于邓志谟与争奇小说的关系，请参阅拙文《晚明七种争奇小说的作者及其版本》，《文学遗产》2007 年第 4 期。

② 前文载《明清小说研究》1992 年第 2 期，后文载《明清小说研究》1993 年第 3 期。

③ 譬如日本学者金文京所撰《晚明文人邓志谟的创作活动——兼论其争奇文学的来源及传播》(2004)，仍对邓志谟是否入闽表示质疑，认为"没有任何迹象足以证明他曾到过福建或做过余家的塾师。相反地，余氏的族人余应虬是到过南京的。由此可推，邓志谟大概住在江南，很可能在南京，却为前来南京的福建书商聘为编辑"云云。事实上，如果翻阅《得愚集》、《续得愚集》、《鸡肋集》诸书，这种质疑难以成立。金文发表于 2004 年 11 月 18—19 日台北中研院文哲所举办"经典转化与明清叙事文学学术研讨会"。

展开深入研究。

一、明刊本《锲注释得愚集》及《续得愚集》考

台湾天一出版社《明清善本小说丛刊初编》第七辑“邓志谟专辑”影印明书林余祥我滂发堂刊本，其底本今藏何处，出版者未作交代。据严绍璗编《日藏汉籍善本书录》(2007)“集部·别集类”著录，日本内阁文库藏有明万历间余祥我滂发堂刊本《锲注释得愚集》六卷、《续得愚集》四卷，则天一出版社或即以日本内阁文库藏本影印。

首“得愚集跋”，署“戊申□□月锺陵邬事宁不惊甫书于乌弄山房”，钤刻“不惊”(阴文)、“乌弄山房”(阳文)两印。此“戊申”为万历三十六年(1608)，“锺陵”即今江西南昌，“邬事宁”生平事迹不详。《得愚集》凡四卷，卷一首页题“锲注释得愚集”，“饶安百拙生邓志谟著”、“书林滂发堂余祥我梓”。余祥我，原名余应兴[①]，“祥我”乃其号，与建阳书林余氏刻书家族中余应虬、余应诏、余应孔等人同辈。所刻书籍今知有五种：明吴从先辑《小窗艳纪》十四卷，今藏北京大学图书馆；明徐华盛辑《新刻官板地理造福玄机体用全书》十九卷，万历四十四(1616)年刊本，今藏江苏无锡市图书馆；明刘日宁汇编《新刻太史五车妙选》十一卷，今藏北京大学图书馆；明李贤辑《魏仲雪增补李卓吾名文捷录》六卷，万历四十年(1612)刊本，今藏上海图书馆；另杜信孚编《明代版刻综录》著录有《五云字法》四卷，明万历三十六年(1608)刊本。

《得愚集》版分上下两节，上节刻注释，下节为正文，正文半叶八行，行十八字，行间另有小字注释。卷一收录《与曾君文宇》等书札50通，卷二收录《与吴君璧池》等书札52通，卷三收录《与刘君孔秀》等书札55通，卷四收录《与吴君指南》等书札50通，卷五收录《复李师太衢》等书札43通，

① 谢水顺等著，《福建古代刻书》(1997)第三章第一节“余氏刻书”，将“余祥我”与“余应兴”分列为两人，福州：福建人民出版社，1997年，第260页。笔者查阅北京大学图书馆所藏《新刻太史五车妙选》，其正文首页题“潭阳书林祥我余应兴绣梓”，则“余祥我”与“余应兴”实即一人，“应兴”乃其谱名。此可略补建阳余氏刻书研究之阙。

卷六收录《谢魏仁侯颁胙》等书札46通，四卷合计共收录书札296通。

《续得愚集》，笔者所见亦为台湾天一出版社《明清善本小说丛刊初编》第七辑“邓志谟专辑”影印明书林余祥我潘发堂刊本。首“序续得愚集”，文云：

> 邓生《得愚集》曾请叙于余，余已豹裘而羔领之矣。兹复有《续集》，亦曰《得愚》，仍属余叙。余曰一得而再得，邓生进矣，岂愚而再愚者耶？邓生不愚，余不敢为邓生愚。若所云得，则邓生自得之深，造之以道者也，他奚庸喋喋。时万历甲寅岁肇秋之吉。江藩天池挥题。

钤刻“皇明世胄”（阳文）方形大印。“甲寅”为万历四十二年（1614）。此“天池挥”，即明代江西宁藩王朱权七世孙朱谋挥，字图南，号天池，后更名来鲲，字子鱼，生于嘉靖三十八年（1559），与邓志谟同年，卒年不详[①]。朱图南乃著名画家八大山人之伯父，好交游，善作诗，与戏曲家汤显祖关系密切，《玉茗堂诗》收录有三首与朱图南有关的作品[②]，记述了他们诗酒欢会的情景，汤氏还曾为朱氏诗集作序；另外清钱谦益《列朝诗集小传・闰集》[③]、陈田《明诗纪事・甲签》卷二下[④]亦皆载录。

身为布衣的邓志谟，何以能结交王孙朱图南？盖有两个途径：其一是通过其侄子毅心的介绍，毅心曾任藩邸塾师，《得愚集》卷六《寓闽中寄毅

---

① 民国十年（1921）务本堂刻本《盱眙朱氏八支宗谱》载：“多炡长子，谋挥，字图南，号天池，封镇国中尉。明嘉靖三十八年己未二月十九日未时生，卒未详。葬南昌邓家埠榆树山。”转引自萧鸿鸣《八大山人的王室家学》第三章，北京：燕山出版社，2006年，第174页。

② 《玉茗堂诗》之十一录《丁未上巳，同丁右武参知、王孙孔阳、郁仪、图南侍张师相杏花楼小集，莆中蓝翰卿适至，分韵得楼字》，之十二录《图南邀宴其先公瀑泉旧隐偶作》、《夕佳楼留别海岳、太素、图南、叔虞得八齐》，分别收录于徐朔方笺校《汤显祖全集》卷十六、十七，北京：北京古籍出版社，1999年，第673、768、769页。

③ 清钱谦益，《列朝诗集小传・闰集》“宗室・宁藩王孙谋挥”条载：“谋挥，贞吉之子。效其父，变姓名为来鲲，字子鱼，出游三湘吴越间，有集行世，汤若士为叙。”上海：上海古籍出版社，1983年，第778页。

④ 陈田，《明诗纪事・甲签》卷二下“朱谋挥”条引姚旅《露书》云：“来子鱼，贞吉王孙长公也。喜游，好事者选其诗，与孙太初、贞吉谓之‘明宗三逸’。”选录诗作二首，其中《疾愈寄友作》云：“深冬惜病颜，几日望春还。门外草初出，窗中人转闲。余生聊住郭，不死会寻山。待到桃花发，相期天姥间。”上海：上海古籍出版社，1993年，第77页。

心侄》札:“侄之蒯缑,今春又挂之宿馆,名藩鄱桂,岁为作丈人峰,矧执经间难者? 高帝之子孙,乃龙之种;文王之苗裔,皆麟之角。吾道有光乎”,“天池殿下有佳刻,此结缘悬藜,迥异燕石,倘能为依致一帙,则胜于百朋惠也”,事实上,邓志谟的另一个侄子因心,也曾接替毅心任职藩邸,《得愚集》卷四《与侄因心》札:“毅心归,侄代其木铎之响,驾且行矣。河间好文,尝越格待毅心,今又将待毅心者待因心也,棠棣有光哉。”其二或是通过汤显祖(1550—1616)介绍,如前所述,汤显祖与朱图南交游甚密,而《安仁县志》卷八“隐逸”载,汤显祖曾以“异才”①称赞邓氏,汤氏家乡江西抚州府临川,与邓氏家乡安仁亦相隔不远,故存在邓志谟因结交汤氏而获识朱图南的可能性。

据朱天池《序续得愚集》所云,他曾为《得愚集》撰序,然余祥我濬发堂刊本《锲注释得愚集》卷首未见朱序,今存本疑非初刊本。

《续得愚集》凡四卷,卷一收录《复永丰殿下作宗女传》等书札 49 通,卷二收录《与张函古丈》等书札 58 通,两卷合计收录书札 107 通;卷三收录《代因心侄上刘府尊》等“启”文 10 篇、《捕鱼说》等“说”文 11 篇,《也足斋记》等“记”文 5 篇;卷四收录《永镇阁》等“序”文 2 篇,《戒求富贵》等“杂文”3 篇,《辩老》等“辩”文 2 篇,《淮藩贞孝女宗行状》“行状”1 篇以及《明妃曲》等各体诗作 65 首。

二、明刊本《锲旁释鸡肋集》考

《锲旁释鸡肋集》乃笔者新发现,明书林陈奇泉积善堂刻本,写刻四册,白口,无鱼尾,半叶八行,行二十字,今藏中国社科院图书馆。卷一首页题“饶安百拙生邓志谟著”、“书林积善堂陈奇泉梓”,卷四末页有莲牌,题“建邑书林积善堂陈奇泉梓行”。另清华大学图书馆亦有藏本,首目录

---

① 清郑长瑞、魏鈊纂修,《安仁县志》卷八“隐逸”著录:“邓志谟,字景南,竹溪人。好学沉思,不求闻达。著有《古事苑》、《事类捷录》、《黄眉故事》、《白眉故事》诸书行世,自号为百拙生。其人弱不胜衣,而胸藏万卷,众称‘两脚书厨’。临川汤显祖尝以异才称之。”北京大学图书馆藏乾隆刊本。

五卷七叶,残第一叶,尚存六叶,末叶左上题"目录终",则此版本原仅五卷,似非残缺;正文卷首题署及版式,均同中国社科院图书馆藏本;惟各卷末页题"鸡肋集 X 卷终",为中国社科院图书馆藏本所无。全书墨气浓郁,字迹清晰,当为初印本。书乃著名学者刘半农旧藏,钤"江阴刘氏"(白文长印)、"刘复所藏"(朱文长方)、"刘家书库"(朱文方印)、"刘半农藏书"(朱文方印)诸印;书眉有佚名抄录俗诗多首,审其笔迹,非为刘氏批校①。

陈奇泉,名孙贤,据《福建古代刻书》第三章第一节"陈氏刻书"及杜信孚编《明代版刻综录》载,所刻书籍尚有六种:明赵师圣撰《锲注释增补书言鱼仓故事》十卷,万历元年(1573)刊本;明龚信辑《太医院补遗医学源流肯綮大全》十六卷,书尾有牌记"万历三十四年丙午陈氏积善堂奇泉梓";宋蔡沈撰《书经集传》六卷,万历刊本;《新刊张翰林重订京本排韵事类氏族大全》二十八卷,书尾有牌记"万历三十七年己酉秋月陈氏积善堂奇泉梓";《重校刊官板地理玉髓真经》二十八卷,明末刊本;《重镌官板地理天机会元》三十五卷,明末刊本。关于《鸡肋集》的出版时间,卷一《与孙凤麓契丈》②云:"弟年六十,未能如蘧大夫之化,辄敢谈人之短",邓志谟生于嘉靖三十八年③(1559),六十岁时为明万历四十六年(1618),则《鸡肋集》刊行时间之上限为万历四十六年(1618),已在《得愚集》、《续得愚集》出版数年之后。

《鸡肋集》卷一收录《复陈震所君》等书札 90 通,卷二收录《与孙凤麓文丈》等书札 83 通,共计 173 通,其中有 167 通见载于《得愚集》、《续得愚集》,另有 6 通未载于两集,具体包括卷一《与孙凤麓契丈》("旧岁见如云者")、卷二《与陈默孺文丈》("刘一孚今与周生榛梗")、《与赵玉融文

① 《清华大学图书馆藏善本书目》"集部·别集类"著录《锲旁释鸡肋集》,谓有刘复批校,实误。北京:清华大学出版社,2003 年,第 320 页。

② 此札未载于《得愚集》、《续得愚集》。另《续得愚集》卷一目录尾录《与孙凤麓》,然今存本卷一末页残阙,未知此札内容与《鸡肋集》所录是否相同。

③ 参见吴圣昔,《邓志谟乡里、名号、生年探考》,《明清小说研究》1992 年第 2 期。

丈》("足下有玉燕投怀梦")、《馈徐仲墨君二砚》[①]("龙尾石二方")、《复黄如琛文丈》("有友索闲居联")、《与徐如贤文丈》("昨足下列绮筵")。笔者仔细比较了《鸡肋集》与《得愚集》、《续得愚集》共同收录的167通书札,文字基本相同,仅个别字词存在脱漏或差异,偶有数通书札,其文字差异较大。譬如《鸡肋集》卷一所收《与李一吾文丈》札,尾句作"足下览之,幸毋喷饭满案",而《得愚集》卷二所收此札尾句作"足下得无抚臂而绝倒之乎";再如《鸡肋集》卷一及《续得愚集》卷二,均收录邓志谟《与张良卿》札,但是《鸡肋集》所收札尾多出24字,文云:"《也足斋记》,草草笔上,我丈展阅时,必当曰:邓生者,技止此耳也",《续得愚集》卷二收录《也足斋记》,此文作于万历四十一年(1613)春,则《与张良卿》札亦当写于该时,《鸡肋集》所存之24字实颇为重要。三书相加,去其重复,共计收录邓志谟书札409通,堪称宏富。

《鸡肋集》卷三收录《闲居隐兴》等六言诗34首、《赋梅花》等七绝83首、《书斋》等五律29首、《颂郡中阮节府德政未几丁太夫人忧去思有作》等七律26首,合计172首;卷四收录《芝窗偶兴》等七律109首。卷三卷四共计收录各体诗作281首,其中仅有64首见载于《续得愚集》卷四,其余217首,均赖《鸡肋集》而得以传世。而《续得愚集》卷四所录65首作品中,亦有七绝1首为《鸡肋集》所无,该诗为《秋夜过周玄卿话饮》:"秋满琼江酒满樽,桂花香里细论文。良宵品作三分好,风月两分人一分。"笔者仔细比勘了《鸡肋集》与《续得愚集》共同收录的64首诗作,文字大致相同,仅个别字词略有差异,唯《鸡肋集》卷三所录七绝《牧》之第二首,与《续得愚集》所录完全不同,《鸡肋集》作"跨得耕牛渡白河,歌声一曲唱那何。归来未管衣衫湿,烟雨濛濛不着蓑",而《续得愚集》作"蘼芜堤岸碧云山,山下清清水一湾。竹笛数声牛背稳,王侯不换此清闲",两首应均为邓志谟所作。两书相加,去其重复,共计收录邓志谟各体诗作283首,数量颇为可观。

《鸡肋集》卷五收录《代因心侄上刘府尊》等"启"文15篇、《捕鱼》等

① 《续得愚集》卷一目录载有此三札,然正文均付阙如。

"说"文 10 篇、《也足斋记》等"记"文 7 篇、《代陈舜卿作祭张先生文》"祭文"1 篇,合计 33 篇;卷六收录《永镇阁》等"序"文 2 篇、《戒求富贵》等"杂文"4 篇、《老辩》等"辩"文 2 篇、《淮藩贞孝女宗行实》等"行实"2 篇、《问樵子》等"问答"3 篇、《庭桂歌》等"歌"11 篇、《骂疮》"俚语"1 篇,合计 25 篇。卷五卷六共计收录各类文章 58 篇,其中有《贺尤县主朝京复任》、《此君轩记》、《护生轩记》、《代陈舜卿作祭张先生文》、《祀灶》、《周烈妇行实》等 20 篇未载于《续得愚集》,其他 38 篇均载于《得愚集》及《续得愚集》。而《续得愚集》卷三所录《呈方父母启》以及卷四所录《倒墙》两篇,则为《鸡肋集》失载。笔者仔细比勘了两集共同收录的 38 篇文章,文字基本相同,仅个别字词有脱漏或差异。两书相加,去其重复,共计收录邓志谟各类文章 60 篇。

三、诗文集所见邓志谟之交游与著述

关于邓志谟的名号、乡里、生卒年、家境及入闽经历诸问题,吴圣昔两文已多有考述,兹不赘。本文拟从交游、著述两个方面略作补充。《得愚集》、《续得愚集》及《鸡肋集》,凡收录书札通 409 通,去其重复,与邓志谟有文字往来者仍有 300 余人。虽然,上述人物多属社会中下层人士,难以对他们进行深入的背景调查,但是,其中有几类人物值得关注:

1. 建阳地区书坊主

1)邓志谟与余应虬

孙楷第《中国通俗小说书目 · 铁树记》(1933 年初版),最早指出邓志谟"尝游闽为建阳余氏塾师,故所著书多为余氏刊行",之后论者多沿其说[①]。据《得愚集》及相关资料,可进一步得知邓氏曾任余应虬家塾师,

---

① 前引金文京,《晚明文人邓志谟的创作活动——兼论其争奇文学的来源及传播》文,对邓志谟是否入闽表示质疑,认为"没有任何迹象足以证明他曾到过福建或做过余家的塾师。相反地,余氏的族人余应虬是到过南京的。由此可推,邓志谟大概住在江南,很可能在南京,却为前来南京的福建书商聘为编辑"云云。事实上,若翻阅《得愚集》、《续得愚集》、《鸡肋集》诸书,这种质疑是无法成立的。

《得愚集》卷四《与邬君惟因》札邓志谟有"敝东余犹龙者"之语，而余应虬为邓氏《古事镜》所作序文，亦有"是书乃吾塾宾景南氏所著，以授小儿辈咿哦者也"之说，正可互为印证。至于邓志谟如何结识余应虬，尚难确考，《得愚集》卷二《与杨君梧垣》札云："不佞旅寓无赖，晚岁峥嵘，不无游子悲故乡之想。得令亲作贤主人，亦足自慰"，则或经此杨梧垣所举荐。

余应虬，字陟瞻，号犹龙，乃明代建阳书林著名书坊萃庆堂主人余彰德之子、余继泉之弟，万历时期刊刻有《新编分类当代名公文武星案》六卷、《新编古今品汇故事启牍》等书籍多种①。邓志谟所撰传奇《并头花记》、《玛瑙簪记》、《凤头鞋记》、《八珠环记》②，卷首均题"潭水犹龙父余应虬参订"；邓氏《古事苑》序言亦署"同学潭阳余应虬陟瞻甫撰"③；《得愚集》卷四收录《答余君犹龙》札，记述余应虬邀请邓氏饮酒事，文云："黄云在天，白雪在地，今之岁不减尧崩年。适承佳召，温意如春，盖未饮汤汤，而已如挟纩哉。谨如命。"凡此种种，可见邓志谟与余应虬往来甚为密切，非普通塾宾与东家关系。

2）邓志谟与余继泉

《得愚集》载有邓志谟致余继泉书札两通，一札记述邓氏应邀参加余继泉生日宴会事，另一札记述邓志谟为余继泉校书事。文颇珍贵，悉录如下：

> 宿雨收檐溜，晴云绚汉章。知足下悬弧辰届也，仆亟离西席，登堂而诵。南山乃足下蚤跻之仙亭，布无量功德矣。仆欲往从向世尊膜拜，为足下祝：多富多寿多男子，作全福人；自艾自耆自期颐，为难老士。乃以吞腥啄腐，不敢爇慈悲。足下以仆贪饕耶？抑以仆疏懒耶？七妹清歌艳舞，阳阿莫愁者流，今令其演传奇。盛筵召仆，淳于髡尽一石时也，仆不善酒，亦莫之限三蕉哉。但客邸萧萧，不能多费缠头锦耳。日稍晡矣，谨当趋命。（卷三《答余君继泉》）

---

① 参见谢水顺、李珽著，《福建古代刻书》第三章第一节"明代建阳坊刻概况"之"余氏刻书"，福州：福建人民出版社，1997年，第251—252页。

② 此四种传奇，笔者所见为清玉芝斋抄本，今藏国家图书馆，乃郑振铎旧藏。

③ 此序载于清康熙二十五年（1686）兰雪堂刻本《古事苑》卷首，北京大学图书馆藏本。

> 延之贼，足下以鼠窃视之；潢池弄兵，果赤子尔耶？《肉谱群玉》，仆已第其品次，校其鲁鱼，即登之梨枣，梨枣勿痛也，更毋虑罔其剡藤哉？仆今岁落魄甚，大为硕鼠所苦，橐洗然，裘之敝颇如游秦者黑貂；而踏雪之履，且有如东郭生所蹑者。天乎，何扼人至此乎？然幸有足下之天在也，必能亭毒于仆。萧辰握笔，裁书草草，惟足下不咎其涂鸦乃慰。（卷四《与余君继泉》）

此“余继泉”，《福建古代刻书》第三章第一节“余氏刻书”未能考定其身份，笼统列入“建阳余氏刻书一览表”。所刻书籍今知仅一种，即与余祥我合刊《新刻官板地理造福玄机体用全书》十九卷。

今查明代道盛辑《建阳东苑晦台元镜禅师语录》①（以下简称《语录》）可知：余继泉，法名“道纲”②，乃余应虬（犹龙）之兄③，曾于建阳书林设东苑静室，延请元镜禅师入住修行，泰昌元年（1620），元镜禅师在建阳一枝山开堂结制，余继泉即兴问辩，语含机锋，颇见禅心。余氏殁后，元镜禅师作《余道纲继泉居士圆相赞》纪之，则余继泉之谢世时间，当早于元镜禅师园寂的崇祯三年（1630）七月。此外，日本东北大学图书馆藏有明刻本《艺林聚锦增补故事白眉》，卷一首页题“继泉余应良梓”，则余继泉的谱名为“应良”，与“应虬”同属“应”字辈。凡此，可略补余氏刻书研究之阙。

3）邓志谟与余泗泉

在现存邓氏著作版本中，明确题为余泗泉刊刻者，仅《新锲晋代许旌阳得道擒蛟铁树记》一种，其“卷之上”首页题“云锦竹溪散人邓氏编”、“书林萃庆堂余泗泉梓”，其他《锲唐代吕纯阳得道飞剑记》、《锲五代萨真人得道咒枣记》、《锲旁训古事镜》、《精选故事黄眉》、《锲旁注事类捷录》

---

① 参《大藏新纂卐续藏经》第七十二册，河北省佛教协会 2006 年 5 月印行。

② 《语录》载元镜禅师《余道纲继泉居士圆相赞》：“咄！者是那里得来，岂容凭空胡写？赚杀三教渠侬，讨甚之乎者也。到此不能捉败，只恐家有白泽之图，偏惹许多妖怪假借。”

③ 《语录》末附道盛《武夷第一代禅祖东苑镜公大师塔铭并序》载：“师向因书林弟子余继泉，延居东苑静室，间亦来往武夷、虎啸、城高。继泉弟太学犹龙，率诸檀护及门人道量等曰：‘寿昌既没，东苑当出世矣。’时庚申冬，力请师于仙亭一枝庵开堂。”

诸书，则题“闽书林萃庆堂余氏梓”或“萃庆堂梓”。关于“余泗泉”的身份，清刻本《书林余氏重修宗谱》载，余彰德“生子二：泗泉、应虬”，研究者遂据此确认余泗泉乃余彰德之长子，“萃庆堂”则是其父子共享的坊名。近来，福建师范大学图书馆陈旭东发表论文（2007），提出“余彰德”与“余泗泉”实即一人，证据为福建师范大学图书馆所藏明万历三十四年（1606）序刊本《新刻世史类编》，卷首署“泗泉余章德梓行”①；此外，北京师范大学图书馆藏明万历刊本《精锓星卿瞿先生汇拔举业文航》四卷，卷端刻有“谭城书坊泗泉余彰德梓行”②，凡此可证《书林余氏重修宗谱》记载有误。

作为邓志谟著述的主要刊行者，邓氏与余泗泉的交游当非浅浅。有意思的是，邓志谟与余泗泉家的塾师，也有相当密切的关系，《鸡肋集》卷三收录《郑心江丈还莆时由浙之天台而行予因送别有赠》诗两首，其二云：“荥阳才子冠莆英，家世缣湘可代耕。九鲤无波清翰墨，双鹏有路快云程。铎鸣泗水分时雨，旗入天台焕德星。骥足南归重有庆，华堂百忍太和生。”第五句“铎鸣泗水分时雨”旁训曰“公馆于余泗泉家，故云”。

4）邓志谟与师俭堂萧氏

《续得愚集》卷二载《与李正渠文》札云：

> 秋气悲哉，梧桐疏雨秋声颤。念足下，鬓丝与梧桐俱瘁。珍甫游门下，今发愤不？珍甫疏懒甚，足下能振其勤，亡羊而补牢，未为晚耳。萧允厚高居落成，嘱弟题堂之匾。弟以允厚者，酂侯后裔，名曰“师俭”。足下善于书，允厚素高君之名，必载酒买奇字矣。阳月望，弟将访足下，足下何以食弟？新粟米炊鱼子饭，嫩冬笋煮鳖裙羹。妙

① 参见陈旭东，《明代建阳刻书家余彰德、余泗泉即同一人考》，《明清小说研究》2007 年第 3 期。值得注意的是，前引《建阳东苑晦台元镜禅师语录》载：泰昌元年（1620）冬，元镜禅师在建阳一枝山开堂结制，祝称“此一瓣香，奉为先檀越主泗泉余翁、期主继泉、犹龙及诸护法”；《武夷第一代禅祖东苑镜公大师塔铭并序》又云“继泉弟太学犹龙”。综合现有资料推断，上述诸人的关系应为：余彰德与余泗泉乃同一人，他生有二子，即余应良（继泉）和余应虬（犹龙）。邓志谟与此父子三人，均过从甚密。

② 《北京师范大学图书馆古籍善本书目》“子部 · 类书类”，北京图书馆出版社，2002 年，第 174 页。

矣！妙矣！

书札提及的、由邓志谟题匾的萧氏“师俭”堂，乃明代建阳著名书坊，据谢水顺等著《福建古代刻书》第三章第一节“萧氏刻书”载，以“师俭堂”为坊名刻书者，有萧少衢与萧腾鸿两人，萧少衢（1570—1621），谱名佛友，少衢乃其号，万历时刻有《鼎镌诸方家汇编皇明名公文隽》八卷、《新镌李于麟先生批评注释草堂诗余隽》四卷等书；萧腾鸿（1586—?），谱名佛福，号庆云，明末刻有《鼎镌西厢记》二卷、《鼎镌幽闺记》二卷、《鼎镌琵琶记》二卷等戏曲多种。

邓氏此札收录于《续得愚集》，其撰写时间下限为万历四十二年（1614），此时萧少衢44周岁，萧腾鸿28周岁，鉴于萧少衢所刻书多在万历时期，而萧腾鸿所刻书多在天启、崇祯时期，故笔者推测，邓志谟所云“萧允厚”，宜为萧少衢，“允厚”或其字。有意思的是，《续得愚集》及《鸡肋集》还以注释的方式，揭示“师俭堂”乃典出西汉“酂侯”萧何，《汉书·萧何传》云：“（萧）何买田宅，必居穷辟处，为家不治垣屋。曰：‘令后世贤，师吾俭；不贤，毋为势家所夺。’”此可补萧氏刻书研究之阙。

2. 旅闽江西同乡

江西与福建毗邻，距离闽北的刻书中心建阳也较近，因此，入闽谋职的江西籍文人甚夥。从邓志谟的信札中，可以勾勒出一批旅闽江西同乡的名单。兹略举数位。譬如同属安仁的李完今，邓志谟曾请他抄写书底，并相约一起入闽，《得愚集》卷二《与李完今丈》札：“书一部，已烦名笔，望槐更欲分写之，卧榻之侧，岂容他人酣睡耶？计足下必不允”，“闽中之行，约已订，今复申白之，九月朔，更五点，鸡三号，弟即见星而行。足下道虽稍近，勿日出而出。天之黎明，须待弟张公渡口。”与邓家仅一带之隔的晏斗源，入闽后没能找到工作，前来拜访邓志谟，但邓氏囊中羞涩，竟然无力请老乡喝酒，《得愚集》卷三《与晏君斗源》云：“竹溪、磐石，仅隔一衣带，别足下八年不一遇，今乃遇之闽，良觌哉。雪寒无赖，弟不能上金昌楼中，解衣沽醑，与足下剧饮一卮，非薄于情也，奈资囊薄耳。足下腹蕴经笥，何地而不可挂蒯缑”，“灵凤既出，宁无高冈之梧桐俟之乎？足下勿忧其阮途穷矣。”与邓志谟关系密切的晏景静，也是安仁县人，邓氏曾两次致函询问他入闽时间，一次托他带函给友人涂仑樵①，另一次则邀他在入闽前相伴游览家乡山水②。黄翼明是江西泸溪（亦名泸阳）人，也在建阳书林任塾师，与邓志谟过从甚密，“数日不聚首，再聚首当诵一日三秋者语矣”③，他还曾为邓氏《唐故事白眉》题撰序言④。抚州的王贞吾，邓志谟在江西时并不认识，却在闽中相交并成为挚友，有一年邓志谟秋梢（九月）归家过年，而王贞吾仍滞留旅邸，邓志谟特意致函慰问，“故乡不识荆，而闽中识之，仆不意萍水交而且成胶漆也，幸幸。秋梢弟归，君且留之旅邸。伯劳飞燕，今且数月，岁骎骎□暮，君能无越吟乎？午睡起，门外雪深三尺，遥□吴山，峰排玉笋，树著银花，景物甚大奇者。独念闽归游子，尚少辟寒犀，未免歌客衣单尔。”⑤两人境遇相近，故惺惺相惜之情，透于纸背。

邓志谟还曾热心地为家乡的朋友，寻找入闽工作的机会，譬如《得愚集》卷五《与卢君仰峰》札：“王君如赓，仆雉坛友，属盱之上庠，今丁母之制，约觅馆樵城。樵城诸缙绅家，皆足下所交游，倘齿牙及之，王君不患其无此道主也。足下固爱弟最者，亦爱弟屋上之毕哺乎？”卷五《与饶君智先》札：“不佞志谟，盖怅然甚，登高后亟欲入闽，为足下觅精庐以挂蒯緱也者。不意贱躯顿疾”，“志谟从万死中一生，足下宜有以寿志谟哉。子月抵坊，已长至后一日，艰于跋涉，体甚惫，岁又迫于暮，不能为足下作曹丘生，足下将陈人乎志谟也。然志谟实病夫焉耳。”尽管自己身处困境，邓志谟仍然不忘友人所托。或许正是因为他对乡情的看重与珍惜，寓居建阳书林的邓志谟，时常成为旅闽江西同乡拜访或聚会的重要人选，详见下文。

3. 藩府王孙及地方官员

邓志谟是一名真正的布衣文人，在目前所知材料中，尚未发现他参加

---

① 《得愚集》卷四《与晏君景静》札：“尔驾之书坊，尅于何日？行则附一缄于涂仑樵。”

② 《得愚集》卷四《与晏君景静》札：“书林之行，谅必在铚刈后耳。向举游兴，忘乎未忘也。麦秋初，弟将裹数日粮游马祖洞，观一线天，遂诣上清老祖炼丹处，顺流而下，乃登仙岩，看岩之胜景”，“足下如同心乎，更请尅日”。

③ 《得愚集》卷二《与黄君翼明》札。

④ 《得愚集》卷三《与黄君翼明》札：“《唐故事白眉》承如椽者作弁言，足下固玄晏先生哉。谢谢！”然今存《白眉故事》诸版本，均未见黄氏序言。

⑤ 《得愚集》卷三《与王君贞吾》札。

科举考试的记载①,遑论功名。但是,邓志谟与江西藩府王孙及饶州、安仁、建阳等地的地方官员,却保持着不少联系。

邓志谟与宁藩王孙朱图南的交往,参见前文,兹略述淮藩永丰王。《续得愚集》卷一《复永丰殿下作宗女传》札云:“殿下玉册传芳,璿源衍派;宗女克全贞孝,寰宇名香。君侯雅尚诗书,藩封望重,兹颁鼎命,谬索芜词。秃笔龙钟,聊献野老刍荛之颂;枯肠滞涩,愧非外孙齑臼之文。无任至臣,不胜唐突。”《得愚集》卷三有《淮藩贞孝女宗行实》,即邓氏所撰“宗女传”。上述两文均未署时间,然而,邓志谟在《复永丰殿下作宗女传》中自云“秃笔龙钟”,则该札当写于邓氏晚年,至少也应超过五十岁,即万历三十六年(1608)之后,据《钦定续文献通考》卷二百八十“封建考”载,万历三十五年(1607)朱由桐封为永丰王,故邓志谟所称“永丰殿下”即此朱由桐。

与邓志谟有交往的地方官员,主要有两类:其一是学官,据三种诗文集所载,计有江西安仁李太衢学师②(《得愚集》卷六)、马念溪学师(《得愚集》卷六)、盱江郑肖璧学博(《得愚集》卷六)、福建光泽丘濬学博(《鸡肋集》卷三)、安徽铜陵张古心学师(《鸡肋集》卷三)、李慎予学博(《续得愚集》卷一)、黄汝弼学博(《续得愚集》卷一)等七人。晚明时期的府县学官,多由贡生或监生担任,进士或举人出身者极少。学官不易升迁,故颇受社会冷落,地方行政长官对其每以奴隶视之,导致学官们亦颇感自卑③。身为布衣的邓志谟,与上述学官交往时,多持平等之姿态,书札写得较为轻松随意,譬如《续得愚集》卷一《与李慎予学博》札云:

---

① 《得愚集》卷一《与周君茂夫》札,言及邓氏对科举的态度,文云:“去秋大比,弟以为足下雄才,擢秣陵首选。迨阅试录,不睹足下名,知足下又在孙山外也。刘贲下第,登科者厚颜,弟不胜扼腕之甚。弟今越五十,无复雄飞心,伎俩亦尽,路鬼当不复揶揄,第愁霜点鬓根耳。足下欲知弟近况乎,请看雨中潇潇竹,则有如弟之龙钟也者。”

② 《得愚集》卷六《寄李师太衢公》札有云:“仆入闽,亟为糊口计,缅想丰神,锦云在望,岂不怀归,归不得尔。至如魏仁台朝天回不?伏之道左以迎;邹老师致仕去不?卧之车下以留。此心悒悒,徒有永叹尔。岁之梢,仆乃闽归,抵家时必趋叩鱣堂。”此李太衢学师及札中所称“邹老师”,时均为安仁县学训导,清郑长瑞、魏鈊纂修《安仁县志》卷六“教职·训导”著录:“邹一璿,梅峰,宜黄人,升教谕”;“李遇春,泰衢,吉水人”。北京大学图书馆藏乾隆刻本。

③ 参见陈宝良,《明代学官制度探析》,《社会科学辑刊》1994 年第 3 期。

> 足下有木天才，而仅仅作冷官；函牛之鼎，而为一鸡烹，小用甚也。得无歌首蓿乎？第以桃李盈门，芝兰满室，雍容文章俎豆间，此官殊不俗，何憾？秋之仲，不佞将之秣陵，秣陵从盛斋外往来，不佞往亦见，来亦见，足下勿怪其数数。此渎。

大概李慎予在来函中对自己沉于下僚多有抱怨，所以邓志谟劝慰他调整心态，以地方教育事业之繁盛为荣为幸，所谓"春风传木铎，夜月照皋比"①、"门墙桃李终期实，家世缃湘可代耕"②云云，皆寓此意。

其二是府县行政长官。据三种诗文集所载，计有饶州府推官阮自华（《鸡肋集》卷三）及庄钦遴（《鸡肋集》卷三、卷四）③，安仁县令郑明选（《鸡肋集》卷三）、魏鸣朝（《鸡肋集》卷三、《得愚集》卷六）、尤拔俊④（《鸡肋集》卷四、卷五），安仁县丞芮诒孙⑤（《鸡肋集》卷四、《得愚集》卷三）以及刘判府（《鸡肋集》卷五）等七人。邓志谟与他们的关系疏密不一，有的只是礼节性的题诗赞颂，譬如饶州府推官阮自华、庄钦遴，因丧母丁忧离职，邓氏赠以《颂郡中阮节府德政未几丁太夫人忧去思有作》、《颂庄节府德政署政余邑因丁太夫人忧去思有作》诸诗；有的则有所往来，譬如安仁县丞芮诒孙，曾送给邓志谟银、帕、扇等礼物，邓氏作《谢又玄芮公惠银帕并扇》（《得愚集》卷三）札致谢，另有《颂二尹芮公》诗云："家世缃缃甲广陵，精神清澈玉壶冰。符分锦水同称父，望重蓝田不负丞。鸣世奇文雄绣虎，慑奸善政击苍鹰。牛刀不为鸡群用，飞舄行看上帝京。"（《鸡肋集》卷四）

---

① 《鸡肋集》卷三《赠光泽丘学师公讳潽》诗。

② 《鸡肋集》卷三《赠铜陵学师张古心》诗。

③ 清王用佐、黄家遴纂修《饶州府志》卷十四"郡佐·推官"著录："阮自华，桐城人，进士，万历二十七年（1599）任"；"庄钦隣，晋江人，进士，万历二十九年（1601）任，历任兵部主事"。北京大学图书馆藏康熙刻本。

④ 清郑长瑞、魏鈊纂修，《安仁县志》卷六"知县"著录："郑明选，号春环，归安人，由己丑会魁，德政春温，清操冰洁。历官五载，行取南京刑科给事中。著有《鸣缶诗集》"；"魏鸣朝，号瑞所，福建龙岩人，由乡举"；"尤拔俊，号虞门，浙江崇德人，由乡举。有传入《名宦》"，"以上俱系万历年间任"。北京大学图书馆藏乾隆刻本。

⑤ 清郑长瑞、魏鈊纂修，《安仁县志》卷六"县丞"著录："芮诒孙，文元，南直隶泰兴人，由选贡，捐俸修儒学、祭器，卒于官。"北京大学图书馆藏乾隆刻本。

值得一提的是邓氏与安仁县令尤拔俊的关系。清郑长瑞、魏鈊纂修《安仁县志》卷八"名宦"载:"尤拔俊,浙江崇德人,由乡举。万历间知安仁,造士爱民,催科尤善。改□池城,开云锦门以光复气运,百姓呼为尤父。入觐,上疏罢湖口税,痛切为民,忠侃恤国。上嘉纳之入名宦祠,肖像祀之,至今如生焉。"可知尤拔俊为官期间,甚得安仁百姓拥戴。为庆贺尤县令"朝京复任",邓志谟连续撰写了一篇贺文和十首诗歌,诗中有云:"天阶佩玉响珊珊,仰望天威咫尺间。三载治功随计吏,一封章疏竦朝班。固知发为忧民白,却羡心因报国丹。料得芳名应不朽,汗青千古馥于兰"①,可谓极尽赞辞。邓志谟还曾写过两封推荐书给尤县令,希望得到他的照拂,一封为自荐(即《续得愚集》卷三《上尤县尊》),一封则代其侄子作(即《续得愚集》卷三《代心衡侄上尤县主》)。兹移录《上尤县尊》部分文字如下,亦可见邓志谟境遇之一斑:

> 某颠毛雪白,苦志灰寒。斥鷃翱翔,只在蓬蒿之上;蠹鱼生死,不离文字之间。今方执贽趋单父堂,敢曰因媒入乌公幕。寸志愿逢孔北海,倍激愚悰;瓣香敬祝曾南丰,毋忘素悃。

关于邓志谟著述情况,今存世甚夥,笔者另文《明代小说家邓志谟著述考》有详录,兹姑就三种诗文集所载略作介绍。邓志谟曾刊行过一部自己的诗集《蝉吟稿》,《得愚集》卷三《寄夏君玄川》札云:"《蝉吟》一稿,技痒尔,然黔驴技至此也,今殃及梨枣矣。漫然呈上,聊供一绝倒者,足下抑用之覆瓿也乎";卷六《寓闽中寄毅心侄》札云:"《蝉吟》拙稿,大阏剡藤,侄乃索之一,又索之再,抑与人覆瓿耶。毋然! 毋然! 必藏拙可耳";《续得愚集》卷二《与黄兆宇丈》札云:"《蝉吟稿》,他人用之覆酱瓿,足下乃索之,特进一帙,聊为作昌歜。"可见《蝉吟稿》刊行后,颇受时人推重。邓志谟还曾约请友人吴还初为该书撰写序文,《得愚集》卷二《与吴君还初》札云:"足下胸臆中贮丘坟几许,一下笔词源滚滚,即譬之静界寺咄咄泉也。《蝉吟稿》一序,弟敢咄之于君,幸涌出余波沃弟。"至于《蝉吟稿》

---

① 《鸡肋集》卷四《贺尤侯朝京复任》第十首。

的内容，通过卷五所录两札，亦可略窥一二：

> 甲辰夏，且为族人讼，邑无于公，竟以其使鬼者而窘弟，弟《蝉吟稿》内志怨者五律，皆不平之鸣也，谅足下睹之乎。他日一把臂，弟将谈其苦于足下，足下将蹙蹙焉作皱眉状哉。（卷五《答邓君如印》）

> 华札至，悯侬之不辰者，语切切然，中心藏之，何日忘之。盖侬之屈于义余者，无太平官府也。义余无他长技，止以兄使鬼，挫屈于侬，侬侠气未除，知死灰不燃乎？矧义余已老，无能还八公之童；侬志虽微，尚欲夺三军之帅，足下其谓之何？《蝉吟》拙稿，虽呓语，敢贡诗坛，然中有不平之鸣，足下览之，当为仆太息也者。（卷五《复罗君碧川》）

两札均谓《蝉吟稿》中的部分诗作，记录着一段冤屈之事。万历甲辰三十二年（1604）夏，邓志谟与族人发生诉讼，对方使用金钱贿赂官府，迫使其屈服，此令邓志谟深受打击，他曾在多封写给友人的书札中，诉说了自己的悲愤之情：《得愚集》卷四《与金君颖宿》札云："仆窶人子，横遭萋菲谤，邑无于公，竟窘仆，此天之阨我乎。辜某者，人中势虎，曩虽有弘农善政，不能使之渡江，倘然而角且翼，则飞而食人也，酷甚！酷甚！仆计此恶，必当死于冯妇与卞庄手耳。李某乃称社鼷，敢云托所安，会须有蒙贵者，扼其喉也。足下骨肉仆，仆为此不平之鸣，足下勿谓仆偏心也"；卷四《与陈君灵心》札云："辜、李诸人，自托社鼷，陷害于仆，天道有知耶？曷留此数辈，此数辈不死，天道无知耶。仆为此不平之鸣，足下将拊臂而笑仆褊耶"；卷四《与晏君景静》札云："弟无复雄飞心，竟为索瘢者所苦，以孔方使鬼，邑无于公，遂窘迫于不佞，弟此何异诬张仪盗璧时？然幸有舌在，可对人谈冤。"惜《蝉吟稿》今未见存世，亦无任何文献著录，仅赖《得愚集》、《续得愚集》而得不泯。

此外，《得愚集》、《续得愚集》还曾载及邓志谟的另两部作品——《古事镜》与《故事白眉》，多为约请友人题撰序文之事。譬如《得愚集》卷三《与黄君翼明》札云："《唐故事白眉》承如椽者作弁言，足下固玄晏先生哉"；《续得愚集》卷二《与黄兆宇丈》札云："《古事镜》，仆欲以玄晏先生属之,令侄已然诺,竟不唾珠玉,忘之耶? 更烦足下一喙及";《续得愚集》卷二《与张淳心丈》札云:"不佞谫谫学,糊口书林,所刻帙不知殃梨枣、污剡藤几许? 海宇诸方家,且将曰:'是伧也,真好事者哉!'不佞以一之未甚,再亦未甚,复赘以《古事镜》,前乞如椽者作弁言,系我足下,奈可苦靳以名手。案头殊觉萧索,笔颓矣,墨亦消磨尽,俱徼惠门下,一札而三恳之。"惜今存本《故事白眉》及《古事镜》均未见上述诸人之序文。

四、诗文集所载邓志谟之旅闽书坊生活

建阳书林是明代重要的刻书中心之一,其地聚居着为数众多的书业从业人员,诸如书坊编辑、写工、画工、刻工、印刷工、装订工以及书商等等,其中既有建阳本地的刻书世家子弟,也有来自建阳甚至闽省之外地区的旅寓人士。关于此旅寓群体的生活细节,由于缺乏文献史料,大多无从考索。今邓志谟《得愚集》、《续得愚集》及《鸡肋集》的存世,庶可弥补此项研究的空缺。兹以邓氏为例,从如下五个方面,考察一名旅寓建阳的书坊编辑的生活境况。

1. 奔波于家乡与建阳之间,备尝行旅艰辛。

邓志谟的家乡在江西饶州府安仁县①,距离福建建阳虽不算太远,但其间山水阻隔,舟车辗转,单程也需一个多月时间。邓志谟一般取道"峡山口"②,沿泸溪江至建昌府北部的泸溪(一名"泸阳"),然后翻越武夷山脉,进入福建省,在邵武府的光泽(一名"杭川"),乘船沿西溪江抵达邵武③(一名"樵阳"),再折向东行,直至建宁府的建阳书林。从谭其骧主编《中国历史地图集·元明时期》所绘万历十年(1582)"江西"、"福建"

---

① 邓志谟曾在《永镇阁》中如此描述他的家乡:"豫章十三郡,饶郡最;饶七邑,安仁最;安仁数十村,邓埠最;邓埠之最,最以永镇阁也。"文载《续得愚集》卷四、《鸡肋集》卷五。

② 《得愚集》卷一《与金君弘吾》札:"仆入闽,自峡山口以进,悉险如马颊坂,王阳畏途,纵叱驽不前。"另《永镇阁》一文亦云:"峡山、乳口两河,襟带千古;罗首、金盘诸岭,保障万年。"

③ 《得愚集》卷四《与吴君指南》札:"前入闽,自杭川买棹,顺流抵樵阳,亟欲诣斋问讯,奈榜人不肯维缆。"《鸡肋集》卷二亦收录此札,而且"杭川"旁训云"光泽","樵阳"旁训云"即武郡"。

地图来看,这确实是一条较为便捷可行的路线。由于地理环境的险恶以及风霜雨雪的阻挡,邓志谟的入闽之旅,颇多艰辛困苦:《得愚集》卷三《与侄涵心》札云:“侬入闽,至樵阳界,雷电大作,瓦裂者不知几千万户,而牛马当之,辄如受吾家雩祖之拳,弟不知吾锦川地得如安阳邑中无也”,这是碰上了雷暴;卷二《与吴君还初》札云:“昨夜燃烛时,酒后耳热,正长吟‘潮汐有消长,乾坤无变更’之句,不意地之忽动,其屋瓦之振,颇如长平鼓噪时;而陆中人更若登泛泛水中舟”,这是发生了地震;《续得愚集》卷一《与刘瑞吾君》札云:“仆入闽,遇大雪,手欲龟,足欲茧,囊橐枵然,苦甚”,这是遭遇了大雪。

据书札记载,邓志谟通常在“秋梢”①、“登高后”②、“九月朔”③(均为九月)或“阳月”④(即十月)入闽,“岁暮”归家过年⑤;第二年“三月上辰”⑥或“新火”⑦(即四月初),再度入闽,至“肇秋”(即七月)返家,等忙完“铚刈”(即割稻)农事后,重赴建阳书林⑧。如此年复一年,“自豫章入闽,复自闽归豫章,往返数数”⑨,两地奔波,前后长达十多年。有时因为发生了意外之事,邓志谟不得不改变计划。譬如万历甲辰三十二年

---

① 《得愚集》卷五《与李君四我》札:“分袂者逾年,卿云在天,频切引领。秋梢闽归,过白玕市,将谒谭府,一把臂谭阔悰。”

② 《得愚集》卷五《与邓君日观》札:“弟肇秋归,登高后亟欲赴书林。”

③ 《续得愚集》卷二《与李完今丈》札:“闽中之行,约已订,今复申白之,九月朔,更五点,鸡三号,弟即见星而行。足下道虽稍近,勿日出而出。天之黎明,须待弟张公渡口。”

④ 《得愚集》卷四《与黄君翼明》札:“弟入闽之期,拟于阳月,足下归泸之日,尚在辜辰,是弟与足下犹得以聚首。”此“辜辰”指十一月。

⑤ 《得愚集》卷二《与危君湛宇》札:“登高后驾欲访临,知足下爱仆也。第仆以糊口计,必岁之暮始归,倘文旌先期而来者,必且题凤字而去。”

⑥ 《得愚集》卷五《与周君惺吾》札:“俟三月上辰,弟自闽归,道经高富里,当特访精庐,一总阔绪焉。”

⑦ 《得愚集》卷四《与李君少白》札:“新火后,仆再入闽,足下必欲教仆,仆且由白玕越牛岭,忻忻然登龙门矣。”

⑧ 《得愚集》卷四《与晏君景静》札:“书林之行,谅必在铚刈后耳。”邓志谟既要赴闽笔耕,又得在家田耕,殊为辛苦,农忙时甚至无暇招待朋友来访,《续得愚集》卷二《与杨翌明丈》札:“文旌俨然而临,农事正急,主人慢客甚,谅足下不以为慢,何者?恃在知己也。”

⑨ 参见《得愚集》卷三《与陈君国用》札。

(1604)春,闽南爆发了白莲教起义,正在入闽途中[①]的邓志谟,被迫返回家乡避乱,途经江西泸溪时,他顺路拜访了李少白、魏匹凡等友人,并写下了七律《甲辰避闽乱过李少白丈凤石山房越宿奉别》,诗云:“暂因兵火出南闽,特过泸阳御李君。越宿不惭依凤石,平生重幸到龙门。无诗和韵须频撚,有酒论文袂又分。明日牛峰更回首,未堪碧树一山云。”孰知回家之后,邓志谟却与族人发生纠纷,最后竟对簿公堂,可谓祸不单行,参见前文。

再譬如万历三十三年(1605)[②],邓志谟正欲“登高后”(九月中旬)入闽,不料“贱躯顿疾,胸臆间气如舂杵。气稍平矣,面之恶瘢,又作灼艾数十壮不退,讵火攻出下策邪,既乃饮药数斗,裁获少瘥。虽梦不入长夜,谓之本来面目非矣”[③],前后卧床不起达五十余日,至十月底,病体始稍愈,十一月初,邓志谟启程赴闽,抵达建阳书林时已是冬至后一日,即十二月二十三日。岁暮年关,邓志谟拖着尚未痊愈的病体,独自飘零异乡,其心境可想而知,他在多封写给友人的书札中,吐露了其内心的悲凉与无奈:《得愚集》卷五《与饶君智先》札:“时临除夕,送故纳新,志谟羁于闽,腊腊礼尽废也。遥忆足下柏酹椒浆,称觞一堂者甚乐,尚念天涯知己,孑然旅邸中,揖穷鬼而送之乎哉”;卷五《复姜君全吾》札:“弟旅寓于闽,隔绝故人者久,见故人书如见故人也,此衷慰甚。旧岁之桂月,弟欲叩大庭侯太夫人起居,奈贱躯顿疾,五旬而不下榻,不作泉中人,幸也。岁暮入闽,非得已而行,亟为糊口计尔。”

---

① 《得愚集》卷四《与吴君指南》札:“前入闽,自杭川买棹,顺流抵樵阳”,“延之白莲教兴,谈干戈者道不绝口。仆计海凫毛不出,天下不当乱。”卷四《与黄君对墀》札:“延之白莲教兴,虽聚徒数千,此千奴一胆,无能为也。”卷四《与魏君匹凡》札:“弟自甲辰春为闽贼迫归,至大庭,得与足下聚首,今一别又梨花四度哉”,“闽贼”旁训云“白莲教之贼”。

② 《得愚集》卷五《答邓君如印》札云:“丙申冬判袂,已十度飞萤矣”,此“丙申”为万历二十四年(1596),则《答邓君如印》札,当写于万历三十三年(1605)。此札又云:“秋仲月,足下以华笺付黄君翼明处投弟,弟肇秋先归也,秋梢而欲赴书林,遽尔病,病且剧,头不受栉者五旬,饮药代薄糜,倚杖当扶,仆履床前寻丈地,动如九折坂。至阳月尽,强步堂下,见雨中残菊,自忆黄花似我瘦,我瘦似黄花者,窃虑其不腊。幸徽君之灵而起之,迨至日才抵坊,见黄君翼明,翼明已脂其归辖矣。渠亟以来金示教,弟捧颂毕,即扫尘砚答之”,则邓志谟卧病不起以致岁暮入闽之事,乃在万历三十三年(1605)。

③ 《得愚集》卷五《与饶君智先》札。

2. 编校书籍，兼任塾师。

邓志谟入闽后曾任余应虬家塾师，然而从相关书札文字来看，邓氏居闽时的工作，乃以图书编校出版为主，塾师则次之。譬如《得愚集》卷二《复吴君秀卿》札："仆迩来无他伎俩，业于雕虫，虽勤而成书，不能藏之名山，徒苦此腕耳"；卷二《答黄君幼成》札云："不肖事铅椠，暇辄忆故人"；《续得愚集》卷一《复王凤云君》札："如不佞辈，寓书林已十霜，利名何在？空遗须鬓皤然"，"若区区从此地事铅椠，途亦穷矣"；《续得愚集》卷二《与张淳心丈》札："不佞谫谫学，糊口书林，所刻帙不知殃梨枣、污剡藤几许？海宇诸方家，且将曰：'是伧也，真好事者哉！'"此所谓"业于雕虫"、"事铅椠"、"殃梨枣、污剡藤"云云，均指编书刻书。前文述及万历三十三年(1605)，邓志谟病愈入闽，抵达书林时已是十二月二十三日，按照正常情况，岁暮年关，馆塾本来也要停课放假了，邓志谟又何必匆匆入闽呢？合理的答案是：其主要工作乃编校图书，抑或正有几部图书等着他校毕付梓，因此，邓志谟才无奈岁暮入闽，并在书林度过除夕，直至第二年春天始得返家。

今知邓志谟编撰的书籍，计有《古事镜》、《古事苑》、《事类捷录》、《丰韵情书》、《一札三奇》、《白眉故事》、《黄眉故事》、《洒洒篇》、《花鸟争奇》、《山水争奇》、《风月争奇》、《铁树记》、《飞剑记》、《咒枣记》及《五局传奇》等十数种，涵盖类书、小说、戏曲等图书类型。其书大多由余氏萃庆堂首先刊行，从诸书问世后迭经翻刻的情况来看，当时应颇为畅销，仅此一项，邓氏就为其服务的余氏家族赢利甚厚。需要指出的是，上述所列均为题署邓志谟名号的图书，其未署名号但实际参与过编校工作的图书，无疑还有不少，譬如《得愚集》卷四《与余君继泉》札云："《肉谱群玉》，仆已第其品次，校其鲁鱼，即登之梨枣，梨枣勿痛也，更毋虑阏其剡藤哉"，此《肉谱群玉》可能就属于这种性质。

3. 联系刻书事宜，购赠闽版书籍。

身处明代刻书中心建阳，又受雇于著名的余氏书坊，邓志谟逐步拥有了一定的出版资源，上文所列《古事镜》、《事类捷录》、《铁树记》、《飞剑记》等十数种著述，均由余氏萃庆堂刊印问世，作为一名普通的布衣文人，邓志谟无疑是非常幸运的。邓氏晚年定居家乡，曾把教授学生撰写翰墨的教材，整理为《一札三奇》，当他将书稿“付闽之书坊”，结果因为“旧有声于坊，杀青氏遂争锲之”①。很显然，十数年艰辛的游闽生活，对邓志谟的著述事业助益良多②，这可能远比经济上的收益更令他感到欣慰。邓志谟也曾利用其在建阳书坊的社会关系，帮助友人联系著作出版事宜。譬如《得愚集》卷四《与陈君灵心》札云：“所付佳稿，弟携至书林，欲寿之梨枣。奈剞劂氏喜其甚奇，而惜其太少，足下奚囊中拍塞乎？尚当再检昆玉，增价剡藤。”卷六《寄杨君春和》札云：“足下著《浣肠集》，近作何状？梦中有白凤乎？成则可附入书林，仆得以付之杀青氏，使赫蹏增价耳。”当然，让精明的书坊投资刻印一部书稿，殊非易事，卷五《与李君四我》札云：“所委《经义》，即付之梓人，荆山之璞，竟乏高眼，已转付罗用之处，谅归邺架乎？一见能仙剞劂者，甚类刻玉楮叶，不胜其难。”由此反观邓氏十数部著述均能顺利付梓，实应归功于他旅寓建阳的生活经历。

据《建阳县志》卷三《封域志》记载，建阳书林的“书市在崇化里，比屋皆鬻书籍，天下客商贩者如织，每月以一、六日集”。有此得天独厚之条件，为友人代购闽版书籍，自然就成了邓志谟不容推辞的责任，《得愚集》卷一《答钟峰兄》札云：“所嘱《玉髓经》，弟入闽即为致之，更不必先惠直也”；卷五《与侄心衡》札云：“所嘱书目，一一为侄致之，待文旌归，即检点以付，侄须品以牙签，登之邺架也”；卷六《复马师念溪公》札云“所嘱修养等书，仆入闽即为谋致之，更不敢食言如郭重辈也”；《续得愚集》卷一《与刘半区丈》札云：“仆将入闽，足下欲某书某书，悉当为致之，奉充邺架”。书籍也是邓志谟馈赠友人的绝佳礼物，《得愚集》卷一《与魏君世愚》札云：“《道德经》一部，青牛背上帙也”，“今以之馈足下，足下日谈之，舌本间不强乎”；卷四《与黄君对墀》札云：“《性理》一帙，聊当陇头梅，附之驿使，足下墨庄林林，此虽腹中故物，尚笑留之，以充邺架轴”；卷五《与邹君

---

① 明桂月培，《叙一札三奇》，国家图书馆所藏明刊本。

② 吴圣昔，《邓志谟经历、家境、卒年探考》云：“邓志谟如果不是游闽，受雇于建阳余氏，他如此之多的编著决不可能在建阳书林出版，甚至也许不可能有机会出版。”此言甚是。吴文载《明清小说研究》1999 年第 3 期。

元美》札云："《南华》一部，奉贡记室，此系漆园生心册，足下鼓盆歌后，必善齐物遇，无需于此矣。"有时候，书籍还被邓志谟用来交换紧缺的粮食，《续得愚集》卷一《与吴弘宇大人》札述及邓氏向吴弘宇借米事，文中有云："盛廪陈粒，敢假以二三石，仆盖以谢仁祖属台下。台下亭毒仆，亦煦妪仆之妻孥，当必允所恳。第此之谷价，或以白镣饱陆橐，或以异书充邺架，惟台下所命。"

4. 友朋宴游，青楼狎妓。

旅寓建阳的生活，颇为孤独寂寥，邓志谟每每发出"旅寓无赖"①"旅况岑寂"②、"郁郁旅邸"③"苦于旅况"④之叹。因此，偕友朋宴饮游玩，遂成其赏心乐事。《鸡肋集》卷四收录《谒书林张睢阳祠》、《过浦城有作》、《寓书林与朱起滇邓献廷刘明宇诸丈蒲节饮有作》、《寓书林九日同陈允中晏景静诸丈登南山庵聚饮》、《寓书林遇芝城李春寰丈因别有赠》、《中秋夜同朱起滇邓献廷诸丈饮》诸诗，记录了邓志谟游历书林古迹、浦城风景以及与友人共度端午、中秋、重阳佳节的欢愉，诗有"笑语不妨乌帽落，徘徊犹幸白衣来"⑤，"彩线不缠曾识命，玉壶未竭更呼卢。人生底事论醒醉，却笑怀沙屈大夫"⑥，"见说百年宁几笑，幸逢斗米只三钱。玉壶今有如渑酒，莫负清霄人月圆"⑦云云，流露出人生匆促、及时行乐的异乡游子情怀。

此处，不妨再来看两次令邓志谟印象深刻的宴游：万历庚戌三十八年（1610），临汝熊凤竹、金川刘如竹、抚州王贞吾、吉安刘元鼎及安仁李完今诸友来访，邓志谟设席欢饮，并撰《寓书林燕乐记》以纪其事，文中云：

> 余乃炮鱼脍肉，沽酒醑，且买以莺嘴者之桃，鸡心者之李，鹤顶珠

---

① 《得愚集》卷二《与杨君梧垣》札："不佞旅寓无赖，晚岁峥嵘，不无游子悲故乡之想。"

② 《得愚集》卷三《与刘君廷英》札："春色大佳，奈旅况岑寂，负此佳景耳。"

③ 《得愚集》卷五《闽中寄侄以仁》札："郁郁旅邸中，遥念故乡，恨不翰尔家信至。"

④ 《得愚集》卷五《复姜君全吾》札："弟则窘于家事，苦于旅况，悲火烧心曲尔。足下倘知弟近况乎，必将悯弟之不造也者。"

⑤ 《鸡肋集》卷四《寓书林九日同陈允中晏景静诸丈登南山庵聚饮》。

⑥ 《鸡肋集》卷四《寓书林与朱起滇邓献廷刘明宇诸丈蒲节饮有作》。

⑦ 《鸡肋集》卷四《中秋夜同朱起滇邓献廷诸丈饮》。

者之杨梅，罗于席，诸友环席而坐，在坐者六人，议者以为竹林逸也。举杯浮白，哗然相倾倒，豪兴扬扢。或呼卢，或喝雉，或射覆，或布觞政，觥筹无算矣。熊生善歌，歌《陌上花》一曲，喉之中一串骊珠也。余抚掌笑曰："今日之会乐乎？厌厌夜饮，不醉无归耳。"[①]

另一次则发生在万历四十一年(1613)三月三日上巳节，邓志谟与友人刘畸人、吴伯贤、陈淑心同游书林鳌峰，"时丽藻奇葩，皆文章也；歌莺语燕，皆律吕也；好山活水，皆欢趣也"，众人效兰亭故事，赋诗饮酒，邓志谟因"枯肠涩矣"，未能吟诗，被众人解去衣衫，至酒楼典酒一瓮，"复至鳌峰下，拂地为席，藉草为裀，倚松竹为盖，折花枝为酒筹，呼卢喝雉，颓然入醉乡也"，"忽日之将夕，羊牛下来。亟命奚奴收杯，还之酒家妪。各忻忻咏而归焉。呜呼！今之上巳，永和之暮春也耶？畸人诸人，王谢之诸人也耶？澧阳之鳌峰，会稽之兰亭也耶？"[②]上述两次宴游，其物质条件都极为简陋，然因参加宴游诸人境遇相近，心情相通，故能自得其乐，曲尽其欢。

《鸡肋集》卷三、卷四收录有《赠妓素兰》、《赠妓月娥》、《赠妓秀玉》三首诗作，表明邓志谟曾有青楼狎妓的经历。对于一个飘泊异乡的明代文人来说，此种经历本不足为奇。然而，有意思的是，透过邓氏写给友人的书札[③]，我们可以看到一个陷入道德旋涡的邓志谟：一方面，孤寂的旅寓生活，使他对青楼冶游颇为渴求，甚至对朋友们的狎妓故事也津津乐道，《续得愚集》卷二《与林瞻我丈》札云："元夕诣青楼游，有美人兮，金跳脱，玉连环，飘飘然萼绿华态度，足下占此春色，快哉足下"，他邀请林瞻我来访，并称"足下更携以东山妓来，犹增雅趣"，艳羡之情，溢于言表；《得愚集》卷一《与晏君景静》札云："景静足下，风流苏局仙哉。小红系恋甚，前赴潭阳，颦如西家施，蓬首乱香云，且如蔡文姬请罪时也。依昨访其处，渠附以情缄，一字一啼珠，更嘱以口头语万千，足下来一一为诵之，以

---

① 参见《续得愚集》卷三、《鸡肋集》卷五所录《寓书林燕乐记》。

② 参见《续得愚集》卷三、《鸡肋集》卷五所录《寓澧阳踏青记》。

③ 除文中所引外，尚可参见《得愚集》卷一《与甘君敏卿》札、《与何君延滨》札，卷三《与陈君允中》札等。

意中人心中事，博足下眼中泪也”，邓氏复将此札及晏景静的回信，收入所编《丰韵情书》，可见其兴趣所在。另一方面，邓志谟又觉得青楼女子缺乏真情，唯利是图，误人不浅，曾为自己“近状失检，溺于宴游”①而感到愧疚，也曾语重心长地劝说友人远离青楼，回头是岸，《得愚集》卷五《规徐君龙翔》札云：“文旌抵书坊未几时也，乃日从墩上馆游，岂恪节君子哉？闻大兄注意玉妹，以为古红红简简者流，然玉其名不玉其貌，止可作黑昆仑尔。大兄乃捐以橐中金买笑，抑亦屈到之嗜乎？虽然，妓流家汩没少年几许，此欲海漂流、爱河浊浪也者，得回头是岸哉。不佞此言，可当莲筏，乞大兄速登大愿船，以证菩提果。”这种徘徊于生理冲动与道德教诲之间的矛盾心态，真实地反映了邓志谟旅寓生活的某种精神景况。

5. 书坊编辑的经济状况。

关于邓志谟受雇建阳余氏书坊的工资收入，目前尚难确考。但是，透过《得愚集》诸集所录书札资料，亦不难窥知邓志谟的经济状况。在邓氏写给朋友们的信札中，时常可见“贫且在膏肓”、“看囊羞涩”、“囊橐洗如”、“橐枵然馁也”等语，邓志谟似乎一直处在贫困的阴影中。那么，他居闽收入又花费于何处呢？请看如下三札：

《得愚集》卷二《与张君贤卿》札：“旅寓书林，已赋杜拾遗‘十暑岷山葛’矣。所获橐中金，未能买负郭膏腴，惟易书数帙，当子孙良田耳”，这是用于买书；卷三《与杨君翼明》札：“旧岁桂月归，欲以所营赤反毕其宿逋，奈贱躯顿疾，医请治，巫请祷，其所微积，半投之屠沽，半投之药肆，至看囊羞涩耳，顾安得青蚨之血，令子母飞来耶。岁暮入坊，逾时无几，扣其所得，特可以偿子钱，足下知我者，乃以苦情告。然弟有券在，必不令冯生辈为孟尝君市义也”，这是用于治病、沽酒以及偿还借贷利息；卷六《与夏君瀛川》札：“不佞自闽归，橐中装甚薄，了公事外，仅可以供责家子钱，顾安得床头镪耶”，这是用于诉讼以及偿还借贷利息。

据邓志谟自述，其家有祖屋一栋、薄田数亩，维持一家数口的日常生

---

① 《得愚集》卷三《与侄子实》札云：“依近状失检，溺于宴游，谨厚者且蕎苴于侬乎？愧甚！愧甚！”

活应该不成问题,又怎么会借下高利贷呢?卷四《答范君宗元》、卷五《答邓君如印》等札,交代了其中的原委。原来在万历戊戌二十七(1599)至乙巳三十三年(1605)间,邓志谟家祸不单行,迭遭迭故:

万历戊戌二十六年(1598),仅一岁的儿子夭折。

己亥二十七年(1599)春,妻子病故;秋,丧母。

壬寅三十年(1602)春,续娶一妻,育一女,亦夭折。

癸卯三十一年(1603),因"术者以为宅之不吉",邓志谟"不顾力之绵",决定改造新屋,"构材贷朱提,食工假白粲",是为第一次借贷。

甲辰三十二年(1604)春,为躲避闽南的白莲教起义,邓志谟在入闽中途折返老家;夏,与族人发生诉讼,频繁往来县城,"称贷而饱夫社鼷",是为第二次借贷;九月中旬,拟再度入闽,不料忽患急病,卧床不起五十余日;十一月初,"亟为糊口计",岁暮入闽。

乙巳三十三年(1605)春,小女种疹,"縻费赤反"。

短短七八年时间内,邓志谟"骨肉迭谢","力支数丧"①,"构小室,囊橐洗如;复为讼事钩带,称贷而饱夫社鼷"②,"床不离卧病之人,炉不停煮药之火"③,他不仅精神上遭受重创,经济上也陷入绝境,真正跌入了人生的最低谷,甚至产生了隐入山林的念头④。邓志谟的人生观,也蒙上了消极的宿命色彩,他曾撰《戒求富贵》一文,"聊自安,亦警于人"⑤,文中有云:"讵知富与贵,总属于天。天而我与乎,不求而至;天而不与我乎,求亦不至。"《得愚集》卷二《与饶伯彦丈》札则云:"老拙龙钟,年逾五十矣,

---

① 《得愚集》卷一《与魏君世愚》札:"仆不辰,遭家多难,子夭折矣,继亡其妻,母氏复徂落,一期而骨肉迭谢,苦甚于荼也;力支数丧,贫且在膏肓乎。"

② 《得愚集》卷四《答范君宗元》札。

③ 《得愚集》卷五《复姜君全吾》札:"岁暮入闽,非得已而行,亟为糊口计尔。今春小女种疹,縻费赤反,奈王家舅依然。弟计家下床不离卧病之人,炉不停煮药之火,室悬罄甚也已焉哉,天实为之乎。"

④ 《续得愚集》卷一《与吴玉坡君》札:"年来殊觉俗扰,不胜漶漶。欲覆以惭愧之衣,落以烦恼之发,顾膝下有雏婴在。五山之云,何时生杖履间乎?"

⑤ 《续得愚集》卷二《与陈益吾丈》札:"弟拓落甚,囊如洗,视陆橐充盈,诚缺陷世界。虽然,此命也。适作《有(戒)求富贵》文,聊自安,亦警于人。惟足下加一郢。弟欲过访,奈二岁婴雏,日不离怀抱,弟亦不惮于犊之舐,不果来。"

不能效蘧大夫知非，方寸间，日怔怔忡忡，互为三心所苦。过去心，思曩昔事；现在心，思今日事；未来心，思后日事。然过去心，不可得；未来心，不可得；现在心，不可得。止落得鬓皤皤若银耳。”字里行间，流露出一种对生命的悲凉体悟。令人欣慰的是，邓志谟并未被严酷的现实摧垮，转而发愤著书，并逐渐迎来了其事业的高潮。

五、通俗小说家邓志谟的诗歌创作

邓志谟三种诗文集共收录诗作 283 首，其存世数量，在明代通俗小说作家中足称可观。综览全部作品，可知其诗歌创作具有如下三个显著特征：

1. 多赠和之作。

如前所述，邓志谟往来于江西与福建之间，交游极为广泛，其中虽无名流硕儒，但大部分皆为受过教育的中下层文人。据三集所录书札可知，他们之间诗酒唱和，往来题赠，甚为频繁，详参下表：

书札篇名	邓志谟与友朋诗文赠和情况	出处
《与吴君景初》	所付诗章，阳春白雪，寡和调也。强步来韵，已撚须半日，漫然呈上，唐突谓何？	《得愚集》卷一
《复晏君景靖》	所委序文，弟病起搜索枯肠，无一奇特句，大愧玄晏也。	《得愚集》卷一
《与倪君春宇》	吴完吾以墓铭委弟，弟不能文，特令其转恳足下。	《得愚集》卷一
《与卢君元会》	味足下来诗，铿锵之句，比响金石；试一朗咏，当令鬼神泣也。步韵效颦，乃蝘蜓敌蛟螭耳。	《得愚集》卷二
《与陈君汝逊》	一诗强步来韵，非技痒也，效颦耳。兹贡之吟坛，所谓布鼓过雷门者，唐突谓何？	《得愚集》卷二
《复高君景文》	前以恶诗唐突，自忘其驴之黔。足下今又见索，将谓其有枫冷句乎？倘亦昌歜者嗜矣。来韵示教，尚容撚须。	《得愚集》卷二

续表

书札篇名	邓志谟与友朋诗文赠和情况	出处
《与高君从轩》	足下《咏梅花》诗,一字一珠,今命鄙人政,是欲使无盐丑妇教西施女新妆也,仆不能作赞语,聊以十四字美之云:巧从杜甫联中得,妙向王维画里寻。	《得愚集》卷三
《答张君彦溪》	佳章见投,美如琬琰。更欲不佞弟步韵,是使陇廉辈与孟娵者争丽也。	《得愚集》卷三
《复陈君冲寰》	撚须和诸什,视周益吾绮语,避一头地也。	《得愚集》卷三
《与陈君寅宾》	足下胸中锦绣,自出一家机杼。仆尘垢囊,宁能拣珠玉?碑文之委,是欲以越鸡伏鹄卵,不称甚也,若鲁鸡固能之矣。并此辞。	《得愚集》卷三
《复陈一畸》	来笺云云,白雪难和,待搜索枯肠,以瓦缶应黄钟也,足下尚咄咄,志谟今将撚须而断乎。	《得愚集》卷三
《与魏君云台》	周母祭文,固委之谫谫弟,弟不敢奉命。盖足下胸臆中咄泉汪汪,乃不自挹,而挹于眢井中之涓滴焉。误矣夫!误矣夫!	《得愚集》卷三
《与苏君贞夫》	足下成都之往,计文旌到日,芙蓉花正开,恍然在锦城中行也。拙诗一律,聊以赠行。	《得愚集》卷三
《与徐君耀吾》	承命索观,漫呈之文坛,以鸣蛙当鼓吹意尔。	《得愚集》卷四
《与陈君谦所》	所投佳什,洵美且丽,何物笔端走出骊龙珠,仆珍藏十袭之夜,犹有清光烛太玄矣。容撚须步韵,以瓦缶应黄钟也。	《得愚集》卷四
《与周君平原》	前所和韵,未免忤时俗,莫扪其舌,只自悔矣。然宁为鸡口,毋为牛后,弟之自许者如是,更不能高下其手,而诺诺于人前也。	《得愚集》卷四
《与张君淑谦》	七夕甫临,双星雅会,弟不能骈四俪六,以作《乞巧文》,惟撚须数茎,赋成鄙韵,今呈之记曹。	《得愚集》卷五

续表

书札篇名	邓志谟与友朋诗文赠和情况	出处
《与谢君贞宇》	所锓佳什，隋珠赵璧，一序而委之不佞，不佞语也吃，能为玄晏乎？盖不佞以马齿论，仅先足下一饭；若校以胸中能，落在第二筹也。不佞乌能当一面？惟有阁钟繇之笔尔。虽然，明命屡下，未可拒也。涂雅草草，抑亦糠秕在前意也。	《得愚集》卷六
《复王思桥丈》	佳章见投，撚须步来韵，跛鳖希奇骥耳，足下宁不轩渠乎？	《续得愚集》卷一
《复徐毅所君》	所示佳篇，阳春寡和，俟西塘梦草后酬之。	《续得愚集》卷一
《复陈巽宇丈》	命下索吃语，知我如足下，尚不知不佞如瓠之腹哉。足下唾吐珠玉，何乃问道于盲？今呈以聱牙之作，聊当老丈昌歜耳。	《续得愚集》卷一
《与危克范丈》	令嫂六十矣，居孀茹苦，不移所天，女中之白眉者。不佞欲为作佳传，腹虽馁，不敢觅米，唯有酒一觥，壮其笔兴焉，足矣。	《续得愚集》卷二
《与陈巽宇丈》	所嘱诗篇，弟恐疾行无善迹，迟数日，空其腹以献。	《续得愚集》卷二
《与刘半区丈》	所制佳集，天孙织就云锦裳，乃属不佞序，是欲麻枲而领之矣。可笑！可笑！	《续得愚集》卷二

旅寓建阳书林期间，邓志谟还参加了一个名为“文酒社”的诗社，社友魏邦达曾在《锲旁注事类捷录》“小引”中，满怀深情地回忆道：“遥忆昔年文酒社，景南距余齿高二三袠，迭制新声乐府，命侍儿按板传杯，酒后耳热，景南跃起揖予曰：‘君虽年少，君之才何啻胜曹丕十倍。’予逊谢弗敢当。窗中旧雨，世上浮云，迄今此老墓门木拱矣。抚今追昔，聚散亦何尝

而风流，得意之事一过，倏生悲凉。”[①]《续得愚集》卷二《与熊静溪丈》札亦云：“诗社成，欲召志谟入。飞兔紫燕，宁与款段伍？第丑妇效颦，忘其丑也。谨如命。”此“诗社”或即魏邦达所云“文酒社”。此外，邓志谟“社友”桂林标、张大佐等人，亦曾“批阅”过邓氏编撰的戏曲作品[②]。邓氏诗文集中篇名标明为赠和之诗者，有《赠吴中韩懋卿甫》、《赠汉川丞陈静轩公》、《赠铜陵学师张古心》等104首，约占总数的37%。这些诗作或记友朋聚散（如《寓书林遇芝城李春寰丈因别有赠》等），或送友赴试（如《送泸溪魏区人丈伯仲赴试》等），或称颂官员（如《贺尤侯朝京复任十首》等），或规箴门生（如《寄罗生用之》等），或与人道贺（如《贺黄一吾丈寿时值立春前一日》等），皆属应酬之作，故多虚辞习语，而乏个性真情，其文献资料价值更胜于文学价值。

2. 多戏拟之作。

邓氏诗文集中另收有一批特殊作品，包括《闲居隐兴》（4首）、《书斋记景》（4首）、《记僧家景》（4首）、《记道观景》（4首）、《春暮村景》（6首）、《隐居赋事》（4首）、《僧家四景》（春夏秋冬各1首）、《道观四景》（春夏秋冬各1首）、《书斋》（春夏秋冬各1首）、《宫怨》（8首）、《闺怨》（10首）、《构栏怨》（6首）、《采桑曲》（4首）、《采莲曲》（4首）、《明妃曲》（6首）、《塞下曲》（10首）、《商妇吟》（2首）、《渔》（2首）、《樵》（2首）、《农》（2首）、《牧》（2首）、《征妇吟》（2首）、《赋征妇吟陆云端命题》（10首）、《赋古十才子李少白命题》（10首）、《赋古十佳人刘玉坡命题》（10首）以及《题贵妃浴温泉》、《题爱妾换马》、《题歌姬赌带》、《题王质观棋》、《嘲相如题桥柱》、《嘲金莲步》、《嘲郭巨埋儿》等篇，合计135首，约占总数的48%。这些诗作，或为邓氏自娱练笔，或为诗社所定诗课，呈现出相当浓烈的游戏色彩，殊少佳篇。不过，因其按类拟作，所涉“才子”“佳人”、“僧家”“道观”、“闺阁”“构栏”等题材，又是小说常见的描写对

① 明魏邦达，《锲旁注事类捷录》“小引”，明余元熹重刻本，今藏上海图书馆。

② 邓志谟所撰传奇《并头花记》首题“社友月培父桂林标批阅”，《八珠环记》首题“社友良卿父张大佐批阅”，此两种传奇均为清玉芝斋抄本，今藏国家图书馆。

象,故邓氏创作上述戏拟之诗,实不啻是小说家进行必要的韵文训练。举例言之,邓志谟较为偏好、擅长撰写“春夏秋冬”组诗,此类诗作遂亦多见于小说,《飞剑记》第十一回,叙纯阳子来到杭州天竺寺,见到禅堂有“春夏秋冬四律诗句”,下引“春景诗”、“夏景诗”、“秋景诗”、“冬景诗”七绝各一首,其语词意境与《鸡肋集》所录《僧家四景》颇为接近;此外《风月争奇》小说中也有“风”春夏秋冬各1首、“月”春夏秋冬各1首。更为令人注目的是,诗文集中还有若干作品,被直接移用于邓氏小说之中,详见下文。

3. 喜用典故。

邓志谟博学多闻,“胸藏万卷”,素有“两脚书橱”[①]之誉,所编《古事镜》、《古事苑》、《事类捷录》、《白眉故事》及《黄眉故事》等,皆为典故汇编性质的类书,《得愚集》卷二《与张君贤卿》札云:“《故事白眉》,系仆之汇编,谨贡记室。贤郎资颖过人,足下令其博古典,此亦一助也”,此类书籍既有助于“博古典”,则编者之熟稔“古典”自不待言。邓氏所撰传奇《八珠环记》、《凤头鞋记》、《并头花记》、《玛瑙簪记》、争奇小说《花鸟争奇》、《山水争奇》、《风月争奇》以及数百通书札,均有多用典故、炫示才学的文本特征,诗歌创作亦不例外,兹略举数首:譬如《赠相国张洪阳公弟肖乾丈时闽遇而作》诗云:“聚首潭阳邂逅初,喜君门第甲洪都。悬知今日鸣珂里,还写当年列戟图。我辈自惭葭倚玉,人豪未是海遗珠。殷勤不忍明朝别,共话离情酒一壶。”篇中连续使用了四个典故:“鸣珂里”典出《新唐书·张嘉佑传》,“列戟图”典出《新唐书·张俭传》,“葭依玉”典出《世说新语·容止》,“海遗珠”典出《新唐书·狄仁杰传》。譬如《哭陈伯英丈》诗云:“生不黄眉岂伐毛,飘然一旦解天弢。光消祖莹帷中火,彩散江淹笔上毫。学术可怜闲十翼,功名无复梦三刀。南山冷落孤坟在,枯木斜阳鸟乱号。”此篇前六句皆用典:“伐毛”句典出汉郭宪《洞冥记》,“解天弢”句典出《庄子·知北游》,“祖莹“句典出《魏书·祖莹传》,“江淹”

① 参见清郑长瑞、魏鈊纂修《安仁县志》卷八“隐逸”之“邓志谟”条,北京大学图书馆藏乾隆刊本。

句典出《南史·江淹传》,“十翼“句典出《经典释文·序录》,“梦三刀”句典出《晋书·王浚传》。

如上所述,“赠和”诗与“戏拟”诗合计达239首,约占总数的84%,这些作品皆缘应酬或游戏而作,每多流于浅俗,导致邓志谟诗歌创作的总体水平较为平庸。不过,其中也有部分作品、尤其是涉及羁旅或家事者,邓志谟触景生情,感同身受,写得质朴清新,真挚感人,颇得诗家三昧:

客中秋思

旅邸秋光老,榆杨咽蟪蛄。
黄花和我瘦,明月伴人孤。
家远吴山隔,更长楚雁呼。
囊空羞涩甚,空有荔枝图。

芝窗偶兴

十载芸窗事切磋,孔颜乐处是如何。
春风煖拂程生席,夜气清涵邵子窝。
鸿鹄夺心非善学,韦弦养性自冲和。
还须悟到真机括,始信飞花有曼陀。

己亥丧妻志感二首

夜深炊臼梦初回,弹断朱弦更可哀。
惆怅钗钿零落早,东风愁绝墓花开。
罗帐生尘好梦稀,朱愁粉瘦雨霏微。
关情最是双蝴蝶,岁岁春从墓上飞。

游龙胡寺时庚辰二月也

幽僻空门翠一团,绕门流水入帘山。
春风不动香云煖,墨客频来砚滴干。
林鸟恰从天上语,山花应在佛前看。
万松深处成禅室,僧与白云相对闲。

之羊城晚行

斜日无人为挽戈，暮天风景却如何？
鸦归烟雾林间噪，马向素榆影里过。
层嶂已腾岚气重，征衫却带露华多。
酒家童子留人急，笑有琼浆金叵罗。

资料显示：邓志谟对自己的诗作颇为自珍，曾多次将它们移录于其他著述，譬如《新刻洒洒篇》卷六“杂纪”辑入《题贵妃浴温泉》、《题爱妾换马》、《塞下曲》（3首）、《宫怨》等12首；《一握坤舆》[①]卷八“江西卷”辑入《谒鄱湖康山庙》、《鄱湖鞋山》等5首；《花鸟争奇》卷二附录《梅花》、《紫燕》等3首；《风月争奇》卷三附录《咏水中月》1首；《山水争奇》卷之中附录《春日山行》、《鄱湖鞋山》等4首，卷之下附录《西湖采莲曲》、《贵妃浴温泉》等6首；《丰韵情书》卷六辑入《采莲曲》、《明妃曲》、《秋夜话别》等9首。不仅如此，邓志谟在编撰《山水争奇》小说正文时，也曾袭用诗歌旧作[②]：小说叙山神禺疆与水神冯夷相争，各自“作诗词歌赋，其才若泉涌，不顷刻而成”，其中禺疆作《登九华山诗》、《登出云峰诗》两诗，冯夷作《游西湖诗》、《过鄱湖诗》两诗，前三首诗作均收录于《续得愚集》及《鸡肋集》，经比勘，文字基本相同，仅个别字词略有修润。很显然，诗歌创作不仅是邓志谟对文人身份的自我标识，也是其编撰小说或其他杂著的文学资源。

作为一名书坊编辑兼通俗小说作家，邓志谟的诗歌创作尽管整体水平不高，但仍然具有十分重要的价值。一方面，这些诗作中包含有丰富的史料，有裨于邓志谟研究的深入展开。另一方面，明代通俗小说作家诗文集，诸如冯梦龙《七乐斋稿》、《游闽诗草》、《郁陶集》与凌濛初《国门集》、《国门乙集》等集，多已亡佚，因此，关于明代通俗小说家的诗文创作情

---

① 《一握坤舆》十三卷，题“饶安竹溪主人邓氏汇编”，明天启七年（1627）序、富沙余昌祚刊本，今藏上海图书馆。

② 据笔者考证，《山水争奇》成书于明天启元年至二年（1621—1622）间，而收录《采莲曲》、《贵妃浴温泉》诸诗的《续得愚集》，刊印于万历四十二年（1614），故《山水争奇》当是袭用旧作。参拙文《晚明七种争奇小说的作者及其版本》，《文学遗产》2007年第4期。

况，今人所知寥寥，而邓志谟存世诗作近三百首，庶可成为此项研究的重要学术个案。

（原载《國學研究》第24卷，北京大學出版社，2009年12月）

潘建国（1969— ），江苏常熟人，北京大学中文系教授。主要研究方向为：中国古代小说、古典文献学、近代出版印刷史等。已出版《古代小说文献丛考》等著作三部，发表学术论文约七十篇。

成体系的戏论：论高友工的抒情传统

龚鹏程

高友工是陈世骧之后最重要的抒情论者，连不轻许人的颜昆阳都说："二十世纪七十年代……高友工再深入研究律诗的演化，以至中国音乐、文学理论、书法、绘画理论等艺术的抒情美典，彰明中国文化史的抒情传统。其论述体大而思精，于台港地区之中国文学研究的影响既深且远。"①

但我认为高先生所构造的抒情传统论，虽体系俨然，自足自适，但用在中国文学的解释上，却是一套戏论。

戏论，乃佛家言，谓方便说、游戏语也，性质略同于我们一般批评人家讲话是胡说那样。不过"胡说"有全然否定之义，戏论则承认此类言论仍有方便说法之功能。高友工先生本是赞成游戏的，曾说"抒情二字所描写之境界颇近游戏，游戏的性质则是事实判断的中止（suspension of practical judgement）及强调嬉戏、自容、自足等价值"②。如今我谓其为戏论，或许反而符合他的本衷呢！

由于高先生之说影响太大，以致不少人打着他的旗号胡乱引申，还有许多根本就是误解，故底下先说高先生持论之大概，接着再谈他何以是错的。

---

① 颜昆阳，《从混融、交涉、衍变到别用分流、布体——"抒情文学史"的反思与"完境文学史"的构想》，"抒情的文学史"国际研讨会，台大、政大，2009 年 4 月 25 日。

② 高友工，《中国叙述传统中的抒情境界》、《中国之戏曲美典》等文，收于《美典：中国文学研究论集》，北京：三联，2008 年。

一

高友工先生自己说他由美返台所写的文章,“是我首次用中文写些学术性的文章,自然别扭至极。”[①]确实,高先生的文字很蹩脚,理论亦很迂曲,但他所提的抒情精神或抒情美典云云却影响深远。只是在这纠缭迂曲的文字中,大家对高先生论点的认知实不无误会。

(一)由文化看体类

他的文章,收罗较齐的是大陆三联版《美典:中国文学研究论集》。[②]书前有梅祖麟序,认为高友工的主张乃是由体类论文学:“男人有男人的美,女人有女人的美。所以要谈人体之美、服装时尚之美,先要把所谈的人的性别(亦即体类)弄清楚。文学作品也是这样”“抒情诗和戏曲是中国文学的两大体类,这两个体类各有各的美典。书中的两套文章,一套讲中国抒情美典……,另一套就是十年以后写成的《中国戏曲美典初论》……等”。

梅氏乃高友工老友,高氏之进入文学研究界,即是由跟梅先生合作论唐诗开始的。[③] 此序尤其对高氏之热爱戏曲多所着墨,说明高氏理论实兼抒情美典与戏曲美典两部分,分别讨论了抒情诗与戏曲两大体类之美。

这个提醒十分重要。因为高氏学说的主要影响只在抒情美典方面,文章多于1970年代后期返台讲学时所发表。一时承声接响、继迹踵武者甚众,抒情美典或称抒情精神,迅即被视为足以说明整个中国文学特质的

① 高友工,《美典:中国文学研究论集》自序。

② 但仍有遗漏,见陈国球,《从律诗美典到中国文化史的抒情传统:高有工抒情美典初探》,《政大中文学报》第十期,2008年12月。这是目前论高氏学说最详悉准确之文。

③ 高友工与梅祖麟合作的三篇论文,发表于1968、1969、1971年,1973—1976年,分别刊于《中外文学》,为高氏返台讲学之契机。

概念。[1] 十几年后高氏再谈的戏曲美典则没这种作用，只被讲抒情传统的人视为一种补充而已。梅祖麟则强调抒情美典与戏曲美典原不过是由文学体类不同而分，隐含的意思便是说抒情美典未必足以代表整个中国文学。其次，谓高所论兼摄了抒情与戏曲两类，亦可平衡过去谈高氏理论时仅重抒情美典之偏。

但梅氏对他这位老友其实并不了解。他是语言学家，只由体类看问题，故以为高氏所论为抒情诗和戏曲两大体类之美典。又说高氏还另外谈了词，而词的美典“与律诗的美典不同”。但这显然并未穷尽中国文学的体类，因此梅氏说：“此外想来还有小说、变文等以叙事（narrative）为宗旨的体类”。由于高氏没有充分谈及这些，是以梅氏还好心地替高友工解释道：“中国叙事传统包括几个体类？它们是否都有各自的美典？这些沉重的问题不是一本论集载得动的。”

此即可看出梅先生对高友工后来的兴趣、志业及理论实已颇有隔阂。

高氏固然论了词又论律诗，可是词与律诗都属于他所说的抒情美典。在《中国文化史中的抒情传统》一文里，他以唐之律诗及草书、五代及宋之绘画作为抒情传统的代表；后来则在宋代补上了词。《小令在诗传统中的地位》一文说小令把抒情美典在时空架构上扩大了、创作活动的层面加深了，到南宋之长调则演化成一种更深刻的形式。《词体之美典》又说长调这一形式之深邃乃是抒情精神之极峰。因此，由体类说，固可云有律诗之美典、词之美典，但二者其实同属于抒情美典。

同理，高友工说的戏曲美典，正是叙述美典之代表。小说变文等，纵或另有美典，亦皆可综括于叙述美典中，《中国叙述传统中的抒情境界》

---

① 当时高友工只发表了《文学研究的美学基础》、《文学研究的美学问题》上下篇，时在1978、1979。但因当时他也在清华讲课，蔡英俊、吕正惠受其启发，对其说多做发挥，才造成广泛的影响。1982 年吕正惠《形式与意义》、蔡英俊《抒情精神与抒情传统》均发布于蔡所主编的《抒情的境界》中。该书及其姐妹篇《意象的流变》，可说即是一个运用当时所理解的抒情传统理论来具体解析中国文学、中国文学史的范例。我也是其中主要作者之一，故亦颇有人把我列入抒情传统论述的谱系中。但该书在联经出版公司印行时，高友工对戏曲美典、小令词，乃至抒情传统在中国文化史中之发展等文，其实都还没写出。故高氏虽为抒情传统某些说法的创造者，其学说反成于其理论已流行之后甚久，这是很多人未注意到的。

一文分析的不就是《红楼梦》跟《儒林外史》吗?

因此,美典有广狭两义。狭义地说,每一体类都各有其美典。广义地看,体类并不重要,抒情与叙述两大美典并不只表现在抒情诗和戏剧上,故亦不能仅由体类论。

这才是高友工理论的精义所在。因为抒情美典不仅不限于抒情诗这一体类,甚且根本不限于文学:"自中国传统的雅乐,以迄后来的书法、绘画都体现了此种抒情精神而成为此一抒情传统的中流砥柱"[①]。依高氏看,抒情美典乃是弥漫贯串在整体中国文化中的,成为中国文化之主流或主要部分。因此,他虽分说抒情与叙事两大美典,可是重点又在抒情而不在叙事。因为:依其理解,叙述美典在中国,最终乃是要消融在抒情传统中的,此即《红楼梦》《儒林外史》虽为小说而显示为抒情境界之故。梅氏对他这位老友的认识,可说路头稍差,遂尔全不中的。

(二)中国文化的性质

在《文学研究的美学问题》下篇,高友工说道:"我个人以为这个(抒情)传统特别突出地表现了一个中国文化的理想。而这种理想,正是在抒情诗这个形式中有最圆满的表现",这是抒情传统与抒情诗这个体类的关系,但接着他就说:

> 抒情,从我们以前的讨论中看,已说明它并不是一个传统上的体类的观念。这个观念不是专指某一诗体、文体,也不限于某一主题、题素。广义的定义涵盖了整个文化史中某一些人(可能同属一背景、阶层、社会、时代)的意识形态,包括它们的价值、理想,以及他们具体表现这种意识的方式。更具体地说,我所用的抒情传统,是指这种理想最圆满的体现是在抒情诗这个大的体类之中。

抒情诗这个大体类包含了律诗、绝句、词等小体类。由于它们格外能体现

① 高友工,《中国文化史中的抒情传统》。

此一“理想”,故高氏称此理想为抒情精神或抒情的传统。但这个传统并不只表现于诗词等体类中,高友工已说得很清楚了。

相对于抒情精神、抒情美典、抒情传统的,乃是悲剧精神、叙述描写传统、悲剧美典。它亦圆满表现于西方悲剧中而为另一文化史上的理想:

> 既然我们的抒情精神是拿中国的抒情诗传统作为一个范例,这里所谓悲剧精神实在也是隐以整个西洋文化中从希腊史诗悲剧一直到今天的写实和讽喻性的戏剧这个传统为悲剧的范例。……悲剧精神似乎是一种最能传达叙述描述传统中的极端性的理想。

既如此,抒情传统、抒情精神跟叙述传统、悲剧精神亦可视为中西文化之对比。不过,高友工对此并未深入发挥,只就中国这一面说。云:“无疑地有人会以此推想,我是在以此抒情精神为中国的文化精神,以悲剧精神为西方的文化精神。姑不论这种简化的公式是否有意义,我个人根本对中西文化比较这个题目没有太大的兴趣。”

据此观之,他比较像是做“理想型”的研究,找出两个对比项,一是主观面的,即以表现心境为主的抒情传统;一是客观面的,即模写物境为主的叙述传统,他称此为两种基本创作类型。不同的文化,在此基本创作类型中各有偏重,影响到其文学中的体类发展。中国偏于抒情,故抒情诗为胜、抒情传统占绝对优势。西方偏于叙述描写传统,悲剧则为其极致表现。西方当然也有抒情诗,正如中国也自有叙事传统(narrative tradition)。可是西方抒情诗未必能极致地体现抒情精神;中国的叙事传统,高友工也说:“我可以推想的是:在中国,它未见得反映前面所提的一型态悲剧精神。”

换言之,叙述传统在中国,可能是不究极的发展,抒情传统较之更为重要。故高友工后来所论几乎均集中在说明抒情传统,讲叙述传统也着重在说明它如何由叙述转入抒情,形成“叙述传统中的抒情境界”。

二

因此,论高友工,首先应知他不是由体类论文学。恰好相反,他是说文化或文学的某些传统倾向会影响到体类的发展。其次,当知高友工不是比较文学或比较文化的进路,只是一种对中国文学及文化的解释。再者,其解释,形式上采用结构主义二元对立的对比分析,以确立两个理想型;内容上,对中国文化的解说则采取当代新儒家的心性论取向。

(一)抒情美典

他的二元区分是这样的:语言中分延续与传移,文学分表现与创造。表现形成了以表现心境为理想的抒情传统,本体是人的心境,代体是心境的延续;创造指以模仿创造物境为理想的描写叙述传统,本体是外在的物境,代体是另一独立的本体。故描述者一方面描述着外在世界,一方面又创造了一个假想的独立世界。这时描述者仿佛站在现实之外,亦在其所创造之世界外。反之,抒情者之抒情过程是与其抒写对象沟通为一的,因为他抒写的对象正是自我的感情。此即抒情过程与描述过程之分。

同理,抒情体现了自我与外境的和谐状态,描述则是自我与外境分离的。倾向于前者的一圈人,其美的理想是和谐;倾向于后者的一圈人,却是想建立一个"抗衡对峙"的境界,以张势(tension)为美感。

又,抒情美典乃表现内心之美典,叙事美典为模仿、写实之美典。前者是内化的,见诸象意;后者是外现的,诉诸代表。前者重在创作过程,后者重在艺术成品。前者以作品为内心之象征,后者以作品本身具其价值。前者重视美感经验本身,后者则是创作目的论的。前者之内容为抒情自我之现时经验,后者之内容为所创造之人物、观点等……

这一系列区分,所建立的"美典",指的就是两种理想型。这种理想型,在不同文学体类或文学史、文化史各阶段中并不会完全体现或完全相同,故他另一系列的说明,就必须如上述诸文论词论律诗论戏曲小说各体类,或如《中国文化史中的抒情传统》那样分说历史各阶段的论文。

(二)何以形成抒情传统?

依其说明,中国文化文学中抒情传统是占绝对优势的。为何如此?他认为形成此一传统的原因在于中国的心性论:

> 中国传统中……即使对物有所怀疑，对我却大体上是肯定的，而且是一切哲学思想的前提。因此屡见不鲜的问题都是此一“自我”的意义，或者说此一“自我”在何种条件下可以达到某些理想境界？因此“心境”的存在，不但不予怀疑，而且是生命价值的体现。[①]
>
> 理论上，抒情传统是源于一种哲学观点。……它肯定个人的经验而以为生命的价值即寓于此经验之中。……前面早已论及中国传统中对“心境”及“价值”的看法，这种看法自然是与此一“抒情”的架构相通的。个人的经验可以成为此一具体的“心境”，生命价值即蕴藏于此“心境”之中。[②]
>
> 在整个中国哲学走修身养性这个实践的道路，正如中国艺术走抒情的道路同源于思想史很早即由客观的物或天转向主观的心和我。……牟宗三的《中国哲学十九讲》中以“中国文化在开端处的着眼点是在生命……所以重德”“根本从头就是从实践上来关心”，因此他把这种从主观上讲的形上学叫作“境界形态的形上学”，与客观的从存在的讲的叫“实有形态的形而上学”相提并论。而我们论中国的抒情美典正是从这种境界形态的自我实践中发展出来。[③]

王德威曾说：“关于抒情传统的谱系，除了陈国球所探讨的陈世骧、普实克等这一系外，也不要忽略50年代前后，新儒家学者如徐复观谈中国艺术精神、唐君毅以故国山川的悲情来看待中国文明的重建；另外像是对岸的朱光潜与李泽厚进行的美学论战、沈从文四十年后才被发现的论抒情文稿，还有像是胡兰成的论述。这些意见在40、50年代开始浮出地表，形成一个大的脉络，而尤其在随后的台湾地区影响深远。”[④]话讲得不错，但谈高友工的思想渊源，不能如此泛滥，应就其直接有关系者说。这个关系就是当代新儒家，而此一关系却从来没人好好谈过。

---

① 高友工，《文学研究的美学问题·上》。

② 高友工，《文学研究的美学问题·下》。

③ 高友工，《中国文化中的抒情传统》。

④ 王德威，“抒情的文学史”国际研讨会，综合座谈，2009年4月25日。

高友工多次提及他对中国文化的解释师法徐复观先生之说[①],上述引文也表明了他还参考过牟宗三先生不少著作,对唐君毅则无太多取法。徐牟论中国文化,皆以心性论为大本主轴。高友工由此获得启发,故曰中国思想史很早即由客观面转入主观面,重视内在的个体生命。他认为这种内化的视角,与"抒情"之着重表现内在自我心境是同构、同源的。抒情传统形成之早,以及它在后世势力之所以那么大,均与此一文化之内在理路有关。

这是指抒情传统形成的原因,形成抒情传统的原因既与整个思想史的内涵及倾向有关,则抒情传统之内涵当然也就跟中国思想哲学所强调者相同了。

例如高氏说在抒情传统中核心要义是在个人心境里实现其理想,此一理想即自然、自足、自得、自在之精神实现,亦即体现为和谐。故抒情体式之一重要条件便是能达到主客合一,个人心境能在其他人心境中继续存在,则是艺术创作的一种理想,可与立功立德相比。此种立名之言,乃是全体人格之表现,故风格与人格相通……这立功立德立言、主客合一、自在和谐、人格通于风格等等,不都是新儒家所诠释的中国思想基本特征吗?抒情传统所显示的,也就是这些特点。

(三)抒情传统的历史发展

依高先生早期的看法,这样的抒情传统,也和思想史一样,乃是在很早就已确定是这么个走向的,故《文学研究的美学问题·下》中说:"我个人以为中国抒情传统从《诗经》开始就在有意无意地建立一套有丰富象征意义的直觉形象的典式。这属于中国诗语言的专题,将来另文再详论。"

但他后来并没有如陈世骧那般,以《诗经》为抒情传统的开端,专门

① 但高先生论艺术精神其实迥异于徐先生,这一点,两个人都未能察觉,故徐氏甚至说高氏论文学研究之美学基础一文,乃其来台后所见到最好的文章,高则说他论中国文化师承徐先生。可是徐先生所谈的艺术精神,不论从孔子说或由庄子说,都有一个自我提升或转化的历程及功夫,如孔门的克己、归仁,孟子的养气,庄子的心斋坐忘。高先生论艺术精神只说抒情,而抒情只涉及经验。无论其"经验"如何解释,均无心斋坐忘之类功夫义。

著文申论之。[①] 甚且他根本脱离了语言或诗语言的范畴,改从文化史的角度来谈,不再扣住《诗经》,也不由语言说起。

《中国文化史中的抒情传统》一文认为先秦两汉是抒情美典的萌芽期,本期以音乐美典为中心;六朝为奠基期,以文学理论为中心;隋唐为实践期,以律诗草书理论为主;宋元为综合期,画论把前此各偏一隅之理想综合之。

《试论中国艺术精神》一文赓述此义,且谓此说与余英时"中国文化的四次突破说"恰相呼应。[②] 第一次在春秋战国,"最典型的抒情艺术形式实在是在音乐"。第二次突破在汉魏之际,五言诗出现及《文赋》《文心雕龙》等文学理论确定了抒情美典的匡廓。第三次突破在唐宋之际,律诗绝句重新回到音乐的词体中去发展,绘画更提供了一个新的理想形式。不过,盛极而衰,"抒情美典在此正宗画论里完成了,但也葬身于此了罢!"第四次突破便不再是抒情美典本身的发展,乃是抒情的内向性美典,与戏曲的外向性美典由对峙走向结合,由《牡丹亭》到《桃花扇》《长生殿》,小说到《红楼梦》《儒林外史》,成为高峰式的总结。清代诗词虽然也很盛,但"作为一个传统,也许只是一个无根之兰",不足多叙矣。

在这种文化史描述中,早期的音乐,乃是既与礼相通,又与诗、歌舞蹈结合的一个综合形式,故不仅是"诗语言"的问题。相反,"诗言志"只是整个音乐活动中之一部分,正因"言之不足",所以才要"声依永,律和声",乃至足之蹈之。言为何会不足呢? 高友工说:言是代表性的,音乐则是象征性的。前者是"外"的语言,后者才是"内"的语言。

早在《文学研究的美学问题·下》中,高友工即曾用"诗言志"来概括抒情美典,云:"这一套……美学思想可以以中国传统上对'言志'的一种

---

① 高友工的抒情传统论与陈世骧的抒情传统论差别甚多,但绝少人注意,大抵皆混用之,包括蔡英俊论抒情传统也仍由《诗经》讲起,与高先生不同。

② 余英时先生论哲学的突破,系受雅斯培启发,本来只谈了春秋战国轴心时代一段。1981年我在《唐传奇的性情与结构》一文中把中唐列为另一次哲学的突破,余先生可能又转受我之影响,也可能另有所见,才讲"中国文化的四次突破"。不过,雅斯培的轴心时代哲学突破说,本身是有大问题的,我们当时使用,都有点"托古改制"的味道,并不严谨。对雅斯培理论的检讨,另详龚鹏程,《中国传统文化十五讲》第十二讲,北京:北京大学出版社,2006年。

解释来作为典型代表。"但到这时,"诗言志"却显然已不能荷此重任。之所以如此,是因高友工已觉得语言本身有问题,抒情传统不该由诗或文学讲,而将其开端归予音乐:

> 是因为文学是所有艺术形式中最要依赖语言文字的,而语言文字的最大特性是它的代表性。因此文学很难独立于哲理或史录之外,散文的辨理和记事的功能显然压过了它的文学性。诗歌不仅《诗经》是如此,即如《离骚》……明确的是为了"信而见疑,忠而被谤",怨而写。因此这类文学反而导引了两汉以夸饰为主的大赋。[①]

反之,音乐"因为它不是代表性的写实材料,而是象征性的抽象材料",故成为最典型的抒情艺术形式,自春秋战国以降四、五世纪,只有音乐理论在美典上有不断的发展。[②]

据此,高友工认为抒情传统开端虽早,但在文学的表现上却甚迟,汉代文学理论只是政治哲学之附庸,赋是对外的铺写,散文的记事功能也大于抒情功能,要到《古诗十九首》出现,文学上的抒情传统才算奠立。过去文学史上也有抒情之作,但都有具体对象,故为赠答体的抒情,《古诗十九首》才开创了内省的抒情形式,为尔后咏怀、感遇之开山。

汉末魏晋之文学理论也同样由社会功能面转向个体生命。《文赋》即文学理论走向抒情的宣言,文学的重心由作品移向作者,讨论作者"为文之用心"。到《文心雕龙》,讲神思、讲情文,对"内化"与"象意"这两个抒情的核心原理有更深刻的阐述。唐代乃是魏晋以来第二次突破的收场,律诗和书法即是它的表现。律诗完成了在诗歌形式中体现"意"的结果,书法则以其楷或草体现"气"。因此,在书法中,文字乃是象意的媒介;在诗中,律诗本身就是内省的形式。

唐末的突破,带来抒情美典的发展,高友工在《中国文化史中的抒情传统》《试论中国艺术精神》里是以文人画来说明的。只谈文人,而不再讨论其文学。直到《小令在诗传统中的地位》《词体之美典》等文才做了

---

① 高友工,《中国文化中的抒情传统》。

② 高友工,《论中国艺术精神》。

些补述。大意谓词改变了诗的齐言与句联形式，产生了新的节奏，因而把抒情美典在时空架构上扩大了、创作活动的层面加深了，由小令到长调，乃愈来愈成为一种比诗更深刻的形式。

元明以来之小说戏曲，高友工认为那基本上属于外向美典，以外现、想象为其原则。其来源则是快感、娱乐、口语使用、礼仪功能等，与抒情传统恰好相对。不过这个美典后来又受抒情传统之影响，逐渐变为抒情的。

这就是抒情传统历史变迁或阶段性的说明。

三

高先生所论抒情传统、抒情美典等，大体意思如此。他的文字纠缭，理路夹缠，啰嗦反复，同中有异，后先又未必相同，但大脉络很清楚。依一种二分法建立抒情与叙述两大传统，再说明抒情传统之历史发展状况，很便采摭，故产生的影响甚大。

不过，高先生此说亦是经不起推敲的。貌似谨严而推论跳跃，看来脉络井井，实多独断臆说，要反驳他，一点儿也不困难。

（一）形式

举个例子。

他论《中国叙述传统中的抒情境界》，以《红楼梦》《儒林外史》为说，谓其借叙述之规套以表抒情。解释这一点时，他上溯《离骚》及《五柳先生传》，说明抒情与自传、抒情与传奇的关系，并就《红楼》书中母题、梦、形式化意象结构等细细分析之。论旨甚为繁赜，头头是道。

但请问：《红楼梦》一书不是打问世以来就一直有人认为是影射或描写时事的吗？说它是写明珠家、傅恒家、顺治家、袁枚家事或泛论明清史事等，索隐钩沉者，迄今不绝，乃自传说之一大劲敌，相与缠斗不休，他们内部也争辩不已。而高先生的解释，前题是自传说。此书既是自传，则它藉叙述以抒情云云，何需你说？不是废话吗？不是前题预设着答案吗？可是，《红楼梦》到底是外向型美典还是内向型美典？若由索隐派来看，那就会跟高先生之说迥然不同。索隐各派,所见各别,但认为该书是描述外在世界或史实,却是一致的。

因自传说在学院中较占势力,我们论《红楼》时也常径就曹雪芹自传这个角度去说,不甚理会索隐派,视为已打倒之典范。可是从历史上那么多人曾以外向型美典看待《红楼》,仍可让我们发现:一篇作品,究竟是抒情美典或叙述美典,不是现成自明的,亦未必是作品本身的性质,而是在读者的诠释中形成的。

可惜高先生虑不及此,因此他的讨论几乎全是这样自说自话。用结构主义形式分析的方法,就作品,甚且仅就其形式分析之,然后便说此形式即体现为抒情精神。

如其论律诗,不仅有《律诗的美学》一文长达四万余言,更在《中国文化中的抒情传统》等文中反复论之。主要论点是律诗这种形式体现为一意的形构(structuralization of aesthetic idea),故律诗本身就是内省的形式。因为"律诗分为两部分:本体,四韵律的前三联;结语,尾联。前者是对象的描述,尾联则是现时自我对'境'的内省及判断,所以诗人的活动可以视为感觉活动、心理活动跟表现活动一系列的发现。"①

但是,非常明显地:一、同一个律诗形式,不是既可以抒情地表现自我内在之心境,同时也可以"为时而作,为事而作"吗?二,律诗就只是八句四联吗?唐人所重之排律怎么说?三、律诗章法结构就只此一格吗?随便举一首,李商隐《富平少侯》:"七国三边未到忧,十三身袭富平侯。不收金弹抛林外,却惜银床在井头。彩树转灯珠错落,绣檀回枕玉雕锼。当关不报侵晨客,新得佳人字莫愁",尾联何尝转为现时自我之内省?②

纯从形式看,此即不能不说高先生对中国诗的形式传统实在太过隔

---

① 高友工,《文学研究的美学问题·下》。

② 这类诗很多,义山《重过圣女祠》:"白石岩扉碧藓滋,上清沦谪得归迟。一春梦雨常飘瓦,尽日灵风不满旗。萼绿华来无定所,杜兰香去未移时。玉郎会此通仙籍,忆向天阶问紫芝",《赠杜司勋十三员外》:"杜牧司勋字牧之,清秋一首杜陵诗。前身应是梁江总,名总还曾字总持。心铁已从干镆利,鬓丝休叹雪霜迟。汉江远吊西江水,羊祜韦丹尽有碑",全诗都就题咏对象写,结尾并不收归己身。此类写法在咏物、记事、咏史中均极常见。此类诗未必无情,但情在对物之叙述时见,表现对物的理解与好恶态度,但并不表达自我内在的经验。

膜，有洋牧师说佛经的味道。以他引用过的《文镜秘府论》为例。该书地卷论十七势，就有第一句直入本题，如王昌龄《见遣至伊水》："得罪由己招，本性易然诺"者；[①]有第二句见意，如王氏《登城怀古》："林薮寒苍茫，登城遂怀古"者；有第三、第四句始见意者；又有先写两三句物，然后比兴见意者；还有末尾不作抒情语，而以景语作结，所谓："入景语始清味"者等等。高友工先生所言，大约仅属其中"含思落句势"那一种，指："每至落句，常须含思"。

律诗章法形势之变，宋元以后更远远超过了《文镜秘府论》以上所论，高先生说律，却只就前三联末一联为说，何其隘耶？何况，就算律诗真如高先生所云，为一内省的形式，那就更有趣了。就像《红楼梦》明明有一大堆人是把它看成非内向美典的，那一大堆拿着律诗形式指物叙事说理纪史的作品可怎么说？

小令、长调的情况亦复如此。

词与诗之不同，高先生从词打破齐言及联的形式入手，详做解说，固不能说毫无价值，但此种形式之变到底与抒情传统之发展有何具体关系，其实他并没有阐述。于是就造成了几个问题：

一、词以抒情为主，乃某些人以含蓄言词所形成之词史观，高先生受其影响，而其实不然。词本来就叙事、言情、说理、赋物，靡所不有。不但所谓敦煌民间词如此，宋人亦如是也。欧阳修《渔家傲》分咏十二月，情况类似杂事诗，记风土人情；赵令时《商调·蝶恋花》叙西厢故事，为金院本元杂剧之渊源；北宋末年，滑稽词且大盛，《碧鸡漫志》云："长短句中作滑稽无赖语，起于至和；……其后祖述益众，嫚戏污贱，古所未有"；又，宋金全真道士亦无不作词，有词集，他们以词说练丹之法、讲修仙之诀，亦蔚

---

① 律诗中，如李商隐《杜工部蜀中离席》："人生何处不离群，世路干戈惜暂分。雪岭未归天外使，松州犹驻殿前军。座中醉客延醒客，江上晴云杂雨云。美酒成都堪送者，当垆仍是卓文君"，《咏史》："历览前贤国与家，成由勤俭败由奢。何须琥珀方为枕？岂得真珠始是车？运去不逢青海马，力穷难拔蜀山蛇。几人曾预南熏曲，终古苍梧哭翠华"，都是首句直入本题的。对一件事，我的态度、判断皆在首二句，底下则是对该事该经验的叙述，并不是倒过来，到尾联才做现时自我对情境的内省与判断。举此以概其余，另外的章法问题就不再细说了。

为大宗。做文学研究的人,只读了一些选本,就大谈"词本艳科""最适合抒写芬芳悱恻之情",实在太可笑了。[①]

二、高先生已说:"民歌体的早期词似乎又回到口语诗歌所发展的叙事美典了""以敦煌词与同时文人词来比较,前者重视叙事美典,是一种外向的美感",可见同是小令,既可为叙述性美典亦可为内向之抒情美典,正如律诗本身既可用来抒情亦可用以叙事。既如此,专说小令之美典便无意义。长调情况也一样,长调早就有了,高氏也说:"长调在文人采用之前是以描述体为主",不是南宋才逐渐演化而成。可见它也并不都是抒情美典。

三、小令和长调这些形式本来既可抒情亦可叙事,后来若真如高先生所云越来越偏于文人抒情,则高先生就须具体说明小令长调在文人手上,形式有了什么变化。可是我在前面已讲过,高先生对此其实并未论及。说"其实",是指他仿佛曾解释了,但实质没有。为什么?

小令部分,他只说:"诗人开始把诗中的平仄对仗移植到词中以后,文人词为适应这些不同调式又形成了一种新的美典",似乎文人词与伶工或民间曲词之不同,即在"把诗中平仄对仗移植到词中"。除此之外,他的分析都只在解释词如何与诗不同。

可是,说文人把诗中平仄对仗移植到词中,是荒谬的。小令早就有对仗,如《南歌子》,又名风蝶令,唐教坊曲,即例用对句起;《渔父》,渔歌小,亦唐教坊曲,中间三言两句亦例用对偶。《忆江南》,《乐府杂录》云出李德裕,又名《谢秋娘》,中间七言两句也用对偶。宋人长调反而几乎没有用对仗的规矩,《绛都春》前片第五句、后片第四句,都以下句前四字与上句对偶,是少数例外。

我们知道:词的体式,他所谓敦煌词或民歌体早期词,跟文人创作并无不同,大家都是倚声而作,体式上该平该仄、该对仗,大家便即照作,除非不娴曲律才会不顾声腔。故文人词与伶工词之不同,不在体式,更不因

---

① 另详龚鹏程,《中国文学史》第四七章,台北:里仁书局,2009 年;《词史上的陈亮》,杭州第一届陈亮国际研讨会论文,2005 年。

文人用了对仗,而在内容。王国维说李后主变伶工之词为士大夫之词,其变岂在体式乎?东坡为北宋文人词之代表,所写各词牌,体式上不仍是当日通行之曲吗?

长调的问题也是这样。

长调,早就有了。《水调歌头》乃唐大曲,《八声甘州》为唐边塞曲,《六州歌头》系鼓吹曲,《木兰花慢》是唐教坊曲,《祝英台近》则唐代民间歌谣也,《雨霖铃》《二郎神》《拜星月慢》《望远行》《洞仙歌》《摸鱼儿》亦皆唐教坊曲,《剑器近》为唐舞曲,《念奴娇》也可能出自天宝中,足见长调慢词本来早有。因文人不娴曲律,难以掌握,故早期所作,仅以小令为主。待柳永周邦彦之后,才渐多有之。南宋姜白石、张炎、吴文英等以音律相矜,亦遂常于此施展手段。但若以为长调乃南宋才发展出来便谬甚矣。

高先生讲长调,只依吴世昌先生说,说长调在形式上有了领字托字,并大量使用四言或六言。完全没说明早期描写体的长调如何到了文人手上就变成了他所说的抒情美典,更没注意到同一个形式,在东坡可能用来抒情,在柳永则可能用以叙事,问题根本不在形式上,而在所谓气韵、胸襟、表意内容上。

仅由长调之形式说,宋代长调之发展,主要推动因素,恐怕也恰好不是高先生说的抒情云云,而是叙事技术。北宋柳永采作赋之法作慢词;南宋以咏物、祝寿、社集争胜为长调,才是让词艺有所进展的关键。高先生可能对具体的宋词史不太熟悉,故仅拿住一个抒情传统的大框架,以形式分析之法,架空谈之,故触处皆误也。

总括这些错误,我们可以发现高先生这些论述都是就文类做语言形式分析,然后指出其形式潜在的美感意识。但这只是他的表面论述方式,实质上却是先认定了文化中具有抒情内省的倾向,会影响到文学乃至非文学体类之发展,然后就各体类一一说明之,也就是先射箭再画靶。虽说画得也颇粲然,团花缛锦,实则如开玩笑一般。

这是他论体类、论形式方面的问题,接着再来看他怎么论理念与传统。

（二）理念

颜昆阳曾批评:抒情传统的讲法中“情”所指涉的范畴,是未经分析及界定的,却被极大化地涵盖了情、趣、意、志等所有因生于主体性的心理经验。这些心理经验,在中国古代的文学论述中,往往被视为不同的文学质料,“情”仅为其中之一。在各种质料与不同的形式有机结合之后,便成为范限、区分各殊文学类型的特征。然而,当“情”的范畴被极大化为普遍本质,则不但“抒情诗”作为一种特殊文类,已无从界定;甚至一切依特定质料与形式所范限、区分的诗歌类型,例如叙事、咏史、写物、玄言、山水之别、唐诗主“情”而异乎宋诗主“意”等,皆成无效的虚说。因此,此一论述谱系以从某些各殊文本如《古诗十九首》等所观察到的“偶有性”,极大化为中国一切文学的普遍本质。这是以历史性存在的各殊文学现象为依据,却朝向“形上学”推导的论述。如此,则文学史的建构,恐离事实甚远,而成为“民族文化精神史”的哲学性论述。

这个批评很好玩。他本想由抒情传统来看清文学史诸现象,却看到了形上学,所以感到失望。我们未必要有他这种情绪,但这当可提醒我们:高先生的论述有形上学性质。

我在前面已介绍过高先生对抒情传统在各历史阶段中不同表现的看法。诸君若回顾高先生之说,自会感受到那是一种黑格尔式历史哲学的讲法,某一精神或理念在不同历史阶段盘旋前进,有生发、有曲折、有发展,各有其表现。熟悉当代新儒家理论的朋友,或许还可想到牟宗三先生的《历史哲学》。

高先生把中国文化史概括为抒情与叙述两大美典之起伏交涉。造成两大美典之分立者,或归因于阶级(文人/民间),或归因于语文(文字/口语),或归因于审美(美感/快感、娱乐、实用),但不论如何,两大美典之起伏交涉,即构成了高先生对中国文化史之理念的解释。

什么叫历史的理念的解释?牟宗三先生说:“历史是集团生命的活动行程。集团生命底活动,不论其自觉与否,均有一理念在后面支配,理念就是他们活动底方向。因此,了解历史,是要通过‘理念’之实现来了解的。”

依此，牟先生论中国史，特言其“文化生命”。认为中国文化生命主要在表现出了道德主体与艺术性主体，而表现此主体之背后精神，一曰“综合的尽理之精神”，一曰“综合的尽气的精神”。讲历史，据牟先生说，又必须：“从精神之所以为精神之‘内在的有机发展’言，必在各民族之发展途程中一一逐步实现而无遗漏。”①

牟先生这种“历史的精神发展观”及他对理念的分析，无疑对高先生有重要参照作用。牟先生虽分尽理与尽气两种精神，但他整个哲学是强调要“逆气显理”的，因而气这部分所述甚简，仅在第三部第三章中发挥之，其余见诸《才性与玄理》之一部分。其他著作均重在阐明中国史上理性之内在表现、超越表现等等。论中西之不同，亦仅就理这方面论，说中国是综合的尽理精神，西方是分解的尽理精神。高先生分立抒情美典与叙述美典，而主说抒情美典，论述形态大类牟宗三，只未就抒情说中西方抒情有何不同而已（但曾略言中西叙述当有不同，叙述美典在中国或未表现悲剧精神）。

可是，由于高先生与牟先生的学养或知识结构不同，他无法如牟先生那样哲学地解释历史。②

牟先生长于形上学，因此论精神之所以为精神之内在有机发展，多就其精神之形上学意义说。高先生所长则不在此，对牟先生所言之形上学问题亦并不理解。例如他引用牟先生著作，云牟氏分形上学为从主观上讲的境界形态和客观上讲的实有形态两型，他说的中国抒情美典即由此境界形态的自我实践中发展出来。但牟先生其实不是把中国视为境界形态，以西方为实有形态的。牟先生认为儒家及西方都是实有形态，只是不同的实有形态罢了，道家才是境界形态。高先生于此，误解大了！③

不但如此。牟先生是说：境界形态，是依观看或知见之路讲形上学；

---

① 牟宗三，《历史哲学》自序，《牟宗三全集》，台北：联经，2003年。

② 如何哲学地解释历史，见牟氏该书第三版自序。

③ 我在1984年《中国哲学之美》中才改造牟先生的说法，认为中国都是境界形态的美学，收入《文学与美学》，台北：业强，1986年。

实有形态,是依实有之路讲。但西方是观解型的实有形态,对象与主体分离。儒家则为实践型的。高先生也完全理解错乱了。

再说,由主观上讲形上学,是要有实践的,不论是道德的实践或人格美感上的,均须对生命气质之杂、情欲之偏、识染之妄有所超越或转化。这也就是牟先生一再说要逆气显理的缘故,用宋明理学家的术语说,则是“以性制情”,岂能借之以言抒情?

此外,高先生反复说抒情,可是对中国文化中“心、性、情、气、志、意,才、理”之间的复杂关系,竟毫无辨析梳理,仅以抒情一辞笼统言之,亦肇因于他对形上学不甚了了之故。

以此,高先生自然不能如牟先生般,直论精神之内在有机发展,而是一方面搭着史事的框架(如余英时的中国历史四次突破说),一方面运用语言分析,去讨论具体诗、书、画的形构问题,以此来说明精神理念逐步实现之状况。相较之下,牟先生如驭剑飞行,又如羚羊挂角,不免蹈虚;高先生则香象渡河,颇为征实。无奈既是论理念、说精神,则征实之技,犹如藤萝网水,曷能得哉?强以史事、形式言之,反多附会之弊。形式部分,前已略言,兹再看他论史事的问题。

(三)传统

他说抒情传统最早见于音乐,文学是不行的。因语言文字本身就是代表性的,适宜辨理与记事,抒情能力不及音乐。后来文学走上抒情的道路,乃是汉魏之际社会变动的结果。社会变动,引发了名教危机、知识分子由社会的外在的道德世界退隐到一个自我中心的内在的世界,故自我精神之自省与表现便成一新时代之标帜,走出了一个新方向。

如斯云云,至少有下列一大堆问题:

一、音乐既是最早的,也是最典型的抒情艺术形式,为何后来不再发展,反而只在文学、书法、绘画各方面表现之?若说汉魏之内向转化可以解释原先不适于抒情之文学变而朝抒情发展,那么原先就表现为抒情之音乐,理应更是大有可为,何以竟尔沉寂,让出抒情传统的舞台?

二、说明为何最早是音乐而不是文学作为抒情艺术之典型时,高先生讲的是语文本身的问题。说文学终于走上抒情之路时,高先生讲的理由却是人的问题,说是因人的心境转变了。你不觉得这是前言不搭后语吗?人的心态由外转内,语言文字用于抒情之限制就消失了?

三、由社会史看,魏晋到底是个名教危机、士人以自我为中心之社会,抑或是个名教森严的礼法社会?文家缺乏历史知识,往往想象魏晋属于前者,实况恐怕刚好相反。魏晋南北朝是士族门第社会,门第中人既要累世官宦,又须经学礼法传家。这才是当时的社会结构。士人偶尔之任诞、逸豫时之玄谈、甚或退隐之自乐,都不是主要的。①

四、回到文学史来看。甲、文学由非抒情走向抒情,假若起因于汉魏间的社会变动,则《古诗十九首》分明早于这个时代甚多,为什么它竟忽然提前开拓了一种新的形式?

乙、如果《古诗十九首》已表现为抒情美典,汉魏社会变动说还有必要再提吗?

丙、高先生又说汉魏之际形成内向之路以后,直到盛唐,"抒情主义的气势,似乎垄断了整个文学界。不论历史家和思想家如何写他们的作品,就文学价值而言,读者往往以其抒情性为标准"②。也就是说:从魏晋至盛唐,抒情美典已成文坛主流。文学史实况真如此乎?

翻开《文选》,劈头看到的,就是被高先生归类为非抒情美典的赋。而六朝的赋,由左思之赋三都、吴都、魏都,潘岳赋藉田、射雉、西征,孙兴赋游天台山,鲍照赋芜城,何晏赋景福殿,郭璞赋江,谢惠连赋雪,谢庄赋月,张华赋鷦鷯,颜延年赋赭白马,都是延续汉人写京城畋猎物色之风的。言志的闲居、叹逝、怀旧等,数量既少,又皆放在外向美典之后。

诗呢?献诗、公燕、祖饯、咏史、游仙、招隐、游览等亦皆置于咏怀之前。咏怀比例极少,不及半卷;被高氏视为外向美典的赠答则多达三卷

① 此问题,我曾在《孔颖达周易正义》(台北:文史哲,1979年)第一章谈过,2008年收入《中国学术思想研究辑刊》初编,台北:花木兰,2008年;也在1986年蔡文俊出版《比兴物色与情景交融》时写了《从吕氏春秋到文心雕龙》,继续讨论。近期所论,可见我的《中国文学史》第十一章。

② 高友工,《试论中国艺术精神》。

半。然后是行旅、军戎、郊庙、乐府、挽歌、杂歌等。高先生郑重言之,以为抒情诗开山的《古诗十九首》,只放在最末尾的“杂诗”中。

文章部分更不用说了。诏、令、教、表、上书、启、弹事、笺、奏记、书、移、对问、设问、颂、史论、赞、论、箴、铭、碑、墓、行状,哪一样是抒情美典?

这是齐梁文坛对文学的看法,与高先生所见全然相反,外向性美典才占压倒性优势。《文选》以后,文坛巧构形似,咏物、山水、宫体等非内省型作品仍为主流,故谓抒情已垄断文坛、抒情美典已成读者阅读之标准等,皆属高先生或今日部分人之想象,六朝文风,绝不如此。

丁、由汉魏之际到盛唐,抒情美典的高峰,高先生举律诗与草书为说,更是奇怪。律体之成熟,一般都说沈佺期宋之问,然后是老杜。但老杜能否代表盛唐,正是文学史上的大争议所在。杜甫的“诗史”头衔、诗律之细乃至拗救,还有其歌诗的意识形态,所谓每饭不忘君,都与宋诗关系更为紧密,而与盛唐诗不类。高先生既参考余英时先生之说,言唐宋之际为第三次突破,就不能如一般人论文学那样,只因杜甫生活于盛唐便将他归入盛唐风格去说,而应注意杜甫还代表了宋诗的文学史意义。可是高先生完全不明白史学界讲“唐宋变革”的目的,反而以律诗或杜甫之律来代表第二次突破期的抒情美典高峰,真是离谱之至。①

戊、草书的问题也一样离谱。草书在汉代书法由实用性转为艺术性时确实非常重要,若要谈草书美典,应在那时谈。作为抒情美典,当在音乐之后、文学之前。放到盛唐就错了。今人但见张旭怀素之草,便以为足以为盛唐精神之表征,殊不知在书法史上一向只说“唐人尚法”,宋人才尚意。唐人书法之成为后世典范者,在其法,而不在其草,更不在其尚意。故前期以欧虞褚为著,其后以颜柳足称。② 所谓尚意,才是更接近高先生所说之抒情美典的,但那该放入第三次突破期里去说,而且也唯有放入宋代去说,才能解释高先生一再强调宋元绘画逐渐被书法美典浸润改造的问题。

---

① 具体说律之误,前文已说过了。

② 唐氏书法的问题,另详我《书艺丛谈》(台北:佛光大学,2001 年)里唐初书法史初探、张怀瓘书论研究、书学与武学、醉书各篇。唐人书法,讲究的是中和之美,非草书狂放之美。

以上只是高先生所谈第二次突破期所涉及的一些错误。其他各期，关系于具体史事者，其错误也是一箩筐，我怕再谈下去会说出更难听的话，所以就此打住。读者只要知道他这个抒情精神史的框架在与具体史事相关涉时，动辄左支右绌、破绽百出也就够了。

四

（一）

高先生独断的抒情传统是依一系列对比建立起来的：经验之知／现实之知，同一原则／延续原则、延续/转移、表现/创造、抒情过程/描述过程、抒情精神/悲剧精神、表现美典/叙事美典、内化与象意/外现与代表、抒情美典/叙述美典、内向的美典/外向的美典、抒情现时与抒情自我/人物与观点、美感/快感与实用、抒情诗/叙述诗、文字文化/口语文化、意象/动感、题释句式/主谓句式、节律/节奏、内化/外化、上层社会与其美典/低层社会与其美典、抒情美典/戏剧美典等等。

他总是先把事情分为二类，然后毫无论证地不断强调抒情之优势："抒情诗的美学在中国传统中，确曾被普遍视为文学的最高价值所在""长久以来，此一抒情传统在中国文化中占有极高地位"。[①]

俗话说：谎话说多了也就仿佛是真的了。高先生未必说了谎，但这些话仿若咒语般，反复诵念，久了也就好像果真是这么回事。

可是，抒情传统在高先生的论述中，确从未被论证过它真"是一个绵延不断支脉密布的主流"[②]、"抒情美典的独立也同样剥夺了其他艺术形式的发展机会"[③]。因此我们无法讨论这一部分，只能回过头来看他的二分法。

---

① 高友工，《中国叙述传统中的抒情境界》。
② 高友工，《中国文化史中的抒情传统》。
③ 高友工，《试论中国艺术精神》。

(二)

在各种二分中,抒情的与叙述的,是其基本区分,其他各种二分皆环绕它而展开。一般情况下,也就是方便说法的情况下,这样分,并无大碍,例如抒情言志之诗,跟模山范水、咏史记事之诗,确实可暂时用抒情跟叙述来分。

但问题是:一个文本,到底是抒情还是叙述,正如我在前面说过,它并非现成自明的。且不说《红楼梦》这样的"裨史之妖",颇有人视之为史,就是《古诗十九首》,亦不乏论者不以抒情目之。如"青青河畔草,郁郁园中柳,盈盈楼上女,皎皎当窗牖"那首,清刘履《选诗补注》即谓其为:"刺轻之仕进而不能守节者",朱筠《古诗十九首说》则云此乃:"喻君子处乱世",张玉穀又指此系:"见妖冶而儆荡游之词",他们都不认为这是自省的内在对话(self-conscious internal dialogue),而说它是外向指涉现实事况。

在中国文化中,这才是个通例。试看经今古文之争,其中之一便是《春秋》的性质。古文学派以《春秋》为史,乃夫子因鲁史而作;今文学派则不以为《春秋》是对外部世界的指涉,而认为是孔子之咏怀,《春秋》之微辞、书法,皆其象意之形式。故今文家说经,接近高氏所说的抒情性,古文家说经,近于高先生说的叙述性。历来"春秋学"分化为史学及经学文学两派,即缘于此。清人宋大樽章学诚,把诗之比兴、易之取象、春秋之譬况相提并论,并视为为文之秘钥;常州学派以易象及春秋条例说词之比兴寄托,均属此类。

一本《春秋》,因诠释进路不同,可歧为经(文)、史二路,可见抒情抑或叙述,往往不是文本的性质,而是指诠释的进路。在文学文本中,诠释者着重其史义的,可谓比比皆是。高友工先生视为抒情诗原型典式者,乃是"咏怀"这一型,但统观历代对阮籍《咏怀诗》的解释就可知:把它朝指斥时世,也就是放入史事中去彰明它,具有高先生所说"外现""代表"之性质者,实远多于只把它看成是内在自我的对话、心境之表现,更不用说杜甫号称"诗史"、白居易倡言"诗合为时而作,为事而作"了。对杜甫白居易这类作品,叙述性的解释更是基调。

（三）

换言之，纵或承认高先生的区分确有道理，这种区首先就不应在作者和作品那方面找，而应注意到文本诠释的传统。何况，抒情的与叙述的这两者又并不能那么清楚地分开，二者乃是混融的。

举例来说。李商隐《锦瑟》一诗，谓其为抒情的自伤身世者，仅为各种解释之一，反而说它是指令狐青衣、李德裕、悼亡……等的则更多。这些外向型解释，倾向史事叙述是无疑的，但王国维替张尔田《玉溪生年谱会笺》作序时，曾概括他们这一路诠诗法是："细按行年，曲探心迹"。细按行年，乃是史法，编年谱、考本事、订作时、诂语言，都有历史主义气味。但通过此一史学性的解释，仿佛把诗视如史传纪事，想阐明的却是作者内在的自我。这时，无论诠释者或文本，遂不能说不是抒情的。

具体解诗时，最能显示此一性质的，即是比兴。

郑玄《周礼·春官·大师》注云"比，见今之失，不敢斥言，取比类以言之。兴，见今之美，嫌于媚谀，取善恶以喻劝之"，把比兴跟对政治社会的美刺结合起来，比兴之技巧，乃具有政治寄托、道德寓意的作用，诗就有了反映政治实相、伦理结构的象征与暗码功能。这无疑符合高友工所云外向性美典之特质，与汉三家诗凿指诗旨、《韩诗外传》《列女传》等附会本事、《白虎通》遽以诗为三纲五常典章制度的佐证等，属于同一倾向。

但比兴同时又有另一解释，如《文心雕龙》云："比者附也，兴者起也。附理者，切类以指事。起情者，依微以拟议。起情，故兴体以立。附理，故比例以生。"如此解比兴，若依孔颖达《毛诗正义》之观察，或出于汉代郑众。孔引郑众："兴者，托事于物。则兴者起也，取譬引类，起发之心，诗文诸举草木鸟兽以见意者，皆兴辞也。"意谓诗人藉草木鸟兽来表述内心情意者都叫兴。这恰与上述言比兴者不同。①

前一种比兴义，乃外向性解诗法，关雎鹿鸣，均可朝时世美恶去解释。

---

① 比兴含义的转变，详蔡英俊，《比兴物色与情景交融》第二章第二节，台北：大安，1986年。

依后一种比兴说,却又内转为一切风云月露美人香草,皆诗人起发其心者,故解诗者当循此以见意,探索作者内在的情意。

正因比兴兼此二义,因而比兴解诗是两头通的。一般认为的抒情诗,可用比兴寄托说去解释成为一首政治讽谕、道德批评诗;一般认为的咏史咏物,又可以比兴寄托解释为是作者心境之抒情。

前者如李商隐《有感》:"非关宋玉有微辞,却是襄王梦觉迟。一自高唐梦觉后,楚天云两尽堪疑",冯浩注曰:"余尝谓韩致光《香奁诗》当以贾生忧国、阮籍途穷之意读之。其他诗……乃一腔热血也。既以所丁不辰、转喉触忌,壮志文心,皆难发露,于是托为艳体,以消无聊之况。……义山诗法,冬郎幼必师承。……余编义山诗,而后之读者果取史书、文集,事会其通,语抉其隐,当知确不可易耳!"情诗情语,若依外向性解释,均可云其为忧世之托喻。

后者如陈沆《诗比兴笺·序》谓清"道咸以前,则慑于文字之祸,吟咏所寄,大半模山范水、流连景光。即感触,决不敢显然露其愤懑,间借咏物咏史以附于比兴之体,盖先辈矩镬类然也"。咏物、咏史、山水,都是高先生说的非内省性诗体,但利用比兴说,诠释者却要人相信那不是真的流连光景、模山范水及咏物咏史,而是"贤人君子幽约怨悱,不能自言之情"的表现。

抒情的与叙述的,乃因此而可错位互换,比兴一义,兼摄两端。

"意内而言外谓之词。其缘情造端,兴于微言,以相感动。极命风谣里巷男女哀乐,以道贤人君子幽约怨悱,不能自言之情,低回要眇,以喻其致。盖诗之比兴、变风之义,骚人之歌,则近之矣",是常州词派张惠言《词选》序中的话,十足抒情美典之口气。但陈沆立刻就说明此种抒情实与叙事合流:"风以比兴为工,雅以直赋为体,柄凿各异方圆,同符三百。所贵诗史,讵取铺陈?谓能以美刺代褒贬,以颂诗佐论世。苟能意在词先,何异兴含象外?知同导夫情,则源流合矣。"(卷二)陈沆也是从诗本于情、导于情讲的,但他很清楚:在中国诗歌传统中,论世与表情、抒情与叙述并不能分立,勉强分之,戏论而已。

于是,高先生的问题就很明白了:他用二元对立的方法来谈不是二元对立的中国文化,岂不谬哉?

（四）

高先生是用抒情与叙述两大美典来概括中国文学文化的。他所说的抒情传统未必为抒情,前面已谈得很多了,底下当说他讲的叙述传统亦未必为叙述。

他是以戏曲为叙述美典之代表的。但清乾隆间剧作家周昂就明确指出:“传奇者,言情者之所寓也”[①],洪升《长生殿》自序也说:“从来传奇家非言情之作,不能擅扬”[②]。前者指作者以传奇抒自己之情,后者指作品多言情之篇。

先讲后者。李渔《怜香伴》卷末收场诗曾云:“十部传奇九相思”[③],明清戏曲多叙男女情爱故事或以对情之讨论为主题,这种现象,我们能视而不见吗?对此“以叙事之方法言情”之形态,不能只就它叙事之方法说这就是叙述美典,而不理会它言情之内涵。而传奇之所以多叙情爱故事,原因亦不在“事”的层面,而在“情”的层面。由事说,世上魑魅魍魉之其他事件,曲折离奇,未必不在爱情故事之下,可是爱情题材格外获得青睐,是因中国剧作家认为直接言情尤易动人,盖“人生于情”,故作品若“大率皆情词”,则作者既易工、“闻者亦易动听”。[④] 这种创作观与西方亚里士多德式戏剧观显然异趣,源于一种抒情式的想法,觉得作者、作品与读者,皆“兴于微言以相感动”,因而袁晋《玉茗堂批评焚香记序》云:

> 盖剧场即一世界,世界只一情人。以剧场假而情真,不知当场者有情人也,顾曲者犹属有情人也,即从旁之堵墙而观听者,若童子、若瞽叟、若村媪,无非有情人也。倘演者不真,则观者之精神不动,然作者不真,则演者之精神亦不灵。[⑤]

---

① 〔清〕周昂,《玉环缘·小引》。

② 〔清〕洪升,《长生殿》。

③ 〔清〕李渔,《怜香伴》。

④ 〔明〕王骥德,《曲论》。

⑤ 袁晋,《玉茗堂批评焚香记序》,

戏曲之灵魂,在于它是以情相感:作者发其真情于作品里、演员以其真情贯注于剧场中,读者观者亦皆以情相感动。如斯云云,能说这是叙述美典、外向美典吗?

若说固然题材、主题多是言情,作者观者亦皆以情相感,但毕竟只是演戏,说他人之梦;而非内向的自省、表现自己的心境,故仍不可视为抒情美典。那就要再回头看周昂之说。周云:"传奇者,言情者之所寓也"[①],戏曲之故事,不过是一些假托寄寓而已,明清曲家,谁不以为如此?钱谦益题李玉《眉山秀》云:"元玉管花肠篆,标帜词坛,而蕴奇不偶,每借韵人韵事,谱之宫商,聊以抒其垒块"[②],这样远溯司马迁"诗三百篇大抵圣贤发愤之所为作"的论调,可谓不胜枚举。戏既是发愤以抒情之作,故事仅为寓言假托(只是他人之酒杯)而已,表现的,不就是自己的心境吗?只不过这些表现不采直述的方式,而是代言的罢了。如此便谓其为叙述美典,恐怕太过分了。

还有,高先生分立抒情美典与叙述美典,并用西方戏剧、抒情诗之分来拟想中国状况,是以在中国文化中也找了戏曲来担当这个叙述美典的角色。可是他忘了:他不是早就讲过,音乐是抒发艺术的最佳形式吗?中国的戏,之所以不同于西方悲剧史诗传统者,正在于它是曲子,重在曲而不在戏。元明人论戏,基本都只论曲不论演;直到清末民初,去看戏的仍叫做听戏;且几乎所有戏种均以语系声腔分,而不以表演形式分。音乐的叙述能力本来即不如抒情功能,以曲为主的中国戏曲,若依高先生之定义,恐怕才是真正的抒情美典。且是本来如此,非后来才在抒情传统的强大压力下,转而以叙述形式表现抒情境界。高先生的戏论,似乎说到后来,愈说愈兴奋,结果前言冒犯了后语,舌头不幸打结了呢!

综上所述,高先生之说乃权说而非实论,业已昭然。但我讲过,权说戏论,虽无当理实,却非全无意义,仍可有其作用,足供方便说法之用。这个部分,将另文处理,此即不赘。

---

① 〔清〕周昂,《玉环缘·小引》。

② 〔清〕钱谦益著、〔清〕钱曾笺注、钱仲联标校,《钱牧斋全集》,上海:上海古籍,2003 年。

参考文献

一、传统文献

〔明〕王骥德,《曲论》

〔明〕李渔,《怜香伴》

〔明〕洪升,《长生殿》

〔清〕周昂,《玉环缘 · 小引》

〔清〕钱谦益著、〔清〕钱曾笺注、钱仲联标校,《钱牧斋全集》,上海:上海古籍出版社,2003 年。

〔清〕袁晋,《玉茗堂批评焚香记序》

二、现代文献

王德威,“抒情的文学史”国际研讨会,综合座谈发言,2009 年 4 月 25 日。

牟宗三,《牟宗三全集》,台北:联经,2003 年。

高友工,《美典:中国文学研究论集》,北京:三联,2008 年。

蔡英俊,《比兴物色与情景交融》第二章第二节,台北:大安,1986 年。

颜昆阳,《从混融、交涉、衍变到别用分流、布体——“抒情文学史”的反思与“完境文学史”的构想》,“抒情的文学史”国际研讨会,台大、政大,2009 年 4 月 25 日。

(原载《清华中文学报》第三期,2009 年 12 月)

冯惟敏《山堂辑稿》说略

李　简

冯惟敏(1511—1580?),字汝行,号海浮山人。山东临朐人。明代著名的散曲和杂剧作家。其散曲作品,和康海、王九思一起,被视为明前期豪放之作的代表,甚至较康、王受到更多的赞誉。任中敏曾称扬冯惟敏"才气之横溢,笔锋之犀利,无往而不淹盖披靡,篇幅虽多,各能自举,不觉其滥,亦非康王一派之所及也"①。冯惟敏写作的剧本有《不伏老》和《僧尼共犯》两种,两种均备受揄扬。钱谦益称赞《不伏老》"当在王陂《杜甫游春》之上"②,青木正儿以为"曲辞语语本色,直迫元人"③。祁彪佳赞扬《僧尼共犯》"刻画之极,渐近自然"④。也正因为冯惟敏在散曲和剧曲创作方面所取得的成绩,有关冯惟敏生平与著述的研究,一再受到人们的关注。

关于冯惟敏的著述,除杂剧外,长期以来研究者依据的材料主要为盛明百家诗本《冯海浮集》、《冯氏家集》之《石门集》以及《海浮山堂词稿》。冯惟敏在其《海浮山堂词稿引》中提到的《山堂辑稿》不但一直未被利用,甚至被认为已佚。郑骞《冯惟敏及其著述》一文称:"惟敏文只存以上三篇,余文未见。……词稿自序云:'刻山堂辑稿于润州',《辑稿》今佚,其中或有文耶?"⑤韩伟《明曲家冯惟敏生平事迹考述》则称"他自刻了曲集

---

① 任中敏,《散曲概论》,收入《散曲丛刊:第十四种》,上海:上海中华书局,1930 年。

② 钱谦益,《列朝诗集小传·丁集》,上海:上海古籍出版社,1959 年,第 390 页。

③ [日]青木正儿,《中国近世戏曲史》,北京:中华书局,1954 年,第 191 页。

④ 祁彪佳,《远山堂剧品》,《中国古典戏曲论著集成(六)》,北京:中国戏剧出版社,1959 年,第 168 页。

⑤ 郑骞,《冯惟敏及其著述》,《燕京学报》,1940 年(28):12。

《山堂辑稿》,这是惟敏的第一部散曲集"[1]。然而,《山堂辑稿》到底是怎样一部书稿?《山堂辑稿》又是否已经佚失了呢?这是一个至今未有结论的问题。近来,笔者因教学与科研的需要,阅读明代曲家的诗文作品集。发现在《中国古籍善本书目》的集部中,赫然记录着一部冯惟敏的诗文作品集:"海浮山堂诗稿五卷文稿五卷,明冯惟敏撰,明嘉靖四十五年刻本",而且就珍藏在北京大学图书馆。[2] 一个悬而未决的问题似乎有了解答的希望。怀抱着一份惊喜,我借出了这部"诗文稿",它使我相信,不但在已有的研究中大量冯惟敏的作品一直没有被利用,而且这本"诗文稿"应该就是学者们渴求的《山堂辑稿》。《山堂辑稿》并没有佚失。

"海浮山堂诗稿五卷文稿五卷"四册一函,函套题《海浮山堂诗文稿》,每册封面则题"山堂辑稿",册以元、亨、利、贞为序。第一册卷首有许《山堂辑稿序》。第一册含"海浮山堂诗稿"卷之一、卷之二、卷之三;第二册含"海浮山堂诗稿"卷之四、卷之五、"海浮山堂文稿"卷之一;第三册含"海浮山堂文稿"卷之二、卷之三;第四册含"海浮山堂文稿"卷之四、卷之五。每册版心亦相应题"海浮山堂诗稿"或"海浮山堂文稿";各卷以天干甲乙丙排序,并加注页码一二三,如第一卷即标为"甲一、甲二、甲三……",第二卷即标为"乙一、乙二、乙三……",直至"癸一、癸二、癸三……"。

从全书来看《海浮山堂诗文稿》即《山堂辑稿》。理由有以下数点:首先,《诗文稿》四册一函,不但每册均题名"山堂辑稿"、卷首有"山堂辑稿序",而且册之间的排序和卷之间的排序颇为完整,自成系统(册以元、亨、利、贞为序,卷以甲乙丙丁为序)。其次,据冯惟敏"丙寅闰月"所作的《海浮山堂词稿引》:"余今刻《山堂辑稿》于润州。既迄工,乃别辑此卷刻之"[3],则《山堂辑稿》当刻于嘉靖丙寅,而今天所见《海浮山堂诗文稿》的许序,亦作于嘉靖丙寅[4],且言"先生乐府诸调别有刻,兹不序"。与《词稿

① 韩伟,《明曲家冯惟敏生平事迹考述》,《烟台师范学院学报》,1994年第2期。

② 此书已收入上海古籍出版社出版的《续修四库全书》。

③ 冯惟敏,《海浮山堂词稿·散曲丛刊:第十种》,上海:上海中华书局,1930年。

④ 许穀序署,"嘉靖丙寅秋八月朔旦赐进士出身中顺大夫南京太常寺少卿致仕前吏部文选郎中江西按察佥事奉敕提督学校石城许著。"

引》所述正相吻合。再次,《海浮山堂诗文稿》之“诗稿”与“文稿”版式一致。均采用左右双边、上下单边。“诗稿”、“文稿”半页九行,行十七字;字体亦完全相同,横轻竖重,方方正正。最后,《词稿》(原刻本)卷四附录,[南吕一枝花]套题注云“有引见文稿”,今《文稿》中确有此文;《光绪临朐县志》又著录有《山堂诗稿》;如此则冯惟敏的作品,结集的有《文稿》、有《诗稿》。《千顷堂书目》著录明人著述最称丰富,关于冯惟敏的著作,《千顷堂书目》写道:“冯惟敏《山堂辑稿》,又《山堂词稿》,又《击节余音》。”[①]并未提到《诗稿》、《文稿》,且今见之《海浮山堂诗文稿》第二册,《诗稿》卷五与《文稿》卷一相接,许《山堂辑稿序》仅言乐府诸调在外,故《山堂辑稿》当即由《诗稿》、《文稿》两部分组成。

《山堂辑稿》(《海浮山堂诗文稿》)刊刻于嘉靖丙寅(1566),在时间上应是冯惟敏最早的集子。许穀的序说:“今余挂冠山中,海浮君由涞水令改教京口,言念通家,停车见访,则又识海浮君。……既而海浮别去,俄王、孟二文学持所刻《山堂辑稿》问序。余昔盖尝窥见一斑,而今何幸得尽睹其全也。”许穀(1504—1586)字仲贻,号石城。嘉靖十四年(1535),会试第一。官至南京尚宝卿,罢归,接续顾璘主盟词坛。《山堂辑稿》中所收录的作品,到冯惟敏在镇江为官时期止。《冯海浮集》为明俞宪所编《盛明百家诗》之一种。俞宪字汝成,号岳率,嘉靖十七年(1538)进士。曾官山东按察使。俞宪编《盛明百家诗》“乃随各集撮其大略,汇存家塾,以备一代故实,庶几后之览者有考云”[②]《明诗凡例》)。“每集各为小序,纪其籍履。”[③]《冯海浮集》前面俞宪所作的小序称:“予忝东藩,海浮忽为一巡院所虐,逮系省城,因得纵观其诗文,然未有集也。故尝刻少洲诗而不及海浮。比得其集并南游诗数十篇”,文末题“隆庆戊辰长夏”(1568),则《冯海浮集》的刊刻稍后于《山堂辑稿》,其中作品多同于《山堂辑稿》,较《山堂辑稿》多收的作品则基本是镇江时期的作品,如《姚伯子徐来亭

---

① 黄虞稷,《千顷堂书目》卷二十三,上海:上海古籍出版社,2001年,第570页。

② 俞宪,《盛明百家诗三百二十四卷》,《四库全书存目丛书:集304》,济南:齐鲁书社,1997年,第402页。

③ 同上,第394页。

小集因送吕山人》、《别家》、《别诸生示姜子业》、《乌江三首》、《试院喜晴同诸僚长限韵》、《贵竹道中》、《柬李太守磐石》、《吊黄鹤楼》、《方定溪侍御迁湖广佥宪余由楚来未遇必便道过山中岁暮余方次池口未及访晤聊此寄怀二首》、《石头城有怀》等。《石门集》为万历丙申（1596），康丕扬选，侄孙琦校刻本。“先生家东海，距余舍仅三百里，何幸近大雅之居若此其甚，又何幸于宗伯公而得并举于乡。一日宗伯出所裒诸先生诗若干卷示余曰：此先大父辈遗业也，惟吾子序而传之。”①冯琦（1558—1603），惟敏次兄惟重之孙。万历五年（1577）进士，选庶吉士，授编修，累迁礼部尚书。帝欲用为相，未果而卒。《石门集》中所收作品与《山堂辑稿》大多相同，较《山堂辑稿》多收的作品则包括了冯惟敏仕宦后期的作品，如《雄州送弟》等。三个集子中，以《石门集》为最晚出。《海浮山堂词稿》，虽然冯惟敏的自序署“丙寅闰月”，但因今所见本中，有不少丙寅以后的作品，故郑骞先生认为是“惟敏晚年手定本，而仍用原序”②。

以过去仅见的冯惟敏的诗集《石门集》和《冯海浮集》统计，《石门集》收录诗 150 首，《冯海浮集》收录诗 153 首，二者相加，去其重复，共得冯惟敏的诗作 247 首。而《山堂辑稿》的出现，则使这个数字大增了。《山堂辑稿》（《海浮山堂诗文稿》）全书共十卷，诗文各五卷。其中《诗稿》收录诗 404 首，包括五古、七古、五律、七律、五言排律、五绝、六绝、七绝各体。以《海浮山堂诗稿》所收，加上《石门集》和《冯海浮集》比《诗稿》多收的 48 首诗（《石门集》中有 33 首为《海浮山堂诗稿》所无，《冯海浮集》中有 19 首为《海浮山堂诗稿》所无，此 52 首中有 4 首重复），共得诗 452 首。也就是说，《山堂辑稿》使冯惟敏诗作的数量增加了 205 首，比《石门集》和《冯海浮集》的总和多出近百分之八十三。加上《直隶易州志》收录、不见于各集的一首七律③，则今可见的冯惟敏诗有 453 首。

冯惟敏的文，郑骞《冯惟敏及其著述》著录三篇，即《矿洞议》、《重修

① 康丕扬，《刻四冯先生诗集序》，《冯氏家集》，万历二四年北海冯氏家刻本。

② 郑骞，《冯惟敏及其著述》，《燕京学报》，1940 年（28）：12。

③ 清乾隆时张登高纂修之《直隶易州志》卷十八收录冯惟敏的两首诗，其一《易水》，《海浮山堂诗稿》和《冯海浮集》均收录；其一《仙台》，则各集均未收录。

三义祠碑记》、《海浮山堂词稿自序》,然《海浮山堂文稿》五卷,收录文80篇,包括叙、碑志、行状、祭文、杂著。于是冯惟敏现存文章的数目达到83篇,比过去所知道的增加了近27倍。

冯惟敏的文终于得以完整的面貌,展示于读者的面前。冯惟敏的词,郑骞《冯惟敏及其著述》一文称"未见",但在《海浮山堂文稿》卷之五"杂著"类有一篇《贺王指挥君辅平盗帐词并引》,其中即记录了一首[满江红]词。

综上所述,冯惟敏的文学作品,除散曲、剧曲以外,今天可以读到的大约有诗453首,文83篇,词1首,赋2篇(赋见《石门集》)。

借助于这部《山堂辑稿》(《海浮山堂诗文稿》),以往冯惟敏研究中的许多问题有了重新认识的可能,对冯惟敏的分析也得以更加深入。比如关于冯惟敏的生平事迹,我们现在可以作出更清晰、细致的描述。谈到冯惟敏的少时经历,郑骞先生在他的《冯惟敏及其著述》一文中说:"在南京时,兄惟健、惟重与诸名士结文社,惟敏与焉,识许石城邢雉山诸人"[①]。然许《山堂辑稿序》云:"余弱冠与乡中诸子会文于青溪之上,适冶泉芹泉二君自临朐来,从其先大夫宦游留曹……。于是始识冶泉芹泉二君。暨余谬列春曹,少洲君初授邑令,邂逅京邸,议论颇合,则又识少洲君。今余挂冠山中,海浮君由涞水令改教京口,言念通家,停车见访,则又识海浮君"[②]。据此,许与冯惟敏的相识是在冯惟敏任镇江教授的时候,并不是在年少随父宦游时。当年惟健(冶泉)、惟重(芹泉)与诸名士结文社,惟敏未与焉。谈到冯惟敏的仕宦经历,郑骞先生在《年表》"嘉靖四十二年"下写道:"诸书皆以涞水解官,改镇江教授二事连书。今按《词稿》卷二有[朝天子]'解官至舍'二十首,自注云:'余以癸亥秋解官,自分优游山水,无意世事';《词稿》卷一[双调新水令]'仰高亭自寿'套自注:'余以乙丑冬客润州';据此二事,知本年解官后,曾归临朐闲住年余"[③]。今据冯惟

① 郑骞,《冯惟敏及其著述》,《燕京学报》,1940年(28):12

② 冯惟敏,《山堂辑稿》,嘉靖四五年刊本。

③ 郑骞,《冯惟敏及其著述》,《燕京学报》,1940年(28):12。

敏《贺海云王先生授纪善叙》:“顾不肖非能言者,时方以解官息肩海上,慨然服先生之明,而信其能为忠孝人以成其学,于是乎述。”[①]据《送仰泉迁金堂掌教叙》:“余解簿领之职且一年,而有郡博士之命,又一年而适郡斋。”[②]知冯惟敏涞水解官后将近一年,有镇江教授的任命,又一年始到任。冯惟敏的文章佐证了郑先生的观点。文章中正面、直接的陈述,使冯惟敏这一段仕宦经历更清楚地展示在世人面前。

关于冯惟敏的交游,透过《贺梅林胡先生两荐叙》一文,我们了解到冯惟敏和胡宗宪有通家之谊:“梅林胡君英年擢第,来长益都。性笃而敏,温而介,殆有所以待之矣。”“梅林与予有通家之谊。”[③]梅林是胡宗宪的号。胡宗宪生于正德七年(1512),嘉靖十七年(1538)进士,曾为山东青州府益都县尹,颇得民心,后因母丧离任。冯惟敏与胡宗宪的交往,有助于我们对其早期活动的考察。由《至昆山柬俞仲蔚梁伯龙》诗,我们看到冯惟敏和梁伯龙南北两位曲家的交往,看到他和当时文坛的联系:“独有昆山秀,应多种玉人。望闾寻大隐,鼓棹度重闉。畴昔披文藻,于今识性真。幽期如不负,高话五湖滨。”[④]俞仲蔚,即俞允文(1513—1579),仲蔚是其字。昆山人,与王世贞同为嘉靖五子之一。伯龙,是著名曲家梁辰鱼(1519—1591)的字。梁辰鱼的父亲名介,出继叔父九万为嗣,仲蔚之妻为九万之女,则仲蔚为梁辰鱼之姑父。也是由这首诗,我们找到了《浣纱记》作于嘉靖朝的一个重要证据。明人沈德符在其《万历野获编》中曾有《浣纱记》作于万历初年的记载[⑤],徐朔方先生推论《浣纱记》的写作当

---

① 冯惟敏,《山堂辑稿·海浮山堂文稿》卷之三,嘉靖四五年刊本。

② 同上,卷之三。

③ 同上,卷之一。

④ 同上,卷之三。

⑤ 沈德符,《万历野获编》卷二十五“梁伯龙传奇”云:“《浣纱》初出,梁游青浦,时屠纬真隆为令,以上客礼之,既命优人演其新剧为寿,每遇佳句辄浮大白酬之,梁亦豪饮自快。演至出猎,有所谓‘摆开摆开’者,屠厉声曰:‘此恶语当受罚。’盖已预储水以酒海灌三大盂,梁气索强尽之,大吐委顿。次日不别竟去。屠凡言及必大笑,以为得意事。”(《万历野获编》,文化艺术出版社,1998 年,第 689 页)据《鄞县志》,屠隆在万历七年(1579)调任青浦知县。

在作者二十五岁(1543)前后[①]。在讨论《浣纱记》的创作时间时,徐朔方先生曾以梁辰鱼的诗《吴宫曲》为证,认为"人称五湖之游世所无,恐其破越犹破吴"的诗句,与《浣纱记》第四十五出范蠡的上场诗"载去西施岂无意,恐留倾国更迷君"意旨相同,"很可能传奇和这首诗年代相近"[②]。而在这首《吴宫曲》中,"五湖"也是梁辰鱼咏叹西施故事的一个重点,一诗之中两度提及:"朝作吴宫娃,暮托五湖客"、"人称五湖之游世所无,恐其破越犹破吴"。冯惟敏《至昆山柬俞仲蔚梁伯龙》一诗赞美了梁辰鱼的才华,结句"高话五湖滨",与梁辰鱼《浣纱记》的结尾——范蠡做五湖之游——正相吻合。也就是说,在冯惟敏写作此诗时,梁辰鱼的《浣纱记》应该已经完成,并在流传中大获好评。冯惟敏《至昆山柬俞仲蔚梁伯龙》一诗的写作,当在其任镇江教授期间,故诗题才会为"至昆山柬某某",而冯惟敏嘉靖四十四年(1565)至镇江,则此诗应写于1565年到镇江以后;又因《山堂辑稿》刊行于嘉靖四十五年(1566),故此诗应作于1566年《山堂辑稿》刊刻以前。由此推论,《浣纱记》剧本在1565—1566年之前,应该已经风行曲坛。

关于冯惟敏对佛教的态度,研究界代表性的意见认为是排斥的:"此剧(指冯惟敏的杂剧《僧尼共犯》)与《击节余音》中之'劝色目人还俗'套,俱可见惟敏之学,纯宗儒家,不以他教为然,非滑稽戏谑之作也。"[③]"本剧(《僧尼共犯》)亦即藉滑稽戏谑来表示他排佛的思想。"[④]但是在《山堂辑稿》中,我们读到了冯惟敏更多的有关佛教的议论,如《惠山泉》"此中酌泉水"诗:"此中酌泉水,好水复好山。入山僧亦佳,坐我空谷间。摘茗瀹新芽,为我开心颜。是时春日迟,花鸟亦自闲。缘源历幽径,倚仗相与还。我欲舍轻舟,因之学闭关。"[⑤]"闭关",指佛教徒闭居一室,静修

---

① 徐朔方,《梁辰鱼年谱》,《晚明曲家年谱》(第一卷),杭州:浙江古籍出版社,1993年,第121—124页。

② 同上,第123页。

③ 郑骞,《冯惟敏及其著述》,《燕京学报》,1940年(28):12。

④ 曾永义,《明杂剧概论》第四章,台北:学海出版社,1979年,第220页。

⑤ 冯惟敏,《山堂辑稿·海浮山堂诗稿》卷之一,嘉靖四五年刊本。

佛法。在这首诗中,冯惟敏不但赞扬了惠山僧人,而且表达了对佛教徒生活的一种向往。比如《镇江府西津渡口玉山报恩寺重修募缘文疏》,在这篇文章的结尾,冯惟敏甚至“口占半偈,法轮重转玉山头,镇静东南第一州。月印江心观色相,清光漾漾水悠悠”[①]。由这些文字,我们可以更全面地把握冯惟敏对佛教的态度。

同样,关于冯惟敏的内心世界,我们因为他在《山堂辑稿》中的倾诉而有了更直接、细致、贴切的体会。冯惟敏对闲适生活充满向往:“弱冠嗜远游,夙婴山水癖。”[②]这种对山水的热爱,是我们在《冯海浮集》、《石门集》中随时可以感受到的。而借助冯惟敏的《贺旧令尹凤台寿八叙》、《复友人书》等文章,我们得以进一步体察冯惟敏的内心,更真切、细微地体味到他对官场的态度:“曩余弱冠不屑举子业,愿受一廛而为翁氓。翁弗许,使游乡校。”[③]“九踬贤科不一作色介念者,自揣颇明前途匪测也。”“私窃自念,先君以三十年科名,一生苦节,万里功勋,而竟以废罢。某独何人,敢于仕途周旋奔走也。”[④]冯惟敏的父亲冯裕(1479—1545)[⑤],正德戊辰(1508)进士,曾知华亭县、萧县和晋州,擢南京户部员外郎,知平凉府,改石阡,迁贵州按察副使,屡建平蛮功,被论解官。所谓“定播凯百年仇杀之难,销龙氏一旦激变之衅,此其功之表表彰著者,已奉明旨,不次迁擢,而竟以不能俯仰于人论调,乃遂浩然以归”[⑥]。关于冯裕被解官的原因,徐阶、欧阳德在他们的文章中均有涉及:“然公于财廉,无书问以遗贵近,又不能饰词貌为媚说,故当世之士乃鲜知公者。嘉靖甲午被论致其

---

① 冯惟敏,《山堂辑稿·海浮山堂诗稿》卷之五,嘉靖四五年刊本。

② 冯惟敏,《七里溪别墅五首之二》,《山堂辑稿·海浮山堂诗稿》卷之一,嘉靖四五年刊本。

③ 冯惟敏,《贺旧令尹凤台寿八叙》,《山堂辑稿·海浮山堂诗稿》卷之三,嘉靖四五年刊本。

④ 冯惟敏,《复友人书》,《山堂辑稿·海浮山堂诗稿》卷之五,嘉靖四五年刊本。

⑤ 徐阶,《贵州按察副使闾山冯公墓志铭》:“乙巳六月廿四日,年六十七卒。”欧阳德《副使闾山冯公墓碑》:“成化己亥七月十五日生公于广宁。……岁乙巳七月二十四日卒。”

⑥ 冯惟敏,《山堂辑稿·海浮山堂诗稿》卷之五,嘉靖四五年刊本。

事。"[①]"然质直自遂,莫有为之游誉者。甲午被论解官,人莫知其罪。"[②]嘉靖甲午(1534),冯惟敏24岁,虽尚未进入科举与仕途(冯惟敏嘉靖丁酉,公元1537年秋试中举),但对世事已足以有自己的判断。父亲出色的政绩与被弹劾解官的结局、个人对山水的喜好,使冯惟敏对官场抱持一份怀疑,没有一种热切的追求。正是这样一种对官场若即若离的心态,使他在科举考试一再失利的情况下,并没有表现出无法排解的愤激;使他的散曲无论是乐闲,还是怨愤,都能出自真诚。《山堂辑稿》(《海浮山堂诗文稿》)作为收录冯惟敏诗文作品最丰富的集子,使我们可以更好地理解、把握冯惟敏,为冯惟敏研究,为明代的散曲、戏曲研究提供了更深厚的材料基础和论述空间。

李简(1963—　),北京大学中文系副教授,文学博士。

① 徐阶,《贵州按察副使闾山冯公墓志铭》,《世经堂集》卷十六,《四库全书存目丛书·集部79》,济南:齐鲁书社,1997年,第697页。

② 欧阳德,《副使闾山冯公墓碑》,《欧阳南野先生文集》卷二十六,《四库全书存目丛书·集部80》,济南:齐鲁书社,1997年,第771页。

说“诗史”

——兼论中国诗歌的叙事功能

陈平原

一

“诗史”,这是一个相当有趣的“模糊概念”。它既不属于主题学,又不属于类型学,也不属于风格学;可三方面又都有所涉及。没有一个公认的准确定义,可也不是一顶可以随意转赠的桂冠——起码没人指李白或王维诗为“诗史”。概念模糊有个好处,谁都能接受,反正还有个解释权,弹性很大;但也给后世的研究带来一大堆麻烦。虽说不上一百个诗评家就有一百种“诗史”的定义,可确实有不少令人啼笑皆非的“妙论”。说“诗史”是诗写的“历史”或可以补史的“诗”,已经不算离谱的了,更有指“诗史”为能记“年月地里本末之类”[①],或者“备于众体”[②],或者“上薄风雅”,“有三百篇之旨”[③]。本来就是一个比喻的说法,只可意会难以言传,提倡者未加严格界定,附和者又随意发挥,这概念也就越来越模糊了。

最早被称为“诗史”诗人的是杜甫。晚唐孟棨《本事诗·高逸第三》中说:“杜逢禄山之难,流离陇蜀,毕陈于诗,推见至隐,殆无遗事,故当时号为诗史。”后世谈杜甫,多承此说,但很少做理论上的阐述发挥,只是把它作为一个似乎不解自明的特定概念接受下来。宋元明清诗人吟咏杜

---

① 姚宽,《西溪诗话》卷上。

② 杨维桢,《东维子文集》卷七《诗史宗要序》。

③ 释普文,《诗论》。

甫,也多从此入手,“诗史”几乎成了杜工部的代名词。“如史数十篇,才气一何壮”[①];“诗史孤忠在,文星万古沉”[②];“一代悲歌成国史,二南风化在骚人”[③];“诗史春秋笔,大名垂草堂”[④]……誉杜诗为“诗史”,固然因其用诗歌形式记录了某些历史大事,更因其形象地表现了不见于正史的战乱年代普通百姓的艰难生活及其情感反应。这概念说不上准确,却形象生动,故千百年来为大多数诗评家所接受。

“诗史”诗人这么一个称号,不单属于杜甫,而且属于一批生活在民族存亡的紧要关头,用诗笔记下民族的苦难与屈辱,表达民族的悲愤与希望的爱国诗人。他们崇拜杜甫,自觉继承杜甫“穷年忧黎元”、“济时肯杀身”的人格精神与“以韵语纪时事”的表现手法,形成了中国文学史上独特的“诗史”传统。

> 非《指南》、《集杜》,何由知闽广之兴废……可不谓之诗史乎?
>
> ——黄宗羲《万履安先生诗序》
>
> 唐之事记于草堂,后人以诗史目之。水云之诗,亦宋亡之诗史也。
>
> ——李珏《书汪水云诗后》
>
> (顾炎武)抚时感事诸作,实为一代诗史,踵美少陵。
>
> ——徐嘉《顾亭林诗笺注·凡例》
>
> 梅村亦可称诗史矣。
>
> ——赵翼《瓯北诗话》卷九
>
> 公度之诗,诗史也。
>
> ——梁启超《饮冰室诗话》七十九
>
> 离乱日已久,忧思日已多。我欲托诗史,郁结弥山河。
>
> ——康有为《避地槟榔屿不出,日诵杜诗消遣》

从漫长的中国文学史上挑选杜甫、文天祥、汪元量、顾炎武、吴伟业、

---

① 宋·戴复古,《杜甫祠》。

② 元·宋无,《杜工部祠》。

③ 明·屈大均,《杜曲谒子美先生祠》。

④ 清·徐增,《读杜少陵诗》。

黄遵宪、康有为七位自号或被号为“诗史”[①]诗人者做抽样分析，目的不单在于为“诗史”正名，而且在于从一个特殊的角度把握中国文学传统。

讲中国文学不能不讲“诗骚”传统。在代表北方文化的《诗经》中，也有一些抒情带叙事、略具叙事诗胚胎的诗篇，如《东山》、《氓》；但总的来说，《诗经》无疑是一部抒情诗集。中国诗歌的另一个渊源——南方的楚辞，词采华丽，设想奇特，甚至产生《离骚》这样搭有叙事构架的长篇抒情诗，但总倾向仍是“惜诵以致愍兮，发愤以抒情”[②]。如果说注重主观情感的抒发，是“诗骚”写在纸面的传统，那么相对忽视复杂的故事叙述与生动的人物描写，则是“诗骚”留在纸背的遗产。“《诗》以道志，《书》以道事。”[③]“《诗》言是其志也，《书》言是其事也。”[④]把叙事与抒情截然分开，固然突出了诗歌的抒情特性，却抹煞了诗歌可能存在的叙事功能。[⑤] 引史入诗，自觉“以韵语纪时事”，势必形成对中国诗歌抒情传统的冲击。

但是，这一冲击由于诗人叙事才能和读者审美趣味的限制而力度大减，无法改变中国诗歌的内部结构。直到晚清，中国诗歌仍以篇幅短小的抒情诗为主，数量有限的叙事诗不乏颇具神韵的佳作，但总的来说故事情节平淡，人物性格单纯，叙事方法简朴。民间虽颇多用韵文写的长篇故事——如唐代的长篇叙事曲《大汉三年季布骂阵词文》、宋代的《刘知远诸宫调》、明代的《二十一史弹词》，篇幅均相当可观；清代的《安邦志》、《定国志》、《凤凰山》三部曲共六百七十四回，更被郑振铎称为“中国文学里篇幅最浩瀚的一部书”[⑥]——不过没有多少诗的味道，难登大雅之堂，对中国文学传统的形成和发展，影响甚微。诗歌处于整个中国文学结构的中心，而中国诗歌又以抒情诗为精髓，这一方面造就了中国文学的抒情

---

① 被号为“诗史”诗人的文天祥，也曾以“诗史”自况（《集杜诗自序》）；自号为“诗史”诗人的康有为，其诗“作中国维新史观可也”（康同璧《康南海先生诗集·跋》）。

② 屈原，《九章·惜诵》。

③ 《庄子·天下篇》。

④ 《荀子·儒效篇》。

⑤ 直到明代，还有人断言：“叙事议论，绝非诗家所需，以叙事则伤体，议论则费词也。”（陆时雍《诗镜总论》）

⑥ 《中国俗文学史》，作家出版社，1954 年，第 357 页。

特性(任何后起的文学形式要想得到社会的承认,挤进文学结构的中心,都得向诗歌靠拢),一方面也抑制了叙事文学的发展(唐人“始有意为小说”[①],而“合言语、动作、歌唱,以演一故事”[②]的中国戏剧,到元代才真正成熟)。尽管宋以后叙事文学迅速发展,但直到20世纪初,小说、戏剧才被中国人承认为“最上乘”的文学形式。小说、戏剧的晚熟与地位卑下,又反过来在创作心理与叙事技巧两方面限制了叙事诗的发展。

这一史诗因素对抒情诗传统的冲击,尽管没能改变中国诗歌的内部结构,但却在其“挑战—应战”的过程中暴露了某些制约着中国人审美趣味的深层文化心理。借助于“史传”传统与“诗骚”传统,中国人不断地误读、不断地限制、不断地改造中国的叙事诗。在两大文学传统的夹缝中,中国叙事诗艰难地发展,形成倾向于以纪事、感事方法来发挥诗歌叙事功能的特性。

二

同样面对着“真正有史诗的性质”[③]的抗击异族入侵、振兴民族精神的历史运动,西方诗人写下了不少叙事性很强的规模宏伟的史诗[④],中国诗人却创造出抒情色彩很浓的篇幅短小的“诗史”。题材的类似在文学研究中没有绝对价值,不过可以作为一种媒介,帮助我们迅速过渡到诗人处理类似题材时体现出来的独特的审美眼光和形式感。杜甫等人不单有“以韵语纪时事”的自觉意识,而且不乏创作史诗所必不可少的“人生自古谁无死,留取丹心照汗青”(文天祥)这样的崇高情怀,也不乏“拔剑拨年衰”、“艰危气益增”(杜甫)这样的英雄气概和“十七史从何说起?三千劫几历轮回?”(康有为)这样的历史意识,可就没有创作出史诗(或长

---

① 鲁迅,《中国小说史略》第八篇。

② 王国维,《宋元戏曲考》之四。

③ 黑格尔认为,只有战争、只有民族战争、只有正义的民族战争才“真正有史诗的性质”。参阅《美学》第三卷下册“史诗”部分。

④ 文明社会适不适合写史诗是个可以争议的理论问题,而进入文明社会的西方诗人仍醉心于创作史诗却是既成事实。参阅黑格尔《美学》第三卷下册。

篇叙事诗)。你可以说中国人“止戈为武”的和平主义思想使他们不可能歌颂战争;你可以说宋末、明末、清末中国都处于被动挨打地位,唱不出英雄主义颂歌;你还可以说史诗时代已经过去了,诗人不该再写史诗……这些都不无道理,但又都忽略了中国诗歌在其特殊发展道路中形成的形式特征。也许,真正限制中国叙事诗发展的是如下“三座大山”:第一,中国没有史诗传统;第二,表意文字的文、言分离;第三,中国诗歌的高度形式化。

汉民族为什么没有留下史诗?这也许是个永恒的司芬克斯之谜。这个“谜”曾经吸引了本世纪一批有作为的诗人、学者,但研究成果并不理想①。也许最明智的办法是把汉民族没有“留下”史诗作为一个暂时的事实接受下来,并研究这一事实对中国文学的深远影响。毫不怀疑将来有一天会突然发现中国史诗的原始记录,也不怀疑民间可能流传着不少汉民族的史诗(如湖北神农架的《黑暗传》),但这种没有进入文学交流系统的史诗,对两千年的中国文学发展不曾产生直接的影响。倒是它的“不存在”(准确地说,应是不存在于文学交流系统中),给我们研究中国文学特性与中华民族特殊的文化心理提供了思考线索。

没有一部像“诗三百篇”那样可以尊为“经”的史诗,使中国叙事诗发展分外艰难。有“诗言志”、“诗缘情”之分,而没有“诗叙事”之说,似乎叙事诗再好也非“本色”。懂得“言不尽意”,追求“得鱼忘筌”,推崇“但

---

① 苏曼殊把《孔雀东南飞》指为中国的史诗(《文学因缘序文》),显然是把史诗与叙事诗混为一谈。胡适认为中华民族生在温带、寒带之间,缺乏想象力,写不出史诗(《白话文学史》)。只是何以处于大致相同的地理环境,傣族有流传一千多年的《召树屯》,维吾尔族有写定于13世纪的《乌古斯传》,藏族有长达一百万行的《格萨尔王传》,而哈萨克族竟流传有英雄史诗六十多部,惟独汉族那么缺乏想象力?章太炎谨慎些,“意者苍、沮以前,亦直有史诗而已”(《文学说例》);闻一多则指出古史中关于尧、舜、禹的记载,“无不带有史诗的意味”(《闻一多论古典文学》)。论证中国具备产生史诗的各种条件并不困难,难的是如何解释汉民族何以没有留下史诗。茅盾认为史诗像神话那样被历史化因而逸亡(《世界文学名著讲话》、《中国神话研究初探》)。只是何以同是被历史化,中国神话尚有不少流传而史诗则荡然无存?林庚则认为上古时候数量有限的象形字没法把用丰富的口语吟诵的史诗记录下来(《中国文学史上一个谜》)。只是何以同是使用象形文字,巴比伦人记下了《吉尔伽美什史诗》,中国境内的纳西族留下了《创世纪》,而汉族则独付阙如?

见性情,不睹文字”[①]、“不著一字,尽得风流”[②]的诗歌风格,对抒情诗是福音,对叙事诗却是厄运。批评《长恨歌》“在乐天诗中为最下”[③],倒不一定是意气用事。有杜牧、王夫之那样出于“道德感”的义愤[④],但更多的是指责“其词伤于太烦,其意伤于太尽,遂成冗长卑陋尔”[⑤]。最常见的是拿杜甫感时抚事的抒情诗的简练来反衬批评白居易叙事诗的繁冗拖沓。王士祯评杜甫《哀江头》“乱离事只叙得两句”,“即两句亦是唱叹,不是实叙”,“乐天《长恨歌》便觉相去万里”[⑥]。杜、白高低,学术界早有公论;只是这种不顾文类特点的胡比乱较,足见诗评家们对诗歌叙事功能的漠视。不单白居易遭此厄运,杜甫“刻画处犹以逼写见真”的《石壕吏》,也难避“于史有余,于诗不足”的讥讽[⑦]。更令人难堪的是那些不着边际的赞赏。诗评家们对叙事诗的特点毫无了解,在一种隔靴搔痒的评判中,不自觉地流露出漫不经心的冷淡。似乎杜甫、白居易等人的贡献只是“以易传之事,为绝妙之词”[⑧],使这些叙事的长韵大篇“句句如一,无争张牵强之态”[⑨],而且“尚有汉人遗意”[⑩]。用一种读“史传”读“诗骚”而不是读史诗的眼光来读叙事诗,不管是赞扬其善长篇,有古意,秉汉魏风骨,还是批评其浅白、繁冗、赋多而比兴少,全都不得要领。即使有人(如杜甫等)换一种眼光来读诗作诗,借鉴汉乐府的表现手法,尝试创作叙事诗,也因没有一部叙事技巧高度发达的中国史诗为榜样,而步履蹒跚。

每一种语言都有自己的长处,也有自己的短处。汉语既成全又限制了中国作家,在某种程度上规定了中国文学的发展方向。中国表意文字

---

① 皎然,《诗式》。

② 司空图,《二十四诗品》。

③ 张戒,《岁寒堂诗话》卷上。

④ 杜牧,《唐故平卢军节度巡官陇西李府君墓志铭》;王夫之:《姜斋诗话》卷下。

⑤ 张戒,《岁寒堂诗话》卷上。

⑥ 《带经堂诗话》卷三十。另外,苏辙《栾城集》卷八《诗病五事》、魏庆之《诗人玉屑》、施补华《岘佣说诗》也有类似说法。

⑦ 王夫之,《古诗评选》卷四《上山采蘼芜》评语。

⑧ 赵翼,《瓯北诗话》卷四。

⑨ 王若虚,《滹南诗话》卷一。

⑩ 胡应麟,《诗薮》内编卷二。

创造的艰难，再加上远古文人书写条件的限制[①]，自然形成汉语简洁的表达习惯；汉语没有严格的数、格，少复句，逻辑性不强，故中国人相对长于“醉”的诗而短于“醒”的文[②]；文言文言简意赅，语义含糊，故重意会，重领悟，这促使中国诗人避开“易于穷尽”的“正言直述”[③]，而言比兴，求含蓄。也许，对中国叙事诗影响最大的，还是使用表意文字造成的语言、文字严重脱节。

远隔千年，中国人仍然可以凭借书本跟先秦诸子直接对话，这自然是十分惬意的。也正因为这种语言文字的便利，中国人容易养成深厚的历史感与崇古的价值取向。对于文学传统的形成，中国表意文字的延续性和相对凝固的特点起了不容忽视的作用。秦始皇统一文字，但没有、也不可能统一读音，这就给后世文、言的严重分离留下了祸根。生活在方言区的诗人不一定用超方言性质的通用语言（如先秦时代的雅言、明代的官话、鸦片战争以后的普通话）讲话，却必须用它作诗——借助于韵书，各方言区的诗人获得了同一种音调，但这必须以舍弃充满生活实感的口头语而归附书卷气十足的书面语为代价。诗人要想使自己的诗篇进入文学交流系统，为各方言区的读者所接受，就必须在前人书本中学通用语言。尽管也有诗人别出心裁，以方言土语入诗[④]，但那只能偶一为之，出奇制胜。

语言变化迅速，文字相对滞后，本是一般规律；只是使用表意文字的国家，文、言之间的距离更为明显。一方面是古辞不达今意，一方面是新意没有新辞，新音没有新字（造字在中国可是一件惊天地泣鬼神的神圣工作，非仓颉莫为）。一个新字新词要挤进文学表现系统，得到诗人的承认，可不是一件简单的事。尽管中国诗人讲究炼字，但更多的是旧铜翻新

---

① 阮元，《揅经室三集》卷二《文言说》云：“古人无笔砚纸墨之便，往往铸金刻石，始传久远；其著之简策者，亦有漆书刀削之劳，非如今人下笔千言，言事甚易也。”

② 刘熙载，《艺概・诗概》云：“大抵文善醒，诗善醉。”

③ 李东阳，《麓堂诗话》。

④ 引方言土语入诗，可据平仄判断，如淮楚之间以“十”为“忱”音，白居易“绿浪东西南北水，红栏三百九十桥”不违律（据《苕溪渔隐丛话》前集卷二十一蔡宽夫《诗话》）；或作者自加小注，如陆游“女郎花树新移种，官长梅园亦探租”诗附小注：越中“谓杨梅止曰梅，官长其高品也”。

而不是开山采矿。最典型的莫过于黄庭坚“无一字无来处”的“夺胎换骨”、“点铁成金”[①]。宋人以文为诗，语言限制稍为放宽，似乎时言俚语皆可入诗，可实际上大有讲究。“街谈市语皆可入诗，但要人熔化耳。”[②]熔化的关键是“以俗为雅”；具体途径则是“须经前辈熔化，乃可因袭”[③]。谁都靠前辈熔化，这口语入诗也就成了一句空话——最多也只能是宋人用唐人口语，而整整落后一个朝代的口语本身也许已不再是口语了。也有采时下口语入诗的，但那多半为猎奇，为点缀野逸，为故作瘦硬，小心翼翼地“选择”，而不是为叙述表达方便“出口成章”。如此口语入诗，“譬诸富家橱中，或得野蔬，以五味调和，而味自别，大异贫家矣”[④]。这“前辈语录”与“富家野蔬”的口语，纵然入诗，也已经失却改变诗歌语言结构的意义，这就难怪鲁迅讥之为“看起来总觉得和运用‘僻典’有同等之精神也”[⑤]。

人们常常惊叹晚清诗人所使用的词汇句法与汉唐诗人没有多大差别，这“奇迹”不能不“归功”于中国诗歌所使用的书面语（文言文）的自生产能力。一代代诗人在前人诗集文集——也即在自我封闭的文学系统——中，而不是在开放的日常生活中学语言，这就必然强化诗歌语言的抒情功能，而削弱其叙事功能。书面语经过文人学士的长期锤炼，表达力强，情感负荷大，很多传统意象本身就积淀着浓厚的诗味，如酒、剑、雪、月、梅、菊，以致有人离开这些就无法作诗[⑥]。但也正因为外延大，语意模糊，精确度小，再加语言老化、套语化倾向严重，用来渲染闲云野鹤般的逸兴或某些千古相通的人类共同情感还可以，要用以描述日新月异的当代生活和复杂的人物故事可就勉为其难了。口头语如未经雕琢的良璞，感情层次浅（特别是新术语、新意象），但弹性大，富有生气，再加跟当代生活的直接联系，比较适合于叙事。这就把中国古代诗人置于两难的境地：

---

① 黄庭坚，《答洪驹父书》。

② 苏轼语。转引自周紫芝《竹坡诗话》。

③ 杨万里语。转引自罗大经《鹤林玉露》卷十五。

④ 谢榛，《四溟诗话》卷三。

⑤ 《致胡适》，《鲁迅书信集》。

⑥ 欧阳修，《六一诗话》记许洞会九诗僧，约作诗不得犯“山、水、风、云、竹、石、花、草、雪、霜、星、月、禽、鸟之类，于是诸僧皆搁笔”。

要叙事就得倚重口语,引口语入诗必然带来的“浅白”、“繁冗”,却又跟传统审美趣味背道而驰。

中国诗歌是一种高度形式化的艺术,讲对仗,讲平仄,讲用韵,格律谨严,逼着诗人戴着镣铐跳舞。诗人的天才不体现在破除格律,自创新制,而体现在“出新意于法度之中”[①]。“岁寒知松柏,难处见作者。”[②]优秀的诗人善于在最大的限制中觅得最大的自由,役法而不役于法,得心应手,挥洒自如,脱口而出,无不中律合法,而又自出心裁。学老杜“晚节渐于诗律细”(杜甫《遣闷戏呈路十九曹长》),又谨防成为“高天厚地一诗囚”(元好问《论诗三十首》)。“小僧缚律”与“外道野狐”[③]均诗家大忌,最难得的不是“有法”,也不是“无法”,而是“无法之法”。

对诗歌表现技巧的高度重视,使诗人更多地从形式角度追求艺术的完善。似乎拓展一个新的表现领域,还没有吟安一个字或摆妥“四十贤人”[④]来得带劲。人们宁愿选择一首小巧玲珑无懈可击的绝句而不赞赏一首气魄宏伟但略有疵漏的长篇歌行。对艺术完美的执著追求,出现许多近乎病态的炼字“佳话”。有一字判人天之说,也就有“两句三年得,一吟双泪流”的“苦吟诗人”;有夺胎换骨之说,也就有专打古人主意的“补丁能手”。只要吟出两句绝妙的好诗,得到社会的承认,广为传颂,便足以终生荣耀。贺铸因一句“一川烟草,满城风絮,梅子黄时雨”而被呼为“贺梅子”[⑤];张先因“云破月来花弄影”、“帘压卷花影”、“堕风絮无影”而被世人誉为“三影郎中”[⑥];可怜的刘希夷则因不肯出让“年年岁岁花相似,岁岁年年人不同”这两句好诗而死于非命[⑦]。过分热衷于创造佳句,不免冷淡了题材的开掘与主题的深化。秦时明月汉时关,明时长河清时山,千古不变的诗歌形式,千古不变的诗歌题材,就看你能否发现自己独

① 苏东坡,《书吴道子画后》。

② 姜夔,《白石道人诗说》。

③ 胡应麟,《诗薮》内编卷五云:“法而不悟,如小僧缚律;悟不由法,外道野狐耳。”

④ 李沂,《秋星阁诗话》引昔人言云:“一首五言律,如四十位贤人,不可著一屠沽儿。”

⑤ 周紫芝,《竹坡诗话》卷一。

⑥ 胡仔,《苕溪渔隐丛话》前集卷三十七引《古今词话》。

⑦ 魏泰,《临汉隐居诗话》引《刘宾客嘉话录》。

特的艺术感受，并借助高度形式化的诗歌语言把它表现出来。泛题材倾向，使中国诗歌注重主观感觉，时能旧意翻新；但老在一个小天地中翻筋斗，不免常有“不是师兄偷古句，古人诗句犯师兄”的尴尬局面，毕竟自古至今，“只是如此风花雪月，只是如此人情物态”①。

格律谨严的中国诗歌（特别是近体诗）之所以能在极其有限的篇幅中不断出奇制胜，部分应归因于中国古代诗歌语序的“自由”转换。汉语没有明确的时态、语态，主要靠较为固定的词序和虚词来表达；但诗歌自有一套独特的语码，诗人用倒语不但不受指责，还颇多赞叹之辞。从格律需要角度解释诗中倒语②，固然可读通不少古诗，但也易误解老杜等人的良苦用心。“雪乳已翻煎处脚，松风仍作泻时声”（苏轼）改为正常语序违律；可“香稻啄余鹦鹉粒，碧梧栖老凤凰枝”（杜甫）改为正常语序则平仄、对仗、用韵均不变。前人讲诗中用倒语，可达到“语峻而体健”③、“乃觉劲健”④的艺术效果，大概是指读起来不顺畅，有点拗口，打断现成思路，使本来熟悉的东西由于词序的变换而突然变得陌生起来，因而产生一种新奇的感觉。努力恢复、创造人对世界的新鲜感觉，是诗歌的重要使命。利用打破正常词序，或者提前中心词，突出中心意象（如韩愈的“舞鉴鸾窥沼，行天马渡桥”）；或者把空间画面的直观还原为认识的心理过程（如王维的“竹喧归浣女，莲动下渔舟”）；或者舍弃明确的逻辑关系，故意造成语意模糊，以便读者主观想象的介入（如杜甫的“野流行地日，江入度山云”）。我们说“倒语”，实际上等于认定它可以转为“正语”，表面上的非逻辑并没有真正冲决诗句中词与词之间的内在逻辑联系。当诗人完全斩断这种联系，把一个个独立的意象重叠在一起的时候（如常为人道的“鸡声茅店月，人迹板桥霜”），无所谓“正语”，也无所谓“倒语”，有的只是带强烈视觉性的整体效果。这一切汉语在抒情诗中的妙用，叙事诗几乎都

① 罗大经，《鹤林玉露》卷九。

② 俞樾认为：“诗人之词必用韵，故倒句尤多”（《古书疑义举例》卷一）。钱锺书指出：“盖韵文之制，局囿于字数，拘牵于声律”，故属词造句，可破“文字之本”（《管锥编》149 页）。

③ 蔡梦弼集录《杜工部草堂诗话》卷二引王彦辅《麈史》。

④ 李东阳，《麓堂诗话》。

无权享受。叙事诗起码要求叙事清楚,人物关系确定,当然得尽量避免颠倒词序造成的语意含糊。

面对着"三座大山"的挑战,自觉"以韵语纪时事"的诗人们该如何应战?没有史诗传统,则借鉴乐府和史传文学的叙事方法;文言难以叙事,则尝试引口语入诗(如杜甫的《新安吏》:"肥男有母送,瘦男独伶俜";吴伟业的《捉船行》:"官差捉船为载兵,大船买脱中船行";黄遵宪的《拜曾祖母李太夫人墓》:"因裙便惜带,将缣难比素。"黄遵宪更有"我手写我口,古岂能拘牵"的艺术主张);近体诗格律谨严,篇幅短小,不适合于叙事,则采用长篇歌行或联章合咏。表面上兵来将挡,水来土掩,可谓进退自如。但引口语入诗只是部分作家的部分作品;史传文学更注重纪事而不是叙事;联章合咏必然长于感事而短于叙事——中国叙事诗仍然举步维艰。只有放在"三座大山"的背景下,才能理解"诗史"的艺术创新精神和勇气,也才能真正理解其成就和局限。

三

只求实录,不准虚构,"史"则"史"矣,焉有"诗"哉!可单纯抒发个人情感,而丝毫不涉及国家民族命运,那又何"史"之有?"夫诗之道甚大:一人之性情,天下之治乱,皆所藏纳。"[①]最理想的自然是既能表达"一人之性情",又能体现"天下之治乱";可在实际创作中往往有所偏废。历代诗评家也多从这两个不同侧面来理解"诗史"。最有代表性的是如下两种说法:

> 甫又善陈时事,律切精深,至千言不少衰,世号诗史。
>
> ——宋祁等《新唐书·杜甫传赞》
>
> 先生以诗鸣于唐。凡出处去就,动息劳佚,悲欢忧乐,忠愤感激,好贤恶恶,一见于诗,读之可以知其世,学士大夫,谓之诗史。
>
> ——胡宗愈《成都新刻草堂先生诗碑序》

---

① 黄宗羲,《诗历题辞》,《南雷集·南雷诗历》。

前者重纪事，较切于“史”；后者重感事，更近乎“诗”。两种说法都出自宋人，对后世都有一定的影响。前者似乎理更直气更粗，更容易为一般人所接受，但也容易被腐儒学究引申发挥到荒谬的地步。后者显然更符合诗歌的艺术表现规律，但如何跟一般抒情诗划清界限是个难题，再加上中国人对“史”的崇拜，提倡者总有点心虚。诗评家们笼统地指某人诗为“诗史”，更注重总体的艺术感受时，多基于后者；可要准确无误地指出某诗某句切合历史上的某人某事时，又都立足于前者。到底什么是“诗史”，诗评家们心里想的和嘴上说的，并不都是一回事。这种理论的困惑，常常使诗评家下一个相当准确的判断，然后做相当愚蠢的论证。[①]

“诗史”固然“直陈时事”，但并非所有“直陈时事”的都可称“诗史”。赵翼指吴伟业诗为“诗史”，只因他“身阅鼎革，其所咏多有关于时事之大者”[②]。在民族存亡的历史转折关头，更容易产生太平年间所缺乏的悲壮情怀，一下子思接千古，自觉地把自己放到民族发展的链条中来考察，很自然地产生一种深沉的历史意识。不只用一种历史的眼光来看待眼前的变革，发一通兴亡的感慨；而且秉笔直书，录下具有历史意义的重大事件，使“后之良史，尚庶几有考焉”[③]。《临江参军行》叙卢象升，《永和宫词》咏田贵妃，《松山哀》讥洪承畴，《茸城行》讽马进宝……吴伟业用诗笔记下了不少明末重要的人物、事件。只是因时事多所忌讳，题中不指明某人某事（如《茸城行》只在结句“侧身回视忽长笑，此亦当今马伏波”点出降将的姓），当时人还能心领神会，千载之下则只有依靠笺注才能读通。黄遵宪没有这种忌讳，《悲平壤》、《东沟行》、《哀旅顺》、《哭威海》、《台湾行》等诗记事详尽，明白晓畅，难怪时人以史证诗，谓其不在老杜之下[④]，“可谓诗史，不仅以诗鸣也”[⑤]。

---

① 如赵翼评吴伟业，显然着眼其整体风格，处处围绕“诗史”来展开论述；可直接点出“诗史”二字，却是因《明史・李濬传》引梅村《遇刘雪舫》诗为证。参阅《瓯北诗话》卷九。

② 《瓯北诗话》卷九。

③ 文天祥，《集杜诗自序》。

④ 王蘧常，《国耻诗话》。

⑤ 袁祖光，《绿天香雪簃诗话》。

不过,把"善陈时事"局限在陈"时事之大者",未免狭隘了些。诗歌要求高度概括,在极其有限的语言中,勾勒一个时代的典型现象,当然不能满足简单的实录。也许无法直接证之某人某事,背景相对虚了些,但却有更大的概括性,符合更高意义上的"历史真实"。顾炎武的"一朝长平败,伏尸遍冈峦。胡装三百舸,舸舸好红颜",录下了正史不载的清兵入关后的暴行。但硬要辨清到底是指苏州之役,还是昆山之陷,抑或是嘉定被屠,则又过于穿凿。杜甫的"彤庭所分帛,本自寒女出;鞭挞其夫家,聚敛贡城阙"与"朱门酒肉臭,路有冻死骨",历来被引为"诗史"的典范[①];但似乎没人追问到底是哪一个寒女,哪一扇朱门。由此看来,所谓"史笔森严",所谓"诗史春秋笔",所谓"他日真堪付董狐"[②],并非真的事事实录,"皆有据依"[③],而是敢于奋笔直书,真实地描绘动荡年代的社会现实,真切地表达同时代人的喜怒哀乐。

倘是和平岁月,自有史官修史,诗人的担子似乎轻些。一旦外族入主中原,一代精英奋起抗击侵略的英雄事迹,自然难得见于元人、清人修的宋史、明史。于是"史亡而后诗作",虽"无关受命之笔",诗人也自觉担负起写离乱颂豪杰、拾遗事表逸民的重担[④]。故"诗史"在历代知识分子心目中占有崇高的地位,尽管其艺术价值不一定很高。但"诗史"毕竟是"诗"而不是"史",过分强调其"史"的价值,那可真有把它变成"有韵古文"[⑤]的危险。真的以杜诗为唐史,爬罗梳理了大半天,弄出那么几条杜诗之为"诗史"的铁证,只叫人惊叹宋人的迂腐。有引"急须相就饮一斗,恰有青铜三百钱"说明唐之酒价的[⑥];有引"元年建巳月,郎有焦校书"说明杜诗"史笔森严"的[⑦];有引杜诗辨王珪母姓,说明"史缺失而谬误,独少

① 参阅仇兆鳌,《杜诗评注》中《咏怀五百字》注释。
② 萧埙,《题汪水云诗卷》。
③ 陈岩肖,《庚溪诗话》卷上。
④ 黄宗羲,《南雷文定·万履安先生诗序》。
⑤ 施补华,《岘佣说诗》讥杜甫《咏怀五百字》、《北征》为有韵古文。
⑥ 陈岩肖,《庚溪诗话》卷上。
⑦ 黄彻,《䂬溪诗话》卷一。

陵载之,号诗史,信矣"的;[1]有引史证杜甫笔下的柏树不会不合比例,说明老杜号为"诗史",不会信口开河的[2]……本意是褒扬杜诗涵海负天的博大,可实际上是抹煞诗歌提炼、剪裁、虚构、想象、夸张变形的艺术特性,把杜诗贬为有韵的史书。这就难怪主张"诗以道性情"的杨慎与王夫之[3]要大为光火,出来明诗、史之分。杨慎攻击宋人拾杜甫"直陈时事,类于讪讦"的下乘之作为宝,并撰出"诗史"二字以误后人。"如诗可兼史,则《尚书》、《春秋》可以并省。"[4]王夫之讥众人誉老杜为"诗史",是"见驼则恨马背之不肿"[5]。"夫诗之不可以史为,若口与目之不相为代也,久矣。"[6]强调诗求虚,史求实,不可互代,固然比宋人那些琐碎的考证要高明得多,但杨慎、王夫之攻倒的只是拿杜诗当唐史读的学究书呆,而不是"诗史"本身。

迂腐的学究把"诗史"当唐史、宋史、明史、清史读;可诗人并没真的把诗歌当唐史、宋史、明史、清史写。实在谈不上"春秋笔法",诗人们大都"不甘寂寞",总在节骨眼上插进自己的声音,或则抒情,或则议论(如吴伟业《永和宫词》:"莫奏霓裳天宝曲,景阳宫井落秋槐";《临淮老妓行》:"已见秋槐陨故宫,又看春草生南陌";黄遵宪《东沟行》:"人言船坚不如疾,有器无人终委敌";《台湾行》:"平时战守无豫备,曰忠曰义何所恃")。这些抒情可能程式化,议论也可能不怎么高明,可有如水分和血液,毕竟使过于干枯的躯体显得富有弹性和活力。善于感事抒情,不仅使中国文学史上出现一大批出色的咏史诗和怀古诗,而且使着力于纪时事的"诗史"保持诗歌特有的艺术魅力,不曾变成有韵的史书。

当诗人把具体的历史事件拉到"后景",而把个人的主观感受推到"前景"时,"诗史"便由注重"纪事"转为注重"感事"了。康有为说杜甫

---

① 胡仔,《苕溪渔隐丛话》前集卷十三引《西清诗话》。
② 胡仔,《苕溪渔隐丛话》前集卷八引《缃素杂记》。
③ 《升庵诗话》卷十一;《明诗评选》卷五徐渭《严先生祠》评语。
④ 杨慎,《升庵诗话》卷十一。
⑤ 《古诗评选》卷四《上山采蘼芜》评语。
⑥ 王夫之,《姜斋诗话》卷一。

"上念君国危,下忧黎民病,中间痛身世,慷慨伤蹉跎";[1]浦起龙称杜诗"一人之性情,而三朝之事会寄焉者也"[2]。这与胡宗愈讲"诗史"注重诗人的喜怒哀乐,以为"读之可以知其世",是一脉相承的。强调"感事",在研究者是破除简单的以诗附史或以史证诗,借助诗人的眼睛来捕捉民族危亡之际的社会心理,以及积淀在诗人主观感觉中的时代氛围,从一个更高的层次上把握历史精神;[3]在诗人则主要是扬长避短,靠突出抒情因素而保留叙事意识来尽量避开中国诗歌语言、诗歌形式叙事功能不发达这一先天性缺陷。

诗歌语言不曾口语化,诗歌形式也没有什么大的变革(还是歌行,甚至律诗绝句),可诗人们居然想叙事。于是只好想出种种妙招,创造出一种不大像叙事诗的"叙事"诗。

中国古代诗歌的用典,不无炫耀博学或者掩盖才情枯竭的成分,但也有引事入诗,扩大表现领域,借"史诗因素"冲击或者补充"抒情诗系统"的作用。"诗史"诗人用典,不少是直接服务于纪事叙事。有的是为避文字祸,只好用曲笔,借史事来影射时事(如顾炎武《闻湖州史狱》中的"名胡石勒诛,触眇苻生戮",侧记庄廷龙史祸);有的则是为了加强诗歌的表现力和感染力,防止因过露过直而寡然无味(如康有为《自星坡移居槟榔屿。京师大乱,乘舆出狩,起师勤王,北望感怀十三首》中的"肠断淋铃雨,凄凉夜走秦",借唐玄宗事写庚子年珍妃被害、光绪帝出逃)。借用典纪事,只注重史事与时事的"同",而忽略更重要的"异",所纪之事自然只能是个朦朦胧胧的影子。

中国古代诗歌题目,有点明主题的,有划定描写范围的,有介绍对话对象的,有说明写作原因的,也有干脆标明"无题"的。康有为别出心裁,居然可用一百八十字的诗题纪事,再用五十六字的七律感事抒情(《割台

---

① 《避地槟榔屿不出,日诵杜诗消遣》。

② 《读杜心解·少陵编年诗目谱》附记。

③ 陆游没作过叙事诗,倒是"梦从大驾亲征,尽复汉唐故地"的记梦诗有点纪事的笔调,可又大悖史家精神。号陆游诗为"诗史"(如褚人获《坚瓠补集》),大概是因为《关山月》、《书愤》等感事抒情诗典型地表达了同时代人的苦闷和忧愤。

成行后……》)。《东事战败,联十八省举人……》一诗也用六十一字作诗题,简略介绍公车上书这一历史事件的全过程,然后一句叙一事,把题目“诗化”。康有为纪事的诗题,与文天祥诗前的小序(如《脱京口》等组诗,每首前面都有一段纪事的散文),顾炎武诗后的补注(如《感事》其七“焚旗火乍红”的自注),都是力图在不冲破原诗歌形式的前提下,靠增加附加成分引进“史诗因素”。惟其是“附加”的,所以并没有真正融入诗中,只是构成写作背景。

联章合咏,是诗人们引史入诗、协调纪事与感事的又一种方法。不再是同一题材的反复吟咏,层层渲染;而是有明确的叙事意识,把组诗作一结构整体来安排,借首与首之间的连接,来表现事件的发展过程,把“史”真正落实到“诗”中。文天祥从镇江脱险到过真州,离扬州,赴高邮,一直到发高沙,入浙东,共写下《脱京口》十五首,《真州杂赋》七首,《出真州》十三首,《至扬州》二十首等一批七言绝句(每首前面大都有一段简单的纪事),一景一情,一事一咏。合起来看,不单突出表现诗人“臣心一片磁针石,不指南方不肯休”(《扬子江》)的坚强信念,而且详细地记录了他南归的全过程。由于他所处的历史地位,及其可能占据的特殊的历史视角,使他记叙个人遭遇的诗篇获得了某种“史”的意义,故后人指《指南录》为“诗史”。同样以组诗叙事,汪元量的《湖州歌》九十八首免去小序,跳出个人遭际,描述三宫俘虏北上这一惊心动魄的历史事件,令宋遗民“抚席恸哭”,“为之骨立”[①]。北上途中,汪元量还写了不少抒情的律诗。同一场景,在律诗中以自我感受为中心,在《湖州歌》中则以三宫为表现对象。全诗非作于一时,但似有自觉的叙事结构意识,可作一叙事长诗读。

不管是借用典、诗题、小序,还是联章合咏,都有利于诗人腾出手来抒情,而不利于精细地叙事。在诗人看来,叙事似乎只是提供一个规定场景,以便“缀文者情动而辞发,观文者披文以入情”[②]。倘若这个用以“导

---

① 马廷鸾、周文,《书汪水云诗后》。汪元量的组诗还有写宋室投降、元兵入城的《醉歌》十首;叙元兵入城后情况与忆南宋朝廷事的《越州歌》二十首。

② 刘勰,《文心雕龙·知音》。

情”的规定场景是众所周知的，则题目点明就行了；倘若不是，那就加小序、补注；再不行，开篇草草叙事，而后转入抒情。既然诗人的兴奋点在抒情而不在叙事，那么，生动的故事情节与复杂的人物性格自然不可能引起诗人多大的兴趣。

四

“纪事”注重重大的历史事件以及社会生活的整体画面，“感事”注重诗人的生活经历与生活感受，在这两者中间，却漏走了不少像《孔雀东南飞》那样对具体的个人命运的精细描述。因而，这“诗史”也就显得“逸笔草草”，有准确的大轮廓勾勒，有传神的笔墨情趣，可缺少生动细致的局部描绘。但这并非诗人的过失，而是诗评家有意的“疏忽”——在“直陈时事”与“感事抒情”之间，实际上存在着一批以个人命运为中心、有完整的故事情节、艺术虚构成分较多的真正的叙事诗。

受乐府民歌影响，故事情节的叙述，在中国叙事诗中不占主要地位，倒是场面的描写与情感的抒发成了中心。关键是抓住那最能体现故事内涵的闪光的一瞬大加渲染，发挥个淋漓尽致。至于故事的具体进程那倒无关紧要，尽可匆匆掠过。因此，“场面”成了中国叙事诗的基本单位，长篇叙事诗不过是众多场面的“剪辑”。这种重场面轻过程、重细节轻故事、重抒情轻写实的叙事特点，在杜甫、吴伟业、黄遵宪的叙事诗中得到充分的表现。同是以戏剧性场面描写为中心，又可分出三种不同的表现形式。

一、以记言为主，如杜甫的《兵车行》、吴伟业的《琵琶行》[①]。前者虚搭一多少程式化的叙事构架，只不过把它作为“起兴”的媒介，目的在于引发“行人”对世态人情的描述。似乎只是借鉴赋的主客问答体，把自我分成两部分，一借“行人”口吻述世情，一以诗人身份发感慨。后者琵琶

① 类似的有白居易的《新丰折臂翁》、元稹的《过元昌宫》、李商隐的《行次西郊作一百韵》等。

声声，也只是为了催得“先朝旧值乾清殿”的“座中客”“泪如霰”，引出一大堆故国山河的追忆和哀悼，至于诗人何以闻琵琶会嘉客等故事性较强的情节全都一笔带过。

二、单一的场面描写，如杜甫的《新安吏》、《石壕吏》、《潼关吏》，吴伟业的《芦洲行》、《捉船行》、《马草行》。[①] 选择一个戏剧性的场面，把写人、记言、叙事结合起来，把诗人的情感、理想渗透在故事的客观叙述中，突出诗歌的叙事功能。不是着力于复杂的故事情节的铺排穿插，而是寻找特定场景中最富有诗意、最扣人心弦的细节与语言，靠这耀眼的一瞬来照亮整个故事。以意胜，以情胜，而不以事见长。

三、众多场面的叠印，如杜甫的《羌村三首》、吴伟业的《圆圆曲》、黄遵宪的《度辽东将军歌》、《拜曾祖母李太夫人墓》。[②] 有完整的情节，且注重场景，“叙事如画”[③]，写人述言则“各各肖其声情”[④]。这一类诗跟西方叙事诗较为接近，不同之处在于这一完整的情节线可切割成若干各自相对独立的场面。诗人抓住这个场面驰骋想象，笔墨酣畅；至于联结这些场面的叙述文字则相当简约，点到即止，或干脆省略。可能有统一的故事框架（如《度辽东将军歌》），也可能只是一连串的场面描写（如《羌村三首》）；可能用顺叙笔法（如《拜曾祖母李太夫人墓》），也可能兼用倒叙、插叙（如《圆圆曲》）。但都是围绕一个中心人物，把在不同时空下发生的一连串事件联结在一起。表面上有个时间先后的排列顺序，但诗人关心的不只是这众多事件之间的内在发展逻辑，更重要的是这众多场景“叠印”造成的整体印象。对这种整体印象的关注，使诗人相对忽略了情节的具体进程，这也许是中国叙事诗叙事功能不发达而抒情色彩浓厚的重要原因。

---

① 类似的有汉乐府《上山采蘼芜》与《陌上桑》、辛延年的《羽林郎》、陈师道的《别三子》、范成大的《催租行》、蒋士铨的《远游》等。

② 类似的有汉乐府《孔雀东南飞》、北朝民歌《木兰诗》、白居易的《琵琶行》与《长恨歌》、韦庄的《秦妇吟》、郑板桥的《姑恶》、金和的《兰陵女儿行》等。

③ 王世贞，《艺苑卮言》卷二。

④ 陈祚明，《采菽堂古诗选》中《孔雀东南飞》评语。

奇怪的是，这些通过个人命运的具体描写来展现时代图卷的叙事诗，尽管艺术成就高，仍不大入诗评家的眼，似乎只是“诗史”的私生子，尊某人诗为“诗史”从不举此类叙事诗为例。[①] 令诗评家们踌躇的，并非这些叙事诗的“诗”的价值，而是其“史”的价值。也就是说，对这些人物、故事的“真实性”表示怀疑。可以嘲笑唐明皇何以凄凉得“孤灯挑尽未成眠”(《长恨歌》)[②]，可以怀疑白乐天何以老夜遇孤身女子(《琵琶行》、《夜遇歌者》)[③]，当然完全有资格指责老杜们的叙事诗不符合“历史的真实”。这种病态的“超级真实”观，把文学混同于历史，用考据学家的眼光来读诗，断然折断诗人想象的翅膀。抒情诗抓不住把柄，叙事诗却处处是陷阱。诗评家要讲“诗史”，自然只好避开“虚而不实”的叙事诗。

亚里士多德力辨“诗”与“史”的区别[④]，中国诗评家则企图把“诗”与“史”撮合到一起。对叙事文学真实性的高度重视，明显得益于“史传”传统。叶梦得赞杜甫《北征》、《咏怀五百字》等诗“穷极笔力，如太史公纪、传”[⑤]；刘熙载则指出其“节次波澜，离合断续，从《史记》得来”[⑥]。这自然是相当高的评价，可细想起来又未免有点不大自在。没有史诗传统，只能以《史记》为叙事文学的样板：元稹学《史记》作传奇，金圣叹法《史记》评小说，林琴南借《史记》发掘狄更斯小说的结构技巧，杜甫等人则从《史记》学写叙事诗——《史记》对中国叙事文学的影响何其大也！中国叙事文学注重真实性，崇尚简洁、明快，相对重线索而不重空间结构，重外在行动而不重内心冲突，这些似乎都跟《史记》的影响有直接关系。《史记》主要是历史著作而非文学作品，讲求实录，尽量避免虚构。故学《史记》叙

---

① 尊杜甫诗为“诗史”，举《北征》、《咏怀五百字》为例(宋祁等《新唐书·杜甫传赞》；叶梦得《石林诗话》卷上)；尊吴伟业诗为“诗史”，举《遇刘雪舫》为例(赵翼《瓯北诗话》卷九)；尊黄遵宪为“诗史”，则举《朝鲜叹》为例(梁启超《饮冰室诗话》七十九)。

② 张戒，《岁寒堂诗话》卷上：“南内虽凄凉，何至挑孤灯耶？”赵翼《瓯北诗话》卷四指出《长恨歌》述方士带金钗钿盒入宫不合理，因宫廷关防森严；但肯定这种艺术虚构。

③ 洪迈，《容斋随笔·三笔》卷六。赵翼《瓯北诗话》卷四用“借以为题，发抒其才思耳”为白居易辩解。

④ 参阅《诗学》第九章。

⑤ 《石林诗话》卷上。

⑥ 《艺概·诗概》。

事很容易放不开手脚，显得过分拘谨，“于史有余，于诗不足”。

中国诗歌的语言、形式，均利于抒情而不利于叙事，再加上“诗骚”传统的牵制，即使“以韵语纪时事”的“诗史”也不自觉地倾向于抒情。“上感国变，中伤种族，下哀生民”①，诗人的着眼点已从客观的“国变”，转为主观的“感”、“伤”、“哀”。选择史诗题材，而后创造“诗史”，保留其历史兴亡感、忧患意识与深沉博大的主导风格，但大大削弱其叙事功能，突出情感因素——“诗骚”传统对叙事诗改造的结果，不仅使“诗史”从“纪事”转为“感事”，而且使继承乐府传统的叙事诗以场面的描写与情感的抒发为中心（如《羌村三首》、《圆圆曲》）。这就难怪亚里士多德着力探讨史诗的叙述结构②，而中国诗人则追求述情陈事“恳恻如见”③，“如泣如诉”④。

“史传”传统与“诗骚”传统对“诗史”的限制、改造，为我们研究中国叙事文学独特的发展道路提供了一个很好的视角。

1985 年 12 月于北大

附记：此文初刊《文化：中国与世界》第二辑（北京：三联书店，1987 年 10 月），后收入《中国小说叙事模式的转变》（上海人民出版社，1988 年；台北：久大文化公司，1990 年；北京大学出版社，2003 年）。因系旧作，不便修改；对于注释之粗陋，只能表示遗憾。

陈平原，广东潮州人，北京大学中文系教授及系主任、教育部“长江学者”特聘教授、香港中文大学讲座教授、中国俗文学学会会长。近年关注的课题，包括二十世纪中国文学、中国小说与中国散文、现代中国教育及学术、图像与文字等。曾被国家教委和国务院学位委员会评为“作出

---

① 康有为，《人境庐诗草序》。

② 参阅《诗学》第二十三章。

③ 胡应麟评，《兵车行》、《新婚别》语，见《诗薮》内编卷二。

④ 贺贻孙评，《长恨歌》、《琵琶行》语，见《诗筏》卷上。

突出贡献的中国博士学位获得者”(1991);获全国高校一、二、三届人文社会科学研究优秀著作奖(1995,1998,2003)、第三届全国教育科学研究优秀成果奖二等奖(2006)、北京市第九届哲学社会科学优秀成果奖一等奖(2006)、高等学校科学研究优秀成果奖(人文社会科学)一等奖(2009)等。先后出版《中国小说叙事模式的转变》、《千古文人侠客梦》、《中国现代学术之建立》、《中国散文小说史》、《触摸历史与进入五四》、《大学何为》、《北京记忆与记忆北京》、《左图右史与西学东渐》等著作三十种。

近代外交官廖恩焘诗歌考论

夏晓虹

廖恩焘的名字，对于近代文学研究者已经十分陌生。隐而不彰的原因，或因其人的职业外交官身份，或因政治的顾忌。但廖氏参与晚清“文学改良”的一段史实，以及民国后所作诗词歌赋，自有其值得关注的文学史价值。由于廖恩焘无论生平事迹还是文学创作，在以往的记述中不仅零散，且多有错讹，因此，本文将首先钩稽史料，还原其人生轨迹，继而考索他在民国年间的创作情况，而将重点放在晚清时期，意在通过廖恩焘这一个案，揭示晚清“文学改良”周边的状况。需要说明的是，为了便于论述，本文将集中考察廖氏的诗歌写作，而另文讨论其戏曲编撰。

廖恩焘生平述略

虽然廖恩焘 1954 年 4 月 13 日才病逝于香港，但关于他的生平，可资参考的资料已极为有限且混乱。单是其生年，起码便有 1863、1864 与 1865 三说[①]。若依据廖氏庚午(1930)冬所作《柳梢青》生日词之题为“六十六初度”，则 1863 之说先可排除；1864 与 1865 年的差异，有可能是中、西历

① 持 1863 年说者为王韶生，参见其《词坛祭酒廖恩焘》(氏著《当代人物评述》，台北：文镜文化事业公司，1985 年，第 65 页)，此文作于 1953 年，其时廖尚在世；持 1864 年说者为刘以鬯主编的《香港文学作家传略》(见其中之《廖恩焘》则，香港市政局公共图书馆，1996 年，第 122 页)，祝基棠、黄松森主编的《惠州名人》(见其中之《廖恩焘》篇，郑州：文心出版社，1999 年，第 49 页)亦采此说；持 1865 年说者为罗忼烈，见其《忆廖恩焘·谈〈嬉笑集〉》(《诗词曲论文集》，广州：广东人民出版社，1982 年，第 131 页)。廖恩焘去世日期依据曾清《〈嬉笑集〉校正后跋》(1970 年作，廖恩焘《嬉笑集》，澳门日报出版社，1995 年，第 75 页)。

换算中出现的问题。而依笔者之见，后说似更合于其时国人的计岁习惯①。

根据现有资料可知，廖恩焘为广东惠州人，字凤舒，号忏盦，亦号半舫翁，常用笔名有珠海梦余生与忏绮盦主人。因其父毕业于香港圣保罗书院，供职于汇丰银行，后被派调到美国旧金山分行工作，廖恩焘幼年即赴美读书，通晓英文。1879年回广东，又拜陈伯陶为师，研习国学，后考中秀才。光绪十三年（1887），廖开始从事外交工作②。

廖恩焘作为驻外使节，居留最久、关系最深的应属古巴。从1891年担任驻马丹萨（今译"马坦萨斯"）领事算起，1903—1907年又升任驻古巴总领事，仅此一段，其在古巴的生活便已超过了17个年头③。民国后，廖氏于1915—1917年再赴古巴，任代办使事兼总领事。1922年2月，廖暂代驻朝鲜总领事。6月，改任驻日本使馆一等秘书官、代办使事，未及一年辞职。1926年，他第三度前往美洲，出任驻古巴兼驻巴拿马公使。1929年卸任，却直至1931年8月才回到国内，此次又在古巴居住了6年。1934年，廖恩焘被派驻马尼拉总领事，这是他最末一次海外任职。汪伪政权时期，他充任国民政府委员（自1942年起）。因此，抗战胜利的1945年秋，廖恩焘亦曾入狱；获释后，即移居香港④。

表面看来，廖恩焘与胞弟廖仲恺（本名恩煦）在晚清的人生道路大相径庭。廖仲恺追随孙中山，投身于推翻清廷的革命，终成创建中华民国的元勋；廖恩焘却长期出任满清政府的外交官。难怪从何香凝到《廖仲恺

---

① 廖恩焘，《柳梢青》，《忏盦词》卷七，1931年。此词接续之作《三姝媚》乃成于庚午十二月十八日，为西历1931年2月5日。又，《咫社词钞》（关赓麟编印，1951年）卷首1951年秋所编《咫社词钞作者姓名录》中，廖恩焘亦记为八十七岁，也以出生于1865年为合宜。

② 主要依据王韶生《词坛祭酒廖恩焘》（《当代人物评述》，第65页）、陈福霖与余炎光《廖仲恺年谱》（长沙：湖南出版社，1991年第1—2、6页），另参以廖恩焘所著各书。又，《惠州名人》述廖恩焘"早年留学美国，并毕业于日本东京帝国大学政治系"（第49页），不知何据。

③ 此据《清季中外使领年表》第87、88页（北京：中华书局，1985年）。而廖恩焘日后回忆，称其"自己丑（按：即1889年）以迄乙巳（按：即1905年），于役美洲之古巴"（《〈半舫斋诗余〉自序》），与之略有出入，但居留古巴的时间仍为17年。

④ 除参考《惠州名人·廖恩焘》外，又据《中国驻外各公使大使馆历任馆长衔名年表》第31—32、7—8页（台北：商务印书馆，1969年）、《民国职官年表》第251—252、1033—1035页（北京：中华书局，1995年；后一处其名误作"廖恩涛"）、《民国人物大辞典》第1341、1757、1762—1763页（徐友春主编，石家庄：河北人民出版社，1991年），以及廖恩焘《忏盦词》卷八诸作。

传》的作者尚明轩,对廖恩焘均极为鄙视[①]。不过,假如略微检视一下廖恩焘写于晚清的作品,不难发现,其对新思想与新世界早就充满向往之情。幼年即开始的海外阅历,无疑为其提供了认同改良直至革命的思想基础。其有大量作品发表于梁启超主办的《新民丛报》与《新小说》,并被在香港主编多种革命报纸的郑贯公收入时事讽刺文学集《时谐新集》[②],已可为证明。

忏绮盦主人:从方言诗人到词家

相对而言,比起在晚清文学界的"默默无名",廖恩焘民国以后的创作已不乏名人品题、读者追捧,尽管其仍然属于小众文学。朱祖谋的一番话最称经典:"以前我们非园相会过,认为你是办理洋务的人,现在才知道是同调。"[③]也即是说,到了民国年间,廖氏才逐渐从外交官的身影下脱出,以擅长诗词写作为人知晓。

追溯起来,廖恩焘的热衷填词始于 1920 年代,他先后参与过上海午社(1930—1941 年)与南京如社(1935—1936 年)的词社活动;即使移居香港后,仍与北京咫社(1951—1953 年)成员时相唱和,并在港组织坚社(1950—1953 年)[④],因而被称为"词坛祭酒"[⑤]。其结集出版的词集有《忏

---

① 何香凝,《回忆廖仲恺》(《回忆孙中山和廖仲恺》,北京:中国青年出版社,1957 年)中提到,廖仲恺的"哥哥亲戚虽然都在官场中纸迷金醉,可是没有一个人肯帮助他"实现留学日本的愿望(第 23 页);尚明轩《廖仲恺传》(北京出版社,1982 年)又发挥说,"廖仲恺的父亲留下的为数不多的钱,都被他哥哥拿到官场中作为活动的资本去了"(第 11 页)。

② 见胡从经,《第一本香港文学选集——〈时谐新集〉(1906)》,其中并言及廖恩焘"早岁利用粤讴的传统形式创作'新解心',以笔名发表于二十世纪初革命派在香港所办的报纸,如《中国日报》、《少年报》、《唯一趣报有所谓》等之副刊"(《胡从经书话》,北京出版社,1998 年,第 70 页),未审确否。

③ 王韶生,《词坛祭酒廖恩焘》,《当代人物评述》,第 66 页。据王氏《纪香港两大词人》(《崇基学报》3 卷 2 期,1964 年 5 月)言:"非园,乃香山商人甘翰臣别墅,海上词流,多于暇日在该处作文酒之会。"

④ 参见《如社词钞》(1936 年)、《午社词钞》(1940 年)与《咫社词钞》(关赓麟编,1951、1953 年),以及施议对《〈当代词综〉前言》(福州:海峡文艺出版社,2002 年,第 16 页)、王韶生《纪香港两大词人》。

⑤ 王韶生,《词坛祭酒廖恩焘》,《当代人物评述》,第 65—66 页。

盦词》八卷(1931)、《忏盦词续集》四卷(1935)、《半舫斋诗余》(1940)以及《扪虱谈室词》(1949)[①],居港后又有《影树亭词》(1951)问世,当年也以名家为界内人士推崇。廖作经其时词坛领袖朱祖谋品鉴,许以“胎息梦窗(按:南宋词人吴文英),潜气内转,专于顺逆伸缩处求索消息,故非貌似七宝楼台者所可同年而语”;并特别强调其海外游历对于词风的深刻影响:“至其惊采奇艳,则又得于寻常听睹之外,江山文藻助其纵横,几为倚声家别开世界矣。”[②]评价不可谓不高。因而,一时论者,如夏敬观、吴梅,均言其“学梦窗而不囿于梦窗”[③],夏承焘、龙榆生更进而指认廖词“从稼轩(按:南宋词人辛弃疾)入,从梦窗出”[④]。其编年集《忏盦词》起于1926年从上海首途赴任古巴时,结以1931年归国后携词稿往访朱祖谋,全部八卷词均围绕出使古巴展开,在词史上亦为异数。关于廖恩焘的词作,其各集卷首已有诸家评说,且与其人晚清时期的创作关系不大,故此处不多述。

作为词人的廖恩焘,可以说具有全国性影响;而身为方言诗作者,其声名则基本不出粤语区。1924年,廖氏在北京出版了副题为“广东俗话七律诗”的《嬉笑集》。此书1949年由廖本人在香港修订、重印,其中诗作多有增删。并且,直到廖去世多年后,仍有喜爱者据港版校正,1970年以后多次在香港、台湾翻印,1995年又在澳门印行[⑤]。集中咏古诗幽默滑稽,时事诗则于辛辣的嘲讽中妙语联珠,令人忍俊不禁,故有“粤语打油

---

① 此据王韶生《词坛祭酒廖恩焘》推出,其述廖恩焘“八十六岁在广州刊《扪虱谈室词》,八十八岁,在香港刊《影树亭词》”(《当代人物评述》,第68页)。

② 朱孝臧,《〈忏盦词〉题辞》,《忏盦词》卷首。

③ 见吴梅,《〈忏盦词〉题辞》(《忏盦词续集》卷末,1935年)、夏敬观《廖忏庵先生〈半舫斋诗余〉序》(《半舫斋诗余》,1940年)。语出吴梅。

④ 见龙沐勋,《〈忏盦词〉题辞》(《忏盦词续集》卷末)、夏承焘《〈半舫斋诗余〉序》(《半舫斋诗余》)。语出龙榆生。

⑤ 笔者所知《嬉笑集》的香港翻印本有1970年的曾清手录影印本、1971年的李泽甫誊写复印本,后梁寒操在台湾又重印李泽甫本(后二种据陈香梅《外祖父廖凤书和他的嬉笑集》,氏著《往事知多少》,武汉出版社,1992年,第7页),1995年澳门日报出版社再出排印本。

诗"[①]之目。其《赠某友人》中的"风车世界啦啦转,铁桶江山慢慢箍"[②]之句,传诵一时;而《广州即事》与《漫兴》则因讥刺国民党地方政府的贪污与社会乱象,更屡为论者称道。

但欣赏粤语作品,对于出生外省的研究者总有语言的障碍。即或如1949年即以"小友"身份与廖恩焘交游唱和的香港学者罗忼烈先生,在谈及《嬉笑集》时也直言:"方言俗语的新陈代谢,有些是很快的,而方言辞的写法也不是'书同文'的。因时间的关系,就是操粤语的人也不一定能够完全通解这七十几首诗,我个人就已经有些不懂的了。"[③]何况笔者本不通广东话,更没有资格就此多说。不过,例子还想列举一二,且专取其"古事杂咏"中的题咏文人之作,以见其谐趣。先将廖作《孟浩然夜归鹿门》与唐代诗人孟浩然的《夜归鹿门歌》一并抄出:

孟作		**廖作**	
	山寺钟鸣昼已昏,		诗翁乜咁夜番归,
	渔梁渡头争渡喧。		想必吟诗要搵题。
	人随沙岸向江村,		几笪梅庄都到过,
	余亦乘舟归鹿门。		呢间茅屋早闩埋。
	鹿门月照开烟树,		白茫茫就成身雪,
	忽到庞公栖隐处。		黑墨墨真满脚泥。
	岩扉松径长寂寥,		门口狗啱唔认得,
	唯有幽人自来去。		依牙吠起主人嚟。

两相比较,廖恩焘将隐逸诗人孟浩然的自在行吟,解读成为了做诗而出门,四处寻找诗思,游荡到深夜才归来,弄得满身雪、两脚泥,连自家的狗都不认得主人,乱吠起来。如此极写孟诗人忙人之所闲,方可显出其别有所好与诗癖之深。再如《题陶渊明种菊图》一首,后改名《陶渊明采菊东篱》,诗句亦有修正,其中不乏节外生枝的影射(如"钊墙脚"、"铲地

---

① 参见李鹏翥,《廖恩焘的粤语打油诗》,初刊1983年2月7—10日《澳门日报》,收入1995年澳门日报出版社版《嬉笑集》。

② 忏绮盦主人,《赠某友人》,《嬉笑集》,1924年。

③ 罗忼烈,《忆廖恩焘·谈〈嬉笑集〉》,《诗词曲论文集》,第133页。

皮”);但始终不变的除了“先生著件烂长支,担把锄头挽只箩”的诗人形象,也包括了尾联的打趣:

弯到条腰弓字样,自然放屁就成诗。

此句原作“孪起条腰弓字样,纵然放屁亦吟诗”[①]。初读觉得廖氏未免玩笑开得过火。后见罗忼烈解说:“末两句不是讥弹,是赞美。腰肢弯成‘弓’字的模样,屁股一定朝天,那么,就是放诗屁也比别人高明了,这是俏皮话。”[②]若然,廖恩焘的粤语打油诗之机智巧妙,也真要读者动足脑筋。

不只是用广东话写作格律谨严、对仗工整的律诗,廖恩焘为1949年修订版《嬉笑集》新撰的一篇骈文《自序》,竟也完全出以粤语。如述及自家创作的几句:

排啱广嗓,谛成律诗。一片婆心,唔算踱《西游》怪记;几番公认,就算补《北梦琐言》。冇摩啰拍栅肉酸,比亚运洗镬干净。能闻能舞,非屎桶中关帝把刀;或掘或尖,任脑袋里董狐枝笔。[③]

此文运方言俗语于骈四俪六之中,大俗大雅,别开生面,确实让人叹服。而其以被称作“证道书”的《西游记》、汇集社会遗闻的《北梦琐言》以及坚持实录的“董狐笔”自许,可知廖恩焘的“嬉笑”背后本是严肃的现实关怀。

与随着时间推移、愈来愈被看好的《嬉笑集》略有不同,同样用广东话撰写,廖恩焘当时博得同人齐声喝彩、并附有廖仲恺题词的《新粤讴解心》,后来的反响倒有些平淡。单是1924年北京初版发行后,该书只在香港1977年重印过一次,便透露出内中消息。其实,1924年,受广东籍名士李家驹(字柳溪)、罗惇曧(号瘿公)、黎国廉(字季裴)等人“击节怂恿付剞劂”的《新粤讴解心》,非但与其三十年前创作、得梁启超推许为“绝

① 忏绮盦主人《孟浩然夜归鹿门》、《题陶渊明种菊图》,《嬉笑集》,1924年;珠海梦余生《陶渊明采菊东篱》,《嬉笑集》,澳门日报出版社,1995年。按:“古事杂咏”后本改题“史事随笔”,咏陶一首入之,咏孟诗则删去。

② 罗忼烈,《忆廖恩焘·谈〈嬉笑集〉》,《诗词曲论文集》,第137页。

③ 珠海梦余生,《重印〈嬉笑集〉自序》,《嬉笑集》,澳门日报出版社,1995年。

世妙文"的《粤讴新解心》不是一事,而且,廖本人嗣后对其也并不满意,所谓"重违其意,既而悔之"[①],正道出此意。

究其底里,由众多名人撰序题跋的《新粤讴解心》,实际全部是廖恩焘 1921—1923 年间的作品。即使同题之作,如《鸦片烟》,分写于晚清与民国的前后两篇,也只有开头四句相近[②]。但这并不意味着二者全不相干,"题词"中廖仲恺的一首《调寄金缕曲》,盛赞其兄之作"香草美人知何托,歌哭凭君听取"、"聆粤调,胜《金缕》",倒确乎可以移用来评价更早出现的《粤讴新解心》。尽管廖恩焘讲起晚清诸作时称,"余曩客美洲,尝仿其体(按:指招子庸的《粤讴》),作百余首,稿辄弃去,不复记忆",但他仍将 1903 年的"旧作题词绝句六首"抄录在新作《自序》末尾,"聊以志鸿雪因缘",已然说明其前后两次的创作,在主旨上可谓一以贯之。借用《〈新粤讴解心〉自序》的说法,即是:

> 或有谓掇拾时事、谬为雌黄者,要皆弦外有音,殆非无病而呻吟也。[③]

也许,正因为其针砭时政,具有强烈的时效性,而缺乏《嬉笑集》所有的轻松谐谑,因此,廖恩焘的两组"新粤讴"才更容易被当做"文化史上的重要文献"[④]来看待。

而无论怎样评价其作品,令人感兴趣的是,廖恩焘的创作冲动与文学尝试,往往与其海外经历紧密相关。晚清的情况容待下文再述。其"新粤讴"的续写,便纯粹起因于 1921 年的日本之行:

> 今春养疴扶桑,朋辈绝鲜往还,愁然寡欢。灯窗月夕,枨触旧游,

---

① 廖恩焘,《法曲献仙音·序》(1930 年作),《忏盦词》卷六;饮冰子《饮冰室诗话》,《新民丛报》38、39 号合本,1903 年 10 月,实际刊行日期应在 11 月之后。

② 1904 年 8 月刊于《新小说》9 号的《鸦片烟》起首四句为:"好食你唔食,要食鸦片烟。问你近来上瘾,抑或从前?"1924 年版作:"好食你唔食,食到鸦片烟。问你近来上瘾,抑或系从前?"

③ 仲恺,《调寄金缕曲》、忏绮盦主人《〈新粤讴解心〉自序》,《新粤讴解心》,1924 年。廖恩焘的《粤讴新解心》题词六首,最初刊载在 1903 年 10 月(?)《新民丛报》38、39 号合本上的梁启超《饮冰室诗话》中。

④ 胡从经,《第一本香港文学选集——〈时谐新集〉(1906)》,《胡从经书话》,第 70 页。

> 觉当年珠江东船西舫中，酒阑夜静，人影渐散，有危坐虾须帘下，抱半面琵琶，按腔而低唱者，一声《河满》，泪落君前。此景此情，宛然如昨。不禁故态复萌，拈髭微吟，辄成一首。积十余月，得数十首。[①]

其作因得到同人的激赏，回国后再接再厉，才结撰成一百余首的《新粤讴解心》。同样，廖氏的第一部词集《忏盦词》，也以作于1926—1927年的“初航集”开篇，那正是他第三次远赴古巴任职的年头。廖氏本就对其频繁的海外游历极感自豪，据说他有一方印章，文曰：“乘长风破五十万里浪七十年十二渡太平洋。”[②]无怪论者评鉴廖词，亦多称“其海外踪迹，远出于寻常视听之外者，自来词人所未有”，“举遐荒绝域诙诡奇丽之境，一托之于词，镂金错采，适与彼土山川相辉映”[③]。当然，域外经验不只使其词作面目一新，异国生活的新异与孤寂，也磨砺了廖恩焘的心智，充实了他的思考与情感，因而，表达的需要自会来得格外强烈。

除此之外，廖恩焘民国以后的创作，还有两个特点极为突出：一是其擅长方言写作，这有《嬉笑集》与《新粤讴解心》二书可证。程道元为后书所作评述，实可以兼赅前者：

> 触顾曲之闲情，借弹词而寄意；博搜谚语，纯托乡音。亦庄亦谐，得风人之旨；若嘲若讽，如下里之谣。香山作诗，老妪能解；屯田度曲，女伎皆知。[④]

并且，廖氏此时的热衷方言诗，明显是针对胡适等人的提倡白话文学而来。1921年廖作《〈新粤讴解心〉自序》，开头便提到：“辛亥、壬子以后，海内人士大声疾呼，提倡白话文字。”1949年撰《重印〈嬉笑集〉自序》，开场白更集中到自称“做了过河卒子，只能拼命向前”的胡适以及在《新青年》演出双簧戏的钱玄同与刘半农：“盖自过河卒仔，提倡白话教科；串戏师爷，结束黄疱射利。”虽则语含讥诮，思考却是相当认真：

---

① 忏绮盦主人，《〈新粤讴解心〉自序》。

② 郑逸梅，《艺林散叶》，北京：中华书局，1982年，第175页。

③ 分见夏承焘、龙沐勋，《〈半舫斋诗余〉序》。

④ 程道元，《〈新粤讴解心〉序》，《新粤讴解心》。

> 顾一省有一省方言,音别义异,以云普及,戛戛独难。则惟有出于各藉其土音,以为诱掖之一道。然而为下流社会说法,又非择其平日口头惯语,衍为有韵之文,未易使声入心通,矍然感觉。三百篇不失风人之旨,岂不由于采及里巷歌谣哉![1]

尽管其思路仍然不脱胡适所批评的晚清白话文运动单纯以白话为"'开通民智'的工具",存有"他们"、"我们"的等级之见[2],不过,指出方言有普通白话所不能及的普及大众与感化人心的功效,在廖恩焘确是来自亲身体验的心得。

其次便是廖的偏好词曲。由模仿"每于珠江酒舫、九华灯下,闻曼声低唱,丝弦自抚,低徊欲绝"[3]的招子庸作《粤讴》,进而耽于倚声填词,有多部词集问世,其间有明显的演进轨迹。对其1920年代开始使用的"忏绮盦主人"的别号,廖恩焘曾自解其所"忏"之"绮",便包含了《新粤讴解心》一类曲词。但一再悔而未除,廖氏又感慨为:"顾余绮未忏,习为倚声,则冥冥中有若驱策之者。"结果是:"凉秋灯夕,百感枨触,吾欲无言,得乎?"[4]因此,所谓"忏绮",实际恰恰表现出廖恩焘对词曲根深蒂固的喜爱与执著。

这从诗词集的署名上也可以得到证明。《嬉笑集》与《新粤讴解心》均题作"忏绮盦主人",亦杂用"珠海梦余生"之别称,而《忏盦词》与《半舫斋诗余》则径用本名。由此可见,前一类作品,在廖恩焘多少还带有游戏笔墨的意味,故更愿意隐藏在笔名的假面下;至于词集之以真面目与世人相见,则说明了词这一正统文人眼中的"雕虫小技",对于廖氏而言,反具有成为其一生文学事业落脚点的郑重意义。但这只是作家本人基于文学性的价值判断,假如从社会文化史的角度着眼,我们也可以得出另外的结论。

---

① 忏绮盦主人《〈新粤讴解心〉自序》。

② 胡适,《五十年来中国之文学》,第19页,抱一(黄炎培)编《最近之五十年》,(上海)申报馆,1923年。

③ 瘿公(罗惇曧),《〈新粤讴〉题后》,《新粤讴解心》。

④ 廖恩焘,《法曲献仙音·序》。

珠海梦余生:“诗界革命”与《粤讴新解心》

由于廖恩焘写于晚清的作品并未结集,且散见报刊,查找不易,因而学者胡从经曾有“梁启超所述及的数十章《新解心》,因是革命文化史上的重要文献,早就引起研究者的注意,然皆遍觅无着”[①]的感叹。尽管无法遍觅,但可以肯定的是,廖恩焘在晚清文学界的出现,确与梁启超大有关系。

就笔者目前所见的资料而言,廖恩焘的出山之作,应是发表在《新小说》第7号上未具名的《粤讴新解心》之《自由钟》、《自由车》等六篇。不过,因为此期杂志实际的出版时间并非标记的光绪二十九年七月十五日(1903年9月6日),而是当年的十二月(即1904年1月)以后[②],因此,刊期署后一月的《新民丛报》第38、39号合本[③],倒更可能发行在先。正是此册刊物登载的《饮冰室诗话》,以第一则的突出位置,大力推介了廖恩焘的新作:

> 乡人有自号珠海梦余生者,热诚爱国之士也,游宦美洲。今不欲著其名。顷仿《粤讴》格调成《新解心》数十章,且自为题词六首。……其《新解心》有《自由钟》、《自由车》、《呆佬祝寿》、《中秋饼》、《学界风潮》、《唔好守旧》、《天有眼》、《地无皮》、《趁早乘机》等篇,皆绝世妙文,视子庸原作有过之无不及,实文界革命一骁将也。

有此一篇先行的预告,紧接其后的《新小说》所刊诸作,即使未曾署名,在梁启超想来,读者对其出处也应该是心知肚明。

而无论是《新民丛报》第38、39号合本,还是《新小说》第7号,都是梁

① 胡从经,《第一本香港文学选集——〈时谐新集〉(1906)》,《胡从经书话》,第70页。

② 《新小说》7号刊载的梁启超等人所撰《小说丛话》,前有梁之“识语”,写作日期署为“癸卯初腊”。

③ 《新民丛报》38、39号合本记为光绪二十九年八月十四日(1903年10月4日)出版,实际刊行日期应在11月11日(据梁启超《新大陆游记》确定)梁启超自美国归来以后,因此期已大量登载梁文。

启超1903年游美归来后的首次出刊。在梁本人作为主笔复出之际，托名“珠海梦余生”、时任驻古巴总领事的廖恩焘也开始在由梁主编的两份杂志上隆重登场，这当然不是偶然的巧合。此后，在《新小说》上陆续刊出的《粤讴新解心》，或署“外江佬戏作”，或署“珠海梦余生”，故意幻化其身，目的一如梁启超的“不欲著其名”。须知，其时清廷尚未解除对梁启超的通缉，身为在外代表政府的外交官，廖恩焘自然需要在行迹上遮盖掩藏。

不过，自此以后，或者说，在廖恩焘留驻古巴期间，他显然与梁启超保持着颇为密切的联系，并一度成为梁启超所编杂志的文学骨干。现将已知廖氏在《新小说》与《新民丛报》上刊出的诗作列目如下：

> 《粤讴新解心》：《自由钟》、《自由车》、《天有眼》、《地无皮》、《趁早乘机》、《呆佬祝寿》（《新小说》第7号，未署名）；《学界风潮》、《鸦片烟》、《唔好发梦》、《中秋饼》（《新小说》9号，署“外江佬”）；《劝学》、《开民智》、《复民权》、《倡女权》（《新小说》10号，署“珠海梦余生”）；《珠江月》、《八股毒》、《青年好》（《新小说》11号，署“外江佬”，题作《新粤讴》）；《黄种病》、《离巢燕》、《人心死》、《争气》、《秋蚊》（《新小说》16号，署“珠海梦余生”）。
>
> 《粤讴新解心题词六首》（《新民丛报》38、39号合本之《饮冰室诗话》录，记名“珠海梦余生”）
>
> 《纪古巴乱事有感》十律（《新民丛报》85号之《饮冰室诗话》录，记名“忏余生”）
>
> 《湾城竹枝词》二十二首（《新民丛报》85号之《饮冰室诗话》录，记名“忏广”）

而梁启超在《饮冰室诗话》中也直言，“乡人忏余生，以使事驻美洲之古巴。顷以《纪古巴乱事有感》十律见寄”[①]。可知，直到此则诗话发表的1906年，廖恩焘仍与梁启超保持着联系，并向其所编刊物提供稿件。

从廖恩焘的晚清诗作看，其与梁启超发起的“诗界革命”有明显的应

---

① 饮冰子，《饮冰室诗话》，《新民丛报》85号，1906年8月，实际出刊时间应在10月以后。

和关系。梁启超筹办《新小说》时，本拟设“新乐府”与“粤讴及广东戏本”两个栏目。其对“新乐府”的构想是：“专取泰西史事或现今风俗可法可戒者，用白香山《秦中》《乐府》、尤西堂《明史乐府》之例，长言永叹之，以资观感。”后一栏目则明言是“专为广东人而设，纯用粤语”①。但由于黄遵宪提出不同意见，以为不必仿白居易《新乐府》与尤侗《明史乐府》，“当斟酌于弹词、粤讴之间”，“易乐府之名而曰杂歌谣，弃史籍而采近事”②，因此，《新小说》正式发刊时，“杂歌谣”便取代了“新乐府”，且将“粤讴”从与“广东戏本”的拼合中析出，纳入此一新栏目。而实际上，直到廖恩焘的《粤讴新解心》开张，梁、黄两位广东人所热心的粤语诗歌才真正在《新小说》上露面。廖氏也很快成为“杂歌谣”栏最重要的作者，以总计 22 首的产量高居第一名。

单从题目概观，《粤讴新解心》诸篇便很符合“杂歌谣”取材于“现今风俗可法可戒者”（即黄遵宪所谓“采近事”）的栏目要求。其作以“开通民智，变法图强”为主线，充溢着振奋民族精神、祛除腐败习性的渴望。而取法的榜样，也正在“泰西强国”③。其中如对“变法改良”的呼唤，对“合群”的期盼，对“青年”的厚望④，无一不在梁启超其时的论说中反复出现；而反对八股取士、吸食鸦片与缠足⑤（分见《八股毒》、《鸦片烟》、《倡女权》），也都是晚清社会改良的大关目。

由于抱持启蒙的宗旨，与民国年间的《新粤讴解心》多以男女情词摹写世态人情、影射时事政局不同，廖恩焘此时的写作，全为正面、恳切的规劝。即使是状写各地大臣为了 1904 年慈禧太后七十寿庆，正在挖空心思准备献礼的《呆佬祝寿》，在《粤讴新解心》中已算得讽喻色彩最为浓厚，

① 新小说报社《（中国唯一之文学报）新小说》，《新民丛报》14 号，1902 年 8 月。

② 黄遵宪，《致梁启超函》（光绪二十八年八月二十二日，即 1902 年 9 月 23 日），陈铮编《黄遵宪全集》（上），北京：中华书局，2005 年，第 432 页。

③ 珠海梦余生，《粤讴新解心四章 · 劝学》，《新小说》10 号，1904 年 9 月。

④ 见《粤讴新解心六章 · 天有眼、自由钟》，《新小说》7 号，1903 年 9 月，实为 1904 年 1 月以后出版；《新粤讴三章 · 青年好》，《新小说》11 号，1904 年 10 月。

⑤ 见《新粤讴三章 · 八股毒》、《粤讴新解心四章 · 鸦片烟》、《粤讴新解心四章 · 倡女权》，《新小说》11、9、10 号。

但在“睇吓王母个日寿辰，我真正心痛；搅出满天神佛，好似着了颠疯”的讥刺之后，仍然有严正的劝谏：“你睇瑶池咁大，唔系冇蟠桃种；点解收埋咁多寿礼，塞满天宫？”写到结尾处，廖氏的笔锋更直接指向寿主慈禧太后本人：“唔信你睇祝过咁多回寿哩，都遇着天魔浩劫，闹到妖雾迷濛。”①回思 1894 年为西太后的六十寿辰挪用海军军费兴建颐和园，以及当年败于日本的往事，作为臣子的廖恩焘之出言，实在已是极为大胆。

不过，若说大胆，《复民权》对清廷政治权威的解构还在《呆佬祝寿》之上。此篇开宗明义即倡言：“法要变，变法就要复民权。舍得民系有权，国政就唔在咁倒颠。”接下来发明：“自古民唔系有［冇］权，但系被政府夺尽。”“况且权字讲起番嚟，就系强字嘅起点。”廖恩焘认同的是卢梭的“天赋人权”论：“大抵性质自由，都系国民嘅天演。断有［冇］话甘为奴隶，自己咁就堕落深渊。”因此，反对专制、主张自由的“复民权”便不只是救国方策，也是对人的尊重与解放：“我想专制共自由，真正系差得远。一则收埋在地狱，一则重快活过神仙。”而更厉害的点睛之笔还在后半：

> 人地识得国家，就系国民所建。做到国民嘅公仆，国政就唔敢自专。法律科条，总由议院议定。文明程度，要合得公理为先。细考各国政治原因，都唔似立宪法咁善。唔信你试睇吓英国，就知到十足完全。君唔系有［冇］权，不过重在民个一边。君民共主，算系无党无偏。

作者倾心于英国的君主立宪政体，在此已吐露无遗。而其揭橥这一政体的基础在于民权高于君权，君主与政府为国民公仆，此言在当时中国皇权至上的年代，出之于臣下之口，确实让人佩服廖恩焘的胆量。如此还嫌不够，廖氏又在篇末浓墨重彩地添上几笔，引已经亡国的犹太与波兰为前车之鉴，要“四万万主人翁”早作打算，因为亡国惨祸“远虽在天边，近即在目前”②。也即是说，归根结底，“复民权”在廖恩焘眼中，乃是救亡图存的唯一可行之路。

其实，在可被视为《粤讴新解心》点题之作的《珠江月》中，廖恩焘对

---

① 《粤讴新解心六章・呆佬祝寿》，《新小说》7 号。

② 珠海梦余生，《粤讴新解心四章・复民权》，《新小说》10 号。

其创作目的已有过明白的表述：

> 人地唱个的粤讴，都重系旧；我就把新名词谱出，替你散吓个的蝶怨蜂愁。你听到个阵款款深情，就打你系铁石心肠，亦都会仰住天嚟搔吓首。舍得我铜琶铁笛，重怕唔唤得起你敌忾同仇！[①]

可见，廖氏撰制“新粤讴”，实以“觉世”、“救世”自期。而其对于粤讴的喜爱，可说是深入骨髓，极言之则谓：“吾粤之有‘粤讴解心’，其格调创自招铭山子庸，知文者夙称为神品。粤人无男妇，无老稚，无论知音与否，固无不耳熟而饫闻之矣。”[②]因而其仿作也意在用经过招子庸谱写，已为广东各阶层耳熟能详、感动人心的粤讴曲调，灌输与普及移风易俗的新思想。借用《题词》中的诗句，即是：“乐操土音不忘本，变征歌残为国殇。”“万花扶起醉吟身，想见同胞爱国魂。”[③]并且，这一追求也很合乎“诗界革命”“以旧风格含新意境”[④]的理想，其能博得梁启超“实文界革命一骁将也”的赞誉，原本有出自内容与形式两方面的考量。

而粤语与内地方言从语音到书写差异极大的特殊性，也使得此一方言区的知识者，在中西文化交汇的晚清，更易萌生地方自治的意识。康有为弟子欧榘甲1902年撰写的《新广东》，即为此中代表作。欧文单行本虽由梁启超主持的日本横滨《新民丛报》社印行，但最初却是连载于美国旧金山的《文兴日报》[⑤]。其“论广东有自立特质”四端，其中“地方之握要”叙述“广东地势有独立性质，异于他省者”，便数及其“背横长岭万余里焉，与中原声气邈绝，其言语风俗，往往不同”。尽管欧榘甲倡言“自立

---

① 外江佬，《新粤讴三章·珠江月》，《新小说》11号。

② 忏绮盦主人《〈新粤讴解心〉自序》，《新粤讴解心》，1924年。

③ 珠海梦余生，《粤讴新解心题词六首》其二、其四，引自《饮冰室诗话》，《新民丛报》38、39号合本。末句在其1921年所撰《〈新粤讴解心〉自序》中，改作“唤醒春风睡蝶魂”。

④ 饮冰子，《饮冰室诗话》，《新民丛报》29号，1903年4月。

⑤ 梁启超，《与康有为书》（光绪二十八年四月，约当1902年5月）中提及：“徐、欧在《文兴》所发之论，所记之事，虽弟子视之犹为詟慄，其《论广东宜速筹自立之法》一篇稿凡二十七续，‘满贼’、‘清贼’之言，盈篇溢纸。”（《梁启超年谱长编》，上海人民出版社，1983年，第287页）

自广东始”、“广东如不自立,虽谓中国全亡可也”[①],引起了康有为的震怒,以致有逐出师门之议,但其说在同门中仍获得颇多同情。为及时遏止弟子们对“破坏”与“革命”的倾心,康有为专门撰写了《与同学诸子梁启超等论印度亡国由于各省自立书》,以驳斥欧氏将各省自立作为救国之道的论旨。慑于师道尊严,梁启超等后虽表示悔改[②],实则内心深处,梁氏并未摆脱广东自立的情结。因而,在设计《新中国未来记》的故事结构时,便保留了“先于南方有一省独立,举国豪杰同心协助之,建设共和立宪完全之政府,与全球各国结平等之约,通商修好”的构想。而这一南方某省的率先独立,在小说正文中,也标明为“广东自治”[③]。

身在古巴的廖恩焘可能并不清楚康门师生为“广东自立”之说引发争议的内情,但其显然可以方便地看到《文兴日报》、《新民丛报》与《新小说》。特别是作为长期生活在海外的广东人,廖氏对梁启超与欧榘甲诸人的论说实在很容易产生共鸣。在此思潮的影响下,《粤讴新解心》中《趁早乘机》一篇所表露的意识便已完全背离了君臣之道,而与被康有为视同叛逆的梁、欧声应气求。廖恩焘对其言的“犯上作乱”本十分明了,因此,其以“无道之君”商纣王比拟满清政府、以现代国民意识解读“武王伐纣”的一番正论,也与欧榘甲在《文兴日报》上痛骂“满贼”、“清贼”之激烈不相上下:

> 自古话民为邦本君为次,纣王无道,就被个个周武焚尸。有的话既属系蚁民,唔该逆旨;点晓得人生世上,各有权宜。今日中国无人,

---

① 太平洋客(欧榘甲),《新广东》,张枬、王忍之编,《辛亥革命前十年间时论选集》第一卷上册,北京:三联书店,1978 年,第 270—272 页。

② 参见徐勤,《致康有为书》(1902 年 4 月后)、康有为《致欧榘甲等书》(1902 年 6 月 3 日),《康有为与保皇会》,上海人民出版社,1982 年,第 200—202、157 页;以及梁启超《与康有为书》(光绪二十八年四月,约当 1902 年 5 月)、《与徐勤书》(光绪二十九年三月十八日,即 1903 年 4 月 15 日),《梁启超年谱长编》,第 286—287、320—321 页。康有为《与同学诸子梁启超等论印度亡国由于各省自立书》刊 1902 年 9 月《新民丛报》16 号,题为《南海先生辨革命书》,著作时间署为“壬寅六月”,约当 1902 年 7 月。

③ 新小说报社《(中国唯一之文学报)新小说》;饮冰室主人《新中国未来记》第二回,《新小说》1 号,1902 年 11 月。

> 个满政府来得咁放恣,卖民卖国佢重诈作唔知。

对这样的卖国政府已不存任何指望,廖恩焘于是也把救国方策归结到广东自治:

> 广东地大人非细,只怕你无血性,唔怕大事难为。即话单手独拳,慌到无人继;岂知人人都有我,便是兴国生机。大家若系有心,还要想过法子。民权自治,重等到几时?山岳有灵还降义士,太平之后自见妍媸。世界翻新唔系希罕事,欧亚文明我地独迟。你估十八省等齐然后做致,我怕乌鸦头白,我中国重一样低威。时势可以造得个的英雄,做乜英雄唔可以造时势!唉!容乜易,广东先自治。个阵平权万国,怕佢十七省唔追住跟嚟。

如此论调,直可谓之《新广东》的粤讴版。倘若指认清政府驻古巴总领事廖恩焘具有革命倾向,此篇实属证据确凿。而其"广东自治"的思想既以粤语书写,又采用了广东人喜爱传唱的粤讴体,该曲之能熨贴、打动人心,增强传播效力,亦可想而知。

揭示《粤讴新解心》所表现出的对于君权专制的叛离与否定,其意义不只在澄清廖恩焘本人长期被误解的晚清时期的政治取向,更重要的是,从中也透显出为清政府所任用的驻外使节在思想的自由度上所可能达到的境界。对廖恩焘而言,国家的利益已被绝对地置于君主权益之上,这也是其明显地具备了现代职业外交官操守的标记。

忏余生:外交官笔下的古巴诗缘

虽然直到1902年5月20日古巴共和国成立,清政府才于当年8月29日任命了驻古使臣;但追溯两国的外交关系,却应从光绪五年(1879)7月派驻哈瓦那的总领事设立开始①。而且,即使升格为使署之后,由于驻古巴公使乃是由驻美使臣兼任,在哈瓦那本地仍由总领事统管,只是其人

① 参见《清季中外使领年表》第27、87页。

多了个“参赞”头衔，因此，限于使馆的小规模，晚清曾经在古巴居留过的外交人员也屈指可数。廖恩焘留下的为数不多的歌咏古巴诗作于是显得格外珍贵。

由于至今尚未发现廖恩焘诗集，其本人对晚清时期的创作也鲜有道及；加以1906年1月以后刊载在《新民丛报》上的《饮冰室诗话》，于通行的《饮冰室合集》中失收[1]，故廖氏以“忏余生”与“忏广”之名所作《纪古巴乱事有感》与《湾城竹枝词》，愈发少有人知。笔者十多年前，虽在《吟到中华以外天》一文中提到《湾城竹枝词》，王慎之与王子今辑《清代海外竹枝词》也予以收录[2]，当时却都不知道其人的真实姓名。故关于廖恩焘早年与古巴的一段诗缘，此处正该着力表出。

长期居住此邦的廖恩焘，对古巴可谓感情深厚，视为第二故乡。清末出使时，其在领事馆的公署之外，也曾“于乡落间买地辟园，极亭台花竹之胜”，可见其安居乐业的心态。三十多年后，廖氏回顾往事，当年的情形仍历历在目：

> 塘六亩，累石为假山。山之下，仿珠江画舫式筑斋焉。山衔其半，其半曲栏绕出水之中央，颜曰“半舫”，因自号半舫翁。夏日荷花盛开，招彼都士女游宴无虚夕。秩满，解组归国，园遂为西班牙某巨室购作别业。

民国后，旧地重游，见“栋宇如新，手植树已合抱，而所谓‘半舫’者，荡然无零砖断瓦之存矣”[3]，廖氏也不禁为之动情。1920年代第三次赴任古巴，廖恩焘又有“影树亭”之居。后曾广征丹青妙手，绘制“影树亭填词图”数十幅，廖本人亦自撰《影树亭填词图记》以记其事[4]。而其词集分别

---

① 漏收入《饮冰室合集》的《诗话》，曾由张海珊辑为《〈饮冰室诗话〉拾遗》，刊于《古代文学理论研究》第七辑，上海古籍出版社，1982年；并录入笔者所编之《〈饮冰室合集〉集外文》，北京大学出版社，2005年。

② 夏晓虹，《吟到中华以外天——近代“海外竹枝词”》，《读书》1988年12期；王慎之、王子今辑《清代海外竹枝词》，北京大学出版社，1994年。

③ 半舫翁，《〈半舫斋诗余〉自序》(1939年作)，《半舫斋诗余》，1940年。

④ 参见王韶生，《悼廖忏庵先生》(《当代人物评述》第72页)与《纪香港两大词人》。

以"半舫斋"、"影树亭"名题,也都含有纪念在古巴的一段岁月之意。由此证实了古巴之于廖恩焘,实已内化为其生命的一部分,再也无法分割。

与居室之将"珠江画舫"移诸域外的经验相似,在古巴的半舫斋中吟唱《粤讴新解心》的廖恩焘,也把自己"乐操土音"的爱好移注到对古巴风土人情的摹写上,这便有了那组被梁启超许为"感均顽艳,且可作地志读"的《湾城竹枝词》①。所谓"湾城"即夏湾拿,今译"哈瓦那",为古巴首都。

《湾城竹枝词》总共22首,其写法一如刘禹锡的初制,专于儿女情态上做文章,异域风土人情便如画展开。略拈两首示例:

> 百万青蚨不翼飞,繁华浪说小巴黎。
> 一衣竟耗中人产,怪底街名散拉挥。(妇女衣饰店多设在此街。)

> 径寸朱唇齿雪般,目光炯炯发拘挛。
> 笑他漆靥涂脂泽,粉本初临墨牡丹。
> (当隶西班牙国时,黑人最受约束,足不许踏公园,衣服不许丽都。自主以后,黑白平权矣。而黑妇效颦,尤足令人喷饭。)

前诗利用音译谐音,将哈瓦那街市的繁华尽情写出。后诗注释中虽已涉及古巴独立、种族平等的重大政情,诗歌本身却保留了传统竹枝词活泼、轻快的笔调,仍以记诵地方风俗为主。

上述诗篇还是从外人的眼光看去。就中以女性口吻道出的拟作,民歌情韵与风味无疑更足。比如:

> 小立窗棂月色明,(闺中人每黄昏时辄倚窗以待所欢之至,至则立窗外谈至夜深。)喁喁私语口脂馨:"昨宵阿母叮咛嘱,莫浪敲门唤妾名。"(男女虽极相悦,无父母命,不得擅自订婚。男来访则屏诸门外,不许入室升堂也。)

> 妾住剑茆郎隔河,(距城五十里外村落名剑茆,有波罗园,环居多小户人

① 珠海梦余生,《粤讴新解心题词六首》其二,引自《饮冰室诗话》,《新民丛报》38、39号合本;饮冰子,《饮冰室诗话》,《新民丛报》85号。

家。隔河为汽机制酒工厂。)荒畦十亩种波罗。郎今爱啖波罗蜜,怪底甜言饵妾多。

如果与《粤讴新解心》比较,恰成有趣的对照:当时被廖恩焘掘弃的旧时粤讴传写男女之情的长技,在其海外竹枝词中反得到了充分的展露。因而,《湾城竹枝词》也区别于黄遵宪的《日本杂事诗》在"风俗、服饰、技艺、物产"之外,亦重视"国势、天文、地理、政治、文学"[①]的吟记,给人留下的实在只有异国风情的鲜明印象。不妨认为,在粤讴仿作中遭放逐的艳情并没有远去,它又在廖恩焘的域外竹枝词中找到了入口。

如此说明,并不表示廖恩焘对古巴的关注仅限于民俗风物。身为总揽驻在国交涉事务的外交官,加以早年的留学美国、中年的向往新政,其撰作《纪古巴乱事有感》十律,才真正属于当行本色。

关于这组诗作,廖恩焘在写给梁启超的信中有简要说明:

古巴民、政两党,因争选举构乱。美国遽以兵舰相加,夺其政柄。虽以美总统卢斯福之义侠,或不致显背万国平和约章,古岛容有珠还之日。然党界之足以亡国,内乱之足以召外兵,则南美洲一带诸国,覆辙甚多,不独古巴为然,正不可不为我国人警告也。[②]

由此可知,廖诗所纪为1906年9月29日美国出兵占领古巴、镇压自由党、成立临时政府的军事干涉事件。廖恩焘出于对美国总统罗斯福(Theodore Roosevelt,1858—1919)的好感,推测其或许不至于完全违背1899年签订的《海牙和平解决国际争端公约》,但美国对古巴的军事占领毕竟延续了三年。并且,廖氏写作的目的不单在为驻在国的存亡担忧,更在引为中国的警示。

如果回到当年的语境中,不难看出,廖恩焘的一番感慨,也与其时正在《新民丛报》与《民报》之间展开的论战有关。这场论争的一个焦点是"革命(或"暴动")是否会招致瓜分(或"外国干涉")"。此说乃是由梁启

---

① 黄遵宪,《〈日本杂事诗〉自识》,《日本杂事诗》卷二,《人境庐诗草笺注》(下),上海古籍出版社,1981年,第1158页。

② 饮冰子,《饮冰室诗话》,《新民丛报》85号。

超发起，其《申论种族革命与政治革命之得失》一文，借批驳汪东的《论支那立宪必先以革命》，重申其回归康有为“反对革命”的立场后，以“政治革命”取代“种族革命”的新认识。梁氏此论当即遭到《民报》同人的反击，汪精卫还专门撰写了《驳革命可以召瓜分说》加以痛斥。梁随后亦发表《暴动与外国干涉》再予申辩①。在长篇大论之后，梁启超得出的结论是：

> 夫革命军有自取干涉之道也既若彼，各国有不能不干涉之势也既若彼，而干涉无论从何种方面进行皆足以败革命之事业、而危国家之地位也又若此，然则今日昌言起革命军者，其结果，小之则自取灭亡，大之则灭亡中国。无损于满洲人之毫末，而徒予外国人以莫大之机会，是亦不可以已乎？

并且，梁氏在申论“缘内部冲突而自取干涉者”时，亦尝以“法国及中美、南美诸共和国，覆辙相寻，皆历历可为殷鉴者”立说。明乎此，便知廖恩焘的信函与诗作均系有感而发，实为论争中的梁启超及时提供了有利的证据与支持。

有趣的是，虽然其弟廖仲恺为《民报》作者，廖恩焘的政治理念却明显偏向《新民丛报》，而且也与梁启超相同，走过了一段从倾向革命到回归改良的思想历程。因此，其同情虽在古巴一边，但更多的是为该国内乱抱憾。

组诗《纪古巴乱事有感》以前半五首述古巴独立史，言其地理及被西班牙殖民与反抗殖民的历史有云：

> 幅员三倍我台湾，尚有强梁起揭竿。半世纪曾争独立，（古巴五十年中，革命军凡三起。）几英雄已受招安。血流枯草无穷碧，心死降幡有底丹。寂寞山城吹画角，王师高唱大刀镮。（其二）

经过屡败屡战的持久抗争，这场从1868年开始的独立运动，终以古巴共

---

① 寄生，（汪东）《论支那立宪必先以革命》刊1905年11月《民报》第2号；饮冰子，《申论种族革命与政治革命之得失》刊1906年3月《新民丛报》第76号；精卫《驳革命可以召瓜分说》刊同年7月《民报》第6号；饮冰子《暴动与外国干涉》刊同年7月《新民丛报》第82号。其中《新民丛报》刊期有延误。

和国的成立而告结束:“香花祝鼓迓儿童,铸像巍峨纪战功。政界脱离专制轭,国魂敲起自由钟。”(其五)不过,古巴虽然脱离了西班牙统治,但在廖恩焘看来,美国的趁机介入古巴战事,直接与西班牙交战,最终使得古巴的独立笼罩在美国的保护之下,则为日后美国的干涉古巴内政留下了隐患。而1898年4月美国的参战,起因于2月15日驻泊古巴的军舰“缅因”号被炸沉,起码在廖诗中,对此是充满了怀疑。一则曰:“一声霹雳浪花飞,铁舰沉江召衅奇。(美国战舰名‘棉’者,泊海湾城保护商民,忽为炸弹轰沉,美班兵衅由此遂开。)”一则曰:“杯中影讶弓蛇现,(美舰之沉,美国以为乱党所为,而西班政府则谓美与乱党有谋,藉此遣兵相助。至今犹存疑案。)局外棋看鹬蚌持。”其中“鹬蚌相争,渔人得利”一典的使用,表明廖氏认为,在古巴革命军与西班牙殖民者的斗争中,唯有美国是真正的赢家与得利者。因而,“监国五年勤远略,门罗主义至今疑”(其四)的结语,对1898年12月已结束西班牙殖民统治的古巴,却仍然被美国监管,直到1902年5月才撤兵的缘由,揭破其为美国刻意经营的长期战略;同时,对美国将拉丁美洲划定为其势力范围的“门罗主义”,廖恩焘也明确表示了担心与忧虑。

这一已然存在的疑虑,再经过后五首诗作的集中渲染,足可以印证廖恩焘信函中“党界之足以亡国,内乱之足以召外兵”的警言:

> 强邻战舶急南行,为践当年白马盟。(“美古专约”本有代平内乱之权,此约即所称“勃勒阿缅文”也。)谕蜀相如偏有檄,(美总统卢斯福致书驻美京古使,令其传谕岛人,谓美之遣兵不得已也。)出师诸葛岂无名?庸知卧榻滋他族,谁遣开门召寇兵。忽听途人惊走告,将军旧部又从征。(美舰中多昔年美班战时旧将,卢斯福又谕前古巴总督胡德节制诸军,识者已知其有干预古政之意矣。)(其六)

> 来朝走马转仓皇,父老攀辕泣数行。(美遣陆军大臣塔扶监古巴国政,古总统巴尔玛退位。后乘火车还乡,部臣议绅率国人送行,途为之塞,无不泣数行下,有议绅某竟哭至失声。)亡国大夫宁有勇,阋墙兄弟忒无良!四年纪念留残碣,半壁苍茫剩夕阳。忍听军前还奏乐,黄尘不见旧沙

场。(其七)

由于1901年,美国利用出兵帮助古巴独立而获得的政治掌控权,把包括美国享有干涉古巴内政的特权在内的“普拉特修正案”(Platt Amendment)强加给古巴,因而使得1906年美国对古巴的军事干涉合法化。出于这一历史背景,廖恩焘在诗中固然也以“白马盟”、汉武帝遣司马相如撰《谕巴蜀檄》以安抚蜀地百姓,以及诸葛亮率军出征等典故指称其事;不过,对于通晓国际政治的廖氏来说,国家主权的独立与完整,无论何时都应置于第一位。据此,诗中所用“卧榻之侧,岂容他人酣睡”与“开门揖盗”的成语,正表明了诗人视美国的“干预古政”为对古巴主权的破坏与侵犯的严正立场。尤其令廖恩焘痛心的是,古巴政府乃是因政党之间的“兄弟阋墙”而垮台,对抗双方也一并沦为“亡国大夫”,由此使得古巴在经历了短短四年的独立后,再度面临着美国军事占领下国家的名存实亡。

从屡遭列强侵吞的中国来到弱小的古巴,廖恩焘对于驻在国,自然也生出一份命运与共的关切。于是,初时尚只为多难的古巴感叹唏嘘的诗人,吟咏到第九首,竟已是难分彼此:“如此膏腴一片土,鲸吞蚕食已分明。强权世界忘公理,天演生存起竞争。”这说的是古巴国情,也如同实录中国政事。而写到最末一章时,诗人显然再也无法置身事外:

> 今古兴亡付酒杯,闲愁淘尽海潮来。
> 未归辽鹤家何在,已变沙虫劫尚灰。
> 大地人才一炉冶,当年王气半蒿莱。
> 夜来凄绝闻邻笛,故国山河更可哀。

至此,廖恩焘已经直接现身诗中,由他国到此在,发抒对于故国的忧伤感慨。他将自己的长驻海外,比拟为“去家千年”尚未化鹤归乡的辽东人丁令威;而且,即使有心还家,诗人已在担心家在何方,因为历经战乱,死亡累累,中国却还未能摆脱被瓜分的深重劫难。“今古兴亡”的哀愁既无法遣散,反随潮涌来;在这个“大地人才一炉冶”的时代,中国又无法自外于世界。从古巴弱肉强食的现实处境,回念祖国,廖恩焘的心情更为沉重。这也是他“闻邻笛”而示警,劝告国人停止党争、放弃革命的缘故。

廖恩焘的《纪古巴乱事有感》，实为晚清完整咏写古巴历史少有的精彩篇章。深谙廖氏写作用心的梁启超，也从现实寓意与历史记述两方面对该作大加称赞：

> 此真有心人之言，不能徒以诗目之。即以诗论，杜陵诗史，亦不是过矣。①

笔者则不但关注此诗篇所透露出的廖恩焘在革命与改良之间的政治动向，同时也对其中展示的廖氏的国际眼光十分佩服。应该说，有这一组诗在，廖恩焘之为“古巴通”的职业外交官生涯才变得丰满、生动起来。

对于廖恩焘的诗歌写作可以这样总结概括：填词、作方言诗、谱粤讴，他人皆能为之；惟有摹写古巴风情、尤其是揭示古巴政情的诗作，在近代中国，廖恩焘确乎是独一无二。

2006 年 10 月 8 日于京西圆明园花园
（原刊 2006 年 12 月《中国文化》23 期）

夏晓虹，北京大学中文系教授。著有《觉世与传世——梁启超的文学道路》、《诗界十记》、《晚清文人妇女观》（日译本名为《纏足をほどぃた女たち》）、《旧年人物》、《诗骚传统与文学改良》、《晚清的魅力》、《晚清社会与文化》、《返回现场——晚清人物寻踪》、《晚清女性与近代中国》、《阅读梁启超》、《晚清上海片影》等。

① 饮冰子，《饮冰室诗话》，《新民丛报》85 号。